Ik ontsnapte uit Auschwitz

W0307503

Rudolf Vrba

Ik ontsnapte uit Auschwitz

KOSMOS

Kosmos Uitgevers, Utrecht/Antwerpen

MIX
Papier van
verantwoorde herkomst
FSC® C004472
FSC
www.fsc.org

23e druk, 2015

© 2002, 2012 by Rudolf Vrba Archives, LCC, New York
Oorspronkelijke titel: *I Escaped from Auschwitz*
Oorspronkelijk uitgegeven in Londen, 1963, onder de titel: *I Cannot Forgive*

© Nederlandse editie Uitgeverij Kosmos, 2015
Postbus 13288, 3507 LG Utrecht
Vertaling: M.J. Strengholt
Omslagontwerp: Studio Jan de Boer

ISBN 978 94 0190 524 4
ISBN e-book 978 94 0190 146 8
NUR 402/689

www.boekenwereld.com
www.kosmosuitgevers.nl
www.ikontsnapteuitauschwitz.nl

Alle rechten voorbehouden. Niets uit deze uitgave mag worden verveelvoudigd, opgeslagen in een geautomatiseerd gegevensbestand, of openbaar gemaakt, in enige vorm of op enige wijze, hetzij elektronisch, mechanisch, door fotokopieën, opnamen, of op enige andere manier, zonder voorafgaande schriftelijke toestemming van de uitgever.

All rights reserved. No part of this publication may be reproduced, stored in a retrieval system, or transmitted, in any form or by any means, electronic, mechanical, photocopying, recording, or otherwise, without the prior written permission of the publisher.

Inhoud

Rudolf Vrba, 1924-2006

1

Toen de muziek stopte

Toen Heinrich Himmler op 17 juli 1942 een bezoek bracht aan het kamp in Auschwitz, stierf Yankel Meisel omdat er drie knopen misten van zijn gestreepte gevangenispak. Het was waarschijnlijk de eerste en zeker de laatste keer in zijn leven dat hij ooit slordig was geweest.

De meesten van ons mochten die kleine, oude Yankel wel, hoewel niemand hem echt kende. Hij was iemand die z'n zwarte ogen, die wel iets weg hadden van de oogjes van een teddybeer, altijd op de grond gericht hield. Iemand die zich onopvallend van taak naar taak bewoog, die alle bevelen gehoorzaamde en voortdurend opging in de saaie grijze achtergrond van het kamp.

Ja, als hij één ding wilde, dan was het onzichtbaar zijn, daarvan ben ik overtuigd. Uiteindelijk slaagde hij er niet in om dat begrijpelijke doel te bereiken, en ik heb altijd het idee gehad dat hij minder te lijden had onder de gevolgen van die mislukking dan onder de grootse, theatrale wijze waarop die aan de dag kwam. Hij had een hekel aan uiterlijk vertoon, maar kwam er ten slotte niet onderuit.

Terwijl Himmler en zijn gevolg de poorten van Auschwitz naderden, was het in feite Yankel Meisels eigen zorgeloosheid waardoor hij in de schijnwerpers kwam te staan. Zijn blokoudste zag dat het boordje van z'n hemd openstond. Snel werd hij doodgeknuppeld en, slechts een paar minuten voor de meester arriveerde om het kamp te inspecteren, zogezegd onder het vloerkleed geveegd.

Yankel heeft nooit geweten dat hij zou sterven op de dag waarop de toekomst van Auschwitz bepaald werd. En wij die meer zorg hadden besteed aan onze kleren kwamen er slechts geleidelijk achter wat die toekomst voor ons in petto had.

Toentertijd wist ik in feite nog heel weinig van wat er om me heen gebeurde, en nog minder van wat er komen ging, want ik was pas zeventien dagen in het kamp. Mijn gedachten werden beheerst door het bezoek van Himmler omdat we het dagenlang vrijwel nergens anders over gehad hadden.

Ongeveer een week eerder, net op het moment dat we naar bed zouden gaan, kwam onze blokoudste binnengestormd. Het was onmiddellijk stil geworden, want dat hoorde zo, en dit was iemand die onze directe toekomst in z'n handen hield. Weliswaar was hij zelf ook een gevangene, net als wij, maar hij was ook een beroepsmisdadiger, een moordenaar om precies te zijn. Daardoor stond hij net een treetje hoger dan zij van wie de enige misdaad was dat ze Jood waren. Bovendien was hij Duitser, wat zijn status nog verder verhoogde.

Hij zei: 'Over een week zal er een heel grote gebeurtenis plaatsvinden in het kamp. We zullen bezocht worden door Reichsführer Himmler en de instructies voor het gedrag van de gevangenen zijn als volgt:

Zo vaak mogelijk zullen de gevangenen antwoorden met ja of nee. Ze zullen uiteraard met het grootst mogelijke respect spreken: "*jawohl, melde gehorsam*", "*nein, melde gehorsam*".

Als dit duidelijk niet voldoende is, zullen de gevangenen een zo eenvoudig mogelijk antwoord geven. Als ze gevraagd wordt naar de omstandigheden van het kamp, zullen ze zeggen: "Ik ben hier heel gelukkig, dank u, meneer."

Alles en iedereen in het kamp moet volmaakt schoon zijn, smetteloos. Er moet absolute orde zijn. Ieder die in gebreke blijft bij het onvoorwaardelijk opvolgen van deze bevelen, zal uiterst streng gestraft worden.'

Toen ik die nacht ging slapen was ik zenuwachtiger dan anders. Alle anderen ook trouwens, want we wisten dat één stommiteit in de aanwezigheid van de Reichsführer een pak slaag zou betekenen, of de dood, of beide. Maar onze blokoudste moet nog veel zenuwachtiger geweest zijn, want de volgende dag begon hij met ons het bezoek te oefenen, en dat deed hij met het vuur van een sergeant-majoor aan een Pruisische cadettenschool.

Hij liet ons in een rij staan en zei op barse toon: 'Ik ben de Reichsführer. Laten we eens zien hoe jullie je in mijn aanwezigheid gedragen.' Langzaam liep hij langs de rijen, een kleine moordenaar die zijn best deed een grote moordenaar na te apen. Hij staarde ons om beurten grimmig aan. Als hij zag dat iemand vuile nagels had, of dat iemands klompen niet goed gepoetst waren, schold hij hem uit en sloeg hem met zijn bamboestok. Hij inspecteerde ons zelfs achter onze oren alsof we kleine kinderen waren, en liep toen de hele barak door, op zoek naar dekens die niet nauwkeurig waren opgevouwen.

De spanning groeide met de dag en kreeg het hele kamp in z'n greep, niet alleen de gevangenen maar ook de bewakers. De SS'ers, al nooit het toonbeeld van geduld, begonnen elkaar uit te kafferen. De zieken werden scherp in het oog gehouden, en zij die ontoonbaar bevonden werden, werden snel uitgeroeid. We kregen schone uniformen en we mochten ons zelfs iedere dag van top tot teen wassen.

Ook kreeg niemand van ons, bewakers noch gevangenen, meer zelfvertrouwen of leerden we ons te ontspannen door de oefeningen. Feitelijk waren we tegen de dag van het bezoek zo scherp afgesteld dat we niet veel meer konden hebben. We paradeerden in het warme, vriendelijke zonlicht dat de scherpe kanten van het kamp leek te verzachten, maar niet onze zenuwen, en twee uur lang stonden we aangetreden, zwetend van de hitte en de spanning.

En toch, ondanks het feit dat we ons in zulke macabere omstandigheden bevonden, zagen we er waarschijnlijk nog uit als een redelijk presentabele groep mannen. We stonden in kaarsrechte rijen voor onze barakken, netjes en rechtop in onze uniformen, als goed geoefende zebra's. En ik was een zeer prominente zebra, zoals ik daar in de voorste rij van mijn blok stond. Daar was ik opzettelijk neergezet omdat ik, na slechts zeventien dagen in het kamp, er nog redelijk gezond uitzag.

Ik zat in feite op de eerste rang. Ik stond niet alleen vooraan in mijn blok, maar onze barak stond ook nog het dichtst naast de poort, die poort met het opwekkende opschrift: *Arbeit Macht Frei*. Het was onvermijdelijk dat ik een van de eersten was die Himmler zou zien als hij aankwam.

Let wel, het was geen voorrecht waar ik bijzonder blij mee was. Ik stond op een veel te opvallende plek om me veilig te voelen, want ik stond recht tegenover de SS-officieren en anderen die opgesteld stonden naast het exercitieterrein, de uniformen keurig geperst, de zwarte laarzen glanzend in het zonlicht en de zenuwen tot het uiterste gespannen.

In feite werd mijn positie alleen draaglijk gemaakt door de muziek van het Auschwitz-orkest, dat bestond uit een waarlijk uitstekende groep musici, afkomstig uit de grote steden van Europa. De dirigent had vroeger de leiding gehad over het Filharmonisch Orkest van Warschau, en terwijl we daar stonden te wachten probeerde hij ons op ons gemak te stellen met een prachtige uitvoering van een beroemde aria uit de Tsjechische opera *De verwisselde bruid*. Het was: *Waarom zouden wij niet vrolijk zijn, daar God ons kracht geeft.*

Dat was misschien niet helemaal de meest gepaste muziek voor mensen die doorlopend met de stank van de dood in hun neusgaten rondliepen en die wisten dat ze elke dag zelf daaraan hun bijdrage konden leveren. Maar vreemd genoeg dacht bijna niemand van ons aan de dagen die voor ons lagen, want het enige wat er op dat moment toe deed was de verschijning van Reichsführer Heinrich Himmler. Voor één keer, zou je kunnen zeggen, stonden we aan dezelfde kant als de SS'ers, die ook wilden dat alles vlekkeloos zou verlopen. Plotseling stopte de muziek. Vanuit m'n ooghoeken, want ik durfde m'n hoofd niet te draaien, zag ik dat de dirigent vol verwachting naar de poort keek, waar een SS'er stond die hem zou waarschuwen als de stoet in zicht kwam. Daar stond hij, z'n dirigeerstok opgeheven, zich inhoudend tot het moment daar was om de muziek te spelen voor onze geëerde gast.

En toen gebeurde het. De catastrofe die iedere acteur vreest. Het dramatische moment van afgrijzen dat alleen bij de grootste gebeurtenissen past. De crisis die elk moment van de waarheid steeds weer schijnt te achtervolgen.

In de tiende rij van ons blok merkte de blokoudste dat bij Yankel Meisel enkele knopen misten.

Het duurde even voor de enormiteit van de misdaad tot hem doordrong. Toen velde hij hem met één slag. Een ongemakkelijk geschuifel ging door de gelederen. Ik kon zien hoe de SS'ers gespannen blikken uitwisselden, en toen zag ik de blokoudste met twee van zijn helpers Yankel de barak binnenslepen. Toen ze uit het zicht waren, gedroegen ze zich zoals mannen zouden doen die te schande gemaakt en verraden zijn. Ze sloegen en schopten het leven uit hem. Snel rosten ze hem af, als razenden, in een poging hem uit te wissen uit het tafereel en uit hun gedachten. En Yankel, die vergeten had zijn knopen aan te naaien, had niet eens het fatsoen om snel en stilletjes te sterven.

Hij schreeuwde. Een luide, klagende schreeuw, die schalde

door de warme, stille zomerlucht. Toen veranderde deze plotseling in het ijle geweeklaag van een eenzame doedelzak, maar ook toen hield het maar niet op. Het ging maar door en door; het overspoelde het vacuüm van de stilte, drong door in de strak in de hand gehouden geesten, van wie paniek zich meester begon te maken, het steeg zelfs uit boven de onregelmatig neerkomende klappen. Op dat moment, denk ik, was er niemand die Yankel Meisel niet haatte, die oude kleine Jood die alles verpestte, die ons allemaal in de problemen bracht door zijn niet aflatende, eenzame, zinloze protest.

Het geluid ging over in een zacht gejammer. Ik zag een SS-officier met een bezweet gezicht een korte knik geven in de richting van ons blok. Twee onderofficieren renden ernaartoe. En toen werd het stil.

De SS'ers kwamen vlug uit het gebouw gelopen en gingen terug naar hun plaatsen. De blokoudste en zijn onhandige collega-slagers schuifelden er schaapachtig achteraan, gekwetst door de onrechtvaardigheid van het hele gebeuren. Van alle blokken moest juist dat van hen zichzelf te kijk zetten, en dat met de hete adem van Himmler in hun nek. Van alle mannen moest juist Yankel Meisel de boel verzieken.

Op het podium had de dirigent van het orkest geen vin verroerd. Hij had zijn ogen nog geen seconde van de SS'er bij de poort afgewend, de man die hem het teken zou geven. De muziek balanceerde op het uiteinde van zijn dirigeerstokje, en dat was voor hem het enige wat ertoe deed.

Een korte, rustige waarschuwing. Himmlers gevolg was nog maar twintig meter van de ingang verwijderd. De dirigeerstok begon met verfijnde precisie te bewegen en het orkest volgde gehoorzaam, levendig, schitterend, met een stuk uit *Aïda*. Het was *De triomfmars*.

De poort zwaaide open. Een lange, zwarte, open Mercedes reed langzaam en met oneindige waardigheid Auschwitz binnen. Voorin zaten een chauffeur en een SS-officier in een bruin tenue. Daarachter zat Reichsführer Heinrich Himmler samen met Rudolf Höss, de commandant van het kamp. En in hun kielzog liep een bont gezelschap van hoge officieren. De groep bewoog zich voort met een tempo alsof het om een begrafenis ging, en in de jaren die volgden bleek het dat inderdaad te zijn geweest. Een begrafenisstoet.

Voor het orkest kwam de groep tot stilstand. Himmler stapte uit, glimlachend, duidelijk verrast en ingenomen met de muziek. Hij stond even stil om te luisteren en liep vervolgens, al babbelend met Höss, in de richting van ons blok. En terwijl hij naderbij kwam kreeg ik een absurd, overweldigend gevoel van opluchting.

Dagenlang hadden we met vrees naar dit moment toegeleefd. Uur na uur, dag en nacht. De gedachte eraan had ons vreselijk veel angst aangejaagd, tot Himmler in onze gedachten een almachtige boeman geworden was, een boze, lelijke duivel die onze botten zou vermalen als onze nagels vies waren. En nu bevond hij zich onder ons, zich voortbewegend met de elegantie en de charme van iemand uit de hogere middenklasse van het Engelse koningshuis, die geheel ontspannen in de welwillende atmosfeer van een Engels tuinfeest rondloopt.

Net als een lid van het Engelse koningshuis leek ook hij er slag van te hebben om anderen op hun gemak te stellen, zonder dat het hem enige inspanning leek te kosten. Lagerführer Aumeyer, de plaatsvervanger van Höss, deed stijfjes een stap naar voren, klikte z'n hakken tegen elkaar en doorboorde de lucht met een Hitlergroet. Himmler glimlachte, beantwoordde minzaam zijn groet, en nam hem op in de gezellige warmte van de binnenste cirkel. De stijfheid van de Lagerführer maakte plaats voor een respectvolle jovialiteit.

Vol verlangen staarde ik naar de groep terwijl deze langzaam in mijn richting liep, want tegen die tijd was mijn geest zo gemanipuleerd dat ik hen zag als heel bijzondere wezens. Zeker, het waren nazi's. Maar grote nazi's. Hatelijk? Ja. Maar toch ook bezienswaardig. Mannen die het leven van miljoenen in hun hand hadden, en de dood van miljoenen. Ik keek met enig ontzag naar hun uniformen met de messcherpe vouwen in de broek, hun smetteloze overhemden. En ik voelde een ongelofelijke kloof tussen hen en mij, ook al waren ze maar vijf meter van me verwijderd.

Himmler zelf kwam dichterbij. Ik bekeek zijn bleke, slappe gezicht, zijn uitdrukking die minzaam en tolerant was, ietwat verveeld en geamuseerd. Zijn montuurloze bril glinsterde in het zonlicht. In tegenstelling tot dat van de anderen leek zijn uniform niet helemaal goed te passen. Ik dacht: Deze man is geen monster. Hij lijkt meer op een schoolmeester. Een doodgewone, alledaagse schoolmeester!

Jaren later hoorde ik dat hij inderdaad leraar wiskunde was geweest voordat hij de bedenker van Hitlers vernietigingskampen werd. Voor hem was de dood niet meer dan een eenvoudige rekensom, eindeloze rijen van cijfertjes in een keurig bijgehouden tabel.

Nu stond hij vlak voor me. De fotograferende hielenlikkers draafden voor hem uit, hun camera's klikkend en ratelend. Zij stelden zich op en stommelden achteruit, plaatjes schietend op hun knieën, op hun buik, als razenden op zoek naar een nieuwe, onverwachte kijk op een klein stukje geschiedenis, heen en weer schietend als sleepboten voor een oceaanstomer.

Hij bereikte het eind van de rij, draaide zich om en liep weer terug, de gevangenen bekijkend met een beleefde belangstelling. Hij kwam weer vlak voor me langs, zo dicht dat ik hem aan had kunnen raken, en een seconde lang kruisten onze blikken elkaar. Hij had koude, onpersoonlijke ogen die weinig leken op te merken. Toch merkte ik dat ik bij mezelf dacht: Als hij erachter komt wat hier gebeurt, dan zorgt hij er misschien wel voor dat het beter wordt. Misschien krijgen we dan beter eten. Misschien worden we dan niet meer zo veel geslagen. Misschien ... Misschien worden we dan voor de verandering eens wat rechtvaardiger behandeld.

Ziet u, ik was Yankel Meisel alweer vergeten. En alle anderen ook, enkel en alleen omdat Heinrich Himmler glimlachte. Ik weet nog dat ik dacht: Als ze hem maar alles lieten zien! Als hij er maar op zou staan om alles te zien: het vergassen, het verbranden, de wreedheid, alles!

En hij stond erop dat hij alles zou zien. Dat hoorde ik vlak na de oorlog, toen Rudolf Höss in z'n gevangeniscel in Krakow zijn autobiografie schreef, voordat hij aan zijn eigen galg in Auschwitz geëxecuteerd werd. De uitgever verzocht mij om de proefdruk van dit afschuwelijke document te lezen en te controleren, en ik las: *Daarna klom hij (Himmler) op de toren naast de poort en liet zich de verschillende delen van het kamp aanwijzen, en ook de waterafvoer die in aanbouw was, en de omvang van de voorgestelde uitbreidingen. Hij zag de gevangenen aan het werk en inspecteerde hun huisvesting en de keukens en de ziekenhuisvoorzieningen.*

Ik richtte zijn aandacht voortdurend op de gebreken van het kamp en hij zag ze zelf ook. Hij zag de uitgemergelde zieken, en de oorzaken van de ziekten werden hem openhartig uitgelegd door de artsen. Hij zag het overvolle ziekenblok. Hij hoorde van het sterftecijfer onder de kinderen in het zigeunerkamp en hij zag de kinderen die leden aan de vreselijke ziekte noma.

Hij zag ook de stampvolle hutten en de primitieve, ontoereikende latrines en badhuizen. De artsen vertelden hem over het grote aantal zieken en doden, en vooral de redenen daarvan. Alles werd hem uiterst nauwkeurig uitgelegd, en hij zag alles precies zoals het in werkelijkheid was, en hij zweeg.

Hij volgde het hele proces van de vernietiging van een transport van Joden dat zojuist aangekomen was. Hij bekeek ook kort de selectie van de gezonde Joden, zonder bezwaar te maken. Hij maakte geen enkele opmerking over het vernietigingsproces, maar bleef zwijgen. Ondertussen observeerde hij onopvallend de officieren en onderofficieren van het kamp die betrokken waren bij de werkzaamheden, inclusief mijzelf.

In het vrouwenkamp zag hij de benauwde barakken, de ontoereikende toiletvoorzieningen en de kapotte watertoevoer, en hij vroeg de officier die de administratie bijhield om hem de voorraad kleren te laten zien. Overal zag hij wat er mis was. Hij liet zich alle details van het rantsoeneringssysteem uitleggen, en de extra's voor degenen die zwaar werk deden.

In het vrouwenkamp woonde hij de afranseling van een vrouwelijke crimineel bij (een prostituee die doorlopend inbraak pleegde en alles stal wat ze te pakken kon krijgen) om het effect ervan te observeren.

De Reichsführer kreeg echter ook de nodige ontspanning. Tussen het werk door voldeed hij aan zijn sociale verplichtingen. Zo woonde hij op de eerste dag een diner bij dat gegeven werd voor alle bezoekers en alle officieren van het Auschwitz-commando. Hij stond erop dat hij hen stuk voor stuk zou spreken, om met hen over hun werk en gezinnen te praten.

Later bezocht hij het huis van Höss, was heel charmant tegen diens vrouw en kinderen, nam met veel belangstelling z'n meubilair op en zei tegen de commandant dat z'n huis uitgebreid zou moeten worden, daar het een officiële woning was. En voor hij vertrok zei hij: 'Ik heb je werk gezien en de resultaten die je geboekt hebt, en ik ben tevreden en dank je voor je inspanningen. Ik bevorder je tot Obersturmbahnführer.'

In feite was hij helemaal niet tevreden met wat hij gezien

had, maar het waren niet de vreselijke omstandigheden waar hij mee zat. Het waren de ontzettend inefficiënte methoden die gebruikt werden om de Joden te vernietigen die met duizenden tegelijk begonnen binnen te komen uit alle delen van Europa.

De gaskamers vormden slechts een tijdelijke oplossing. Het verbranden van lichamen in open greppels betekende een verspilling van kostbare brandstof, en zorgde ervoor dat de Duitsers die het nabijgelegen Poolse stadje Auschwitz bezetten, klaagden over de stank. Voor een voormalige wiskundeleraar was de hele gang van zaken stomweg te inefficiënt voor woorden.

En dus gaf hij het bevel tot het bouwen van de grootste, efficiëntste vernietigingsfabriek die de wereld ooit gekend heeft. Want de moderne, betonnen gaskamers en de enorme crematoria konden maar liefst 12.000 lichamen per dag verwerken, en dat deden ze ook. De machines van Auschwitz zogen in drie jaar tijd 2.500.000 mannen, vrouwen en kinderen op, en braakten hen weer uit als een onschadelijke zwarte rook.

Heinrich Himmler bezocht het Auschwitz-kamp opnieuw in januari 1943. Ditmaal was ik blij om hem te zien komen, maar niet omdat ik nog steeds een restje hoop had dat hij uit welwillendheid of rechtvaardigheidsgevoel ons lot zou verbeteren. We verwelkomden zijn aanwezigheid enkel en alleen omdat het betekende dat er één dag geen ongeplande afranselingen of afslachtingen zouden zijn.

Opnieuw werden we in rijen opgesteld, keurig netjes, met de zieken achterin en de gezonden vooraan. Opnieuw speelde het orkest en klikten de hielen en koesterden de tirannen zich in de schaduw van de meester. Opnieuw inspecteerde hij het kamp meter voor meter en veegde hij met zijn dikke, pedante vinger over de schoorsteen van Auschwitz, kijkend of er stof op lag. En ditmaal was er geen Yankel Meisel die z'n kleine persoonlijke zandkorrel in de goed geoliede machine liet vallen.

Hoewel hij z'n ronde door het kamp met de voor hem gebruikelijke grondigheid maakte, was het weinig meer dan een aperitief voor de maaltijd die zou komen. Het belangrijkste doel van zijn bezoek was dat hij met eigen ogen de vruchten zou kunnen zien van de plannen die hij zeven maanden daarvoor had gesmeed.

Hij zou getuige zijn van de inwerkingstelling van 's werelds eerste lopendeband-moordmachine, het nieuwe speelgoed van commandant Höss, zijn crematorium. Het was waarlijk een schitterend ding, bijna honderd meter lang en vijftig meter breed, met vijftien ovens die elk in twintig minuten drie lichamen tegelijk konden verbranden, een betonnen monument voor de ontwerper, Herr Walter Dejaco.

Overlevenden van Auschwitz die, zoals ik, de slaven waren die het moesten bouwen, vinden het overigens wellicht interessant om te horen dat Herr Dejaco zijn beroep nog tot lang na de oorlog uitoefende, in Reutte, een stad in het Oostenrijkse deel van Tirol. In 1963 ontving hij de hartelijke gelukwensen van bisschop Rusk van Innsbruck voor de prachtige nieuwe pastorie die hij gebouwd had voor de pastoor van Reutte.

Maar in 1943 was er een oorlog aan de gang en hield hij zich bezig met een meer praktisch vertoon van zijn vaardigheden. De vernietigingsindustrie stond nog in de kinderschoenen, maar dankzij zijn efficiënte geest stond ze die ochtend toen Himmler ons bezocht, op het punt een grootse sprong voorwaarts te maken.

En hij kreeg zeker een indrukwekkende demonstratie te zien, slechts ontsierd door een tijdschema dat in menig klein spoorwegstation in Duitsland de nodige hoofdbrekens zou hebben gekost. Commandant Höss, die niets liever wilde dan zijn nieuwe speelgoed zo efficiënt mogelijk uitstallen, had gezorgd voor een speciaal transport van 3.000 Poolse Joden die klaarstonden voor de slachtpartij op de moderne, Duitse wijze.

Himmler kwam die ochtend om acht uur aan en de show zou een uur later beginnen. Tegen kwart voor negen zaten de nieuwe gaskamers propvol, met hun slimme namaakdouches en de bordjes *Houd u schoon* en *Blijf rustig* enzovoort.

De SS'ers die de wacht hielden hadden ervoor gezorgd dat er geen millimeter van de ruimte verloren ging, door een paar schoten te lossen op de ingang. Hierdoor werden degenen die al binnen waren, aangemoedigd om zich zo ver mogelijk van de deuren te verwijderen en konden er nog meer slachtoffers bij gepropt worden. Toen werden de baby's en de heel kleine kinderen op de hoofden van de volwassenen geslingerd en werden de deuren gesloten en verzegeld.

Een SS'er die een zwaar militair gasmasker droeg, stond boven op de gaskamers, klaar om de capsules met Zyklon-B naar binnen te laten vallen die waterstofcyanide zouden afgeven. Hij had die dag een ereplaats, want zelden zou hij zo'n voornaam publiek hebben, en hij was waarschijnlijk even zenuwachtig als iemand aan de start van een derby.

Tegen vijf voor negen was de spanning bijna ondraaglijk geworden. De soldaat met het gasmasker speelde wat met z'n dozen met capsules. De boel onder hem was tot de nok toe gevuld. Maar de Reichsführer was in geen velden of wegen te bekennen. Hij was vertrokken om te ontbijten, samen met commandant Höss.

Ergens rinkelde een telefoon. Alle hoofden draaiden in die richting. Een onderofficier rende naar de officier die de leiding over de hele operatie had. Diens gezicht verstijfde, maar hij zei geen woord.

De boodschap was: 'De Reichsführer is nog niet klaar met ontbijten.' Iedereen ontspande zich iets. Toen ging de telefoon nog een keer over. Weer haastte een zwetende onderofficier zich naar z'n meerdere. Weer een boodschap. De bevelhebbende officier vloekte in zichzelf, en mompelde iets tegen de mannen van dezelfde rang die om hem heen stonden.

De Reichsführer, zo leek het, zat nog steeds aan z'n ontbijt. De SS'er op het dak ging op zijn hurken zitten. De mensen in de gaskamers hadden tegen die tijd wel door wat een douche in Auschwitz betekende, en raakten in paniek. Ze begonnen te schreeuwen, te krijsen en op de deur te bonken. Maar niemand die buiten stond hoorde hen, want de nieuwe gaskamers lieten niet alleen geen gas, maar ook geen geluid door.

En zelfs als ze te horen waren geweest, had niemand er aandacht aan besteed. De SS'ers hadden zo hun eigen zorgen. De ochtend sleepte zich voort en de boodschappers kwamen en gingen. Tegen tien uur was het marathonontbijt nog steeds aan de gang. Tegen halfelf waren de SS'ers vrijwel immuun geworden voor vals alarm en de man op het dak bleef zelfs op z'n hurken zitten als de telefoon overging.

Maar tegen een uur of elf, precies twee uur te laat, kwam een auto aangereden. Himmler en Höss stapten uit en bleven een tijdje staan kletsen met de aanwezige officieren. Himmler luisterde aandachtig terwijl ze hem de gang van zaken tot in de details uitlegden. Hij kuierde naar de verzegelde deur, gluurde terloops door het kleine, dikke observatieraam naar de wriemelende lichamen achter de deur en liep terug om z'n ondergeschikten nog wat vragen te stellen.

Maar uiteindelijk was alles klaar voor de start. Een scherp bevel werd gegeven aan de SS'er op het dak. Hij maakte een rond deksel open en liet vlug de capsules vallen op de hoofden onder hem. Hij wist, iedereen wist, dat de warmte van de opeengepakte lichamen ervoor zou zorgen dat de capsules in een paar minuten hun gas zouden afgeven; en dus sloot hij het deksel weer snel.

Het vergassen was begonnen. Na een tijdje gewacht te hebben om het gif de gelegenheid te geven zich goed te verspreiden, nodigde Höss zijn gast beleefd uit om nog eens door het raampje te kijken. Een paar minuten lang keek Himmler naar binnen, duidelijk onder de indruk, en wendde zich toen met hernieuwde belangstelling tot de commandant met een nieuw stel vragen. Hij leek tevreden met wat hij gezien had en het had zijn humeur opgevijzeld. Hoewel hij slechts zelden rookte, nam hij een sigaret aan van een officier en lachte en maakte grapjes terwijl hij hem wat onhandig oprookte.

Dat de sfeer nu wat meer ontspannen was, betekende echter niet dat de wezenlijke zaken vergeten werden. Verschillende keren verliet hij het groepje officieren om door het raampje te kijken hoe de zaken ervoor stonden. En toen iedereen die binnen was, dood was, volgde hij met veel belangstelling de gang van zaken die volgde.

Met speciale liften werden de lichamen naar het crematorium gebracht, maar ze werden niet onmiddellijk verbrand. Eerst moesten de gouden tanden verwijderd worden. Het haar, dat gebruikt werd om de koppen van de torpedo's waterdicht te maken, moest van het hoofd van de vrouwen afgesneden worden. De lichamen van de rijkere Joden, die al vooraf gemerkt waren, moesten apart gehouden worden om ze open te snijden, voor het geval ze slim genoeg waren geweest om juwelen – of misschien wel diamanten – in hun lichaam te verstoppen.

Ja, het was een ingewikkeld werk, maar de nieuwe machinerieën liepen gesmeerd in de handen van de goed getrainde troepen. Himmler wachtte nog tot de rook boven de schoorstenen dikker begon te worden en keek toen op z'n horloge.

Het was één uur. Tijd voor de lunch dus. Hij schudde de hand van de officieren, beantwoordde nonchalant en opgewekt de groet van de lagere manschappen en klom terug in de auto, samen met Höss.

Auschwitz was in bedrijf. En op een schaal waarover kleine oude Yankel Meisel in verwondering en ongeloof z'n hoofd geschud zou hebben. Hij was nooit erg ambitieus geweest en het idee van zo'n gestroomlijnde massale vernietiging zou hem gewoon boven z'n pet zijn gegaan.

Maar goed, hij had dan ook nooit van de *Endlösung* gehoord, laat staan van de rol die Auschwitz daarin zou spelen.

2

Een zoon als ik

Ik zat in de huiskamer, maar ik had maar weinig aandacht voor de Russische grammatica die ik open voor me had liggen. Ik wist dat van studeren toch niet veel meer terecht zou komen. Ik hoorde m'n moeder die in de keuken aan het rommelen was, vlak naast de huiskamer. Ze ging vreselijk tekeer met de steelpannen en dat was een duidelijke aanwijzing dat er een ruzie in de lucht zat.

En daar had ze ook wel reden toe, neem ik aan. Een uur daarvoor had ik haar verteld dat ik naar Engeland wilde gaan om me bij het Tsjechoslowaakse leger in ballingschap aan te sluiten. En vanuit mijn moeder gezien, in het stadje Trnava, een kilometer of dertig van Bratislava, leek Engeland even ver weg als de onbetreden jungle van Peru.

Ik hoorde haar schelle en sarcastische stem boven de wanklanken van het keukenorkest uit, alsof ze bij mij in de kamer stond.

'Waarom vlieg je niet even naar de maan, om een stukje groene kaas voor jezelf af te snijden? Maar zorg dat je op tijd terug bent voor het eten!' Ik zei maar niets. Een heerlijke geur, een fantastische combinatie van wienerschnitzel, apfelstrudel en gebakken aardappelen, leidde mijn aandacht voor korte tijd af van het twistgesprek dat nog maar nauwelijks begonnen was. 'Ik weet niet waar we jou vandaan hebben. Je lijkt in ieder geval in niets op mijn kant van de familie. Eerst die toestand met het Engels leren. En toen, alsof dat nog niet erg genoeg was, Russisch, jawel!'

Gesnuif. Nog wat gekletter van pannen. Gemompel waarvan het onduidelijk was of het voor mij of voor de schnitzel bedoeld was. 'Russisch! Waarom kun je je niet gewoon ergens vestigen zoals alle normale mensen en een fatsoenlijk vak leren? Waar heb je trouwens die verwaande ideeën vandaan?'

Ik deed m'n Russische grammatica dicht, liep naar de keuken en zei: 'Mamma, ik ben niet van plan me als een kalf in een veewagen te laten deporteren.'

De steelpannen zwegen. M'n moeder veegde haar handen af aan haar enorme schort, keek me met een lange, scherpe, doordringende blik aan, zuchtte eens flink en zei: 'Nee, dat zal ook wel niet. Misschien heb je wel gelijk.' Toen maakte ze een sprong naar de gaskachel en trok een pan van het vuur, alsof ze een kind uit de Donau redde.

'Kijk nou wat je veroorzaakt!' snauwde ze. 'De aardappels zijn aangebrand!'

Bij ons thuis was dat echt een zware misdaad, want m'n moeder was een uitstekende en vooral trotse kokkin.

Elke Joodse moeder zou zich zorgen hebben gemaakt om een zoon als ik. In het onafhankelijke protectoraat Slowakije, dat in de persoon van z'n president, mgr. Tiso, gezworen had om zij aan zij te strijden met z'n weldoeners, de nazi's, werd van Joden verwacht dat ze niet te hoog grepen. In feite was het hun zelfs bij de wet verboden om dat te doen.

Het waren niet zozeer de wetten waar mijn moeder zich zorgen om maakte. Het was eerder een gewetenskwestie, het verlangen om het juiste te doen. Haar geest was zo gekneed door de berustende leiders van onze gemeente dat ze de positie van tweederangsburger min of meer geaccepteerd had als iets dat redelijk en juist was.

Toen ik bijvoorbeeld Engels wilde leren, schudde ze haar hoofd om me en maakte ze zich bezorgd, zoals Engelse ouders zich zorgen zouden kunnen maken als hun zoon weigerde cricket te spelen en in plaats daarvan op honkbal ging. Ze zag mijn studie als iets excentrieks.

Toen ik ook nog Russisch in m'n studiepakket opnam, maakte ze zich zoveel zorgen om mijn geestelijke gezondheid dat ze met me naar de dokter ging. Gelukkig sprak hij zelf ook Russisch en was hij in staat haar ervan te verzekeren dat mijn streven wellicht wat ongewoon was, maar op zich niet op een ziekelijke aanleg wees.

Als ik nu terugdenk aan mijn houding van toen, dan sta ik ervan te kijken dat ook ik zo veel zo gemakkelijk accepteerde. De enige redelijke conclusie is dat het kwam doordat de wetten die onze rechten inperkten heel discreet werden ingevoerd, bijna onzichtbaar om ons heen neervallend als een rustige sneeuwbui.

Ik werd me voor het eerst van ze bewust op m'n vijftien de, toen mijn naam geschrapt werd van de leerlingenlijst van de plaatselijke middelbare school. Ook privéonderwijs werd mij ontzegd en het werd me zelfs verboden voor mezelf te studeren, een regeling die natuurlijk onmogelijk afgedwongen kon worden en waar ik me dan ook niets van aantrok. Maar ik kon niet meer naar school en ging dus als arbeider werken.

Op het werk werden twee loonschalen gehanteerd, zoals ik al snel merkte: een lage voor Joden, en een hogere voor alle anderen. En toen ik zonder werk kwam te zitten, merkte ik dat ik achter in de rij voor het arbeidsbureau terechtkwam. De banen gingen eerst naar de niet-Joden, en we konden van geluk spreken als er nog een paar overbleven.

Daarna werd onze bewegingsvrijheid ingeperkt. We mochten enkel in bepaalde plaatsen wonen en dan nog alleen in bepaalde wijken van die plaatsen, de armere wijken. Ook de mogelijkheden om te reizen werden beknot en we mochten slechts een beperkte afstand reizen zonder speciale toestemming. En zo werd in Slowakije langzaam maar zeker het gettosysteem ingevoerd.

Uiteraard vond ik dit alles vreselijk. Toch accepteerde ik deze regelingen min of meer als onplezierige dingen die bij het leven hoorden. Zelfs toen verordend werd dat Joden een gele davidster op hun jas moesten dragen, voegde ik mij daarnaar zonder dat het me veel kon schelen.

Pas toen de deportatiewetten door de regering aangenomen werden, kwam ik plotseling in opstand.

Ik kan niet precies zeggen waardoor de vlam van de rebellie in mij ontstoken werd. Misschien kwam het doordat ik toen zeventien was en in ieder geval m'n ogen open had. Misschien kwam het doordat ik bij staatsverordening van de ene op de andere dag in de eerste plaats Jood was, in plaats van Slowaak. Het is waarschijnlijker dat het kwam doordat ik het afschuwelijk vond om m'n eigen land uit geschopt te worden.

Want dat was de bedoeling. In alle kalmte werd ons verteld dat alle Joden naar reservaten in Polen gestuurd zouden worden, waar we zouden leren werken en onze eigen gemeenschappen zouden kunnen opbouwen. De jonge, gezonde mannen zouden als eersten gaan, zo meldde de aankondiging, en in die omstandigheden leek dat redelijk genoeg. Uiteraard begrepen we pas later dat de eigenlijke reden hiervan was dat men de ruggengraat van een eventueel verzet wilde breken.

Ik wist niet dat het reservaat een vernietigingskamp genaamd Auschwitz was, een plek waar van mij verwacht werd dat ik fatsoenlijk en rustig zou sterven. Maar ik kon het gewoon niet verkroppen dat ik niet langer lid van de gemeenschap was, en dat ik daarom afgemarcheerd zou worden, zoals vroeger de Indianen in Noord-Amerika. Het enige verschil tussen hen en ons was alleen dat de Indianen in hun eigen land mochten blijven.

Mijn moeder was een vastberaden, zelfbewuste vrouw, die uit vrijwel niets een kleine kleermakerij had opgebouwd. Ze had graag dat alles volgens haar plan verliep. Maar als ze eenmaal voor iets gezwicht was, accepteerde ze de nieuwe zienswijze van harte en pakte de zaak met een onverbiddelijke logica aan.

Ze kwakte een sissende wienerschnitzel voor me neer en zei: 'Hoe ben je van plan in Engeland te komen?'

'Door Hongarije. Dan naar Joegoslavië. Als ik dan merk dat ik niet verder kan komen, voeg ik me bij de Titoïsten.'

Een tijdje bleef ze stil. Ik wist dat ze dacht aan de grenzen die ik moest oversteken, aan de Slowaakse Hlinka-wachten in hun zwarte uniformen, die de SS probeerden na te apen; aan de schietgrage Hongaarse grenspatrouilles; aan de duizend-en-een gevaren waaraan ik bloot zou staan als ik dwars door een Europa in oorlog zou proberen te trekken. Toen, nadat ze deze gedachten verwerkt had, zei ze kalm: 'Je hebt kleren nodig, en je hebt geld nodig.'

Op de een of andere manier lukte het haar om voor kleren te zorgen. Geld was een groter probleem. Maar na een paar dagen kwam ze naar me toe en zei: 'Hier heb je wat, zoon. Het is niet veel, maar het is alles wat ik bij elkaar kan krijgen.'

Het was tien pond, net genoeg voor mijn kaartje naar Engeland.

Ondertussen had ik de route bestudeerd. Ik had besloten dat ik het best naar Sered, aan de Slowaakse kant van de grens, kon gaan en dan dwars door het land naar Galanta in Hongarije, ongeveer tien of twaalf kilometer verderop. Daar woonden familieleden van een schoolkameraad van me, van wie hij zei dat ze me wel verder zouden willen helpen.

Het probleem was om van Trnava naar Sered te komen, een behoorlijke afstand, en veel verder weg dan het Joden toegestaan was om te reizen. Het was duidelijk dat ik niet met de trein kon gaan, want de passagiers werden doorlopend gecontroleerd en ik zou gearresteerd worden voor ik een paar kilometer gereden had; en lopen zou nog veel gevaarlijker zijn, want dan zou ik door onbekend land moeten trekken en dat zou onmiddellijk verdacht zijn. Mijn moeder kwam met een oplossing. Nonchalant, want nu ze zich in de situatie geschikt had toonde ze nauwelijks enige emotie, zei ze: 'Je moet met de taxi gaan. Een kennis van je vader wil je er wel heen brengen zonder al te veel vragen te stellen.'

Het klonk belachelijk. Wie deed er nou een vluchtpoging in een taxi. Maar toen ik er verder over nadacht, besefte ik dat mijn moeder gelijk had.

Het duurde nog een week voor ik klaar was om te vertrekken. De taxichauffeur, een keihard type met een enorme buik, een door tabak verkleurde hangsnor en het gezicht van een bloedhond, was niet erg ingenomen met de rit, want als hij gesnapt werd terwijl hij mij vervoerde, zou hij zelf ook gearresteerd worden. Maar in naam van de vriendschap stemde hij erin toe mij weg te brengen en ik wist dat ik hem zonder meer kon vertrouwen.

En dus nam ik in maart 1942 afscheid van mijn moeder, bedankte haar voor alles wat ze gedaan had en pakte mijn tas. Haar gezicht toonde weinig emotie en het enige wat ze zei was: 'Pas goed op jezelf. En vergeet niet schone sokken aan te trekken.'

Toen de taxi wegreed keek ik niet meer om, niet omdat de emoties mij te veel werden, maar omdat ik te druk bezig was mijn davidster van m'n schouder te scheuren.

Daarna leunde ik achterover in de versleten leren bekleding en m'n maag kromp ineen van de opwinding. In m'n zak had ik het geld van m'n moeder, een landkaart en een doosje lucifers. Het was niet veel voor de reis die ik zou beginnen, maar ik was pas zeventien jaar en had nog niet geleerd risico's af te wegen.

Na een halfuur zagen we de lichten van Sered. Al die tijd hadden de chauffeur en ik nog maar een paar woorden gewisseld. We werden allebei steeds meer gespannen en woorden leken niet op hun plaats.

Pas toen we ergens in de stad stilhielden en ik uitstapte om hem te betalen, werden we wat spraakzamer. Het tarief, zo vertelde hij me, was vierhonderd kroon, 20 pond, dus veel meer dan ik had.

Het was een vervelend moment voor ons beiden. Ik haalde m'n geld tevoorschijn en bood het hem aan. Met een trieste blik staarde hij er een tijdje naar, krabde zich op z'n hoofd, trok aan z'n snor en zei ten slotte met een enorme zucht: 'Hou de helft maar. Je zult het nodig hebben. Geef me een briefje mee voor je moeder, dan kan zij de rest later betalen.'

Deze man was geen Jood, maar hij was zeker een vriend. Ik probeerde hem te bedanken, maar hij was alweer ingestapt en weggereden voor ik de woorden gevonden had. Zijn missie – en voor hem was het werkelijk een gevaarlijke missie – was voltooid.

Ik pakte m'n tassen op en keek naar Sered. Uit de cafés kwam warm licht en gelach. Overal om me heen snelden mensen naar huis door het vleugje sneeuw dat viel. Aan het eind van de straat zag ik een gendarme die mijn kant op kuierde. Dus ik keerde de lichten en het gelach de rug toe en bleef lopen tot ik het stadje uit was, weg van die gevaarlijke gezelligheid.

In het maanlicht keek ik op mijn kompas en liep, naar ik hoopte, in de richting van de Hongaarse grens en Galanta. Het sneeuwde nu wat harder en ik had het niet alleen koud, maar voelde me opeens ook erg eenzaam. De opwinding stierf weg in de vijandige duisternis en maakte plaats voor iets dat erg veel op angst leek.

Zo liep ik urenlang, voortdurend m'n opstandige zenuwen in bedwang houdend. En uiteindelijk zag ik lichten voor me. Galanta! Ik was in Hongarije aangekomen.

Ik versnelde m'n pas en om vijf uur in de ochtend liep ik het uitgestorven stadje in, op m'n hoede voor patrouillerende agenten. Het kostte me weinig moeite om het huis van m'n vriend te vinden en slap van de opluchting en vermoeidheid klopte ik op de indrukwekkende deur.

Lange tijd bleef het stil. Ik klopte nog eens, nu wat luider. En toen er uren verstreken leken te zijn, hoorde ik zacht voetstappen aankomen. De deur ging een paar centimeter open en het angstige gezicht van een dienstmeisje keek me aan. Toen werd de deur weer dichtgegooid.

Ik klopte opnieuw en drukte op de bel zonder m'n vinger ervan af te halen, ondertussen over m'n schouder kijkend, want ik verwachtte dat er ieder moment een politieagent om de hoek kon komen. Ik hoorde nog meer voetstappen en toen een gefluisterd gesprekje, dus ik stopte met bellen en de deur ging weer open.

Een lange, aantrekkelijke vrouw in een peignoir keek op me neer. Ik zei snel: 'Ik ben Rudi Vrba, een vriend van Stefan. Hij zei dat als ik hier aan zou kloppen ...'

Ze onderbrak me. Na me nauwkeurig opgenomen te hebben, zei ze langzaam: 'Je bent een vriend ... van Stefan?'

'Ja. We hebben samen op school gezeten.'

Een lange tijd stond ze naar me te staren. Toen trok ze met tegenzin de deur wat verder open en zei: 'Kom maar binnen.'

Ik vond het maar raar. Goed, het was halfzes in de ochtend, maar toch had ik wel een iets warmer welkom verwacht van de familie van een oude schoolvriend. Maar toen ik niet helemaal op m'n gemak de enorme hal inliep, viel m'n oog op een grote spiegel aan de muur en zag ik mezelf.

Een donkere jongeman met een bleek gezicht keek me aan. Zijn haar zat helemaal in de war en z'n kleren zaten onder de modder. Om z'n ogen zaten rode kringen en z'n blik was wat verwilderd. Hij zag eruit als een kruising tussen een bandiet en een zwerver. Ik kon me nauwelijks iets voorstellen dat minder op een student leek.

Ik wendde me tot m'n gastvrouw en zei zwakjes: 'Het spijt me. Ik ben komen lopen van Sered. Ik moest door de velden heen.'

Haar gezicht verstijfde en ze zei bijna fluisterend: 'Bedoel je … dat je hier … illegaal bent?'

Ik knikte. Ze hief haar mooie ogen naar de hemel, gaf een diepe zucht, schudde haar hoofd alsof ze probeerde haar gedachten te ordenen en zei: 'Ik geloof dat je beter eerst een bad kunt nemen. We praten straks aan het ontbijt wel verder.'

Het dienstmeisje ging me voor naar een badkamer als een paleis, terwijl ze me de hele tijd in de gaten hield alsof ik een bom in m'n zak had. Ze draaide de kraan open en beende weg zo snel als haar dunne beentjes haar wilden dragen. Het bad was heerlijk en ik bleef er minstens een halfuur in liggen. Mijn vermoeidheid loste op in het warme, geurige water. Toen ik eruit kwam, zag ik dat mijn kleren, die ik in de kleedkamer had uitgedaan, keurig schoongemaakt en geperst waren.

Ik ging naar beneden, er weer iets beschaafder uitziend en me ook zo voelend. Mijn gastvrouw en haar man, een stevige, elegante man met zilverkleurig haar, zaten me op te wachten aan een volgeladen ontbijttafel. Terwijl ik at, kletsten ze wat over Stefan; pas toen ik klaar was, begonnen ze over ernstiger dingen te praten.

En het was inderdaad ernstig. M'n gastheer zei rustig: 'Ik neem aan dat je weet hoe de toestand hier in Hongarije is?'

Ik leegde m'n derde kop koffie en zei vrolijk: 'Nee.' Ik voelde me weer prima, zo schoon en met een volle maag.

'Nou, ik denk dat je het wel moet weten. We hebben hier een staat van beleg, wat op zich al erg genoeg is. Maar bovendien is de relatie tussen Slowakije en Hongarije op het moment zo slecht als het maar zijn kan. De overheid weet dat er een zeker grensverkeer is en iedereen die een Slowaak helpt, wordt onmiddellijk gevangengezet voor het herbergen van een spion.'

Opeens lag het heerlijke ontbijt me heel zwaar op de maag. Ik voelde me weer smerig.

'Bedoelt u ... dat ik jullie hier in gevaar breng?'

Hij knikte. Ik wilde opstaan, maar hij wenkte me direct terug in m'n stoel. 'Niet zo haastig', zei hij. 'Dit zal wat organisatie vergen. Als je in je eentje de straat op gaat, dan word je binnen vijf minuten opgepakt. Eigenlijk begrijp ik niet dat je niet al veel eerder opgepakt bent!'

Hij liep naar de telefoon en draaide een paar nummers. Binnen een halfuur leek het hele huis vol mensen te zijn. Er vond een levendige bespreking plaats, waarbij besloten werd dat ik zo gauw mogelijk naar Boedapest moest vertrekken.

Opnieuw stond ik op. Wat ongeduldig zei m'n gastheer: 'Waar ga je nu weer heen?'

'Naar het station.'

'Allemachtig, jongen,' brulde hij, 'ben je gek? Ik zei toch dat dit een boel organisatie zou vergen!'

En dat deed het zeker. Eén man bracht me naar het station. Een andere kocht een kaartje voor me, een kaartje voor de tweede klas, omdat de mensen in de derde klas eerder zouden kletsen en vragen stellen en mensen in de eerste klas me zouden kunnen aangeven, omdat ik er niet uitzag als een eersteklasreiziger.

Een derde man kocht een exemplaar van de plaatselijke fascistische krant om me een antisemitisch tintje te geven, en een vierde stopte me wat kleingeld in de hand. Het kaartje, het geld en de krant werden me heimelijk overhandigd terwijl de koeriers vlak langs me liepen zonder me aan te kijken. En tegen een uur of negen, vier uur na mijn aankomst in Galanta, reed ik in een sneltrein de stad weer uit.

De fluit van de trein klonk over het land en ik leunde achterover en probeerde te doen alsof ik sliep. Het kleingeld en het geld van m'n moeder voelden prettig aan in m'n zak; maar in m'n hoofd had ik een nog veel waardevoller bezit dan geld: het adres van een socialistische verzetsman in Boedapest, dat ik gekregen had van m'n vrienden in Trnava. Pista zou me wel verder helpen, hadden ze gezegd.

Ik ging direct naar zijn huis toe, een groezelige kleine flat in een arbeiderswijk. Een vrouw in het zwart keek nerveus naar me en zei: 'Hij is er niet. Ga naar zijn broer, misschien kan die contact met hem opnemen voor je.'

Ze krabbelde het adres op een papiertje. Ik zag dat het in een wat betere wijk was en vertrok weer, met het gevoel dat ik eindelijk de situatie wat onder controle begon te krijgen. Bij het huis werd ik direct binnengelaten alsof ik een oude vriend was en kwamen koffie en gebak op tafel.

Terwijl ik het opat vertelde ik hun mijn verhaal. De broer van de verzetsman hoorde het aan zonder iets te zeggen en glimlachte toen wrang.

'Dit is wat vervelend', zei hij. 'Ik ben namelijk lid van de plaatselijke fascistische organisatie!'

Ik verstijfde en had het gevoel dat m'n maag zich omkeerde. Ik was gesnapt en dat niet alleen, maar ik had daarbij ook nog alles opgebiecht; ik had zelfs m'n vrienden in Galanta genoemd. M'n blik gleed naar de deur en het raam; maar tot mijn verrassing begon mijn fascistische gastheer te bulderen van het lachen.

'Rustig maar!' zei hij. 'Velen van ons zijn tegenwoordig bij de organisatie. Het is goed voor de zaken. En voor de gezondheid. Je kunt wel hier blijven tot we uitgezocht hebben wat we met jou aan moeten.'

Ik bleef tien dagen bij hem, maar toen begon ik te vinden dat ik misbruik maakte van zijn gastvrijheid. Dus ik ging naar hem toe en zei: 'Ik moet een baan vinden. Ik denk dat ik naar de zionisten toestap om te kijken of zij me kunnen helpen papieren te krijgen en daarna werk.'

Mij klonk het als een verstandig plan in de oren. Maar m'n gastheer was er niet zo enthousiast over.

'Mijn vriend,' zei hij, 'ik denk niet dat ze je met open armen zullen ontvangen.'

'Waarom niet? Zij moeten me wel helpen!'

Hij haalde z'n schouders op en verdiepte zich weer in z'n partijdossiers die over de tafel verspreid lagen.

Die middag ging ik naar het O.M.Zs.A.-huis, het hoofdkwartier van de zionisten in Boedapest. Uitgebreid vertelde ik daar mijn verhaal aan een streng ogende man van midden in de dertig.

Hij dacht even na en zei toen: 'Je bent illegaal in Boedapest. Is dat wat je wilt zeggen?'

'Ja.'

'Weet je niet dat je de wet overtreedt?'

Ik knikte, terwijl ik me afvroeg hoe iemand die zo dom was, kwam aan een functie die me zo verantwoordelijk toescheen.

'En je verwacht hier werk te krijgen zonder papieren?'

'Met valse papieren.'

Als ik de Talmoed kapotgescheurd had en erop was gaan stampen, had ik hem waarschijnlijk niet erger kunnen schokken. Zijn mond ging een paar keer open en dicht en toen brulde hij: 'Besef je dan niet dat het mijn plicht is je aan de politie over te dragen?'

Nu was het mijn beurt om hem aan te gapen. Een zionist die een Jood aan de fascistische politie overdroeg? Ik dacht dat ik gek aan het worden was.

'Weg hier! Vertrek zo snel als je kunt!'

Ik vertrok, geschokt en in de war. Pas drie jaar later zou ik beseffen wat het O.M.Zs.A.-huis en de mensen daar vertegenwoordigden.

Mijn fascistische vriend was helemaal niet verbaasd toen ik hem vertelde wat me overkomen was. Hij was het echter met me eens dat ik Boedapest zo snel mogelijk moest verlaten voor het geval dat de zionistische beambte me aangaf bij de politie. Dus ik werd nog eens het middelpunt van een familievergadering.

Ten slotte werd besloten dat ik naar Slowakije terug zou gaan en dat daar, in Trvana, vrienden me op zouden wachten met valse papieren die zouden aantonen dat ik een goede, zuivere Ariër was.

Ik zag maar één moeilijkheid in het overigens uitstekende plan. 'De reis van Galanta naar Sered zou weleens niet zo gemakkelijk kunnen zijn', zei ik. 'Hoe moet het als ik vertraging oploop?'

'Maak je geen zorgen. Ze weten welke problemen je kunt tegenkomen. Ze zullen zes dagen op je wachten.'

Ik besefte toen dat ik hier te maken had met mensen die niet alleen geduldig, maar ook heel moedig waren. Een week lang in een grensstadje rondhangen betekende erom vragen gearresteerd te worden.

Het mechanisme dat ik uit Galanta kende, werd nu in

omgekeerde richting in werking gezet. Op het station van Boedapest kreeg ik mijn treinkaartje, wat geld en een fascistische krant, steeds van iemand anders. Ik stapte op de sneltrein en drie uur later stond ik aan de rand van Galanta, klaar om op weg te gaan naar het veld en de grens.

Tegen die tijd voelde ik me al een hele veteraan. Ik was nu immers op bekend terrein en ik had heel wat geleerd sinds het moment waarop ik een week of twee daarvoor afscheid genomen had van mijn moeder. Ik voelde me zelfs redelijk gelukkig terwijl ik door de modder voortploeterde.

Maar toen gebeurde het. Uit het donker klonk een raspende stem: 'Halt!' Ik hield stil en draaide me langzaam om. Ik kon vaag de omtrekken zien van twee Hongaarse grenswachters. Een bleek maantje werd weerspiegeld op de loop van hun geweren.

Ik draaide me snel om en begon te rennen, als een waanzinnige over de zware grond stampend. Ik hoorde nog meer geschreeuw en een paar schoten. Ik stopte, hijgend en bang.

Als ik wat meer ervaring had gehad, was ik natuurlijk doorgerend, want de kans dat zij me in het donker rennend zouden raken, was heel klein; maar dit stukje elementaire militaire strategie zou ik pas later leren, veel later.

Ik draaide me opnieuw om, m'n gezicht naar hen toegewend. Ze kwamen voorzichtig in mijn richting gelopen, de geweren in de aanslag. De ene bleef staan en hield me in het oog terwijl de andere dichterbij kwam. Hij pakte zijn geweer bij de loop en sloeg me razendsnel tegen de zijkant van m'n hoofd, waardoor ik op de grond viel.

Een laars trapte tegen mijn lies. Ik kromp ineen terwijl de pijn de bewusteloosheid verdreef en de hemel boven mij in het rond tolde. Van ver weg klonk een ruwe stem: 'Waar ga je heen?'

Snakkend naar adem zei ik: 'Naar Boedapest.'

'Opstaan!'

Ik probeerde op te staan, maar slaagde er niet in. Ze trokken me op m'n voeten en wisten me onder trappen en slaan naar de grenspost te brengen.

Daar waren nog zo'n tien andere wachters. Ze bekeken me zonder veel nieuwsgierigheid, want dit was nachtelijke routine voor hen. Toen begonnen ze me op een nogal zeurende manier te ondervragen.

Opnieuw werd mij gevraagd: 'Waar ga je heen?'

'Naar Boedapest.'

Een vuist raakte me op m'n mond en sloeg me tegen de muur.

'Wie ken je in Boedapest?'

'Niemand.'

Een korporaal met een pokdalig gezicht trok langzaam zijn revolver, gooide die omhoog en ving hem op bij de loop. Hij sloeg me recht in m'n gezicht met de kolf en terwijl ik viel leek de hele kamer vol vuurwerk.

Langzaam opende ik m'n ogen. Een glanzende laars stond een paar centimeter van m'n gezicht. Opnieuw klonken de stemmen ver weg en werd ik overeind getrokken.

'Je bent een spion! Geef het toe!'

Ik knipperde versuft met m'n ogen en schudde m'n hoofd. Ik proefde bloed in m'n mond en m'n lippen waren zo gezwollen dat ik nauwelijks kon praten. Toch slaagde ik erin om te stamelen: 'Naar Boedapest.'

Dat waren mijn laatste woorden voor het eerstvolgende halfuur, want het patroon begon zich nu te herhalen. Een vraag. Een klap. Een vraag. Een klap. Zelfs als ik had willen praten, had ik het niet gekund, zo erg was ik in de war.

Ik voelde de slagen bijna niet meer, misschien omdat ik bijna bewusteloos was, maar plotseling hielden ze op. Als door een mist zag ik dat iedereen in de kamer stijf in de houding stond. Met veel moeite wist ik m'n hoofd om te draaien en zag een netjes geklede officier in de deuropening staan. Ik dacht: Nu zal het slaan eindelijk ophouden. Geen wreedheden meer. Officieren gedragen zich als heren.

Het was een zwaargebouwde, gladgeschoren man van midden dertig en hij ging achter de tafel zitten met een trieste zucht, bijna alsof hij medelijden met zichzelf had. Een paar minuten lang rommelde hij tussen de spullen die de soldaten uit mijn zakken hadden gehaald: een nogal smerige zakdoek, wat muntjes, wat onbelangrijke papiertjes. Nog een diepe zucht waarmee hij de goede God leek te vragen om medelijden te betonen met alle dienstdoende officieren.

Hij keek op en staarde me een tijdje aan. Het was geen onsympathieke blik. Hij leek te willen zeggen dat we allebei slachtoffer van omstandigheden waren die we beiden onsmakelijk vonden, en dat het voor alle betrokkenen veel eenvoudiger geweest was als ik helemaal niet gearresteerd zou zijn.

Ik begon me wat te ontspannen. De soldaten hadden mijn meest belangrijke bezit niet gevonden: mijn geld, dat ik in de zoom van mijn broek genaaid had. Ik wist ook zeker dat ik geen geschreven bewijzen bij me had, geen adressen, niets wat m'n vrienden in Boedapest zou kunnen verraden.

Zijn gezicht en z'n stem waren zacht toen hij me de oude vertrouwde vraag stelde: 'Waar ging je heen?'

'Naar Boedapest. Ik ben een Slowaakse Jood. Ik wilde niet gedeporteerd worden. Ik ben net de grens overgestoken.'

Hij fronste zijn voorhoofd en begon met een van de stukjes papier te spelen. Hij streek het glad en keek me bijna verwijtend aan. Iets in zijn manier van doen maakte dat ik ook naar het papiertje keek; en m'n maag kromp ineen toen ik het herkende.

Het was een kaartje van de tram in Boedapest!

Langzaam liep hij om de tafel heen en sloeg me tweemaal

met veel precisie. Twee soldaten stonden achter mij om me overeind te zetten voor de volgende klap, de volgende vraag.

'Waar woonde je in Boedapest?'

'Buiten. In de parken. In dat soort plaatsen.'

Nog een klap die langzaam leek te komen, maar me naar achter smeet in de armen van de soldaten.

'Je bent een spion. Wie zijn je medeplichtigen?'

'Ik ben geen spion. Ik ben een vluchteling. Ik heb geen medeplichtigen.' Nu begon ik bang te worden. Niet voor mezelf, maar voor al degenen die me hadden geholpen, m'n fascistische vriend en de mannen die me uit de hoofdstad hadden gesmokkeld. Ik was bang dat deze man met z'n geschoren gezicht erin zou slagen mij te laten praten, want daar was hij duidelijk een expert in.

Vermoeid hield hij z'n hand op. Onmiddellijk gaf een soldaat hem een korte knuppel. De twee soldaten die achter me stonden, dwongen me op een tafel. En toen begon hij mijn gezicht te bewerken met een doelgerichtheid waarbij de eerdere inspanningen van z'n ondergeschikten amateuristisch en verspilde moeite leken.

De klappen sneden in m'n gezicht, korte, felle slagen die met dezelfde eentonige regelmaat kwamen als de vragen. Namen en adressen lagen op het puntje van mijn tong, om weer ingeslikt te worden door een of andere kracht in mij waarvan ik het bestaan niet eens vermoedde.

'Ben je een spion? Wie zijn je vrienden? Waar wonen ze?'

M'n ogen verdwenen onder m'n opgezwollen oogleden en het bloed op mijn gezicht begon vast te koeken. Mijn hele wereld bestond uit die knuppel en hoewel ik niet langer kon zien, verloor ik nog geen seconde m'n bewustzijn. De knuppel drong m'n hersens binnen, maar slaagde er niet in me helemaal onder de duim te krijgen, ondanks het feit dat deze efficiënte officier mij drie uur lang bewerkte.

Daarna hield hij op, niet omdat hij moe geworden was, maar omdat hij ervan overtuigd raakte dat ik de waarheid sprak. Zijn enige probleem was nu nog hoe ze me snel en netjes konden wegwerken, want in zijn leven of in zijn gevangenis was geen plaats voor kleine visjes als ik.

Vaag hoorde ik hem tegen een paar soldaten zeggen: 'Breng hem terug naar de grens. De gewone behandeling.'

De gewone behandeling. Hoe slecht ik er ook aan toe was, ik besefte dat ze me zouden doden en dumpen in het niemandsland bij de grens. En op de een of andere manier was die gedachte niet echt beangstigend. De enige emotie die ik op dat moment had, was een mengeling van trots en opluchting; trots omdat ik niet gebroken was en opluchting omdat m'n vrienden veilig waren.

Ze sleepten me terug over het land en door de frisse lucht kwam ik weer wat bij. Na een poosje, toen ik wist dat we dicht bij de grens moesten zijn, hielden we halt en zei een van de soldaten: 'Geef me je geld.'

Een enkele dwaze seconde lang dacht ik dat ik m'n leven terug zou kunnen kopen. Ik scheurde het geld uit m'n broek en hield het naar voren.

'Gooi het op de grond, Slowaakse smeerlap.'

Ik smeet het op de grond. Zonder z'n ogen van me af te halen pakte hij het op, stopte het in z'n zak en zei: 'Doorlopen!'

Ik bleef doorlopen, misselijk van m'n eigen domheid. Maar al snel minderden we opnieuw vaart en stopten we weer. Ik hoorde de ene soldaat mompelen: 'We hebben het verknald. Ik geloof dat we in Slowakije zijn.'

De andere soldaat vloekte zachtjes maar heftig en kreunde: 'Dat betekent dat we hem niet kunnen neerschieten. Eén schot en we krijgen de honden en de machinegeweren op ons dak.'

'We kunnen hem beter de keel afsnijden.'

Ik draaide me snel om en zag een van hen op me afkomen met z'n bajonet ontbloot. Ik gilde. Hij stompte me op de grond, sprong boven op me en drukte z'n hand op m'n mond. Zijn collega stond als een bange kat in de duisternis te staren.

Ik voelde de bajonet tegen mijn keel. Het ding prikte in m'n huid; toen hield het geprik op en de soldaat die op me had gezeten stond langzaam op. Beiden stonden ze stokstijf, in doodse stilte en plotseling besefte ik dat ze veel banger waren dan ik.

Minuten gleden voorbij. Een van hen fluisterde: 'Sta op. Weg hier.'

Ik stond op en begon van hen weg te lopen. Ik liep vijftien meter en toen begon ik te rennen, zigzaggend, duikend, zwaaiend, terwijl ik wachtte op een kogel die nooit kwam.

Ik rende honderd meter in het wilde weg, tot ik struikelde en viel. Het leek of dit het einde was, het einde van de tegenstand, het einde van alles. Ik lag daar met m'n gezicht in de aarde, grommend van de uitputting, geslagen, nog maar half bij bewustzijn.

Hoelang ik daar gelegen heb, weet ik niet. Misschien maar een paar minuten. Misschien wel uren. Misschien heb ik geslapen, of was ik buiten bewustzijn. Maar toen ik ten slotte m'n ogen weer tot een spleetje opende, stond een hond in m'n gezicht te hijgen. Het enige wat ik zag, was de doordringende lichtstraal van een zaklantaarn die in me sneed als een mes.

Ik hoorde een stem in het Slowaaks zeggen: 'Kijk eens, hij leeft nog!'

Ik werd op m'n voeten getrokken. Het was een Slowaakse grenswachter die naar me staarde met iets van ontzag in z'n ogen en zei: 'Je zou dood moeten zijn! Ze zijn altijd dood als we ze vinden!'

Hij riep een collega en tussen hen in sleepten zij me door de velden tot we bij een dorpje kwamen. Daar trapten ze tegen de deur van een herberg tot de eigenaar grommend naar beneden kwam om open te doen.

Maar toen hij mij zag, m'n gezicht verfraaid door de Hongaren, m'n kleren gescheurd en onder het bloed en de modder, draaide zijn stemming honderdtachtig graden om. Hij liet ons binnen en na een paar minuten lag ik in een enorme leunstoel en dronk ik kleine slokjes brandewijn. Een vrouw verscheen met een kom warm water en begon voorzichtig mijn gezicht te wassen. Tegelijk met het bloed verdween ook de mist en het drong tot me door dat ik weer onder de mensen was.

Hoewel, die grenswachters hadden hun plicht. Ze namen me mee naar het politiebureau en begonnen me te ondervragen. Ik vertelde hun de waarheid. De man die me uit de modder omhoog had getrokken, zei: 'Dus je wilt niet naar een bevestigingsgebied gaan. Je wilt niet werken. Je bent een vuile, smerige Jood. Ik zou je zo moeten slaan dat je moeder je niet zou herkennen. Maar iemand is me voor geweest!'

Hij duwde me een cel binnen, deed de deur op slot en ging verder met zijn bezigheden. Ik ging liggen op de plank die als bed dienstdeed en dommelde weg.

Ik werd wakker van een stem. De stem van een oude vrouw. Ze zei: 'Meneer de Jood ... slaap je?'

Ik ontdekte waar de stem vandaan kwam en keek naar het raampje in de deur. Met een krachtsinspanning die me pijn deed, wist ik op me op te richten en ik zei: 'Nee.'

Er vielen wat sigaretten en wat eten door de tralies. Het nieuws dat ergens aan de grens een Jood opgepakt was, was als een lopend vuurtje door dat Slowaakse dorpje gegaan, zo leek het; en ergens had een christelijke vrouw aan hem gedacht en had bedacht dat hij misschien eenzaam en hongerig was. Dat de plaatselijke Joden dit tegen betaling geregeld hadden, leerde ik pas later, veel later.

3

Ik werd een voortvluchtige

Juni is een prachtige maand in Slowakije en in 1942 was hij schitterender dan ooit. De zon scheen doorlopend, was heerlijk warm en voelde weldadig aan. De velden stonden vol mals gras en goudgele tarwe, die langzaam heen en weer golfde in een zacht briesje. En de vogels zongen alsof hun leven ervan afhing, zo prachtig vonden ze het allemaal.

Zelfs vanachter het prikkeldraad van het kamp van Novaky zag de wereld er schitterend uit. Tja, vermoedelijk de enige van de mensen daar die niet af en toe z'n zorgen van zich afzette om van het landschap te genieten, was meneer de Jood.

Ze hadden me daar naartoe gebracht op de ochtend na mijn arrestatie. En nu zat ik op de rand van m'n kooi, tobbend over de ironie van mijn toestand en zachtjes vloekend in mezelf. Wekenlang was ik van hot naar her gerend, had ik kogels ontweken, straf ondergaan, m'n eigen nek en die van anderen geriskeerd, alles in een koppige poging om te voorkomen dat ik naar een hervestigingsgebied gestuurd zou worden; en het enige waar ik in geslaagd was, was mezelf precies daar te krijgen waar ik niet heen wilde.

Na mijn aankomst hadden ze me weggewerkt in een enorme barak, waar enkele honderden mannen verbleven, de meeste heel wat ouder dan ik. Ik wist nog steeds niet precies waarom ik daar was, of wat er met me zou gebeuren. Maar door goed naar de gesprekken om me heen te luisteren, ontdekte ik dat al snel.

Ze waren vervelend, saai en akelig en draaiden zonder ophouden om verspilde pogingen tot omkoping, verbroken beloften, corruptie, bedrog en onrechtvaardigheid; maar het meest van al gingen ze over de transporten. Wanneer zou de volgende trein komen? Zou er wel een volgende trein zijn? Was die hele transporttoestand afgeblazen? Urenlang smeten ze dat vreselijke onderwerp die grote houten barak rond, zoals straatjongens op een vuilnisbelt een uit vodden gemaakte voetbal rondtrappen.

Daardoor besefte ik dat ik in een doorgangskamp zat, dat de volgende halte ergens in Polen zou zijn waar ik zou leren werken als een beschaafd menselijk wezen, waar mijn Joodse ondeugden weggezuiverd zouden worden, waar ik mee zou helpen met de opbouw van een nieuwe, fatsoenlijke gemeenschap. Een tijdlang vloekte ik wat minder zachtjes. En toen ik het gal eruit had gewerkt, begon ik om me heen te kijken om te zien wat er aan de toestand gedaan zou kunnen worden.

Een lange, ietwat kalende man in de kooi naast de mijne zei: 'Ik gaf hem vijfhonderd kroon en hij zei dat ik me nergens zorgen over hoefde te maken. En nu ...'

Ik onderbrak hem. 'Zeg eens,' zei ik, 'hoe groot is de kans om hieruit te komen?'

De monoloog stierf weg. Ik voelde een dozijn paar ogen op me rusten. Iemand lachte en zei: 'Hoor hem! Hij is hier nog maar net en nu wil hij alweer naar huis!'

Een handelaar met een enorme buik keek me nijdig aan en spuugde eruit: 'Oi, dat ontbrak er nog net aan. Een verdomde onruststoker!'

En de man die vijfhonderd kroon was kwijtgeraakt knikte naar de deur en zei: 'Daarbuiten staan twee Hlinka-wachten. Probeer langs ze te komen en ze schieten je neer als een rat.

Het enige moment dat je deze barak uitkomt is als je naar het schijthuis moet. En zelfs dan heb je de loop van een geweer in je navel.'

Het klonk niet erg bemoedigend; maar toen ik de boel nader onderzocht merkte ik dat de situatie toch wel mogelijkheden bood. Ik merkte dat Novaky in twee kampen was verdeeld, het ene een doorgangsgedeelte waar mensen zaten die op hun transport naar Polen wachtten en het andere een werkkamp waar de meer bevoorrechte Joden verondersteld werden te werken voor het welzijn van de Slowaakse regering.

Iedereen keek vol verlangen naar het werkkamp. Iedereen probeerde daar binnen te komen, want dan was je in ieder geval van de onzekerheid af. Maar niet iedereen voldeed aan de noodzakelijke voorwaarden, namelijk: geld, invloed binnen de zionistische beweging, of een bepaalde specialistische kennis. Artsen, timmerlui en smeden bijvoorbeeld maakten een goede kans om die belangrijke grens over te komen.

Daarmee was het voor mij uitgesloten. Ik had geen enkele invloed, geen vak, geen geld. Niettemin draaide ik nu lang genoeg mee om te weten dat er altijd een achterdeurtje is. En het duurde niet lang of ik had het gevonden.

De Hlinka-wachten zochten iemand om het eten voor het doorgangskamp uit het werkkamp op te halen. Ik bood mezelf onmiddellijk aan en de anderen vonden het goed dat ik dat baantje kreeg, omdat ze wisten dat ik geen eten had, terwijl zij nog steeds pakketten van thuis kregen. Dit betekende dat ik tenminste de barak kon verlaten zonder dat ik naar de wc hoefde.

Op mijn eerste tocht realiseerde ik me dat hier inderdaad een achterdeurtje was, niet slechts naar de openlucht en de zonneschijn, maar ook naar de vrijheid. Omdat iedereen het werkkamp binnen wilde komen en niemand eraan dacht eruit te komen, was het omgeven door een hopeloos ontoereikend hek van prikkeldraad; en slechts één Hlinka-wacht patrouilleerde rond het hek, dat bijna een kilometer lang was.

Ik merkte ook al snel dat de Hlinka-wacht die mij escorteerde veel meer interesse had voor het in zijn gezicht proppen van eten en het drinken van slivovitsj in de keuken, dan voor mij. Als ik gewild had, had ik vrijwel direct weg kunnen glippen door het hek en zou het nog minstens een uur geduurd hebben voor iemand me gemist zou hebben.

De ervaring had mij echter geleerd voorzichtig te zijn. Ik wist nu wel dat iemand die op de vlucht is, kleren nodig heeft. Voor ik vertrok zou ik wat kleren naar het werkkamp moeten overbrengen en iemand zoeken die het voor me zou willen verbergen.

Dus de eerstvolgende paar dagen bestudeerde ik de gezichten om me heen, telkens wanneer ik in het werkkamp kwam. De meeste gaven me niet veel hoop, de brave, willoze gezichten van de rijken. In feite duurde het nog een volle week voor ik een man uitgezocht had van wie ik meende dat hij wel bereid zou zijn iemand anders dan zichzelf te helpen.

Het was een kleine, maar stevig gebouwde loodgieter die voortdurend met de kranen in de keuken bezig leek te zijn. Hij lachte veel en zong onder het werken, een optimist te midden van een passieve kudde pessimisten. Maar toch moest ik zeker van hem zijn. Op een dag deed ik mijn jasje uit en zei tegen hem: 'Zou je voor mij hierop willen passen tot morgen? Het is vandaag te warm om het te dragen.'

Hij liet zijn moersleutel zakken en keek me lang en indringend aan. Toen grijnsde hij en zei: 'Tuurlijk. Ik stop het wel in mijn kastje in de barak.'

De volgende dag nam ik een paar sokken mee en nu volgde een spannend moment. Ditmaal zou hij zeker doorhebben dat het niet de temperatuur was die me zorgen baarde. Hij zou begrijpen dat ik met mijn gedachten bij het prikkeldraad zat.

Terloops zei ik: 'Zou je deze ergens voor mij kunnen bewaren?'

Zonder een woord pakte hij ze aan en stopte ze vlug in zijn zak. Ik had mijn man gevonden.

Daarna bracht ik mijn niet al te uitgebreide garderobe min of meer sok voor sok over naar het werkkamp. Op een dag slaagde ik er zelfs in mijn koffer mee te nemen, met een of andere idiote smoes aan mijn niet al te slimme bewaker. Dit alles kostte natuurlijk nogal wat tijd, maar na zes weken was ik klaar om te vertrekken.

Ik had niet zomaar een beetje geluk. Ik was echt fortuinlijk. Voor ik ging was er nog één laatste probleem dat ik moest overwinnen, het aloude probleem van het geld. Mijn laatste centen waren ongetwijfeld allang door de Hongaarse grenswachten opgedronken. Maar zelfs dit probleem werd op wonderbaarlijke wijze opgelost.

In het doorgangskamp was ik bevriend geraakt met een lange, knappe jongen die Josef Knapp heette en uit Topolcany kwam, de stad waar ik geboren was, en die, net als ik, zonder succes geprobeerd had via Hongarije naar Engeland te vluchten.

'Tjee, Rudi,' zei hij op een dag tegen me, 'ik ben waarschijnlijk de ongelukkigste schoft van de wereld. Daar in Topolcany, maar een paar kilometer hiervandaan, heb ik een van de prachtigste meisjes die je ooit gezien hebt. We zouden in de herfst gaan trouwen. Ik heb een vader die zoveel geld heeft dat hij het niet eens kan tellen. En ik zit hier in het verdomde Novaky te wachten tot ik God weet waarheen gestuurd word in een smerige veewagen!'

Snel en misschien wat te gretig zei ik: 'Je hebt geld?'

Hij knikte somber en zei: 'Wat zou ik niet geven om haar maar vijf minuutjes te zien!'

'Heb je geld hier in het kamp?'

'Zeker. En zoveel als ik maar wil daarbuiten.'

'Luister, Josef', zei ik. 'Ik ga hier weg, met een paar dagen ga ik onder het hek door. Hoe zou je het vinden om mee te gaan?'

Daarna was het belachelijk eenvoudig. Ik wist de Hlinka-wacht ervan te overtuigen dat ik een assistent nodig had om het eten te halen, omdat het kamp steeds voller werd. Hij stemde toe zonder er echt over na te denken; en drie dagen later was ik terug in de keuken van het werkkamp en nu had ik mijn bankier bij me.

Rustig zei ik tegen mijn vriend de loodgieter: 'Kan ik mijn spullen krijgen?' Hij knikte en liep onopvallend de keuken uit. Ik keek even naar mijn escorte, zag dat hij het druk had met een brok vlees en liep samen met Knapp achter de loodgieter aan.

In zijn barak overhandigde mijn tijdelijke bediende me mijn koffer, gepakt en al. Daarna stopte hij vijfhonderd kroon in m'n hand (ongeveer tien pond) en zei: 'Veel geluk. Moge God met je zijn.'

Hij verdween voor ik hem zelfs maar kon bedanken.

De patrouille was nergens te bekennen. Knapp en ik kropen onder het hek door en drie minuten later gleden we van de hoge oever van een riviertje af dat uit een nabijgelegen bos kwam. Nog eens tien minuten later en we waren al ver het bos in, hardop lachend.

We lachten puur van de opluchting en vrolijkheid. Novaky lag achter ons; Novaky met de lange gezichten, het sombere defaitistische gepraat, het gekreun en gesteun. De zon schitterde door de bomen terwijl we voortliepen en het Slowaakse landschap was nog nooit mooier geweest.

We hadden ongeveer twee uur gelopen toen we een vreemd geluid hoorden. Midden in het bos hoorden we het gejuich van een menigte, op en neer golvend als muziek die wij in geen tijden gehoord hadden.

Josef fronste z'n wenkbrauwen. Maar al snel klaarde zijn gezicht op en zei hij: 'Ik ken deze plek. Geloof het of niet, maar in dit bos is een voetbalstadion. Ik ging daar elke zondag heen.'

Toen draaide hij zich grijnzend naar me om en zei: 'Vandaag is het zondag. Er is een wedstrijd. Waar wachten we nog op?'

We bleven niet wachten. We renden bijna naar het stadion. En weldra stonden wij, twee vluchtelingen uit een hervestigingskamp, onze kelen schor te juichen, de scheidsrechter en de spelers en de grensrechters uit te schelden en onze hoofden raakten een uur lang helemaal op hol, een gebeuren dat zo uit het verleden leek weggegrist te zijn.

Tijdens de rust dronken we bier, aten worstjes en knipoogden naar de meisjes. Toen wierpen we ons opnieuw in de menigte en al het gejuich spoelde over ons heen, spoelde de herinnering aan Novaky en alle gedachten aan de toekomst weg.

Pas na een flink aantal uren herinnerden we ons wie wij ook alweer waren en waar we ons bevonden. Dat was precies om middernacht.

Na de wedstrijd hadden we door het bos gedwaald, nog steeds worstjes kauwend als een stel toeristen. Toen het donker werd, gingen we in een korenveld liggen en vielen onmiddellijk in slaap, nog steeds dronken van de vrijheid.

Om middernacht werden we echter allebei wakker. In de verte hoorden we het lage gedreun van een verre trein en het lange, eenzame geluid van z'n fluit. We zaten muisstil te kijken tot we de koplampen zagen en de oranje gloed van het vuur in de locomotief. Nog een paar minuten en toen reed hij ons voorbij, een goederentrein met rammelende en hotsende wagons. En we bleven zitten kijken tot de rode lichten van de achterste bewakerswagon in de verte waren verdwenen. Pas daarna spraken we weer.

'Ik vraag me af wat hij vervoert', zei Josef. 'Vee? Kolen?'

Ik keek de trein na die God weet waarvandaan kwam en God weet waar naartoe ging en zei: 'Of Joden ...'

We krabbelden overeind en begonnen weer te lopen. Een verre fluittoon sloeg de laatste van onze voetbalwedstrijdillusies aan flarden.

In feite waren we op weg naar het dorp Velke Uherce, waar Josef vrienden had. Hij kon niet naar Topolcany gaan, want daar was hij veel te bekend; en dus zou ik, die daar sinds m'n derde niet meer geweest was, voor hem contact leggen met zijn vriendin.

'Zeg haar alleen in welk dorp ik ben', zei Josef. 'Dan weet ze wel bij wie ze moet zoeken. Ze zal eerst voor jou zorgen en als ik haar gezien heb, dan zorg ik ervoor dat je alles krijgt wat je nodig hebt.'

Het klonk prima. Ik had nu een rijke bankier. Een paar kilometer buiten Velke Uherce gingen we uit elkaar en ik ging op weg naar Batisovce waar ik de trein naar Topolcany zou kunnen nemen.

Het was nog maar vijf uur toen ik de rand van het dorp bereikte; een gevaarlijk moment van de dag. Als ik op zo'n tijdstip Batisovce binnen zou lopen, dan zou ik erom vragen gearresteerd te worden, want er zou niemand anders rondhangen dan de politie. Dus om de tijd te doden liep ik een begraafplaats buiten het dorp in, ging op een grafsteen zitten en wachtte. Daar voelde ik me veilig genoeg. Wie zou er tenslotte om vijf uur 's ochtends een begraafplaats gaan bezoeken?

In theorie had ik gelijk. In werkelijkheid liep het anders.

Om halfzes kwam een oud boerenvrouwtje de begraafplaats binnengelopen en legde een bosje bloemen op een graf. Ze gluurde in mijn richting en kuierde weg. Misschien dacht ze hoe triest het was om een zo jong iemand zo vol verdriet te zien.

Tegen een uur of acht was ik op het station van Batisovce. En een uur later zat ik in Topolcany, in de salon van een aardig huisje in een buitenwijk en vertelde mijn verhaal aan Zuzka, de vriendin van Josef.

Ze zat te luisteren en zei geen woord. Ze kon me nauwelijks geloven, want ze dacht dat hij in Hongarije zat. Toen zei ze: 'Ik moet meteen naar hem toe. Mamma zorgt wel voor je tot ik terug ben. Ik blijf niet lang weg.' En weg was ze, nadat ze een slordige versie van mijn verhaal aan haar ouders had verteld, die mij met gemengde gevoelens leken te bekijken. 'Natuurlijk is elke vriend van Josef ook een vriend van ons,' zei haar vader met een wat aarzelende glimlach, 'maar op het moment ligt het een beetje moeilijk. Ze zijn namelijk bezig de ... Joden in Topolcany op te pakken. Daardoor is het ... nogal lastig.'

Plotseling drong het tot me door dat dit geen Joodse familie was. Als ze betrapt werden terwijl ze mij onderdak boden, dan zouden ze zeker in de problemen komen. Het zou zonder meer gevaarlijk zijn. Geen wonder dat deze arme oude mensen doodsbang waren met mij in hun huis.

'Zou je het heel erg vinden,' zei de vader, z'n gezicht gerimpeld als een bezorgde pruim, 'als we je in de schuur stopten?'

Ik zei dat hun schuur een paleis zou zijn vergeleken met Novaky. Dus daar ging ik, naar buiten naar de schuur, gevolgd door de moeder en een enorme maaltijd. Terwijl ik die opat, zittend tussen de schoppen en de vorken en de harken, dacht ik: Zuzka zal zo wel terugkomen met wat geld. Dan ga ik naar Trnava om de vervalste papieren op te halen die mijn Hongaarse vrienden voor me hebben geregeld.

Een paar uur later kwam de moeder weer binnen met de volgende maaltijd. Ik vroeg haar of Zuzka al terug was, maar ze schudde haar hoofd. Maaltijd volgde op maaltijd en ik werd steeds bezorgder. Velke Uherce lag tenslotte op niet meer dan een halfuur afstand en ze wisten dat ik op hen zat te wachten.

Die nacht sliep ik in de schuur. De volgende ochtend bracht de moeder me een ontbijt. Zuzka? Nog steeds geen teken van haar en tegen die tijd was ik niet echt bezorgd meer; ik was woest. Ik was in de steek gelaten door de man die ik had helpen ontsnappen. Hij had wat hij wilde: zijn vriendin. En daarmee was ik overbodig geworden.

Toch besloot ik hem nog een dag te geven. Tenslotte hadden ze elkaar lang niet gezien. Het probleem was dat de vader lang niet zo geduldig was.

Die middag kwam hij naar me toe, z'n gezicht pijnlijk vertrokken, zodat ik bijna medelijden met hem kreeg.

'Het is allemaal erg lastig,' zei hij, 'maar ze is niet teruggekomen.' Ik bleef zwijgen.

'Het is zo gevaarlijk tegenwoordig, met de politie en al die razzia's en ...'

Ik stond op, gooide mijn tas leeg, propte zoveel ik kon in mijn zakken en trok een tweede paar sokken aan, want dat was de beste manier om ze mee te nemen. Toen liet ik mijn tas in de schuur – mensen met uitpuilende tassen zijn altijd verdacht – bedankte hem voor zijn gastvrijheid en trok Topolcany in, de plaats waar ik geboren was.

Ik liep er rond met gemengde gevoelens. Ik had een prettig nostalgisch gevoel; vage herinneringen kwamen terug en hier en daar herkende ik een gebouw. Ik zag mensen van middelbare leeftijd en vroeg me af of zij zich mijn vader herinnerden. Op de een of andere manier voelde ik me thuis in Topolcany.

Aan de andere kant was het een oncomfortabele tocht. Aan mijn schoenen, die me over de Hongaarse grens en weer terug hadden gebracht, in de gevangenis en er weer uit, zaten nauwelijks nog zolen. Ik slofte maar door als een zwerver en hoewel ik nog de vijfhonderd kroon had die mijn vriend de loodgieter mij gegeven had, wist ik dat ik deze niet kon verkwisten aan allerlei luxe.

Het antwoord op mijn probleem kwam opeens bij me op toen ik langs een huis kwam waarvan ik zeker wist dat het een Joods huis was. Niet dat er een davidster aan de voordeur hing, maar de aanwijzingen waren niet mis te verstaan; de tekenen der tijden.

In de voortuin stonden meubels. Hier woonden mensen die binnenkort gedeporteerd zouden worden en zodra ze weg waren zou de overheid hun spullen voor zo goed als niets verkopen en de zoveelste collaborateur omkopen door hem het huis te geven.

Ik liep het pad op langs het keurige tuintje en klopte aan. Een grote, vierkante man, die eruitzag als een oud-onderwijzer, deed open en ik vertelde hem mijn verhaal; het hele verhaal.

Hij luisterde zonder me te onderbreken. Toen ik klaar was, zei hij: 'Ik heb je vader gekend. Maar het spijt me, ik kan je niet helpen.'

Hij maakte een onduidelijk gebaar in de richting van de meubels en ging verder: 'Je ziet hoe het erbij staat. We hebben niet veel geld en we zullen elke cent nodig hebben voor de reis.'

Ik vertelde hem snel dat ik geen geld wilde en voegde er voorzichtig aan toe: 'Maar als u een paar oude schoenen had ...'

Hij verdween zonder iets te zeggen en kwam terug met

een vrijwel nieuw paar bruine schoenen in zijn hand.

'Hier,' zei hij, 'neem deze maar. Ze zijn van m'n zoon, maar hij zal ze niet meer nodig hebben. Hij is twee maanden geleden weggegaan.'

Die schoenen, die misschien wel van iemand waren die ik in Novaky had leren kennen, pasten mij perfect en betekenden een enorme opkikker voor mijn moreel. Ik danste nu over de weg, kwam langs een melksalon en besloot mijn geluk te vieren; en vrijheid is zoiets onstuimigs dat het glas melk dat ik dronk mij even luchthartig in de mond smaakte als champagne.

Zelfs het zien van een gendarme die de melksalon binnenkwam, kon me niet ontmoedigen. Het was een lange man van middelbare leeftijd, met een monumentale snor, een rinkelende sabel aan zijn zij, een karabijn over z'n schouder en een revolver in een holster aan zijn glimmende riem. Hij groette iedereen vrolijk, glimlachte naar me en ik glimlachte blij terug. Op dat moment kon zelfs de gendarme, de meest actieve afdeling van de politie, mijn optimistische gevoel niet overschaduwen.

Ik dronk mijn melk op en liep naar buiten, het zonlicht in. Het was te vroeg om naar het station te gaan om de trein naar Trnava te nemen; en dus besloot ik spontaan om een sentimenteel uitstapje te maken; om langs het huis te lopen waar ik geboren was.

De straat stond in mijn geheugen gegrift. Ieder hek vormde een stukje van een herinnering. In feite waren mijn gedachten mijlenver weg toen ik het gepiep van fietsremmen achter me hoorde.

Het was de gendarme. Hij torende boven me uit op een fiets zo groot als een paard en zei heel formeel: 'Goedemiddag. Mag ik uw papieren zien, alstublieft?'

Ik staarde hem aan, niet in staat om te spreken. Op dat

moment was hij voor mij niet enkel een gendarme in een stadje op het platteland. Hij was de Hongaarse grenswachten met hun geweerkolven. Hij was Novaky met al z'n trieste ellende. Hij was een trein die God weet waarvandaan was gekomen en God weet waar naartoe ging.

Ik schreeuwde en begon te rennen, blindelings, in het wilde weg, met het gepiep van zijn fiets dat langs mijn zenuwen knerste. Ik kon het gerinkel van zijn sabel horen en dacht aan zijn karabijn, waarvan ik wist dat hij die zou gebruiken als laatste redmiddel. Heen en weer zwenkend en wegduikend bereikte ik een kiosk aan het eind van de straat en ging eromheen. Hij slingerde achter me aan. Viermaal vlogen we om die kiosk heen en toen rende ik opeens de straat weer op, ziek van paniek.

De fiets zwoegde achter me aan, nog steeds piepend. Ik wist dat ik op dit traject zou moeten blijven, op en neer langs de huizen die ik zo goed kende, want als ik deze straat uitging en op de bredere wegen erachter terechtkwam, dan zou hij me gemakkelijk kunnen neerleggen met zijn karabijn.

Hij was nu naast me. Ik stopte, draaide me om en rende weer in de richting van de kiosk. Over mijn schouder zag ik dat hij afsteeg, z'n fiets optilde om tijd uit te sparen en weer in het zadel sprong als een ware cavalerist. Op en neer ging het, hijgend, remmend, draaiend. Ik zal nooit weten hoe hij erin slaagde om z'n sabel uit zijn spaken te houden, maar het lukte hem wel en hij wist dat ik eerder moe zou worden dan hij.

Mensen bleven staan om naar deze waanzinnige, komische, verschrikkelijke kat-en-muisjacht te kijken. Er vormde zich een menigte. Men juichte ons toe en dat was niet in mijn voordeel; nu werd het voor hem immers een erezaak om mij te pakken, of hij zou nooit meer met opgeheven hoofd door Topolcany kunnen lopen.

Wanhopig zocht ik naar een gaatje om te ontsnappen. Toen bracht de angst mijn herinnering in beweging en dacht ik opeens aan een laantje dat naar de vrijheid van de velden voerde. Ik vond het, dook erin en rende tegen een blok mooie nieuwe gebouwen aan. De velden uit mijn jeugd waren bebouwde kom geworden!

Ik stopte, hijgend, zwetend. Ik hoorde de fiets achter me op de grond vallen, draaide me om en zag de gendarme boven me staan, z'n sabel hoog in de lucht geheven.

Hij brulde: 'Halt of ik sla!'

We waren beiden uitgeput; maar ik was verslagen. Wat rustiger zei hij: 'Ben je een Jood of een dief?'

'Een Jood.'

Langzaam liet hij zijn sabel zakken. Nog steeds naar lucht happend zei hij: 'Dan heb je geluk. Als je een dief was geweest, dan zou ik je ervan langs geven. Weet je wel dat mijn knie pijn doet omdat ik mijn fiets steeds moest omdraaien?'

We namen elkaar een tijdje zwijgend op terwijl we op adem kwamen en toen hij ten slotte uitgehijgd was vertelde hij me: 'Ik begrijp best dat je wegrende. Ik deed hetzelfde toen de kozakken met sabels op me afkwamen aan het Russische front!'

Ik begreep dat ik gepakt was door een man van karakter, iemand die voor weinig geld voor de Habsburgers had gevochten, iemand die door schade en schande wijs was geworden.

Maar goed, hij kende zijn plicht. Hij moest me aan de stad tonen, om hun te laten zien dat de vluchteling niet ontsnapt was, dat het recht getriomfeerd had, zoals gewoonlijk. Dus met getrokken sabel liet hij me in het volle zicht door de straten lopen en de mensen die me kort daarvoor nog hadden toegejuicht, staarden me nu angstig aan, zich afvragend wie ik vermoord had.

Hij zei geen woord meer tot we in de buurt van het politiebureau kwamen. Toen zei hij: 'Weet je waarom ik je naar je papieren vroeg?'

Ik schudde mijn hoofd.

'Omdat ik, toen ik in de melksalon kwam, zag dat je twee paar sokken droeg. Twee paar sokken in dit weer!'

Die twee paar sokken hadden me de das omgedaan. Door die dingen was ik nu op weg naar Auschwitz.

De sfeer in het politiebureau was informeel. Ze zeiden: 'Geef ons 15 pond en je kunt gaan.'

Dat leek me een redelijk aanbod, afgezien van het feit dat ik geen 15 pond had. Ik gaf hun al het geld dat ik had, elke cent die over was van de 10 pond die ik gekregen had vlak voor ik onder het prikkeldraad van Novaky was doorgekropen. Bij elkaar was het ongeveer 8 pond.

Ik keek toe hoe zij het zorgvuldig en eerlijk onder elkaar verdeelden. Toen ze hun winst hadden opgestreken wendde een van hen zich tot mij en zei: 'Sorry, het is niet genoeg. We zullen je terug moeten sturen naar Novaky.' Hier werd hard om gelachen en toen ik naar het bureau van de sergeant keek begreep ik waarom. Daar zag ik een bevelschrift voor mijn aanhouding met een volledige beschrijving van mij erbij die naar alle politiebureaus in heel Slowakije was gegaan. Zelfs als ik 150 pond had gehad, had het niets uitgemaakt. Ze konden niets anders doen dan mij terugsturen.

Om de tijd door te komen ondervroegen ze me losjes. Een van hen zei: 'Je hebt nog een tante hier in de stad wonen. Waarom vraag je haar niet om geld? Wij zullen wel een boodschap sturen, als je dat wilt.'

Ik zei dat ze vooral geen moeite moesten doen. Ik had mijn lesje geleerd. Dus toen haalden ze hun schouders op en begonnen te bespreken wat ze die nacht met me zouden doen, want normaal werd het bureau afgesloten en ging iedereen thuis slapen.

Ten slotte, na een langdurige bespreking, kwam de sergeant op me af en zei min of meer van man tot man: 'Kijk, Vrba, we gaan je in een cel opsluiten en alleen laten tot morgenochtend. Wees niet al te moedeloos om de hele toestand, want het had veel erger kunnen zijn.'

Hij trok aan zijn snor en keek me aan vanonder zijn harige wenkbrauwen. Hij leek naar woorden te zoeken, woorden om iets onprettigs op een aardige manier te zeggen, want ik kwam tenslotte uit Topolcany en verdiende wel enige welwillendheid.

Ten slotte mompelde hij: 'Doe niets doms. Ik bedoel maar, als we je hier morgenochtend dood vinden, dan hoeven we je alleen maar te begraven. En dat zou niet leuk zijn voor een knul uit Topolcany zoals jij, of wel soms?'

Ik zei dat het helemaal niet leuk zou zijn en dat ik niet van plan was mezelf te doden. Hij glimlachte, gaf me een paar sigaretten, sloot me op in een cel en liet me alleen om over de toekomst na te denken.

De volgende morgen brachten ze me naar het station. Ook nu waren er veel mensen op de been om me te zien vertrekken. Net toen we op het punt stonden om het station binnen te gaan, vloog een klein meisje met blonde haren naar voren en gooide een pakje in mijn handen, terwijl de tranen over haar gezicht stroomden.

Het was mijn nichtje, Lici, toen ongeveer dertien jaar oud. Jaren later hoorde ik dat iemand haar verteld had dat haar neef Rudi weggevoerd werd door de politie. Ze was een winkel ingevlogen en had met haar weinige centen het enige voor me gekocht dat ze kon betalen: kersen.

Op het station namen Hlinka-wachten me onder hun hoede. We spraken niet veel op de terugreis naar Novaky, maar ze hadden er geen enkel probleem mee mijn kersen op te eten.

In het kamp werd ik niet echt met fanfare en slingers verwelkomd, want de mannen die mij hadden moeten bewaken, waren door mijn ontsnapping behoorlijk in de problemen gekomen. De sergeant die het bevel voerde over de wacht glunderde toen hij me zag en zei: 'Goedemorgen, meneer! We verwachtten u al. Dit is werkelijk een groot genoegen.'

Hij gaf een korte militaire buiging en parkeerde zijn vuist in m'n gezicht. Ik sloeg achterover tegen een tafel die tegen een groepje Hlinka-wachten aanviel die koffie aan het drinken waren. De koffie spetterde op hun uniformen en dat maakte de situatie er niet beter op.

Langzaam sloten ze me in. Ze sloegen me systematisch met hun vuisten, hun laarzen en hun geweren; ze gaven me steeds door, zodat ieder zijn aandeel kreeg. En toen hield het op, even plotseling als het begonnen was. Ik zag dat ze allemaal schaapachtig naar de deur staarden en mijn ogen volgden hun blik. Daar stond een SS-officier die hen met verwaande blik inspecteerde.

'Zorg ervoor dat deze man niet naar het kamp teruggaat', snauwde hij. 'Hij is een onruststoker. Houd hem in de wachtkamer en zorg ervoor dat hij met het eerstvolgende transport meegestuurd wordt.'

Hij bespaarde me een verder pak slaag, maar niet omdat hij enige sympathie voor me voelde. Ik vermoed dat hij het idee had dat de Hlinka-wachten me zouden kunnen doden en als dat gebeurde, zou het nieuws kunnen doorsijpelen naar de andere mannen die gedeporteerd zouden worden en dat zou hen kunnen verontrusten. De SS wilde niet dat hun lading verontrust was; ze wilde dat zij rustig en vrolijk naar de gaskamers zouden gaan, zonder enige beroering te veroorzaken.

De Hlinka-mannen leken in ieder geval onder de indruk.

Ze bekeken me met hernieuwde belangstelling, in het besef dat ik meer was dan een voetbal die rondgetrapt kon worden. Ik was belangrijk en dienovereenkomstig werd ik naar een speciale cel gebracht.

Ze duwden me naar binnen en sloten de deur. Een enorme man in het uniform van een Slowaakse soldaat keek op. Aan het onderscheidingsteken dat hij droeg zag ik dat hij een Jood was. Ik zag ook dat zijn gezicht, net als het mijne, bont en blauw was, hoewel het, in tegenstelling tot het mijne, een brede, verwelkomende glimlach vertoonde.

'Goedenavond', zei hij. 'Wie ben jij?'

'Ik heet Vrba. Rudi Vrba.'

'Uit Topolcany?'

'Ik ben geboren in Topolcany.'

Bulderend van het lachen stond hij op. Ik zag niet in wat er voor grappigs was aan mijn naam of aan het feit dat ik in Topolcany geboren was, tot hij zei: 'Je vader heeft nog zaken gedaan met mijn vader. Hij was ons heel wat geld verschuldigd toen hij stierf. Maar maak je geen zorgen. Je hoeft het me nu niet terug te betalen. Hier, neem wat salami. Neem wat water.'

Hij vertelde me dat hij Fero Langer heette en dat hij de zoon was van een rijke zakenman uit Telgart. Hij was ingedeeld bij de Joodse verplichte werkdetachementen van het Slowaakse leger en hij had zijn uniform gebruikt om zich Novaky binnen te bluffen, om een familielid te helpen dat in het doorgangskamp zat.

'Het probleem', zei hij met een enorme grijns, 'was dat ze me als deserteur brandmerkten. Neem wat salami en dan zullen we een potje kegelen.' Aan de deur hing een salami van bijna een meter lang. Ik nam er een hap van, keek hem aan en zei: 'Kegelen?'

'Ja. Op deze manier.'

Hij pakte een brood en brak het doormidden. De ene helft zette hij rechtop achter in de cel. Van de andere helft rolde hij harde, kleine balletjes. Hij rolde er eentje naar het halve brood, miste compleet en zei heel serieus: 'Jouw beurt. We spelen om salami.'

Vier dagen lang kegelden we om die streng salami aan de deur. Zelfs daarna was er nog genoeg van over, want hoewel we genoeg konden oefenen, merkten we dat het niet meeviel om met broodballetjes te kegelen.

Na die vier dagen raakte Fero zijn maat kwijt. De Hlinka-wachten openden de deur van de cel en namen mij mee; mijn transport, zo vertelden ze me, wachtte op me.

Ik vond het jammer om de cel te moeten verlaten; maar net voordat het zover was, had ik nog mazzel: er arriveerde een pakket van mijn zus, met kleren, een kaas, een cake en wat marmelade. Ik bood aan om het met Fero te delen, die meer dan gul was geweest met zijn salami, maar hij weigerde om ook maar iets aan te nemen. Integendeel zelfs, want toen ik mijn pakket tijdens het transport openmaakte, merkte ik dat het hem gelukt was om de rest van de salami er stiekem in te stoppen.

Toen ik op transport gezet werd ontdekte ik dat ik een echte vipbehandeling kreeg. Terwijl de Hlinka's voor ons vertrek de eindeloze formaliteiten doorworstelden, waarbij ze papieren en personen steeds opnieuw controleerden, stond ik op het perron met mijn pakket aan de ene en een wacht met een machinepistool aan de andere kant. Eén bewaker voor mij, tegen één voor tientallen anderen; ik voelde me gevleid.

Toen we dan eindelijk aan boord klommen, merkte ik dat mijn wagon op dezelfde manier geëerd werd. Alle andere wagons hadden slechts één bewaker, de mijne had er twee; en voor we vertrokken namen ze nog de moeite om mij te waarschuwen: 'Probeer nog eens te ontsnappen en je bent morsdood.'

Ondanks dit vriendelijke advies was ik er zeker van dat er ergens tijdens de rit wel een gelegenheid zou komen om eruit te springen. Maar toen we in Zwardon kwamen, op de grens van Slowakije en Polen, nam mijn vertrouwen in deze theorie ietwat af. Daar verlieten de Hlinka's ons en nam de SS het over.

Zelfs de machinist was een SS'er. Ik bestudeerde hen zorgvuldig en realiseerde me dat dit een werkelijk efficiënte groep was. Deze mannen met hun machinepistolen en hun onbewogen, keiharde gezichten maakten heel wat minder herrie dan de Hlinka's; maar als ze één keer zouden beginnen te schieten, dan zou het moeilijk zijn om hen te stoppen en ze zouden ook niet missen.

De deur van de wagon ging dicht. Door het raam zag ik de Hlinka-wachten rond het station slenteren. De trein zette zich in beweging en plotseling dacht ik: Uiteindelijk ben ik dan toch een kalf in een veewagen!

4

De SS in actie

Het was begrijpelijk, denk ik, dat de mensen in dat sardineblik van een transport, dat zich onheilspellend rammelend in noordelijke richting bewoog, in het begin weinig tijd hadden om met elkaar mee te voelen. Ieder had zelf meer dan genoeg problemen. Iedereen was in de greep van vragen waar geen antwoord op was. Hoe had het kunnen gebeuren? Waarom was het gebeurd? Wat zou er met hen gaan gebeuren en met hen die zij achtergelaten hadden? En, natuurlijk, waar gingen ze heen? Weggerukt uit de beschaving en er toch nog mee verbonden door de navelstreng van het huiselijk leven maakten ze zich ook nog zorgen over kleinigheden. Hadden ze de hoofdkraan van het gas wel uitgedraaid? Hadden ze de achterdeur wel afgesloten? Hadden ze eraan gedacht om de melk en de krant af te zeggen?

In feite was onze wagon, waarin de Hlinka's tachtig personen met hun bagage hadden weten te proppen, een kleine wereld vol zorgen; en elk individu was een eilandje op zichzelf. En toch, ondanks alles, ondanks de verwarring, de angst en het directe lichamelijke ongemak, voelde iedereen extra mee met de Tomasovs.

Ik zag hem voor het eerst toen we de grens met Polen overgingen, een lange, donkere jongen van een jaar of twintig, die zich door de wagen heen een weg naar me toe worstelde. Hij sleepte een heel mooi, jong, blond meisje in zijn kielzog mee. En plotseling herkende ik hem tussen al die gegroefde gezichten, een jongen die ik zijdelings gekend had in de plaats waar ik woonde.

We riepen elkaar een groet toe. Hijgend en zwetend slaagde hij er eindelijk in me te bereiken. Met een blik op het meisje vroeg ik: 'Je zus?'

'Nee', zei hij met een glimlach die tegelijk trots en verlegen was. 'Ik zou je mijn vrouw willen voorstellen. We zijn twee weken geleden getrouwd omdat ... omdat ... nou ja, monseigneur Tiso had gezegd dat gezinnen nooit van elkaar gescheiden zouden worden als ze gedeporteerd werden.'

Ik begreep het. Monseigneur Tiso, de marionet die president van Slowakije was, die landverrader van de eerste orde, had inderdaad zoiets beloofd; en het gevolg was een ware vloedgolf van tienerhuwelijken geweest in het hele land, omdat de verliefden bij elkaar wilden blijven. Maar toch, terwijl ik naar deze twee jonge mensen keek die voor me stonden, op huwelijksreis in een rottig transport God weet waar naartoe, vroeg ik me af wat de toekomst voor hen in petto zou hebben.

Maar goed, dat was de toekomst. Eerst moest er iets gedaan worden aan het heden. Ik liet het nieuws rondgaan en er werd onmiddellijk gereageerd. Direct werden ze overladen met geschenken: eten van sommigen, kleinoden van anderen, de felicitaties van wie niets anders te geven had. Iemand haalde een fles tevoorschijn die hij de trein in had gesmokkeld, hoewel alle alcohol verboden was, en we vierden wat een van de vreemdste trouwfeesten ooit geweest moet zijn.

We dronken op de bruid. We dronken op de bruidegom. We dronken op hun beider ouders en hun toekomstige gezin, terwijl Tomasov en zijn kersverse, jonge bruid blozend in een hoek stonden.

Gezien de omstandigheden was het een goed feest. Maar

toen het voorbij was, zaten we nog met één groot probleem. Een jong stel, net getrouwd, moest een bruidssuite hebben. En dit was niet zo eenvoudig, want de wagon was zo overvol dat slechts enkelen tegelijk konden gaan liggen om te slapen, terwijl de rest bleef staan.

Toch slaagden we er op een of andere manier in. We schoven met de bagage. We richtten de boel opnieuw in. Hoewel de Tomasovs heftig protesteerden, speelden we het klaar om hun een heel speciale slaapgelegenheid te geven en zoveel privacy als maar mogelijk was.

Ja, de Tomasovs braken de muur een stukje af die de mensen om zich heen gebouwd hadden om zichzelf te beschermen. En na het trouwfeest ontstond een nieuwe, ruwe hoffelijkheid, ondanks het feit dat we onder omstandigheden leefden die gemakkelijk het humeur doen omslaan, ruzies veroorzaken, buren tegen elkaar opzetten. We beseften plotseling dat we allemaal in dezelfde rotzooi zaten, allemaal Slowaken, allemaal Joden en allemaal op weg naar dezelfde onbekende bestemming.

Je merkte het in allerlei kleine dingen. De wc bestond uit een kleine emmer ergens in een hoek. Wanneer iemand er gebruik van moest maken, dan verontschuldigde hij zich beleefd en liep er voorzichtig naartoe, bijna alsof hij een volle balzaal overstak; en als hij er aangekomen was, dan wendden de anderen zich discreet af.

Degenen die voedsel hadden, deelden het met anderen die zonder wat dan ook de trein in waren gejaagd. Mijn salami, waarvoor Fero Langer en ik ons vreemde potje kegelen hadden gespeeld en die hij zonder dat ik het gemerkt had in mijn rugzak had gestopt voor ik uit Novaky vertrok, was geen lang leven beschoren; maar zolang hij er was, was hij er voor iedereen. Toen hij op was en ik niets anders overhad dan mijn pot marmelade, deelden anderen met mij van wat zij hadden.

Ook voor de ouderen was er begrip en zij werden extra vriendelijk behandeld. Zo ging in Zilina de deur open en werd een oud vrouwtje van ongeveer tachtig jaar naar binnen geduwd, een verfrommelde bundel lavendel en oude kant. Ik hielp haar op haar voeten en ze bedankte me met een charme van de oude stempel, alsof ik haar uit een rijtuig had geholpen in plaats van een smerige veewagen in. En meteen werd voor haar een plekje vrijgemaakt vlak bij het toilet, zodat haar reis niet al te inspannend en pijnlijk zou zijn.

Deze moedige, aandoenlijke pogingen om een normaal leven te hebben in wat niets meer dan een rijdende gevangenis was, dienden een bepaald doel. Ze hielpen de mensen om niet te denken aan de vele vragen die hen kwelden. Hoe? Waarom? Wat? Waar?

Lange tijd bleven ze onuitgesproken. Maar toen kwam de oude Isaac Rabinowic, een spichtig mannetje uit Bratislava, plotseling vanonder de rand van zijn grote zwarte hoed vandaan en zei: 'Het moet de wil van God zijn.' Hij had urenlang in een hoekje van de propvolle wagon weggedoken gezeten en dit waren, denk ik, zijn eerste woorden van de hele reis. In zijn woorden klonk verwondering door en niet zozeer vroomheid of berusting, alsof hij eindelijk de enig mogelijke reden ontdekt had waarom hij ontworteld en uit z'n huis gejaagd was.

De mensen om hem heen mompelden beleefde instemmingen met zijn besluit, maar weinigen in die zweterige wagon zullen echt geloofd hebben dat hun Schepper iets met hun reis te maken had. De meesten hadden het gevoel dat ze in de val zaten in een web van intriges, zonder een of andere goddelijke verordening die erachter zat.

Al een tijd hadden we gevoeld hoe dat web om ons heen geweven werd en op allerlei manieren hadden mensen geprobeerd eronderuit te komen. Sommigen hadden het bijvoorbeeld met omkoperij geprobeerd. En hadden gefaald.

Een van hen was mevrouw Polanska, een grote vrouw, rijk naar de maatstaven van haar dorp in centraal Slowakije. Ze zat dicht tegen Isaac Rabinowic aan en smoorde hem bijna. En hoewel ze meende dat hij een heel eind onder haar stond, verhinderde zijn overweldigende nabijheid haar niet om haar problemen te delen met ieder die zich binnen gehoorsafstand bevond.

'Ik ging naar de commandant van de Hlinka's in mijn dorp', zei ze. 'Tenslotte had ik daar het recht toe, want zijn zus en ik zaten in dezelfde klas en toen zijn dochter in april trouwde, leende ik haar al mijn beste zilver voor de receptie. Onnodig te zeggen dat ze het nog steeds hebben, maar dat staat los van het feit dat mijn eigen moeder het aan me gaf toen ik trouwde.

Wat me vooral kwetst is het bedrog van die man. Ik deed alles zo discreet mogelijk. Ik liet alleen maar tienduizend kroon in een envelop op de tafel achter en hij zei me dat ik me nergens zorgen om hoefde te maken. Hij zei het niet met zoveel woorden, maar hij wekte de indruk dat hij alleen maar mijn naam van de lijst hoefde te schrappen.

En wat gebeurt er? Wat gebeurt er, vraag ik je?' Haar enorme boezem deinde op en neer van de emotie en drukte die arme oude Isaac plat terwijl ze doorvertelde: 'Hij neemt mijn geld aan en vergeet dan mijn naam. Nadat hij deed alsof hij een heer was, blijkt hij een corrupte, zielige praatjesmaker te zijn, zonder een greintje eerlijkheid in zijn ellendige hart!'

Sommigen hadden geprobeerd elke niet-arische afkomst te ontkennen. En hadden gefaald.

De grote Janko Sokol, een houthakker die naast me bij het raam stond, zei op een stuk salami kauwend: 'Ik weet om de drommel niet wat ik hier doe. Ik ben hartstikke goj![1] En toch, alleen maar omdat ik in een Joods gezin ben opgegroeid, ben ik m'n huis en m'n land uit getrapt.

Ik gaf hun zelfs een verklaring, getekend door de pastoor, dat ik als baby door Joden geadopteerd ben. En ze zeiden dat het vervalst was!'

'Ze keken vast naar je pajes[2], Janko', grinnikte zijn buurman. 'En ik wed dat je ook nog besneden bent, net als wij allemaal!'

Sommigen hadden geprobeerd aan te tonen dat ze onmisbaar waren voor de gemeenschap waar ze in leefden. En hadden gefaald.

Meneer Ringwald – iedereen noemde hem meneer – een rijke zakenman uit Zvolen, wiens dure kleren nu verfrommeld en vies waren, vertelde: 'De hele stad had profijt van mijn zaak en dat zei ik ook tegen ze. Dus wat deden ze? Ze namen hem me af en gaven hem aan mijn grootste rivaal, een ariër die vroeger vreselijk anti-nazi was. Maar je zou hem nu moeten zien.'

'Dat was een slimme zet', zei mevrouw Polawski. 'Ik ken hem wel. Tegenwoordig is hij lid van de Hlinka's, die smerige landverrader.'

We luisterden vol belangstelling naar al deze verhalen. We wisten niet dat ze een miljoen keer herhaald zouden worden door heel Europa heen.

Ik zei niets. Ik had geen van deze omwegen gekozen om aan het web te ontsnappen. Ik had geen geld, geen zaak, geen vrienden onder de zionisten of de rabbi's, geen vrienden onder de priesters die me een bewijs van godsdienstige of raciale zuiverheid konden geven. Mijn poging was niet zo subtiel geweest.

Ik had gevochten. En tot zover had ik ook gefaald. Toch was ik van plan om te blijven vechten en daarom hield ik grimmig vast aan mijn plekje bij het raam. Niet dat ik het landschap bewonderde, maar ik dacht na over een ontsnapping, ik bekeek de route zodat ik de terugweg zou kunnen vinden, want ik geloofde nog steeds dat deze reis weinig meer was dan een vervelend oponthoud en dat ik terug zou kunnen keren om mijn papieren van de ondergrondse op te halen.

Toen we Polen dieper en dieper inreden begon mijn zelfvertrouwen iets af te nemen. De toestand in de wagon verslechterde. De sfeer werd al meer gespannen en er werd steeds meer geëist van de hoffelijkheid. De sanitaire voorzieningen werden nu zo langzaamaan een gevaar voor de gezondheid en hoewel we nog genoeg te eten hadden, hadden we geen water meer.

De mensen konden nog steeds lachen, maar ook dat ging steeds moeizamer. Af en toe werd er schertsend getwist, maar de scherts werd hol en gedwongen.

We zagen in de verte steden liggen en de mannen discussieerden erover om welke plaatsen het ging.

'Dat is Krakow', zei iemand.

'Doe niet zo belachelijk. Het is Katowice.'

'Jullie hebben het allebei mis. Het is Czestochowa.'

Deze discussies hielpen me tot op zekere hoogte om het ongemak te negeren. Ik staarde naar die plaatsen als een toerist, want ik was tenslotte nog maar een jongen en ik was nog nooit in dit land geweest. Diep vanbinnen realiseerde ik me echter dat ze met een doel gevoerd werden: om de aandacht af te leiden van de dorst die voor iedereen een marteling werd. En de debatten hielden direct op wanneer iemand vroeg: 'Wanneer stoppen we voor water?'

We werden er ook op onuitgesproken manieren aan herinnerd. Toen we een keer een rivier overstaken, keken degenen die bij de ramen stonden er verlangend op neer. Advertenties voor bier tartten ons: *Drink Seybusch … het is gezond … het is goed!* Na een tijdje konden we aan niets anders meer denken dan aan water.

Uiteindelijk remde de trein dan toch af en stopten we. We waren in Czestochowa. Voor het eerst in vierentwintig uur werden de wagons geopend en zwaarbewapende SS'ers riepen: 'Eén persoon eruit om water te halen. Laat niemand anders zich bewegen!'

Onze man was net niet snel genoeg. Nog voordat hij de voorste positie van de rij voor de pompen bereikt had, werd het bevel gegeven: 'Terug naar de wagons!'

Hij aarzelde. Ik hoorde dat hij tegen een SS'er zei: 'Ik heb m'n blik nog niet gevuld.'

Een geweer werd tegen zijn schouder geslagen en hij kwam terug, zonder water. De deuren van de wagon werden weer dichtgeslagen en de kettingen waarmee ze afgesloten werden, vastgemaakt. In de wagon heerste een grote stilte. Een geschokte stilte.

Maar nog was er hoop. We merkten dat de kettingen die op de deuren zaten niet lang genoeg waren, zodat ze een paar centimeter open konden. We trokken ze zo ver mogelijk open. En daar, vlak voor onze neus, zagen we iets dat voor ons een tantaluskwelling was. Water, bakken vol water, werd zomaar rondgesmeten. Voor ons leek dat op heiligschennis.

Een groep Duitse soldaten die op weg was naar het Russische front, was zich aan het wassen, rondplenzend als een stel jonge zeehonden. Anderen hingen in de buurt rond en dronken schnaps uit flessen en lachten en schreeuwden met de onverschrokken uitgelatenheid van mensen die weten dat ze binnenkort de dood onder ogen zouden zien. De meesten van hen waren halfdronken. Ik riep hun toe: 'Hé, geef ons wat water!'

Ze keken om zich heen, staarden ons even aan en zeiden toen: 'Wat heb je te bieden? Eten? Geld?'

Water had een prijs, zo leek het. We hielden een snelle

inventarisatieronde. Die leverde wat salami op, dat wel naar de zin van de soldaten was. Enkelen van hen liepen naar onze wagon om onze blikken te pakken. Onmiddellijk kwam een SS'er met een machinepistool op hen af en schreeuwde: 'Weg daar! Weg van de wagon! Jullie weten dat je niet bij de wagon mag komen.'

De soldaten draaiden zich langzaam om en keken hem aan. Ze bewogen zich niet. Hij werd razend en snauwde: 'Opschieten! Jullie hebben me gehoord. Weg daar!'

De gewone Duitse soldaat en de SS mochten elkaar niet. De man van de Wehrmacht liet zijn hand op de kolf van zijn dienstpistool rusten en zei zachtjes: 'Luister, vriend. We zijn op weg naar het slagveld. We gaan naar het Russische front, terwijl jullie hier veilig achter de linies blijven om een zootje verrekte Joden het land op en neer te rijden. Dus donder op voor ik me kwaad maak!'

Een andere soldaat, die liefdevol z'n machinegeweer aan het poetsen was, zei grijnzend: 'Pas op dat je de held niet uitdaagt, Franz. Tenslotte wil hij zijn buit vast niet met iemand als jij delen.'

Ze lachten nu allemaal, duidelijk proberend de SS'er uit te lokken. Eventjes hield hij voet bij stuk. Maar toen zagen we door de spleet in de deur dat hij zich omdraaide en snel wegliep. Hij had de stemming gepeild en was tot het inzicht gekomen dat die gevaarlijk was.

De soldaten vulden onze blikken met water en namen onze salami aan. De trein zette zich langzaam in beweging en ik zag hoe de soldaat met het machinegeweer ophield met poetsen en ons nakeek met een vreemde, bijna cynische blik op zijn gezicht. Toen wendde hij zich vol walging af en spoog op de grond.

Terwijl we wegreden vroeg ik me af of het de aanblik van zoveel Joden was die hem deed walgen, of die van de opgeblazen SS'er. En toen keek ik naar zijn glimmende machinegeweer en wenste dat ik het in mijn handen had.

Een tijdlang was de sfeer in de wagon iets opgewekter. Maar het humeur en de moed verdwenen tegelijk met het water. En al snel hadden we weer dorst, ook al deden we er heel zuinig mee.

Een nieuw station betekende echter nieuwe hoop. Ook hier waren soldaten aanwezig, maar deze keer bleken ze keiharde onderhandelaars toen we probeerden zaken met hen te doen. Ze lachten ons uit toen we hun salami aanboden en eisten in plaats daarvan geld.

Opnieuw werd er overlegd in de wagon. Geld werd tevoorschijn getoverd vanuit goed verstopte bergplaatsen. Eén man kwam met een gouden trouwring aanzetten, staarde er een tijdje naar en zei met een wrange glimlach: 'Het is maar goed dat ik zoveel van mijn vrouw houd, anders was dit ding al lang geleden verkocht!'

Geld en goud verdwenen door de spleet in de deur. De blikken werden weer gevuld; en de man die zijn trouwring ingeleverd had staarde zwijgend uit het raam, z'n gezicht afgewend.

Weer een paar uren gingen voorbij en door het geschok van de trein wist ik dat we weer bij een station waren aangekomen. Ditmaal toen we stilhielden zag ik dat onze wagon vlak naast een locomotief stond die net met water gevuld werd. Het water gorgelde door de grote, bolle slang, waarbij de helft op de rails terechtkwam.

Ik staarde naar deze glinsterende waterval. Toen wendde ik mij tot de machinist die onverstoorbaar uit zijn cabine hing en zijn best deed die vreemde trein die van nergens kwam, te negeren. Ik schoof een mok door het raam en zei: 'Zou u deze willen vullen, meneer?'

We waren zo dicht bij elkaar dat we elkaar hadden kunnen

aanraken, maar hij leek daar weinig zin in te hebben. In plaats daarvan bleef hij in de verte staren. Ik gluurde naar voren, het spoor langs en toen ik zag dat de SS'ers die om de trein heen stonden een andere kant opkeken, zei ik wat dringender: 'Kom op, vriend. Mag ik wat water?'

Hij bleef strak in het niets staren. Toen zei hij, zonder z'n hoofd om te draaien: 'Ik laat mezelf niet doodschieten voor jullie schoften!'

Terugkijkend op die gebeurtenis kan ik me uiteraard wel inleven in zijn positie. Er was een bevel dat iedere burger die iemand op het transport zou helpen, doodgeschoten zou worden en de SS aarzelde niet om dat uit te voeren. Een kogel in de rug is wel een erg hoge prijs voor het vullen van een tinnen mok.

Op dat moment was ik echter niet in zo'n tolerante stemming. Ik zag hoe de spoorwegarbeiders de grote slang loskoppelden van de motor. Ik zag hoe hij leegliep op de rails. Ik staarde omhoog naar de enorme watertank waarin God weet hoeveel liter zat. En toen onze trein weer verder reed, vervloekte ik die machinist omdat hij een gemeen, laf hartig zwijn was.

Maar goed, we hadden voor een tijdje genoeg water en dus ging de discussie weer verder. Waar gingen we naartoe? Hoe zouden die hervestigingsgebieden zijn? Een klein meisje van een jaar of negen keek op naar haar vader en zei: 'Zullen er scholen zijn en speeltuinen, pappie, net zoals thuis? Zullen er veel andere kinderen zijn?'

Het duurde even voor hij antwoordde. Eventjes was de hele wagon stil, tot zwijgen gebracht door het schelle stemmetje van het kind. Toen gaf de vader haar een aai over haar bol en zei: 'Ja, lieverd. Er zullen scholen zijn en speeltuinen, alles wat je maar wilt. Je zult het nog leuker vinden dan thuis.'

Ze kneep in zijn hand en er kwam een glimlach op haar

gezicht. Ik denk dat we allemaal dankbaar waren voor dat leugentje om bestwil.

Natuurlijk was er niemand die geloofde dat de hervestigingsgebieden ook maar iets op thuis zouden lijken. Toch waren de mensen erin geslaagd zich ervan te overtuigen dat het gebieden zouden zijn waar ze hun leven zouden kunnen leiden en werken en hun gezin grootbrengen. Er lag niet meer dan een vage schaduw over hun overtuiging heen, een schaduw die veroorzaakt werd door brieven van sommigen van hen die ons reeds voorgegaan waren.

Zachar, een kleine groenteboer uit Trnava, zei somber: 'Ik wed dat het werkkampen zijn of een soort getto. Toch is het beter dan een concentratiekamp en het eten zal beter zijn dan in Novaky. Het zal ook wel niet voor eeuwig zijn. Met een paar maanden is de oorlog wel voorbij en dan kunnen we allemaal terug naar huis.'

Een tijdlang ging het gesprek over de oorlog. Niemand twijfelde er een seconde aan dat Duitsland verslagen zou worden, misschien omdat niemand aan de mogelijkheid van een Duitse overwinning wilde denken. Het enige onzekere punt, meenden ze, was hoeveel maanden het zou duren voor het afgelopen was. En zelfs dit was geen echt belangrijk onderwerp van de discussie, want het was van veel groter belang wat er morgen of overmorgen zou gebeuren.

Zachars dochter van zestien, een meisje met een gezicht vol sproeten en een lange vlecht, zei: 'Mijn nichtje was met het eerste transport meegegaan en ze schreef me de volgende dag om te vertellen dat alles in orde was. Het eten was goed en ze werkten niet al te hard.'

Ze zweeg een minuutje, met een verwarde blik in haar ogen. Toen, terwijl ze haar nagels nog ijveriger poetste dan daarvoor, ging ze verder: 'Er was alleen één dingetje dat ik niet begreep. Ze zei dat ik de groeten kreeg van haar moeder.

Maar die is drie jaar geleden overleden.'

'Er was ook iets geks met de brief die ik van mijn zus kreeg', zei een mollige jonge vrouw die haar baby aan het voeden was. 'Ze schreef dat de oude Jakob Rakow zich uitstekend voelde. Maar Jakob werd jaren geleden gedood in een auto-ongeluk.'

Een ragfijn web van twijfel daalde neer over het gesprek. Uit rugzakken, handtassen, portefeuilles en koffers werden brieven tevoorschijn gehaald, die vervolgens woord voor woord geanalyseerd werden. In sommige zaten verwijzingen naar mensen die dood waren of gebeurtenissen die onmogelijk gebeurd hadden kunnen zijn. En door deze kleine onzinnigheden gingen mensen zich zorgen maken en zich dingen afvragen.

Pas later ontdekte ik het antwoord op deze raadsels. De brieven waren in Auschwitz geschreven vlak voor de dood van de schrijvers. Die werden met het pistool in de nek gedwongen om ze te schrijven, om de mensen die nog gedeporteerd moesten worden gerust te stellen, want de nazi's wisten dat het geringste verzet, voortkomend uit angst voor wat er komen ging, het hele plan in de war zou kunnen gooien.

Maar af en toe slaagde iemand erin een verborgen waarschuwing in z'n brief te zetten, een kleine daad van verzet waar zeker moed voor nodig was. Dat deed hij door iets onmogelijks te beweren. Het tragische was dat degenen die deze zorgvuldig geformuleerde brieven ontvingen zonder uitzondering erin slaagden om die discrepanties te verklaren als een schrijffoutje, misschien wel omdat ze wilden geloven in het hervestigingsbeleid.

In onze wagon was het al niet anders. De brieven werden voorgelezen. De foutjes werden ontdekt en vervolgens van tafel geveegd door een stortvloed aan verklaringen die op de een of andere manier wel aardig klonken.

De twijfels bleven natuurlijk wel knagen, maar werden verdrongen naar de diepste hoekjes van de geest. Wanneer iemand probeerde ze naar boven te halen en aan het daglicht te brengen, dan werd hij geminacht of bespot of geheel en al genegeerd.

In onze wagon was er in feite maar één persoon die de toekomst helder voorzag, ik denk eerder intuïtief dan door redeneren. Dat was Izak Moskovic, een slordige, wat zwakke jongeman van een jaar of tweeëntwintig. Ik denk dat hij er misschien open over durfde te zijn omdat hij eraan gewend was bespot te worden, in ieder geval sinds het moment waarop de rabbi's hem uit zijn armoedige huis hadden geplukt en hem in een rabbijnenschool hadden geplaatst waar normaal alleen de zoons van rijke Joden studeerden. Zijn orthodoxe Joodse ouders waren uiteraard verrukt toen Izak op deze manier geëerd werd, maar de jongen was zelf diep ongelukkig, want met zijn verstand kon hij de studie gewoon niet aan. De andere studenten lachten hem voortdurend uit en toen hij als mislukkeling de school verliet, hoorde de familie overal gelach om zich heen.

Izak was een echte Jood. Hij zag eruit als een Jood. Hij klonk als een Jood. En dat was er waarschijnlijk de reden van dat de Hlinka-garde hem had gearresteerd en gemarteld, omdat ze zijn Joodse gezicht gewoon niet konden luchten of zien.

Daarna was hij nog somberder geworden dan hij al was, alsof hij op zijn herinneringen zat te broeden, zich bewust van het feit dat hij niet meer was dan een grap en dan nog een slechte. Maar hij werd wakker toen zijn medereizigers in de wagon de hervestigingsgebieden in mooie, optimistische kleuren begonnen te schilderen.

Plotseling kwam hij door het gesprek heen, zodat iedereen

z'n mond hield. Met een schelle, eentonige stem schreeuwde hij: 'Jullie zijn dwaas als je denkt dat we naar hervestigingsgebieden gaan. We gaan allemaal sterven!'

Een akelige, pijnlijke stilte hing in de wagon, alsof hij een of andere obsceniteit geschreeuwd had. Toen zei iemand met een nogal gemaakte lach: 'Hoor wie er over dwazen praat!'

En iemand anders zei: 'Heb je naar de rabbi's geluisterd, Izak? Hebben ze voor je in de toekomst gekeken? Of heb je dat zelf geleerd op school?' Dit was een zware, wrede soort humor en hiermee slaagden ze erin Izak voor de rest van de reis de mond te snoeren. Al snel was hij weer vergeten, hoewel velen zich zijn woorden later herinnerden.

In Lublin klonken ze bijvoorbeeld ineens heel zinnig. Het transport baande zich langzaam een weg door het station en kwam een eindje erbuiten tot stilstand. De deuren zwaaiden open en we zagen dat de hele trein omsingeld was door een kordon SS'ers, sommige met geweren, andere met machinepistolen. Officieren, met IJzeren Kruizen trots op hun uniformen, liepen tussen hen door, zwaaiend met bamboestokken en rijzwepen.

We staarden naar hen en vroegen ons af wat er ging gebeuren. Maar we werden niet lang in het ongewisse gelaten, want langs de hele trein begonnen de officieren te roepen: 'Alle mannen van tussen de zestien en de vijfenveertig eruit!'

Eerst was er niemand die bewoog, gewoonweg omdat ze hun oren niet konden geloven. Dit was tegen de regels, dit druiste regelrecht in tegen wat monseigneur Tiso, de president van Slowakije, keer op keer verklaard had. In de kranten, via de radio, voortdurend had hij gezegd: 'Het is een basisprincipe van het christelijk geloof dat gezinnen niet gescheiden behoren te worden. Dat principe zal in acht genomen worden wanneer de Joden naar hun nieuwe vestigingsgebieden gestuurd worden.'

Het leek er echter op dat de SS'ers de toespraken van de president niet goed gelezen hadden en hem ook nooit over de radio hadden gehoord. Grimmig liepen ze op de wagons af en loeiden: 'Opschieten! Jullie hebben het gehoord! Alle mannen van tussen de zestien en vijfenveertig eruit. De rest blijft waar ze zijn.'

Langzaam maar zeker drong de waarheid door tot deze mensen, die verdoofd waren door de schok. Langzaam sprongen alle gezonde mannen uit de wagons terwijl hun vrouwen, hun zussen en hun dochters, hun vaders en moeders hen nastaarden, verscheurd door hernieuwde twijfels, nieuwe angsten.

Ze dreven ons in een slordige rij naast de trein. Nog steeds beseften we niet wat er gebeurde. Zelfs toen de deuren van de wagons met een klap definitief dichtgeslagen werden, drong de waarheid nog steeds niet tot ons door. Tomasov was de eerste die het begreep, Tomasov van de bruidssuite. Plotseling sprong hij uit de rij en stormde naar de wagon en schreeuwde: 'Mijn vrouw zit daarbinnen! Laat haar eruit!'

Een rijzweep zwiepte over zijn gezicht en sloeg hem tegen de grond. Hij wankelde omhoog, met bloed op zijn wangen en probeerde opnieuw de wagon te bereiken. Ditmaal begon de SS'er hem serieus te bewerken. Hij mepte hem tegen de grond en sloeg hem meer dan een minuut lang met een efficiëntie die alleen maar uit ervaring voortgekomen kon zijn.

We keken zwijgend toe, versuft door de snelheid waarmee alles gebeurde. Achter de gesloten deuren van de wagons was het ook stil, want zij die binnen waren, waren even verdoofd als wij. Langzaam maar zeker echter zag iedereen tegelijk de waarheid in, het feit dat Tiso een leugenaar was. Door de smalle, getraliede ramen, door de spleten in de deuren, strekten handen zich klagend uit en mannen renden ernaartoe om ze te pakken.

Ze bereikten ze niet. De SS'ers renden op en neer langs de rij en sloegen toe met hun zwepen en hun bamboestokken. Ze sloegen de mannen en ook naar de handen, de verweerde handen van de ouderen, de kleine handjes van de kinderen. De trein schokte vooruit, stopte en kwam toen langzaam in beweging. En boven het geluid van de motor, het gesis van de stoom, het gekraak en gebeuk van de wagons uit hoorden we het geweeklaag van de vrouwen en het geschreeuw van de kinderen, wier polsen gekneusd en gebroken waren.

Ik had geluk. Ik was alleen. Ik had geen vrouw, geen moeder, geen dochter op de trein. Voor de anderen was het een moment van leegte en wanhoop. Hun gezinnen waren verdwenen. En het was te snel gebeurd om erover na te denken, laat staan om in actie te komen.

Ik zag dat Tomasov weer opkrabbelde. Hij staarde met een doffe, wanhopige blik het transport na en schuifelde toen terug in de rij. Stof vermengde zich met het bloed op zijn gezicht en zijn kleren waren aan flarden. Ik zei iets tegen hem, maar hij staarde me enkel wezenloos aan en zei niets terug.

Een SS-officier liep een paar keer langs de rij op en neer, zoals een boer op de markt het vee inspecteert. Toen schreeuwde hij: 'Jullie hebben nog een lange mars voor je. Wanneer je denkt dat je je bagage niet zo ver kunt dragen, mag je deze op de vrachtwagens laden.'

We hadden de vrachtwagens niet eerder opgemerkt, maar nu was er een hele stormloop in die richting. Ik klemde me echter vast aan mijn rugzak, want ik had me zojuist de woorden van de arme, domme Izak herinnerd, de jongen aan wie zelfs de rabbi's niets konden leren.

'Iedereen die denkt dat er zoiets als een hervestigingsgebied bestaat, is een dwaas. We gaan allemaal sterven!'

Niet dat ik het laatste deel van zijn bewering geloofde. Ik

was zeker niet van plan te sterven. Maar het eerste deel klonk nu heel aannemelijk, want de leugens werden in één klap ontmaskerd. Ik besloot dat ik mijn rugzak op m'n rug zou houden en geen ogenblik uit het zicht zou verliezen. Ik besloot dat ik vanaf dat moment niemand meer zou vertrouwen.

De SS'ers maakten ons klaar voor de mars, maar niet voor ze er bij onze slordige rijen wat meer orde in hadden geslagen. Toen gingen we op weg. We marcheerden misschien niet met de precisie van stormtroepen, maar wel in een vreselijk tempo dat ons opgelegd werd door de mannen met de geweren en de stokken en de zwepen.

Ik speelde met het idee om te proberen uit te breken, maar één blik op de sterkte van ons escorte was voldoende om me van het idee af te brengen. Ik wist dat ik doodgeschoten zou worden voor ik een paar meter ver was.

Maar anderen waren moediger, of dommer. Een paar meter voor me rende een man plotseling naar de kant van de weg. Een salvo van een machinegeweer raakte hem in de buik, zodat hij achteroversloeg en stuiptrekkend in het stof bleef liggen. Hierna kenden onze gelederen een nieuwe discipline. We realiseerden ons allemaal dat de SS'ers als scherpschutters een ware eer voor hun instructeurs vormden.

Ze lieten ons door de buitenwijken van Lublin marcheren, vermoedelijk omdat ze nog steeds de indruk wilden wekken dat de nazi's echte heren waren en niet slavenhandelaars. Bij ons hoefden ze zo'n chic imago niet op te houden en toen we eenmaal weer uit de stad waren, kwam ik erachter dat de mannen die ons gevangen hielden niet alleen leugenaars waren, maar ook dieven.

Een SS'er die vlak naast me voortstampte vroeg me hoe laat het was. Ik keek op m'n horloge en vertelde het hem.

Onmiddellijk drukte hij de mond van zijn geweer zachtjes

in mijn onderrug. Heel bedaard zei hij: 'Geef mij je horloge.'

Ik gaf het hem. Het leek weinig zin te hebben om te gaan discussiëren. Deze kleine diefstal leek werkelijk van geen enkel belang vergeleken met het vooruitzicht dat we toen hadden, want we leken op weg te zijn naar een concentratiekamp.

Ik zag wachttorens en prikkeldraad en rij na rij vol lelijke barakken. Een enorme poort zwaaide open toen we aan kwamen lopen en toen we erdoorheen liepen zagen we mannen in gevangeniskleren. Eerst wekte deze aanblik enkel mijn nieuwsgierigheid op, maar na een tijdje schokte het me, want ik begon gezichten te herkennen.

Dit waren geen misdadigers. Sommigen kwamen uit dezelfde woonplaats als ik. Ik herkende bepaalde zakenmannen en winkeliers, garagehouders, onderwijzers en bibliothecarissen, de uitblinker in het biljartspel van de plaatselijke kroeg en de jongen die mijn eerste vriendinnetje had afgepakt; de zoon van de rabbi, de zoon van de slager, de zoon van de smid, die met zijn tanden een munt kon ombuigen. Ze waren er allemaal en ze leken allemaal op elkaar met hun verfrommelde, gestreepte uniformen en hun kaalgeschoren hoofden.

Weldra, zo wist ik, zou ik ook bij hen horen. Weldra zou mijn hoofd kaalgeschoren worden. Weldra zou ik mijn identiteit kwijtraken in dit concentratiekamp dat Majdanek heette, een voorbereidende school voor de academie van Auschwitz.

Het was een naar vooruitzicht, dat slechts verzacht werd door één gedachte. In ieder geval waren de vrouwen en kinderen en de ouderen niet bij ons. Ik had het gevoel dat zij een gemakkelijker leven zouden hebben. De scheiding was uiteindelijk wellicht een zegen.

Ik wist niet dat ze op weg waren naar een plaats genaamd

Belzec,[3] een ruwe voorloper van de gestroomlijnde vernietigingsmachine van Auschwitz. Daar zouden ze vergast worden door middel van de uitlaatgassen van een motor. Daar zouden hun lijken in open greppels verbrand worden, want de crematoria lagen nog op de tekentafel.

Noten

1. Christen
2. Bakkebaarden
3. Zie appendix VI op www.ikontsnapteuitauschwitz.nl.

5

De theorie van de kampen

De theorie van de concentratiekampen was niet nieuw voor me. Reeds jaren werd er in Tsjechoslowakije over gefluisterd, ja in heel Europa. Geruchten over afschuwelijke werelden op zich, waar het geweer en de knuppel en de zweep de dienst uitmaakten; waar de meeste gevangenen stierven van de honger, of omdat ze doodgeslagen of gefusilleerd werden; waar de uitgemergelde overlevenden dagenlang of wekenlang of maandenlang hopeloos naar een horizon van prikkeldraad staarden, terwijl hoge wachttorens op hen neerkeken.

En toch schokte de werkelijkheid mij toen ik mijn eerste blik op een echt kamp wierp, ook al was mijn geest erop voorbereid. Ik was niet bang om mezelf, want ik was vastbesloten in leven te blijven, weg te komen. Het was de hele afschuwelijke atmosfeer van dat kamp die ik walgelijk vond en die in mijn neusgaten bleef hangen als de stank van opgedroogd bloed.

Terwijl we ons van afdeling naar afdeling bewogen, want Majdanek was onderverdeeld in verschillende hermetisch afgesloten delen, fluisterden broodmagere gevangenen: 'Heb je eten? Heb je iets in je zak?'

Ze keken ons niet aan wanneer ze tegen ons spraken. Ze bleven gewoon doorwerken, graven of vegen of heen en weer lopen met een kruiwagen die hun armen, weinig meer dan wat botten, uit de kom dreigde te rukken.

Wat we aan eten hadden wierpen we hun toe, niet met een boog door de lucht, maar heel voorzichtig, stiekem, met een snelle polsbeweging. En toen zag ik hoe ontaard een mens kan worden door het leven in een concentratiekamp.

Als jakhalzen grepen ze naar de stukken, vechtend en grommend. En toen zag ik een andere kant van het leven in een concentratiekamp, iets wat totaal nieuw was voor mijn brein; iets wat me misselijk maakte. Vijf of zes vreemd uitgedoste mannen vielen op hen aan met knuppels en haalden zonder onderscheid te maken naar hen uit. De gevangenen negeerden de klappen en gingen door met het gegrabbel in het stof en ten slotte rende er eentje weg uit de groep, een smerig stuk kaas in z'n mond proppend, terwijl die eigenaardige bewakers achter hem aan renden en hem sloegen.

Ik was nieuwsgierig naar deze mannen en ik bekeek hen nauwkeurig. Kennelijk hadden ze een bepaald gezag, maar het was nog duidelijker dat ze niets met de SS uit te staan hadden. Ze waren gekleed als circusclowns en toch kon ik niet om hen lachen.

Een van hen droeg een groen uniformjasje met horizontale gouden strepen, zoals je bij een leeuwentemmer zou kunnen zien. Hij had de rijbroek aan van een officier van het Oostenrijks-Hongaarse leger en op zijn hoofd had hij iets wat een kruising leek tussen een soldatenpet en de bonnet van een priester. Een ander droeg een gestreept gevangenisjasje, maar daaronder de broek van een Duits soldaat van voor de Eerste Wereldoorlog, zwart met een dikke rode streep langs de pijpen. Een derde droeg een compleet gevangenispak, maar het was zo gemaakt dat het hem precies paste en de vouw in zijn broek zou de kampcommandant nog jaloers gemaakt hebben.

Ik zag wel dat het gevangenen waren en uit de groene

driehoek op hun uniform bleek dat het in de meeste gevallen om beroepsmisdadigers ging; en opeens besefte ik dat dit een nieuwe elite was, een speciale groep gevangenen, die gerecruteerd waren om het vuile werk op te knappen waar de SS'ers zich niet toe wilden verlagen. Het was ook direct duidelijk dat ze hun taak met een efficiëntie en wreedheid vervulden die niet onderdeed voor die van hun meesters en die soms zelfs te boven ging.

Dit waren de beruchte kapo's, een essentieel onderdeel van elk concentratie- en vernietigingskamp in Europa: mannen die macht hadden over leven en dood van hun medegevangenen en die niet aarzelden die te gebruiken.

Het was geen prettige ontdekking dat hier de grote honden de kleine honden opaten, dat grote gevangenen kleine gevangenen, die een lagere status genoten, sloegen. Maar er wachtte mij nog een schok; een persoonlijke schok ditmaal. Die kwam toen ik Vrbicky zag.

Ik kende hem goed van vroeger. Iedereen in Trnava kende hem, want Vrbicky was een bijzonder figuur, iemand die je óf mocht, óf verachtte, óf meed, want als je met hem omging gaf dat vaak problemen. Hij was ongeveer zesentwintig, was vrachtwagenchauffeur en had een nogal grillige, nonchalante kijk op het leven. Hij was getrouwd en had kinderen, maar had tevens oog voor elk tamelijk knap meisje van de stad. Het fatsoenlijke deel van de Joodse gemeenschap mocht hem niet omdat hij te veel dronk en er nogal ruime ideeën over het huwelijk op nahield.

De minder orthodoxen – onder wie ikzelf – mochten hem wel. Hij was een prettige gast, makkelijk in de omgang en wist in de plaatselijke kroeg even handig met de biljartkeu om te gaan als Yehudi Menuhin de strijkstok hanteerde.

En nu zag ik hem plotseling de zweep hanteren met de wreedheid en bedrevenheid van een SS'er. Een gevangene kroop voor hem op de grond en probeerde weg te rennen als een hond; maar aan Vrbicky's slagen viel niet te ontsnappen. De zweep ging met een monotone regelmaat en met grote accuratesse op en neer en ik keek vol afgrijzen naar het gezicht van mijn oude sentimentele, wellustige, zwaar drinkende vriend.

Zijn luie ogen leken nu meer op kleine keitjes. De mond die zo gemakkelijk lachte, stond strak. Dit was een heel andere persoon dan de oude Vrbicky. Of misschien, zo dacht ik, had hij eindelijk de juiste plek gevonden, het enige werk dat hij enthousiast en efficiënt kon doen. In ieder geval had hij het veel te druk om mij op te merken en daar was ik blij om. Ik wilde hem niet meer kennen; want Vrbicky was nu een kapo in een clownspak, met een zweep waar bloed aan kleefde.

Ze dreven ons naar een barak met het opschrift *Overgebleven bagage*. Dat was zo ongerijmd dat ik er bijna om moest lachen. Alsof we zojuist van het station kwamen, onze bagage konden dumpen en daarna de stad in konden gaan om de bloemetjes buiten te zetten; alleen was er hier geen stad; en weldra zou er ook geen bagage meer zijn.

Ik leverde mijn rugzak in. Daarin zat alles wat ik nog bezat: de kleren die mijn moeder me in Novaky had toegestuurd en mijn pot met marmelade die het op de een of andere manier had overleefd. Belachelijk genoeg kreeg ik er een kaartje voor terug, alsof ik hem met een uur of twee zo weer zou kunnen ophalen. En toen werd hij op de grond gesmeten.

Met een luide krak kwam hij neer. De marmelade begon langzaam uit m'n rugzak te lopen. Ik dacht bij mezelf: Als ze mijn overhemden of sokken willen gebruiken, dan zullen zij ze eerst moeten laten wassen!

Ze dreven ons verder, van afdeling naar afdeling. Ik zag nog anderen uit Trnava, maar ik zag geen kans om met een van hen te praten tot we bij de toegang tot sectie vijf kwamen. Daar werden we een tijdje opgehouden; en daar zag ik Erwin Eisler. Erwin met zijn lange gezicht en zijn stevige, trage lichaam, maar met het hart van een ijverige, zij het wat saaie student. Mijn gedachten gingen terug naar Trnava, naar de tijd dat Erwin knalrood werd wanneer we hem plaagden met de meisjes en dat hij altijd met een smoes kwam als we hem vroegen mee te gaan naar het café om wat te drinken.

Andere herinneringen kwamen boven. Ik herinnerde me dat Erwin en ik naar de plaatselijke overheid gingen om onze boeken in te leveren, want Joden mochten niet meer studeren en mochten ook niets in hun bezit hebben dat hen daarbij zou kunnen helpen. Somber en met lege handen kwam ik daar weer vandaan tot Erwin me toefluisterde: 'Maak je geen zorgen. Ik heb dat scheikundeboek nog.'

Daarna studeerden we in het geheim samen bij hem thuis of bij mij en deden samen met het enige boek dat we nog hadden. Jaren later, na de oorlog, bleek die clandestiene studie heel nuttig te zijn geweest, want toen ik naar de Technische Universiteit van Praag ging merkte ik dat ze daar nog steeds hetzelfde handboek gebruikten.

Maar nu was Erwin Eisler geen student meer. Hij was een gevangene, rondrijdend met een kruiwagen bij het hek naar sectie vijf, waar hij net deed of hij werkte en op de nieuwkomers wachtte om te kijken of ze nog iets te eten hadden.

Ik trok zijn aandacht en hij keek op. Zijn gezicht leek nu nog langer dan vroeger, want de botten staken naar buiten en de huid van zijn gezicht stond strak gespannen. Even zag ik een blik van herkenning in zijn ogen, maar die verborg hij weer snel. Hij boog zich over zijn kruiwagen heen en deed net of hij me niet zag.

'Hoe is het hier?'

Hij keek terloops op en trok een sceptisch gezicht. Daarin

werd niet zozeer wanhoop weerspiegeld, want hij was te vriendelijk om me de hele waarheid te vertellen, maar eerder een waarschuwing dat ik op het ergste voorbereid moest zijn.

'Nemen ze ons alles af?'

'Alles.'

'Kun je het overleven?'

'Voor korte tijd ... misschien.'

Het was een vreemd gesprek, dat meer uit gebaren en gezichtsuitdrukkingen dan uit woorden bestond. Toch wist ik precies wat Eisler probeerde te zeggen. Hij probeerde me duidelijk te maken dat we allemaal zouden sterven.

Ik neem aan dat ik zijn oordeel had moeten aanvaarden. Hij kende Majdanek tenslotte en hij was een intelligente jongen. Maar ik geloofde hem niet. De anderen zouden misschien sterven. Zeker. Maar ik zou in leven blijven. Het hek zwaaide open. Eisler boog zich over z'n kruiwagen heen en fluisterde: 'Iets in je zak?'

'Sorry ... alles weg.'

Hij grijnsde nog even spottend naar me en toen liepen we door het hek. Ik heb Erwin Eisler nooit weergezien en het is wel zeker dat hij in Majdanek omgekomen is.

Iemand bulderde: 'Naar de baden!' We werden een sombere barak ingedreven waar we de stank van een ontsmettingsmiddel roken die een aanslag op onze neusgaten deed.

'Uitkleden!'

We trokken onze kleren uit en ik sprong in een van de bakken. Achter me probeerde een oude man er voorzichtig in te stappen, want hij had niet veel kracht over.

'Sneller, oude schoft!' Een stok knalde tegen zijn zwakke, naakte rug zodat hij voorover in het donkere water viel.

We kwamen er weer uit in de openlucht, net op tijd om te zien dat ze onze kleren meenamen. Ik stond daar te rillen en keek voor het eerst goed om me heen.

Overal om ons heen stonden barakken, smerige houten dingen. Barakken, prikkeldraad en daarachter niets. Nog geen boom, nog geen struik. Alleen leegte. Majdanek was totaal afgezonderd van de beschaving.

Het was deprimerend, maar nog lang niet zo erg als de geluiden die we hoorden. Vanuit de andere secties hoorden we geschreeuw en het geluid van slagen en af en toe een schot. We vingen een glimp op van gevangenen die als razenden heen en weer snelden, steeds net een stok of een kogel voorblijvend. En in onze rillende, naakte groep daalde het moreel tot we nauwelijks nog aan iets anders dan aan de dood konden denken.

Ik dacht nog steeds dat ik erdoorheen kon komen, al besefte ik nu dat de kans dat het zou lukken minimaal was. Overal om me heen echter zag ik mannen die het al hadden opgegeven, mannen die geen fut meer overhadden.

En toen, in die vreselijke door de dood beheerste atmosfeer deed zich een van de schitterendste voorbeelden van tragikomische moed voor die ik ooit heb meegemaakt.

Naast me stond Ignatz Geyer, die ik van thuis kende, waar hij de tamelijk ongepaste bijnaam Nazi droeg. We hadden samen nog op de meisjes gejaagd en Nazi had daarbij opvallend veel succes gehad.

Ook hij was ervan overtuigd dat hij zou sterven en hij had inderdaad gelijk, want niet lang daarna werd hij omgebracht; maar hij was vastbesloten om de dood met waardigheid onder ogen te zien. Hij zou niet toelaten dat ze hem zouden verlagen.

Hij keek om zich heen naar alle anderen en zei met een grijns: 'Wat een zielige verzameling pikken hebben jullie, zeg!'

Er ging een beweging door de menigte. Iemand lachte. De somberheid werd iets verlicht.

'Weet je wat,' zei Nazi, 'laten we een wedstrijdje houden.

Laten we eens zien wie de grootste heeft!'

Misschien was het wel belachelijk. Misschien was het kinderachtig. Ongetwijfeld was het platvloers. Maar het blies onze humor nieuw leven in en die was op dat moment op sterven na dood.

Nazi won overigens. Hij keek neer op zijn winnende exemplaar, grijnsde traag en zei: 'Jammer dat je nooit meer gebruikt zult worden. Maar goed, je hebt niets te klagen gehad!'

Nu begonnen de kapo's weer te schreeuwen en dreven ons naar de volgende behandeling, het scheren. Eerst schoren ze het haar van ons hoofd. Daarna moesten we op krukken staan en schoren ze de rest van ons lichaam. Nazi keek me komisch spottend aan en zei: 'De meisjes van Trnava zouden je nooit meer herkennen, Rudi. Je zou niets meer met ze kunnen bereiken op een zaterdagavond!'

Hij had gelijk. Ik was nu een veroordeelde en zo zag ik er ook uit. De meisjes van Trnava waren zeker ver buiten bereik!

Ze smeten ons wat kleren toe. Een broek. Een jasje. Een paar klompen. Een vormeloze pet. Ik deed ze aan en daarna kwam een oberkapo, een meesterkruiper, ons toespreken. Het eerste waarover hij vertelde was het appel.

'Iedere ochtend en iedere avond zullen jullie je in rijen van tien voor je barakken opstellen om geteld te worden. Wanneer de SS'er in jullie richting komt, wordt het bevel "Petten … af!" gegeven. Als hij wegloopt, dan is het bevel: "Petten … op!"

Dit zal netjes en precies gebeuren. Wie slordig is wordt geslagen. Niemand mag zich bewegen en wie dat wel doet wordt onmiddellijk doodgeschoten. Telkens wanneer je in het kamp langs een SS'er komt, dan zul je je pet afnemen als je drie meter van hem vandaan bent en pas weer opdoen als hij je voorbij is.'

En zo verder. We vormden de troepen van een leger zonder wapens, onderworpen aan een discipline die strenger was dan die van welke Duitse soldaat dan ook.

Er was echter één dingetje dat de oberkapo niet verteld had over het appel. Niet alleen de levenden zouden geteld worden, maar ook de doden. Zij werden keurig netjes achter ons opgestapeld, een zielige hoop lijken, sommige mager door het gebrek aan voedsel, sommige met bloed besmeurd omdat ze doodgeslagen waren en sommige die gewoon gestorven waren omdat ze niet meer de wil hadden om te leven. Dat waren degenen die 's nachts gestorven waren.

Honger was een belangrijke doodsoorzaak. Duitse wetenschappers hadden berekend dat de rantsoenen voldoende waren om iemand drie maanden lang in leven te houden, maar voor één keer hadden ze ongelijk. Er werden zoveel mannen doodgeslagen en doodgeschoten dat het sterftecijfer hoog bleef, ook door de dysenterie. Velen van de nieuwkomers leden daaraan en zij werden vrijwel direct geliquideerd omdat ze niet konden werken.

De volgende morgen, na het appel, dreven de kapo's hun vee bijeen. Sommigen werden naar nabijgelegen fabrieken gedreven, slaven die meehielpen de winsten van Duitse industriëlen te verhogen. Anderen, onder wie ikzelf, moesten in het kamp zelf werken.

We werkten als bouwvakarbeiders, hoewel ik toentertijd niet precies wist wat we aan het bouwen waren. Achteraf weet ik natuurlijk dat ik meehielp met de uitbreiding van een gigantische vernietigingsmachine, een machine die zes miljoen mensen zou wegvagen; want Majdanek was een ruwe voorloper van Auschwitz.

Terwijl ik zo met bakstenen en balken rondliep, leerde ik een aantal ongeschreven kampwetten die de oberkapo niet genoemd had. Die eerste ochtend bijvoorbeeld rende een man naast me plotseling in de richting van het prikkeldraad. Hij werd al doodgeschoten voor hij er zelfs maar in de buurt kwam.

Misschien was hij plotseling gek geworden. Misschien wilde hij zelfmoord plegen. Wie zal het zeggen? Maar ik leerde ervan om zelfs niet in de buurt van het prikkeldraad te komen. Zelfs als je verdacht werd van een poging tot ontsnappen werd je zonder pardon doodgeschoten.

Later begon ik een keer op een normale toon met mijn buurman te praten. De knuppel van een kapo deed mij op de grond belanden. Ik leerde om mijn mond dicht te houden.

Ik zag hoe mannen geslagen werden voor de kleinste overtredingen; te traag vooruitkomen, bijvoorbeeld; of vergeten je pet af te nemen wanneer een SS'er voorbijkwam. Ik merkte dat zij die geen kik gaven er relatief gemakkelijk afkwamen. Wie het uitschreeuwde werd veel harder geslagen omdat hij lastig was. Wie wegrende werd door drie of vier kapo's achternagezeten, want dan werd het een soort sport. Dus leerde ik om stil te staan en geen geluid te geven wanneer de kapo's me kwamen bewerken.

Wat ik in feite leerde was de kunst van het overleven; en daarna kwam de kunst van het leven, van het beste maken van de afschuwelijkste omstandigheden. Zo ontdekte ik het communicatiesysteem van het kamp waardoor ik een verbinding kreeg met vrienden die zich in andere secties bevonden. En via dit systeem slaagde ik erin een korte, stille familiereünie te organiseren.

Een Slowaakse vriend van me, die hout uit sectie twee, waar wij werkten, naar sectie drie bracht, vertelde me op een dag: 'Je broer, Sammy, is hier. In sectie drie.'

Dit nieuws kwam als een grote klap. Ik wist dat mijn twee broers beiden gedeporteerd zouden worden naar die mythische hervestigingsgebieden. Af en toe had ik me afgevraagd of ze misschien in Majdanek zouden zitten; maar dat ik ze ooit zou kunnen vinden in dit immense, streng in afdelingen gescheiden kamp, leek uitgesloten. En nu hoorde ik dat Sammy slechts een paar meter van me verwijderd was!

Mijn instincten wilden me naar het hek voeren dat de secties van elkaar scheidde. Mijn gezond verstand weerhield me echter, want wie betrapt werd bij het hek werd gedood, zelfs bij een binnenhek. Dus besloot ik dat als we elkaar zouden willen ontmoeten, zo'n ontmoeting zorgvuldig gepland zou moeten worden.

Zulke ontmoetingen vonden inderdaad plaats, 's avonds na het appel wanneer er weinig kapo's in de buurt rondslopen. Mijn vriend, de hout dragende koerier, zei dat hij zou regelen dat Sammy op een bepaalde tijd de volgende avond op een bepaalde plek bij het hek zou komen.

Ik was daar op het afgesproken tijdstip, maar ik bleek niet de enige te zijn. Twee mensen waren al in gesprek door het hek heen en een groepje anderen stond op ongeveer tien meter afstand te wachten tot ze klaar zouden zijn. Er kon slechts één tegelijk naar het hek gaan, want als het er meer zouden zijn zouden ze zeker de aandacht trekken.

Aan de andere kant stond net zo'n groepje te wachten tot ze aan de beurt waren; en toen herkende ik, ondanks de schemering, mijn broer, de lange, donkere Sammy, die tien jaar ouder was dan ik. Vrijwel op hetzelfde moment zag hij mij ook en we staken onze hand op bij wijze van korte groet.

Twee anderen gingen naar het hek voor een kort gesprek. Ik was de volgende. Ik voelde een tinteling van opwinding, van verwachting en ook van angst, want we namen beiden een groot risico. Ik liep nu niet meer heen en weer; ik stond doodstil, bijna als een hardloper bij de start van een wedstrijd. Ik zag dat de man bij het hek zich omdraaide; en toen ik naar voren liep om zijn plaats in te nemen, hoorde ik een brul en gekletter van laarzen.

Opeens wemelde het van de kapo's. De man bij het hek werd bewusteloos geknuppeld. De rest van ons verdween in het duister.

De volgende dag hoorde ik dat Sammy naar een andere sectie overgebracht was en ik heb hem nooit meer gezien. Maar ik heb gehoord dat hij erin slaagde te overleven zolang Majdanek bestond; maar toen Majdanek stierf, stierf ook iedereen in het kamp, inclusief Sammy.

Toen ik eenmaal m'n weg had gevonden, toen ik eenmaal geleerd had te overleven, toen begon ik ook weer na te denken. Ik dacht na over mijn plannen die ik nog niet opgegeven had, die nog dezelfde waren als toen ik maanden daarvoor van huis vertrokken was. Ik was nog steeds vastbesloten te ontsnappen, nu juist meer dan ooit.

Ik was ervan overtuigd dat de zionistische leiders in Slowakije, die hun mensen aanmoedigden om rustig naar de hervestigingsgebieden te gaan, er geen idee van hadden wat hun te wachten stond. Ik was er evenzeer van overtuigd dat de mensen zich zouden verzetten, zich zouden verenigen en zouden vechten, als ze maar gewaarschuwd werden; en ik was er vast van overtuigd dat de deportatie van duizenden mensen onmogelijk zou worden als ze niet braaf meegingen. Als ik zou kunnen ontsnappen en op de een of andere manier terug zou kunnen gaan naar Slowakije, dan zou ik wellicht duizenden levens kunnen redden. Want ondertussen was ik er echt wel achter gekomen wat voor een plek Majdanek was.

Het duurde enkele dagen voor ik het eigenlijke doel van het kamp doorhad. Ik merkte wel dat er mensen uit onze sectie verdwenen, maar ik nam aan dat ze naar een andere plek overgebracht werden. Ik zag de dagelijkse uittocht uit de ziekenbarak, een zielige colonne van zieken en ouden en stervenden, strompelend naar een gebouw dat een eindje verderop lag; een gebouw met een hoge schoorsteen. Sommigen waren in staat om te lopen; sommigen moesten geholpen worden door anderen die iets sterker waren; sommigen werden vervoerd in een kruiwagen.

Het viel me op dat ze nooit terugkwamen. Ik vroeg me wel af wat er in dat gebouw gebeurde, maar ik had het nooit gevraagd. Dat was ook zo'n ongeschreven regel in het kamp, in elk kamp: het stellen van vragen was een gevaarlijke zaak. In feite kwam ik achter de waarheid toen ik toevallig hoorde hoe een kapo een gevangene een terloopse opdracht gaf.

Hij zei: 'Breng die bakstenen naar het crematorium.'

Ik lette op de man toen hij de kruiwagen pakte en wegliep. Ik zag dat hij in de richting van het gebouw met de hoge schoorsteen liep; en toen wist ik waarom die zielige restjes mens uit de ziekenbarak nooit terugkwamen.

Daardoor had ik nog een dringende reden om uit Majdanek weg te komen. Als ik niet doodgeschoten zou worden of doodgeslagen, dan zou ik op een dag in elkaar kunnen zakken van de honger; en dan zouden ze me naar de ziekenbarak sturen, wat betekende dat ik uiteindelijk verbrand zou worden.

Zelfs toen mijn omstandigheden drastisch verbeterd waren, bleef ik zoeken naar een gaatje in het zware pantser van het kamp; zelfs toen ik een baantje kreeg waarom al mijn medearbeiders me benijdden.

Op een dag was ik hout aan het opladen, toen ik opeens merkte dat een goedgebouwde kapo van middelbare leeftijd naar me stond te kijken. Ik werkte wat sneller om problemen te voorkomen, en na een tijdje kwam hij op me af en zei in het Tsjechisch: 'Hé, jij daar! Meekomen. Ik heb iets voor je te doen!' Ik liep vlug achter hem aan, me afvragend wat me te wachten stond. Hij bracht me naar een enorme berg aardappelen en zei scherp: 'Breng daar een hoop van naar de keukens. En snel wat!'

Om zijn woorden nog wat te benadrukken gaf hij me met zijn stok een klap op m'n rug, maar die voelde ik niet; ik kon nog steeds niet geloven hoeveel mazzel ik had.

In Majdanek betekende in de keuken werken dat je eten kon krijgen. Eten betekende overleven. Ook al stond er een venijnige SS'er, die bekendstond als de Bokser, bij de deur om erop toe te zien dat niets gestolen werd, toch was het vaak mogelijk om vlug een gekookte aardappel te pakken en die op te eten zonder dat je gezien werd. Het was nog altijd riskant uiteraard, want de Bokser ging er prat op dat hij iemand met één vuistslag kon doden, maar het was het risico wel waard.

Een uur lang karde ik aardappels naar de keukens, terwijl de Tsjechische kapo me nonchalant in het oog hield. Telkens wanneer de Bokser in onze richting keek, gaf hij me een paar meppen op de rug en schold hij me wat uit, maar over het algemeen was hij redelijk fatsoenlijk.

Daar had hij een paar redenen voor. Om te beginnen was ik een harde werker. Verder was ik een Slowaak die zijn taal sprak. En ten slotte klopte er onder zijn kapo-uniform nog steeds een Tsjechisch hart.

Hij was lid geweest van de Sokolbeweging, een quasimilitaire organisatie die fel antinazi was, en was in 1939 gearresteerd. Sinds dat moment had hij Dachau en Sachsenhausen aan de binnenkant gezien voor hij als kapo naar Majdanek gestuurd werd; en hoewel hij zijn gemakkelijke baantje niet kwijt wilde, had hij nog steeds een vonkje patriottisme in zich.

Die dag at ik goed; ik vulde mijn standaarddieet van slappe soep en brood aan met drie aardappelen die de kapo met opzet uit de pot liet vallen; en het moet mijn geluksdag zijn geweest, want die avond hoorde ik verrassend nieuws.

Na het appel brulde een van de kapo's: 'Wie van jullie schoften weet er iets van het werk op een boerderij? We sturen vierhonderd mannen naar een boerderij en als je denkt dat je het werk kunt doen, geef dan je nummer op.'

Werken op een boerderij! Een treinreis! Vertrekken uit Majdanek met officiële toestemming, in plaats van me onder het hek door te wurmen en een grote kans te lopen een kogel in de rug te krijgen! Ik was een van de eersten van rond de duizend mannen die zich opgaven; en ik was een van de vierhonderd gelukkigen die uitverkoren werden.

De volgende dag haalde de Tsjechische kapo me weer weg van mijn arbeid en zette me weer aan het aardappelsjouwen. Ook kletsten we weer wat op een min of meer vriendelijke manier, waarbij hij me af en toe een mep of twee gaf om de altijd waakzame Bokser te laten zien dat hij zijn werk goed deed. 'Weet je,' zei hij aan het eind, 'je bent echt een harde werker. Ik zou ervoor kunnen zorgen dat je een permanent baantje in de keukens krijgt.'

Als iemand me een paar dagen daarvoor zoiets aangeboden had, dan zou ik die kans direct aangegrepen hebben, zoals een snoek een voorntje grijpt. Maar nu lag het anders. Nu had ik een visum voor de buitenwereld op zak. 'Ontzettend bedankt,' zei ik, 'maar ik vertrek binnenkort uit het kamp.'

'Waar ga je heen?'

'Naar een boerderij. De trein zal over een paar dagen vertrekken.'

Ik hees een nieuwe zak aardappelen op m'n rug en automatisch gaf hij me een trap tegen m'n achterste.

'Ben je gek geworden? Weet je niet waar die trein naartoe gaat?'

'Nee.' Ik liet de aardappelen op de keukenvloer vallen en liep terug om er nog meer op te halen. Toen we langs de woedend kijkende Bokser liepen, gaf kapo Milan me een klap die langs mijn nek schampte; en zodra we buiten gehoorsafstand waren beet hij me toe: 'Hij gaat naar Auschwitz. Ik heb de papieren gezien. Als je zelfs maar een greintje verstand hebt, dan blijf je hier. Blijf in de keuken en je blijft in leven.'

Ik zag dat hij boos was omdat zijn edelmoedige aanbod afgeslagen was, maar daar kon ik niets aan doen, want de mogelijkheden om te ontsnappen die ik voor me zag waren heel wat verleidelijker dan een paar aardappelen. 'Alles is beter dan deze vuilnisbelt', zei ik tegen hem. 'Auschwitz kan niet erger zijn.'

Hij gaf me een venijnige klap op m'n rug, niet omdat ik iets verkeerd deed, maar omdat mijn domheid hem irriteerde.

'Luister, stom jochie dat je bent,' gromde hij, 'ik heb in Dachau gezeten. Daar was het erg. Maar als ze daar iemand echt wilden straffen, dan stuurden ze hem naar Auschwitz. Ga daarheen en je zult zeker sterven!'

Hij gaf me nog een geërgerde mep op m'n achterste. Ik wist dat hij het goed bedoelde. Ik wist dat hij echt dacht dat het was zoals hij zei, want dit was de Sokol in hem die sprak. Toch besloot ik zijn waarschuwing te negeren.

Dat bleek uiteindelijk een goede beslissing te zijn geweest. Toch had hij in grote lijnen gelijk met wat hij over Auschwitz zei, ook al had hij het mis over Majdanek. Niemand die in Majdanek bleef heeft het overleefd. En in feite ben ik van degenen die van Majdanek naar Auschwitz gingen de enige die nu nog in leven is.

Het einde van Majdanek is tot in de gruwelijkste details beschreven door een SS'er genaamd Erich Mussfeldt, die de laatste dagen van het kamp meegemaakt had en daarna overgeplaatst werd naar Auschwitz en uiteindelijk in Krakow aan de galg stierf.

Hij schreef: *Het kamp hield op te bestaan op 3 november 1943. Die operatie droeg de codenaam 'Oogstfeest'. Achter sectie vijf en zes in het kamp en op een meter of 50 van het nieuwe crematorium dat in aanbouw was, werden enorme greppels gegraven. Ongeveer driehonderd gevangenen werkten daar drie dagen en nachten aan. Drie grote graven van 2 meter diep en 100 meter lang.*

In die tijd was er in Majdanek een speciale eenheid van gevangenen uit Auschwitz. De commandanten van de politie en de SS kwamen met ongeveer honderd onderofficieren uit Krakow, Warschau, Radom en Lublin. Op de vierde dag – dat was 3 november – werd het kamp om vijf uur 's ochtends gewekt en omsingeld door bewapende patrouilles van in totaal zo'n vijfhonderd man.

Tegenover het crematorium, bij de ingang, stonden twee wagens met luidsprekers. Marsen en dansmuziek schalden door de luidsprekers. Om zes uur die ochtend begon de grote actie. De Joden werden de barakken in sectie vijf en zes binnengedreven en kregen het bevel zich uit te kleden.

Toen knipte commandant Thumann het prikkeldraad tussen de sectie en de graven door. Onmiddellijk werd door bewapende SS'ers een laan gevormd, en door die laan moesten de naakte gevangenen naar de greppels rennen. Ze werden in de greppels geduwd en in de greppel naar één kant, waar ze moesten gaan liggen zodat er meer ruimte zou ontstaan. Daarna gingen SS'ers om de greppels heen staan en schoten erin met hun machinegeweren. De levenden werden boven op de doden gestapeld totdat de graven vol waren. Mannen en vrouwen werden apart doodgeschoten. De hele actie ging door tot vijf uur 's middags. De SS'ers die de executies uitvoerden werden met regelmaat vervangen en de hele tijd klonk er harde dans- of marsmuziek door de luidsprekers.

Ik zag het allemaal gebeuren vanuit mijn plek in het crematorium. De actie werd op een echt militaire manier georganiseerd. Een officier hield alles in de gaten en hield de verschillende commandanten van de politie over de radio van de toestand op de hoogte, hoeveel er doodgeschoten waren enzovoort.

Op die dag werden in Majdanek 17.000 personen van beide seksen geëxecuteerd. Slechts driehonderd vrouwen werden in leven gehouden om de bezittingen van het kamp te sorteren en verzenden. En driehonderd mannen van de Speciale Eenheid 1005 om de lijken uit de graven te halen en te verbranden.

Een SS'er vertelde me dat de Joden van deze eenheid hadden geprobeerd te ontsnappen en daarom moesten de overlevenden met kettingen aan hun benen werken.

Toen de actie voorbij was werden de graven met een dun laagje aarde bedekt. Ik kreeg het bevel onmiddellijk alle sporen uit te wissen en de doden te cremeren. Op 4 november begon ik het hout aan te slepen en op 5 november begon ik met het cremeren. Het hout legden we op de bodem van de greppels die niet helemaal vol waren en daarbovenop de lijken. Toen het brandde goten we er brandspiritus overheen en zo gingen we van greppel naar greppel.

Toen de as afgekoeld was moesten gevangenen van mijn Speciale Eenheid die uit de greppels halen. Van deze as, waarin nog steeds botten zaten, werd door een speciale elektrische molen een poeder gemaakt om als mest gebruikt te worden. We deden de mest in zakken en brachten deze met vrachtwagens naar de pakhuizen van de SS.

Het werk werd gecontroleerd door een officier van de SD die zich ervan verzekerde dat alle sporen uitgewist waren. Voor het cremeren haalden we de gouden tanden uit de lijken en alle kostbaarheden werden regelmatig verzonden. Deze actie droeg de codenaam 'Reinhardt.'

Als ik in Majdanek gebleven was, dan was ik ten slotte vrijwel zeker in de mest terechtgekomen. Aan de andere kant was Auschwitz ook geen vakantiekamp waar je als jongen een tijdje in de frisse, gezonde buitenlucht kunt doorbrengen. En het was zeker ook geen boerderij waar je rustig op het land kon werken. Als vernietigingscentrum stelde het Majdanek volledig in de schaduw.

Maar goed, op dat moment had ik nog geen idee wat me te wachten stond. En dat had niemand, behalve uiteraard de SS'ers die de hele boel gepland hadden. En als iemand het ons verteld had, dan hadden we hem waarschijnlijk niet eens geloofd, want ons verstand was nog niet klaar voor het accepteren van het bestaan van zulke gigantische doodsfabrieken.

De dag van ons vertrek kwam naderbij. Ik nam afscheid van Milan, die slechts z'n schouders ophaalde en gromde: 'Je zult zien dat ik gelijk heb. Je zult er spijt van krijgen.' Toen werden wij, de vierhonderd die zouden vertrekken, in een rij opgesteld, geheel ingesloten door SS'ers en kapo's. En nu kwam een moment dat veel voor mij betekende. Niet alleen omdat we Majdanek zouden verlaten, maar ook om een veel banalere reden.

We zouden burgerkleren krijgen. Kleren van slachtoffers van het crematorium, dat wel, maar daar zaten wij niet mee. We zouden ons weer als heren kunnen kleden.

Ik kreeg een jasje en een broek in mijn handen geduwd. En daarna – en dat was je reinste luxe! – een overhemd. En dat was nog steeds niet alles. Om het geheel een extra elegant tintje te geven gaven ze me ook een pet. Weliswaar niet omdat ze goede kleermakers wilden zijn. Het enige waar ze zich om bekommerden was om onze kaalgeschoren hoofden te bedekken voor het oog van de buitenwereld. Maar het maakte mij niet uit wat hun motief was. Door die pet voelde ik me alsof ik naar een bruiloft ging!

Urenlang stonden we daar, terwijl zij ons twee keer controleerden. Feitelijk begon de avond al te vallen toen we zagen dat de SS'ers twee colonnes naast ons begonnen te vormen; en toen gingen we op weg, niet meer dan twaalf dagen na mijn aankomst.

Ik bekeek dit moment met gemengde gevoelens. Ik was opgetogen en tegelijk was ik verdrietig. Ergens in dat uitgestrekte, levenloze kamp dat achter ons in de verte verdween, bevond zich mijn broer Sammy. Diep in mijn hart wist ik dat hij het nooit zou kunnen overleven.

Op het station van Lublin werd door de SS-officier die het bevel voerde over de trein, geen woord te veel gezegd. Hij wist dat hij niet te maken had met verwarde burgers die dachten dat ze op weg gingen naar een hervestigingsgebied. Hij wist dat we ervaren, geharde gevangenen waren, die gewend waren aan het leven in een kamp en in een trein.

Met een volkomen toonloze stem, waarin noch haat noch minachting lag, zei hij: 'Jullie krijgen voedsel voor de reis. Doe er zuinig mee, want ik heb geen idee hoelang we onderweg zullen zijn. En denk eraan, het is zinloos om te proberen te ontsnappen.'

We kregen ons eten: brood, marmelade en salami. De officier klakte met zijn zweep en we klommen in de wagons. De grote deuren sloegen dicht, de trein schokte een paar keer en begon langzaam weg te rijden.

Ik bekeek de tachtig mannen in mijn wagon, speurend naar iemand met wie ik een ontsnappingspoging zou kunnen wagen. Plotseling kreeg ik een bekend gezicht in de gaten: Josef Erdelyi, die met me in Novaky had gezeten. Daar waren we bevriend geraakt, maar bovendien hadden we nog iets anders gemeenschappelijk: ik had bij zijn vriendin in de klas gezeten.

Ik worstelde me naar hem toe en vertelde hem fluisterend dat ik wilde proberen uit de wagon te ontsnappen. Hij was meteen geïnteresseerd en we begonnen onze reizende gevangenis nauwkeurig te bestuderen.

We bekeken het raampje. Daar zaten dikke tralies voor. Josef krabde zich op z'n hoofd en zei: 'Hoe zit het met de vloer? Misschien kunnen we er een gat in maken en erdoorheen glippen als de trein langzaam rijdt.'

Het leek een goed idee, maar er waren twee moeilijkheden. We wisten niet waar de bewakers zich bevonden en we wist niet aan welke kant de locomotief zat, want die was aan de trein gekoppeld toen wij er al in zaten. We besloten dus maar te wachten tot we zouden stoppen, want ik dacht dat we dan iets in het voordeel zouden zijn.

Het was tenslotte al donker. Uit mijn ervaringen bij de Hongaarse grens wist ik dat het zelfs voor de beste scherpschutter moeilijk is om in het donker een bewegend doelwit te raken. En als er twee doelen zouden zijn die elk in een andere richting renden, dan zou het bijna onmogelijk zijn om ze neer te schieten.

We merkten echter al snel dat met de SS-officier die de leiding had niet te spotten viel. Na een paar uur voelde ik dat de trein langzamer ging rijden. Hij passeerde een station en toen hij daar goed en wel voorbij was, kwam hij schokkend tot stilstand.

De deuren knarsten open. SS'ers begonnen iedereen naar buiten te schreeuwen. Josef en ik keken naar de kring van machinegeweren om de hele trein heen en voelden onze maag samenkrimpen.

Toch dachten we dat er misschien nog een kansje zou komen maar zelfs die hoop werd al snel de grond in geboord. De SS-officier met de zweep schreeuwde: 'Jullie worden hier geteld en zullen nog verschillende malen tijdens de reis geteld worden. Als er op welk moment dan ook iemand ontbreekt, dan zullen tien mannen uit zijn wagon doodgeschoten worden.'

Mijn hoop kelderde snel. Josef, die naast me stond, mompelde: 'Maak je geen zorgen. We hebben nog steeds de boerderij voor ons liggen!'

Dat was een bemoedigende gedachte. Open velden waren

moeilijk te bewaken. Misschien was het voor onze gemoedsrust maar goed ook dat we niet wisten dat die boerderij Auschwitz zou zijn.

We gingen weer verder. Tegen de tijd dat we vierentwintig uur hadden gereden was al het eten op. Maar dat was niet onze grootste zorg. Ook het water was op en in de benauwde hitte van die volgepakte wagon werd de dorst een ware kwelling; we hoefden er ook niet op te rekenen om op een station water te krijgen, want de veiligheidsmaatregelen waren zo streng dat we altijd een heel eind erbuiten stilhielden en moesten toekijken hoe de SS'ers uit hun waterflessen dronken terwijl wij geteld werden.

Uiteindelijk duurde de reis tweeënhalve dag. Ten slotte minderde de trein vaart voor z'n laatste halte en ik keek uit het raam om te kijken waar we waren.

Het was een vreemd gezicht. Er waren wachttorens, maar die waren leeg. Er stonden bakstenen gebouwen die er stevig uitzagen, heel wat anders dan de houten keten van Majdanek. Het was duidelijk dat dit een concentratiekamp was, maar wel een heel ander dan dat waar we vandaan kwamen.

We kwamen tot stilstand. De deuren gingen open en ditmaal werden we in een rij opgesteld en afgemarcheerd.

Ik stond op het punt om Auschwitz binnen te gaan.

6

Nieuwelingen

Het was 30 juni 1942, precies 9 uur in de avond, een prettig moment van de dag, want de schemering begon juist in te zetten, zodat de smetten bedekt werden en de hele wereld er zachter en mooier uitzag. Ik zag bomen en struiken en die vormden een geruststellend contrast met de verlatenheid, de vreselijke leegheid die mijn vorige kamp had omgeven. In gedachten noteerde ik een puntje in het voordeel van Auschwitz.

Mijn klompen, die ik in Majdanek gekregen had, maakten een onbekend geluid terwijl ik voortliep. Ik liep weer eens op een betonnen weg, een beschaafde weg, heel wat anders dan het stof, de rommel, het verval van Majdanek. Het tweede punt voor Auschwitz.

Dit waren natuurlijke maar vluchtige eerste indrukken, waarvan ik me maar half bewust was. Mijn aandacht was vooral gericht op wat er voor ons lag, het kamp dat tot op dat moment weinig meer was geweest dan een donker, broedend gevaarte in de schemering en dat nu we dichterbij kwamen steeds meer details prijsgaf.

De schijnwerper had ik gezien zodra ik me uit de wagon liet zakken. Onbeweeglijk en waakzaam stond hij op de ingang gericht die daardoor in een lichtkring met een omtrek van 50 meter stond. Nu kwamen we binnen de lichtstraal en konden we de grote dubbele poort zien met z'n fraaie siersmeedwerk, de wachttoren waarop de schijnwerper stond en de SS'ers.

Het waren deze mannen in hun onberispelijke groene uniformen die me voor het eerst deden vermoeden dat Auschwitz anders was dan elke andere plek die ik ooit had gekend. Ik had al heel wat SS'ers gezien, maar geen zoals deze. Ze stonden in een rij aan de rechterkant van de weg op een paar meter afstand van elkaar. Ze stonden daar als beelden, met een herdershond aan een riem in hun linker- en een machinepistool in hun rechterhand. Hun gezichten waren absoluut uitdrukkingsloos. Deze doodstil rechtopstaande figuren ademden een sfeer van koude, bloedeloze efficiëntie uit en hun aanblik bracht me in verwarring.

We hadden terwijl we naar het kamp toe liepen tenslotte al een zwaar escorte. Met genoeg machinegeweren om ons in een paar minuten weg te vagen. Waarom hadden ze er dan nog meer nodig? En waarom de honden? Dachten ze dat we gevaarlijke moordenaars waren? Saboteurs? Het puikje van de geallieerde legers? Op de een of andere manier klopte het niet.

En er leek een heleboel niet te kloppen op mijn eerste avond in Auschwitz. Zwart, wit en grijs wisselden elkaar af waar ik bij stond. Ik keek bijvoorbeeld nog eens naar de poort en zag voor het allereerst de woorden die erbovenop stonden: *Arbeit Macht Frei.*

Werk brengt vrijheid. Weldra zou die mythe ons allemaal bespotten, een monsterachtige 1 april-grap. Maar op die avond in juni geloofde ik het en werd ik er zelfs door bemoedigd. Werk brengt vrijheid. Ik was jong en sterk. Als het werk was dat ze van me wilden, dan zouden ze dat krijgen.

Voor de poort bevond zich een enorme rood-witte paal die wel wat weg had van een grote spoorboom. Deze ging langzaam omhoog en tegelijkertijd zwaaiden de hekken open. We liepen erdoorheen in rijen van vijf; en terwijl een SS'er ons telde, zag ik een ander plaatje voor me, nog zo'n pikzwart plaatje dat de mythe boven de poort en alle inspiratie die eruit voortgekomen was in één klap wegvaagde.

Een SS-Oberscharführer – zoiets als een sergeant-majoor – stond naar ons te kijken. Hij was een van de grootste mannen die ik ooit gezien heb, een soort menselijke berg, meer dan twee meter lang, met zijn handen op een enorme knuppel, die bijna tot aan zijn kin reikte. Maar het was niet alleen het fysieke voorkomen van de man of zijn brede gangsterkop, of zijn ogen die nooit knipperden, of de onverschilligheid waarmee hij naar ons stond te kijken, waardoor hij anders leek, ook al maakten die dingen een enorme indruk. Het was de aura die om hem heen hing, een aura van slechtheid, van de dood, iets waardoor ik instinctief wist dat er in dit massieve lichaam nog geen greintje medelijden of fatsoen of goeds zat.

In dit geval klopte mijn eerste indruk. Dit was Jakob Fries[1], een van de wreedste mannen die ooit uit Auschwitz, de moeder van zovele moordenaars, voortgekomen zijn. Eigenlijk was Fries voor mij Auschwitz en dat zal hij altijd blijven.

We liepen hem voorbij en ik zag iets anders dat al even ontmoedigend was. Aan beide zijden van de poort stond een dubbele rij witte betonnen palen, elk met een elektrische lamp erbovenop. Aan iedere paal zat ongeveer een dozijn porseleinen isolators, met daardoorheen draden die vermoedelijk om het hele kamp heen liepen. Elektrische draden onder hoogspanning, een uitermate dodelijke dubbele rij draden.

Op dat moment begon de schijnwerper door het kamp te dwalen en had ik voor het eerst de gelegenheid de wachttoren goed te bekijken. Het was een goed gebouwd ding, aan drie kanten voorzien van ramen. De vierde kant was open. In de toren stond een SS'er achter een tafel waarop een machinegeweer opgesteld stond.

Dit was de basis van het veiligheidssysteem van Auschwitz: hekken onder hoogspanning, een kordon van wachttorens en constant licht, zodat niemand zich kon verplaatsen zonder gezien te worden.

Nog nooit had ik zulke voorzorgsmaatregelen gezien en ik vond ze ontmoedigend. Een van de belangrijkste redenen van mijn vertrek naar Auschwitz was immers geweest om te kunnen ontsnappen. Maar ik voelde me niet alleen ontmoedigd, ik was nog meer verbijsterd. Wat bewaakten ze in dit vreemde kamp met z'n schone betonnen wegen en z'n verheffende leuzen, met z'n honden en z'n gangsters en z'n dodelijke dubbele hekken? Welke schat was hier opgeslagen? Want dit gigantische bewakingsapparaat zou toch nauwelijks opgezet zijn om een paar duizend onbeduidende Joden vast te houden?

Ik had het natuurlijk mis. Inderdaad leverde Auschwitz heel wat schatten op, aan goud, juwelen, geld, kleren, kunstledematen, haar en zelfs as, alle bijproducten van de crematoria. De veiligheidsmaatregelen waren echter bedoeld voor ons, onbetekenende gevangenen. Himmler had bepaald dat niemand mocht ontsnappen. De wereld mocht niets te weten komen over deze plek, de efficiëntste van zijn doodsfabrieken.

We liepen verder het kamp in. Nog steeds beton onder onze voeten. Keurige rijtjes barakken van rode baksteen, want Auschwitz was voor de oorlog gebouwd voor het Poolse leger en iedere barak had een goed verlicht nummer; er waren straten met namen alsof ze in een buitenwijk lagen: Kersenstraat, Kampweg enzovoort; en naast elk naambordje hing een prachtig, komisch uitgesneden plaatje met bijvoorbeeld een SS'er die een gevangene tegen z'n achterste trapt, die omvalt en een andere gevangene omvergooit. Rauwe humor, zeer fijntjes afgebeeld door een echte kunstenaar.

Overal zag ik orde en netheid en kracht, een ijzeren vuist in een antiseptische rubberen handschoen.

Ze lieten ons doormarcheren tot aan Barak 16, een gebouw van twee verdiepingen, en daar de kelder in. Aan een van de muren zagen we een waterkraan en instinctief bewogen we ons in die richting, want we hadden tweeënhalve dag niets te drinken gehad; maar voor we bij de kraan waren, kletterden laarzen de trap af en brulde een stem: 'Rustig!'

Daar stond een stevige man in een gevangenisbroek met een keurige vouw, een blauw soldatenjasje met alle knopen dicht en een zwarte baret, naar ons te kijken met de snelle, professionele blik van een slager in een slachthuis. Een kapo, maar niet zo'n ongedisciplineerde clownkapo zoals we ze in Majdanek meegemaakt hadden. Dit was een man van gezag, iemand van de oude stempel; en aan de groene driehoek op zijn jasje zag ik ook dat hij een beroepscrimineel was, een moordenaar naar ik later vernam.

Om hem heen stonden zijn trawanten, andere kapo's die een treetje lager in rang stonden dan hij. Hij zette een hand op z'n heup en snauwde: 'Ik ben hier de blokoudste. Je bent in het concentratiekamp Auschwitz en dat kun je maar beter niet vergeten. Het is hier geen sanatorium en je bent hier niet voor een rustkuur of een vakantie.

Iedereen heeft een kans om het te overleven, maar er is geen enkele kans voor de smeerlap die zich niet aan de regels houdt. Wie mij 's nachts uit m'n bed haalt door herrie te schoppen, die zal manieren bijgebracht worden. Wie 's nachts buiten de barak gevonden wordt, wordt doodgeschoten. Gehoorzaam alle bevelen, anders zal het je berouwen.'

Hij bekeek ons met afkeer. We hadden zijn avond verpest door op dit uur aan te komen. Toen zag hij dat onze ogen naar de kraan aan de muur gingen en zei wat bedaarder: 'Het is niet verboden om dat water te drinken. Maar wie ervan drinkt krijgt zeker dysenterie en voor hem is het crematorium de volgende halte. We hebben hier geen plek voor zieken en zwakkelingen. Drink alleen thee. Die krijg je 's ochtends. En denk eraan, je hebt hier alleen de gezonden en de doden.'

En hij kloste de trap weer op, met zijn gevolg op z'n hielen. Ik zag hem met gemengde gevoelens vertrekken. Hij was keihard en meedogenloos, dat was duidelijk, maar toch was hij zo fatsoenlijk om ons te waarschuwen voor het water. Eigenlijk was alles wat ik tot nog toe van Auschwitz had gezien hard maar efficiënt, heel wat anders dan de levensgevaarlijke chaos van Majdanek. En bovendien ... *Arbeit Macht Frei*. Dat bood enig soelaas. Ik ging op de keldervloer liggen en viel in slaap.

De volgende ochtend werden we om vijf uur wakker van het lawaai van een gong en hoorde ik hoe het kamp plotseling tot leven kwam. Overal vandaan kwam het geklepper van klompen. Toen ik uit het raam keek, dat zich ter hoogte van de grond bevond, zag ik ze voorbijsnellen, honderden paren benen zonder lichaam, jagend, duwend, struikelend, maar altijd zich voorthaastend, alsof hun leven ervan afhing.

En ze klepperden maar door, een eindeloos, monotoon geluid, hier en daar onderbroken door bevelen, het ziekmakende gedreun van klappen, een schreeuw, of een laag, wanhopig gekreun. Dit was een nieuw Auschwitz dat ik hoorde.

De deur vloog open en een ploeg gevangenen droeg vaten met dampende thee naar binnen. Terwijl we die gretig opdronken kwam de blokoudste binnen en zei: 'Vandaag mogen jullie het kamp bekijken. Jullie hoeven nog niet te werken.'

We maakten de thee tot de laatste druppel op en verzamelden ons voor het appel, nog steeds in onze burgerkleren. Dit was ondertussen al routine geworden; ik kende het uit Majdanek. En zodra het voorbij was, zwierf ik door het kamp.

Ik voelde me net een toerist, samen met Ipi Müller, een wat oudere man die bij me in de wagon had gezeten tijdens onze reis uit Majdanek. Tenminste, hij leek al wat ouder, maar hij zal niet ouder geweest zijn dan vijfenveertig. En terwijl we rondliepen zei hij: 'Misschien dat ik hier mijn zoon tegenkom.'

Ik kende zijn zoon ondertussen wel. Hij had veel over hem verteld tijdens de reis, dat hij zo mooi kon vioolspelen. Ik herinnerde me dat ik Ipi een fijne vent vond; een arme Slowaakse kleermaker die de vioollessen van z'n zoon betaald had en zelfs in die smerige wagon alleen maar aan hem had gedacht en nauwelijks aan zichzelf. Ik zei: 'Ja, Ipi. Misschien komen we hem hier wel tegen.'

En juist op dat moment begon een orkest strijdliederen te spelen. Ipi bleef doodstil staan; zijn ogen begonnen te stralen en zijn dunne, gegroefde gelaat vertoonde een glimlach. Hij greep me bij de arm en toen we ons naar de muziek keerden zagen we het orkest naast de toegangspoort van het kamp op een podium.

Nog steeds met z'n hand om mijn arm zei Ipi fluisterend: 'Daar zal hij wel bij zijn, Rudi. Hij zal daar wel meespelen.'

We begaven ons in de richting van het orkest, maar we zijn er nooit dicht genoeg in de buurt gekomen om te kunnen zien of Ipi' s zoon erbij was. Want plotseling onderging het kamp een ware transformatie. We hoorden iemand het bevel 'Aan het werk!' schreeuwen. Het werd steeds weer herhaald, tot het als een echo van alle kanten kwam. En toen kwam het geluid van de klompen weer terug, maar nu ritmischer en we zagen duizenden en nog eens duizenden mannen die als rijen mieren uit alle secties aan kwamen marcheren in keurige rijtjes van vijf. De poorten zwaaiden open en de ogenschijnlijk eindeloze rijen liepen het kamp uit.

Ik bekeek hen en wat ik zag, schokte me. Een paar zagen er gezond en sterk uit; maar de overgrote meerderheid bestond uit broodmagere, doodsbleke, hoekige personen. Het leken wel marionetten, zo schokkerig liepen ze, terwijl ze probeerden bij te blijven alsof hun leven ervan afhing, wat in feite ook zo was. Wie niet kon werken, dat hoorde ik al snel, werd gedood, in de gaskamer of door middel van een fenol-injectie in het hart, een handeling die uitgevoerd werd door een lid van de Gezondheidsdienst van de SS, ene Josef Klehr.

Medelijden moest echter al snel het veld ruimen voor een meer egoïstische gedachte. Deze mannen liepen het kamp uit, God weet waarheen, maar ze lieten in ieder geval voor een tijdje de wachttorens en de hoogspanningsdraden achter zich. Het idee om te ontsnappen, dat door wat ik de vorige nacht gezien had de grond in geboord was, begon weer op te leven, wat wel aantoont dat ik nog steeds erg naïef was.

Het kamp leek nu min of meer leeg te zijn. Degenen die achtergebleven waren, hadden echter geen gelegenheid om te luieren. Zij waren druk in de weer met allerlei mysterieuze bezigheden, voortdurend in looppas, terwijl de kapo's schreeuwden en de SS'ers van een afstandje toekeken. Wie treuzelde kreeg ervan langs met de knuppel of de zweep; toch kon ik niet ontdekken waar al deze vreselijke haast voor nodig was.

Door een schreeuw achter me werd ik naar de werkelijkheid teruggebracht. Ik sprong net op tijd opzij om te voorkomen dat ik aangereden werd door een enorme kar die getrokken werd door een groepje Oekraïense gevangenen. Ze bleven staan voor de deur van een groot gebouw zonder ramen, een paar meter verderop en ik liep ernaartoe, ietwat nieuwsgierig naar wat ze zouden inladen.

De dubbele deur ging open en twee gevangenen kwamen naar buiten, kletsend in het Pools en lachend. De Oekraïners draaiden de wagen zo dat die loodrecht op de trap naar de deur stond.

De Polen stopten met hun gekwek. Ze draaiden zich om en gingen met de gezichten naar elkaar toe staan, met hun armen in een gespannen houding, iets los van hun lichaam en met de handpalmen naar boven gericht. Ze leken wel twee worstelaars die op het punt staan een gevecht te beginnen. Ik probeerde door de deur naar binnen te kijken, maar het was er donker en ik stond er niet recht voor. Ik zag wel dat twee van de Oekraïners op de achterkant van de kar waren geklommen en al even gespannen stonden te wachten. Dit, zo besloot ik, zou een hele operatie worden.

En dat was het. Uit de duisternis achter de deur kwam plotseling een naakt menselijk lichaam als een pijl naar buiten schieten, met het hoofd naar voren en de armen gestrekt. De Polen vingen het midden in z'n vlucht op waarbij ze elk een enkel en een pols beetpakten en smeten het direct weer door naar de kar.

Het kwam met een plof op de kale houten planken terecht, mager, grijs, verwrongen. De Oekraïners pakten het op en renden – ja, ze renden! – naar het andere eind van de kar, legden het netjes uitgestrekt neer en renden terug om het volgende weggeteerde, vormeloze lijk te pakken, dat ze naar voren droegen en boven op het eerste legden.

Ze kwamen nu in een rap tempo, alsof er een groot machinegeweer aan het schieten was. Ze vlogen naar buiten, sommige als een vogel, andere als een duiker, maar allemaal met het gezicht naar beneden en het hoofd vooruit. De Polen schoten ze door en het plof, plof, plof waarmee ze op de kar terechtkwamen had nu een bepaald ritme, als een of andere afschuwelijke metronoom. De Oekraïners waren helemaal bezweet. Ze legden hun lading in stapels van tien, netjes, professioneel, het hoofd van de een tussen de benen van een ander om ruimte te sparen.

Plof, plof, plof. Nog een en nog een en nog een. Ze vlogen naar buiten, armzalige kleiduiven, leeg, gewichtloos, levenloos, de huid strak om de botten gespannen. Slechts af en toe werd het ritme verstoord als een zwaarder lichaam door die duistere deur vloog, een lichaam met een ingeslagen hoofd, onder het bloed en de uitwerpselen. Maar zelfs dan aarzelden de Polen geen moment. Ze reageerden automatisch. Hun spieren spanden zich extra, hun last was al weer op weg om met een zwaardere plof neer te komen, die de kar deed schudden.

De Oekraïners spanden hun rug. Ze kreunden als ze de zwaargewichten boven op de stapel legden. En terwijl ze wegrenden, zag ik het bloed langzaam uit open hoofden druppelen en op de lichamen eronder neerkomen. Na tien minuten was de bodem van de kar verdwenen onder vijftien keurige stapels van tien. De Oekraïners hesen zich boven op hun lading en stonden tot hun enkels in het dode vlees. Rennen was er nu niet meer bij, dus klommen er nog twee op de stapel, die aan het andere eind van de kar gingen staan. Hierdoor ontstond een kleine wijziging in het patroon, want nu werden de lijken door de twee die vooraan stonden naar de andere twee gesmeten, die ze weer even netjes opstapelden.

Ook het geluid was anders. Het krassende geluid van de lichamen op het hout had plaatsgemaakt voor het kleffe, gedempte geluid van lichaam op lichaam, al sloeg af en toe een arm of een been tegen de zijkant van de kar, een wanklank in deze afschuwelijke symfonie.

Een laatste noot van een laatste vaalkleurige lappenpop, grijs, geel, kaal, de mond wijdopen; en toen was het voorbij. De Polen sloten de deuren, ontspanden zich en zetten hun gezellige gesprekje voort. Iemand smeet dekens naar de mannen boven op de vleesberg, die zij over de stapel spreidden.

Wij, nieuwkomers, voor wie het werk vrijheid zou brengen, staarden naar de kar, volledig gehypnotiseerd door wat we hadden gezien. Tweehonderd lijken waren op elkaar gestapeld en de hele operatie had nog geen kwartier geduurd. Toch was er genoeg tijd voor het bloed uit de gehavende lijken om door de stapel vlees heen te druppen en we zagen het uit de kar druppen en een donkerrode plas vormen op het smetteloze beton.

Een van ons zei: 'Wie zijn dat? Ze zien er niet uit als Joden.'

'Oekraïners misschien. Die behandelen ze altijd slecht.'

'Of Polen. Ik denk dat het Polen zijn.'

'In ieder geval zijn het geen Slowaken,' zei Ipi Müller. 'Zeker geen Slowaken.'

Het was belachelijk, maar op de een of andere manier was het prettig om iemand te horen zeggen dat ze niet uit Slowakije kwamen. Eigenlijk voelden we ons, zoals we daar stonden in onze burgerkleren, volledig afgezonderd van de hele scène. Dit was iets wat anderen overkwam, mannen die van een andere wereld kwamen. Wij waren meer dan hompen vlees. Wij waren mensen, personen. Ons verstand ging op de vlucht voor een waarheid die het nog niet aankon en die ons nog moest inhalen.

De vier Oekraïners sprongen op de grond. Een kapo liep tussen hen door en gaf rustig bevelen. Zes zwaargebouwde Oekraïners pakten de bomen en draaiden de kar rond tot hij weer evenwijdig aan de deur stond. Een paar anderen liepen naar de achterkant van de kar en tegen elk wiel werd een schouder gezet.

'Voor-uit!' schreeuwde de kapo.

'Voor-uit!' echoden de trekpaarden en als één man begonnen ze te trekken en duwen. Langzaam kwam de kar in beweging, krakend en zwaaiend. Hier en daar raakte door de beweging een keurig gestapelde arm of been los en viel over de rand van de kar, waar hij dan hing te bungelen, als in een macabere afscheidsgroet van de dodenbarak.

Ik staarde de kar na terwijl hij aan snelheid won. De trek- en duwpaarden draafden nu en de kar slingerde heen en weer zodat ik dacht dat hij om zou vallen en z'n lading zou verliezen. Maar nee, deze mannen wisten precies wat ze deden, want het was duidelijk niet hun eerste tocht van de rode bakstenen barak zonder ramen.

De plas werd groter en sijpelde in het beton. Twee gevangenen met grote borstels kwamen aanlopen en begonnen de weg schoon te vegen. Ik keek terloops naar hen en zag hen eigenlijk nauwelijks, want in gedachten was ik nog steeds bij die slingerende doodskar. Maar toen ze weer rechtop gingen staan en zich in mijn richting draaiden, kreeg ik de zoveelste schok te verwerken. Dit waren twee van mijn vrienden, Otto Pressburger en Ariel Engel uit Trnava. En toen ik hen zag, kwam ik op de een of andere manier wat dichter bij de verschrikkelijke waarheid van Auschwitz.

Nog maar vier maanden daarvoor waren de lange, forse Otto met zijn donkere ogen en zijn ronde gezicht en ik samen naar een bal geweest, met elkaar wedijverend om de meisjes van die plaats. Maar nu leek het vlees van zijn ronde gezicht te zijn weggesmolten, waardoor het veel langer leek en was zijn stevige postuur vreselijk vermagerd.

Maar de verandering in Ariel Engel was nog beangstigender. Het was alsof Auschwitz met grote zorgvuldigheid al zijn pluspunten een voor een had uitgekozen en nauwgezet had weggevaagd.

Vroeger plaagden we hem wel met zijn elegante kleren. Nu hingen de strepen losjes om hem heen, alsof ze hem wilden bespotten. Vroeger was hij een echte atleet geweest. Nu leek zijn gespierde, geoefende figuur meer op dat van een hongerige man van middelbare leeftijd. Hij was ook een prima musicus geweest, een populaire figuur op feestjes, want hij wist schitterende dingen te doen met de balalaika. Nu was alle muziek uit hem verdwenen en had plaatsgemaakt voor een sombere apathie.

Ik liep naar hen toe. Eventjes klaarde hun gezicht op en toen verdween het licht weer, want niemand vond het fijn om zijn vrienden in Auschwitz te zien. Otto glimlachte triest en zei: 'Ik dacht dat je in Hongarije zat. Ik dacht dat je het gehaald had.'

Ik schudde m'n hoofd. Op dat moment leek Hongarije op een andere wereld die me niets zei. Het enige wat voor mij van belang was, was het achterhalen van het geheim van dit vreemde, sinistere kamp.

'Wat gebeurt er hier, Otto?' zei ik. 'Wat is er met die arme drommels gebeurd?'

'Welke arme drommels?'

'Die op de kar.'

Hij keek me even aan, verbaasd over mijn onwetendheid, zonder eraan te denken dat ik hier nieuw was en nog niks wist over dat soort dagelijkse dingen.

'Zij zijn de oogst van vandaag.'

Aan mijn gezicht zag hij dat ik het nog steeds niet begreep. Dus legde hij het geduldig uit, alsof hij met een klein kind van doen had.

'Ze zijn vannacht doodgegaan. Sommigen van de honger. Sommigen van een ziekte. Sommigen omdat ze iets te hard geslagen zijn met een knuppel. Zo gaat het de hele tijd.'

Mijn verstand worstelde met deze eenvoudige woorden, maar wist ze niet helemaal te bevatten. Daarom veranderde ik van onderwerp en vroeg hem hoe hij en Ariel in Auschwitz terecht waren gekomen.

'We kwamen hier met een groep van zeshonderd uit Trnava', zei hij. 'Er zijn er nog maar tien van ons over.'

'En de anderen? Wat is er met hen gebeurd?'

Hij haalde zijn schouders op en zei: 'Ze kregen het verkeerde werk. Zij moesten Russische krijgsgevangenen verbranden die door de SS gedood waren. Daarna moesten de paar die dit werk overleefd hadden, sterven omdat ze te veel wisten.'

'En jij? En je broers?'

Hij antwoordde me bijna terloops, alsof hij vertelde hoe laat het was of wat de uitslag van een voetbalwedstrijd was. Maar ik wist dat hij niet ongevoelig maar fatalistisch was.

'M'n broers zijn dood. Alle vier. Ik – en jij, trouwens? De kansen zijn gering. Het kan een kwestie zijn van dagen, of van weken, of zelfs van maanden.'

Het waren dreigende woorden. En toch slaagde hij er op de een of andere manier in er iets van hoop in door te laten klinken. Hij gaf me een eerlijke, op feiten gebaseerde inschatting van de situatie, maar uit zijn toon maakte ik op dat hij nog niet gebroken was.

Ariel Engel was een heel ander geval. Zijn stem klonk al levenloos toen hij zei: 'Binnenkort vliegen we allemaal door die deur. Met een paar dagen misschien. Het is enkel een kwestie van tijd.'

Ik keek naar hem. De ogen die vroeger lachten en dansten op zijn eigen muziek keken terug en ik zag de schaduw van de dood over ze liggen. Otto lachte ongemakkelijk en zei: 'Let maar niet op Ariel. Hij is altijd een pessimist!'

Een schreeuwende kapo met een zweep brak ons gesprek af. Otto en Ariel dribbelden snel weg naar een ander geheimzinnig, zinloos werkje. Ik bleef achter en dacht na over hun woorden, ik ploos ze nauwkeurig na, zoals een mijnwerker die op zoek is naar goud. Ten slotte kwam ik tot de conclusie dat het voor mensen als Otto en mij mogelijk was om te overleven, voor mensen die de wil hadden om in leven te blijven; maar niet voor de Ariels van het kamp, die al geaccepteerd hadden dat ze zouden sterven.

De volgende dag onderging onze status een drastische wijziging. Tot dan hadden we onze burgerkleren aangehouden, wat in zekere zin in ons nadeel was, omdat de andere gevangenen ons meden, te bang om met die nieuwe, gevaarlijke idioten te praten die hen in moeilijkheden zouden kunnen brengen. Maar nu stonden we op het punt om volledig geaccepteerde leden van de Auschwitz-club te worden.

We werden naar een douchehok gebracht, waar we ons moesten uitkleden. De kapo's begonnen te brullen: 'Onder de douches!' Een moment lang aarzelden we bij de ingang, want we waren met vierhonderd en in de douche was ruimte voor niet meer dan dertig. Het was allemaal nogal verwarrend.

Maar de kapo's losten dit probleem snel voor ons op. Razendsnel liepen ze tussen onze naakte lichamen door, uithalend met hun knuppels totdat we allemaal in het kleine douchehok gepropt zaten en harde stralen van ijskoud water het stof van de reis en het bloed van onze vers geopende wonden afspoelde. Vaag hoorde ik, boven het geluid van het water en de paniekerige chaos uit, onze nieuwe meesters schreeuwen: 'Eruit! Iedereen eruit! Sneller, zwijn!'

We stormden naar de deur, vechtend om eruit te komen. Ze liepen weer tussen ons door, onze nog natte lichamen schoppend en slaand tot ze ons ten slotte in een weerloze rij hadden opgesteld die stond te rillen in de julizon. En nog steeds naakt lieten ze ons vijftig meter lopen naar de plek waar andere gevangenen onze naam en geboortedatum opschreven, alsof ze ons inschreven in een of andere vreemde nieuwe universiteit. Dat was voor de volgende tweeënhalf jaar de laatste keer dat ik officieel gebruikmaakte van mijn naam; ik was nu gevangene nummer 44070. Het werd me ook onmogelijk gemaakt m'n nummer te vergeten, want de volgende fase van het inwijdingsritueel was het tatoeëren.

Achter een tafel zaten nog twee gevangenen, een Fransman die in het hele kamp bekendstond als Leo de tatoeëerder, en een Slowaak met de naam Eisenberg. Het waren vrolijke kerels die van de hele toestand een soort grap maakten; zo vroegen ze het vee beleefd waar ze gebrandmerkt wilden worden, op de linker- of de rechterarm, boven of onder. Het had iets onwezenlijks en komisch om in dit soort omstandigheden te mogen kiezen. Zoiets als aan een man vragen aan welke kant hij z'n scheiding wil hebben, vlak voor z'n hoofd eraf gaat. Volledigheidshalve kan ik overigens nog vermelden dat ik koos voor mijn linker onderarm en daar zit m'n nummer tot op de dag van vandaag nog.

Daarna kwamen de kleren, de zebrastrepen. Een tuniek, een broek, een slappe vormeloze pet en klompen. Vernederende kleren, dat zeker, maar nog altijd minder vernederend dan helemaal niets en met een min of meer opgelucht gevoel trok ik ze aan. Nu was ik een van de kudde, een nummer in strepen, anoniem, onbekend en, mits ik snel genoeg liep en zolang ik zogezegd mijn neus niet zou stoten, onopgemerkt.

Deze hele procedure van het douchen, de registratie, het tatoeëren en het aankleden nam natuurlijk een hele tijd in beslag. Het begon in de ochtend en was die avond nog aan de gang. Ik stond steeds tamelijk aan het begin van de rij, zodat ik veel moest wachten tot de anderen erdoorheen gekomen waren. En terwijl de kleren uitgedeeld werden, viel mijn oog op twee Poolse gevangenen die samen aan het praten waren.

Het waren hun kleren die het eerst mijn aandacht trokken. Ze zagen eruit alsof ze precies op maat gemaakt waren. De petten hadden een duidelijke vorm en stonden in een luchtige hoek op hun hoofd. De pijpen van hun broek waren feilloos gevouwen. Hun jasjes pasten hen precies. En ze droegen hun kleding met een zelfvertrouwen dat aan het arrogante grensde.

Maar er was nog iets anders waardoor ze opvielen tussen de rest. Ze zagen er fors en weldoorvoed uit. Hun gezicht had niet de gewone bleke kleur, maar zag er gebruind en gezond uit. Dit, zo bedacht ik, waren mannen die het geheim van het overleven kenden; mannen die me zouden kunnen helpen.

Ik liep naar hen toe en stelde mezelf voor. Ze hielden op met praten en stonden me een tijdje te bekijken met een verwonderde frons op hun gezicht. En opeens voelde ik me als een kleine schooljongen die zo brutaal was om het gesprek van een paar bestuursleden te onderbreken.

Toen glimlachte een van hen en op een minzame toon zei hij: 'Ik neem aan dat je hier nieuw bent.'

'Ja. Ik ben twee dagen geleden aangekomen. Hoelang zijn jullie hier al?' Ze wisselden een geamuseerde, toegeeflijke blik. De langste van de twee zei: 'Twee jaar.'

Twee jaar! Mijn hart sprong op in m'n binnenste. Ik herinnerde me de sombere woorden van Ariel en zelfs Otto, m'n vrienden die het over dagen en weken en maanden hadden, en snel en opgelucht deed ik hen af als overdreven pessimistisch, want ze wisten duidelijk niet waar ze het over hadden.

De twee Polen glimlachten nog steeds spottend naar me, geamuseerd door de onbeschaamdheid en onwetendheid van dat nieuwe jochie. Ik glimlachte terug en zei: 'Twee jaar! Dat is mooi. Dat is heel mooi. Sommige idioten zeggen dat je het hier maar een paar dagen volhoudt.'

Het moet wat bedillerig geklonken hebben, want de houding van die twee kamparistocraten sloeg in één klap om. Het was duidelijk dat ze niet alleen niet zaten te wachten op de loftuitingen van een groentje, maar ook geïrriteerd waren door de vage suggestie dat hij hun uithoudingsvermogen zou kunnen evenaren.

‘Luister, makker,’ snauwde een van hen, ‘toen we hier kwamen waren we met duizend. Nu zijn er vier van ons over. Weet je wat ik zou doen als ik een Jood was in Auschwitz, zoals jij?’

Ik schudde m’n hoofd en zei niets. Ik was duidelijk op mijn nummer gezet, maar verlangde naar al het advies dat ik zou kunnen krijgen van deze mannen die bewezen hadden dat het mogelijk was om te overleven. Een tijdlang zei hij echter niets, maar stond daar alleen maar cynisch en toch medelijdend naar me te kijken; toen ontspande z’n gezicht en lachte hij zachtjes.

‘Als ik jou was,’ zei hij nog steeds een beetje lachend, ‘dan zou ik naar dat prikkeldraad daar rennen. Ze zouden je neerschieten voor je een paar meter ver was. Doe wat ik je aanraad, mijn vriend en sterf vandaag!’

Daarna liepen de twee weg, nu verveeld en niet langer geamuseerd door mijn kinderachtige gebabbel, mijn naïviteit. Ik keek hen woest na, gekwetst door hun terechtwijzing en verbitterd door hun minzaamheid; en terwijl ik hen nakeek, kon ik het niet laten om hardop te zeggen: ‘Ik ben nog in leven als jullie allang dood zijn!’

Dit was natuurlijk een veel te snel oordeel, dat voortkwam uit mijn boosheid. Maar in feite had ik wel gelijk. Een maand later raasde een vlektyfusepidemie over het kamp en onder de slachtoffers waren deze twee Polen.

Die avond werden we naar een nieuwe barak gebracht. Ditmaal zaten we niet in de kelder, maar op de zolder en hadden we de balken van het dak boven ons hoofd. Het grootste deel van de vloer werd ingenomen door vuile, dunne dekens. Ze zagen er niet erg uitnodigend uit, maar waren altijd beter dan de stenen vloer van de kelder. Zodra we erin trokken kregen we ons avondeten: een mok thee en een paar ons brood per persoon.

Ik at gulzig, want ik leerde de lessen van Auschwitz langzaam, maar toch zeker. Eten betekende kracht, ook al zat er zaagsel in het brood en zag de thee eruit als rioolwater. Kracht betekende overleven, want zoals de blokoudste gezegd had, in het kamp was geen plaats voor zwakkelingen. Terwijl ik het klonterige brood opslokte dacht ik: misschien kan ik wat groente stelen als ik op het veld ga werken.

Ik zou de velden nooit te zien krijgen. Trouwens, de anderen ook niet, al was het om een heel andere reden. Op dat moment stormde een potige jonge kapo onze zolder op en ging naar ons staan kijken.

We werden onmiddellijk stil en keken behoedzaam naar hem, ons afvragend of zijn bezoek klappen betekende, of werk, of slechts een scheldkanonnade, want tegen die tijd hadden we afgeleerd iets anders te verwachten van deze leden van de kamphiërarchie. Ik zag dat hij een rode driehoek op z'n jas droeg en vond dat een goed teken, want dat betekende dat hij een politieke gevangene was. Daarna bekeek ik zijn gezicht in een poging deze nieuwe vervolger te doorgronden, maar dat lukte niet erg, want het bestond uit een verwarrende mengeling van arrogantie, lichte minachting en – dat was nieuw voor me – humor.

Hij zette z'n handen tegen zijn heupen, ging wijdbeens staan en brulde met een zwaar Weens accent: 'Laat me jullie stommelingen eens bekijken!'

We stonden doodstil. Zijn ogen flitsten heen en weer langs onze gezichten en daarna begon hij tussen ons door te lopen terwijl hij zijn knuppel losjes heen en weer zwaaide. Hij bleef staan voor een gevangene, porde hem in z'n maag met het uiteinde van de knuppel en hief die toen plotseling omhoog. De gevangene sprong naar achteren, struikelde over een matras en viel plat op zijn rug. Deze vreemde nieuwe kapo liep verder tussen de sombere, doodstille gelederen door, bulderend van het lachen.

Langzaam kwam hij mijn kant op, hier en daar porrend en duwend, net doend alsof hij zou slaan waardoor de mannen wegvluchtten als een stel duiven en hij weer in lachen uitbarstte. En al die tijd vroeg ik me af of dit slechts een spelletje was of dat er iets ernstigers en wellicht onheilspellends achter zat.

Nu was hij vlak voor me. Hij stopte en bekeek me van top tot teen, met de mondhoeken naar beneden in een cynisch lachje. Ik bleef wachten, vastbesloten om me niet te bewegen, om niet het mikpunt te worden van zijn ruwe humor.

Een luchthartige stomp in m'n maag. Ik bleef overeind staan, al was zijn vuist behoorlijk zwaar. Hij liep om me heen met een lichte frons van belangstelling en niet zozeer van ongenoegen op zijn gezicht. Toen gaf hij me een klap op de schouder.

'Een sterke jongen, hè?'

Ik zei niets. Een enorme hand strekte zich uit en voelde aan mijn spierballen. Instinctief boog ik m'n arm en de kapo knikte langzaam en goedkeurend. 'Waar kom je vandaan?'

'Slowakije.'

Nog een paar porren. Nog een klap op m'n schouder. En toen: 'Dus je bent een Slowaak. Je zou ermee door kunnen. Spreek je Duits?'

'Ja.'

'Goed?'

'Vloeiend.'

Hij ademde diep in door zijn onregelmatige gebit, tikte met z'n knuppel op z'n been en keek me strak aan. Ik wist dat ik onderzocht werd, maar ik had niet het flauwste idee wat er met me zou gebeuren als ik goedgekeurd werd. Ik kwam er al snel achter, want kennelijk was hij tevreden met wat hij zag. Hij gaf me nog een laatste por met z'n knuppel en zei: 'Oké, je kunt ermee door. Kom mee.'

Hij draaide zich om en liep snel naar de deur. Ik liep achter hem aan, bang voor het onbekende, maar ook blij, omdat hij me er kennelijk had uitgepikt omdat ik sterk en gezond was. Wat ik niet kon bevroeden terwijl ik op mijn klompen naar beneden klepperde, was dat deze porrende kapo in feite mijn leven gered had.

Ook wist ik niet dat hij me voor een citroen van mijn blokoudste gekocht had. Op dat moment had ik nog geen idee van de gigantische zwarte markt in het kamp; een zwarte markt die sommigen in leven hield en anderen martelingen en de dood opleverde.

Noten

1. In 1952 werd Jakob Fries in Neurenberg veroordeeld tot veertien jaar gevangenisstraf voor de misdaden die hij tegen Duitse politieke gevangenen begaan had in het concentratiekamp Sachsenhausen. Acht jaar later werd hij voorwaardelijk vrijgelaten door Adenauers ministerie van Justitie. Hij werd op 12 juni 1961 opnieuw gearresteerd, in verband met veel ernstiger misdaden in Auschwitz, maar kwam op borgtocht vrij, hangende zijn verschijnen voor de rechtbank in Frankfurt. Begin 1963 ontsloeg de officier van justitie hem echter van verdere rechtsvervolging, omdat hij al eens tot veertien jaar was veroordeeld na eerdere beschuldigingen en het niet waarschijnlijk was dat zijn strafmaat nog verhoogd zou worden!

7

Kennismaking met Auschwitz

Ik heb van mijn nieuwe baas een heleboel geleerd over Auschwitz, over de kunst van het overleven en over het leven in het algemeen. De eerste les kwam al direct nadat we de deur van de zolder achter ons dichtgedaan hadden.

Maar eerst wachtte mij nog een prettige verrassing. Buiten de deur stonden twee andere nieuwe rekruten te wachten, Ipi Müller en Josef Erdelyi, m'n oude vrienden van het transport uit Majdanek. Ipi, die nog steeds op zoek was naar zijn zoon die vioolspeelde en Josef wiens vriendin een eeuwigheid geleden naast me in de klas had gezeten thuis in Slowakije.

De eerste les die ik leerde was dat kapo Franz een man met vele kanten was. Toen we de trap afkletterden verdween de blufferige, bijna snoeverige houding; daarvoor in de plaats kwam een rustige, bruuske vriendelijkheid, die maakte dat ik me zekerder voelde. Hij sprak op een levendige en afgemeten manier en toen hoorde ik van welk lot hij me gered had.

Hij zei over zijn schouder: 'Jullie hebben geluk dat je dat boerderijwerk niet hoeft te doen. Weten jullie waar het op neerkomt?'

Hij gaf ons geen tijd om te antwoorden, maar ratelde door: 'Het betekent dat je lijken op moet graven en verbranden. De meesten sterven tijdens dat werk of worden doodgeschoten of doodgeknuppeld. De rest sterft onmiddellijk wanneer het werk af is. Ze weten te veel.'

Ik dacht terug aan Majdanek waar ik me als eerste vrijwillig voor dit werk had opgegeven en aan het transport, toen Josef, Ipi en ik gesproken hadden over de mogelijkheid om over de korenvelden te ontsnappen. Het drong tot me door hoe onschuldig en onwetend we waren geweest.

Later kon ik zelf de details beschrijven die Franz weggelaten had tijdens zijn cryptische omschrijving op de trap. In het kamp waren 107.000 lijken begraven, waaronder 20.000 Russische krijgsgevangenen die vermoord waren. Alle bewijzen van deze massamoord moesten verwijderd worden, niet alleen om de misdaden in de doofpot te stoppen, maar ook omdat het een gevaar voor de gezondheid was. Daarom was een speciale werkeenheid van 1.400 mannen bijeengebracht om dit werk te doen.

Het was een smerig en gevaarlijk werkje. Wanneer een graf geopend werd was de stank vreselijk. De gevangenen moesten het werk voor het merendeel met de blote handen doen, waarbij ze tot aan hun knieën in het rottende vlees stonden en lijken die zich al in een staat van ontbinding bevonden naar het oppervlak moesten tillen, terwijl zwaar beschonken SS'ers met zwepen en machinegeweren hen tiranniseerden en mishandelden.

Let wel, dronkenschap was geen veel voorkomende misdaad onder de mannen van deze Doodskop-bataljons. Maar in dit geval was er wel een goede reden voor. Het werk waarover ze toezicht moesten houden was zo weerzinwekkend dat ze elk een fles schnaps per dag kregen om hun moreel op peil te houden en waardoor meteen hun ingewanden gedesinfecteerd werden!

Ze haatten het werk. Ze dreven hun slaven ongenadig voort omdat ze de hele toestand zo snel mogelijk achter zich wilden hebben liggen; en terwijl ze de drank achteroversloegen, verloren ze alle remmingen en schoten of sloegen ze iedereen dood van wie ze dachten dat hij verslapte. Van de 1.400 leefden er nog slechts 300 toen de laatste lijken verbrand waren en ook zij werden geëxecuteerd.

We liepen naar buiten en opnieuw veranderde Franz' houding op slag. Daar was de snoever, de exhibitionist weer. Terwijl we over de Lager Strasse liepen, de hoofdstraat van Auschwitz, en langs andere kapo's en SS'ers kwamen, begon hij tegen ons te brullen en naar ons uit te halen.

'Doorlopen, smerige Joden!' schreeuwde hij. 'Hebben jullie nog niet geleerd om te marcheren? Luie troep zwijnen, ik zal jullie leren lopen en werken als echte mannen.'

Al schreeuwend sloeg hij zijn knuppel in onze richting. Voor de voorbijlopende SS'ers leek hij een uitstekende kapo: harteloos, wreed, efficiënt. Toch raakte hij ons niet één keer. In feite heb ik hem in al die tijd dat ik hem gekend heb niet één keer een gevangene zien slaan en dat was een unicum in Auschwitz.

Later ontdekte ik de redenen van zijn menselijkheid. Om te beginnen was hij een beschaafd, rechtschapen man. Verder had hij veel langer onder de nazi's geleden dan wij en haatte hij hen veel dieper. Zijn strijd tegen de nazi's was al begonnen toen hij op zijn zeventiende naar Spanje wilde vertrekken om tegen Franco te vechten. Hij is nooit verder gekomen dan de Oostenrijkse grens en toen de nazi's zijn land overnamen werd hij naar het concentratiekamp Dachau gestuurd.

Daarna had hij in allerlei andere kampen gezeten. Toen de oorlog uitbrak werd hij kapo, omdat ervaren, geharde gevangenen nodig waren om de naïeve nieuwkomers, die al snel vanuit heel Europa met honderdduizenden tegelijk werden aangevoerd, manieren te leren.

'Halt, zootje Joodse varkens!' De knuppel suisde over mijn hoofd, vlak langs de paar stoppels die de kampbarbier had laten zitten. We stonden voor een nieuwe barak, ons nieuwe thuis. We stommelden naar binnen en ik zag dat we niet meer in een kelder of op een zolder zouden wonen, maar in een enorme zaal, net als de andere gevangenen. Er lagen geen matrassen op de grond. In plaats daarvan waren er rijen kooien, dicht op elkaar, drie boven elkaar, maar toch nog niet genoeg voor de bewoners, want ik zag dat elke kooi door twee, drie of zelfs vier personen bezet werd.

Josef en ik hadden mazzel. We slaagden erin één kooi voor ons tweeën te krijgen. Terwijl we op de rand zaten, bekeken we onze nieuwe omgeving. Het eerste wat ons opviel was dat de blokoudste en zijn ondergeschikten groene driehoeken droegen; ze waren Duitse misdadigers en dat was een slecht teken. De barak zelf leek echter schoon genoeg en ik was blij te zien dat Franz op goede voet leek te staan met onze blokoudste. Dat betekende dat we niet te hard of te vaak geslagen zouden worden, want geen enkele kapo wilde gewonde of bloedende arbeiders onder zich hebben. Toen ik die avond ging slapen, voelde ik me optimistischer dan ooit sinds ik in het kamp gekomen was.

De volgende ochtend werden we om vijf uur door de gong gewekt en vochten we ons een weg naar de badruimte om de slaap weg te wassen; er was noch tijd, noch ruimte noch zeep voor iets meer dan dat. Daarna naar buiten voor het appel en toen kwam de brul: 'Aan het werk!'

Opnieuw zag ik de mannen in rijen van vijf en blokken van honderd naar de poorten sjokken. Fries, de onvermoeibare, kolossale Fries, stond daar ook weer en mepte de zwakken en de zieken uit de rijen met zijn enorme knuppel, waarbij hij af en toe de kapo's uitschold en trapte.

Ik keek naar degenen die afgewezen waren, die naar het kamp terugliepen en een meelijwekkende poging deden om zich te haasten, want ze wisten dat ze nu nog maar één hoop hadden. Dit waren de levende doden, die om de een of andere duistere reden *Muselmanns* genoemd werden, muzelmannen, degenen met een lege blik, zonder een draadje vlees, met bloed zo dun als water. Ze sjokten naar de houtwerkplaats, waar een fatsoenlijke kapo hen misschien voor hun leven zou willen laten werken, want ze wisten dat het alternatief de ziekenbarak was en dus een dosis fenol in het hart en de dood. Hoewel ze zelfs daar niet veilig waren, want later op de dag kamde Fries het hele kamp uit en zocht degenen eruit van wie hij het idee had dat ze het kamp een slordig aanzicht gaven.

Nu waren wij aan de beurt om weg te marcheren. We liepen langs Fries en zijn ondergeschikten die de aantallen controleerden. We hielden onze hoofden recht omhoog, want wij waren sterk en gezond en ik zag dat hij nauwelijks naar ons keek. Tegen die tijd had Franz al de reputatie van een efficiënte kapo opgebouwd, zodat de SS'ers, zelfs Fries, het onnodig vonden om zijn arbeiders te controleren.

We marcheerden over een weg die zich tussen de bomen doorslingerde, langs vreemde, anonieme gebouwen en hier en daar een hut. Franz begon een Duits marsliedje te zingen en we vielen allemaal in, als een stel jongens op een schoolreisje. En ik voelde me inderdaad licht in het hoofd, niet vanwege de zonneschijn of de bomen, maar omdat ik me buiten die ellendige hoogspanningsdraden bevond, weg van de geweren en de honden. Nergens was een SS'er te zien en voor mij betekende dat dat ik al zo goed als vrij was. Terwijl ik zong, knikte ik naar Josef, die naast me liep. Hij grijnsde terug en ik wist dat hij hetzelfde dacht als ik.

Ten slotte bereikten we iets dat op een gigantisch pakhuis leek. Er liep een spoorweg naartoe en er was een laadperron. We liepen naar binnen, toch wel nieuwsgierig naar het werk dat ons wachtte, maar nog steeds hoofdzakelijk denkend aan de wijde open plekken. Toen liet Franz ons halt houden, wat eigenlijk wel zo goed was, want door de aanblik van wat ik voor me zag was ik toch wel gestopt.

Overal om me heen zag ik voedsel. Bergen voedsel. Enorme muren van blikken met ham, rundvlees, jam, groenten, fruit. Flessen mineraalwater, netjes opgeslagen in eindeloze rijen, een gigantisch leger van sprankelende soldaatjes. Kilometers eten en luxeartikelen, afkomstig uit alle hoeken van de wereld en hier verzameld in de hel van Auschwitz.

Franz grijnsde naar ons, nieuwkomers. Hij zette zijn officiele stem op en zei: 'Dit is de voedselvoorraad van de SS. Het is jullie taak om de spoorwegwagons die buiten staan, uit te laden en het spul netjes hier op te stapelen. Ik sta op uiterste schoonheid, want ik sta niet toe dat Duitse soldaten besmet worden door smerige Joodse luizen. Hier zijn water, zeep en handdoeken en zorg ervoor dat je ze gebruikt. Nou, aan het werk, luie beesten die jullie zijn!'

Voedsel en vrijheid! Het was ongelooflijk. Buiten hoorden we een goederentrein die rammelend tot stilstand kwam en terwijl we er met de anderen naartoe renden, lachten Josef en ik.

Onze wagon bevatte voortreffelijke augurken uit Hongarije. Uitgelaten sleepten we de kratten eruit en ik mompelde tegen Josef: 'Geen bewakers! Geen honden! Geen geweren! Ze zijn gek! Of misschien denken ze dat we simpel zijn.'

Franz kuierde in onze richting. Op beminnelijke toon zei hij: 'Kom op, jongens. Zet je schouders eronder. Zorg ervoor dat deze augurken op de derde verdieping opgeslagen worden.'

Josef en ik tilden elk een krat op en stommelden naar de derde verdieping. Er was niemand anders aanwezig en ik nam even vrij om uit het raam te kijken; om nog eens en nu van bovenaf, naar die prachtige door bomen omzoomde weg naar de vrijheid te kijken. En plotseling loste alle schoonheid voor mijn neus op.

'Josef,' zei ik somber, 'kom eens hier.'

Hij kwam naar me toe, in zichzelf fluitend en keek over mijn schouder. Het gefluit stierf weg. Josef was even stil en toen zei hij zachtjes: 'De smeerlappen! De sluwe smeerlappen!'

Hij zag, we zagen allebei, dat de hele omgeving omringd werd door wachttorens. In iedere toren zaten SS'ers achter een machinegeweer dat op een tafel vastgemaakt was, net zoals we gezien hadden toen we een paar dagen eerder door de poort waren gekomen. En we realiseerden ons dat de elektriciteitsdraden en de honden en de geweren slechts de binnenste verdedigingslinie vormden. Die moest wel sterk zijn, want ze moesten alle gevangenen 's nachts binnenhouden tijdens de gevaarlijke duistere uren. Maar bij daglicht konden ze ons rustig daarbuiten laten, want vanuit deze torens, die als een stel cyclopen boven het kamp stonden te broeden, zouden ze het nog zien als een kat ontsnapte, laat staan een mens in een zebrapak. En voor hij deze buitenste rand op een paar honderd meter was genaderd zou hij vanaf vijf van die torens onder vuur genomen zijn.

En dat was nog niet alles. Vanuit ons hoge punt zagen we SS'ers en kapo's die tot dan toe door de bomen en de gebouwen afgeschermd waren geweest van onze plek. We zouden opgepakt zijn lang voor we binnen het bereik van de machinegeweren zouden komen, want de bewegingsvrijheid van een gevangene in Auschwitz was maar heel beperkt.

Josef zuchtte en mompelde: 'Kom op. Laten we die augurken versjouwen.'

We merkten echter al snel dat we in een van de beste baantjes van het kamp waren verzeild geraakt en dat het leven onder Franz beschaafd was, ook al leek ontsnappen voorlopig uitgesloten. Toen we bijvoorbeeld klaar waren met het uitladen van onze augurken gingen we naar een andere wagon die propvol zat met ham in blik dat in houten kratten zat.

Josef en ik stonden in de wagon en brachten de kratten naar de deur. Franz kwam aangelopen, keek ons even indringend aan en mompelde toen: 'Laat het vallen, stomme idioten!'

Even bleven we aarzelen. Toen smeten we een krat op het perron, dat kapot viel. Terwijl de blikken met ham rond zijn voeten rolden, schudde hij zijn hoofd alsof hij boos was en zei: 'Die stomme clowns van het leger! Elke week sturen ze ons een gebroken krat!'

Hij wees met z'n stok in mijn richting en zei snauwend: 'Jij daar, ga naar de Oberscharführer en maak hier melding van! Opschieten!'

Ik sprong op het perron. Toen ik langs hem liep duwde hij een groot blik in m'n handen en mompelde: 'Stop dit tussen de kratten met citroenlimonade.' Ik nam het blik mee en rende naar het kantoor van de SS-officier. Maar voor ik daar aankwam had ik het blik op een van de tientallen verstopplekjes gelegd die Franz door het hele pakhuis heen had gemaakt.

Een paar minuten later stond ik voor de Oberscharführer, met de pet in de hand en zonder uitdrukking op m'n gezicht en zei met een monotone stem: 'Herr Oberscharführer, de kapo meldt dat een krat gebroken afgeleverd is en stelt met alle respect voor dat u het komt inspecteren.'

'Alweer?'

'Ja, Herr Oberscharführer.'

Met een woedend gesnuif haalde hij zijn verslagboekje tevoorschijn en stormde zijn kantoor uit. Ik drentelde gehoorzaam achter hem aan. Hij liep op Franz af die met een ongeduldige en verontwaardigde blik op het gebroken krat stond neer te kijken. Hij keek op, sprong in de houding en zei: 'Alweer één, Herr Oberscharführer!'

'Ik zie het. En ik durf te wedden dat ze het met opzet gedaan hebben. Ik wed dat er een blik te weinig is.'

Franz hurkte neer en begon de blikken met ham te tellen. Toen hij klaar was keek hij met een blik vol bewondering op.

'Herr Oberscharführer,' zei hij op een bijna eerbiedige toon, 'u hebt helemaal gelijk. Er is een blik te weinig.'

De SS'er kwam iets omhoog, kreeg een lichtpaarse kleur en gromde: 'Dit kunnen ze niet zomaar doen. Ik laat niet toe dat ze mij voor gek zetten. Ditmaal zal ik het rapporteren!'

En weg was hij. Franz keek me plechtig aan en zei zachtjes: 'Is het geen vreselijke schande? Die vuile dieven bij het leger die de SS proberen te beroven?'

'Ja, Herr kapo', zei ik op een al even geschokte toon. 'Het is een vreselijke schande.'

Op dat moment kwam de SS'er teruggesneld, z'n gezicht samengetrokken in een frons. Hij nam Franz terzijde en zei zo hard dat we het allemaal konden horen: 'Weet je zeker dat je deze vervloekte Joden kunt vertrouwen?' Franz ging met een gekwetst gezicht rechtop staan en zei: 'Herr Oberscharführer, ik ben al drie jaar kapo ...'

'Natuurlijk', mompelde de SS'er. 'Ik vroeg het me alleen af.'

Wij kleine jongens deelden nooit in dit illegale voedsel, daar was het veel te waardevol voor. Het was meer dan voedsel; het was geld waarmee de verschillende kapo's goede zaken deden en niet alleen voor zichzelf een gemakkelijk leven kochten, maar ook hun veiligheid en de veiligheid van hun vrienden. De blokoudsten troggelden gevangenen hun dagelijkse rantsoen af. De mannen in de keuken handelden met vlees. Franz, die de leiding had over de voedselvoorraad van de SS, was werkelijk een machtig man, die keer op keer z'n leven veilig had kunnen stellen. En als hij mijn blokoudste geen citroen had toegestopt, dan had hij mij nooit uit de eenheid voor het boerenwerk kunnen halen, want dat was streng verboden. Maar citroenen vormden harde valuta, want ze bevatten veel vitamines en de blokoudste wist dat hij me gemakkelijk kon vervangen door iemand anders voor een lagere prijs te kopen.

Deze kapo's vormden in feite de aristocratie van het kamp. Ze hadden hun eigen kamers in elke barak en daar onthaalden ze hun vrienden op geweldige maaltijden. Op hun ovens bakten ze biefstuk en patat, zodat de geur door de dunne scheidingswanden naar de verhongerende gevangenen toe dreef, en ze spoelden dit af en toe weg met gestolen slivovitsj die afkomstig was van de slachtoffers van de gaskamers.

Franz was vaak een eregast op dit soort intieme partijtjes. En in tegenstelling tot andere kapo's vergat hij nooit zijn arbeiders te belonen voor betoonde diensten. Zo nu en dan schopte hij een pot met jam of augurken om en mompelde: 'Wat ben ik toch een kluns!'

Dan liep hij weer weg en liet ons het spul van de blinkend schone vloer eten. Ook vond hij het niet erg als we hier en daar een flesje mineraalwater stalen, als we het tenminste een beetje slim aanpakten en geen aanwijzingen achterlieten voor rondneuzende SS'ers. Als tegenprestatie smokkelden wij weleens voor hem een paar citroenen het kamp binnen. We wisten best dat we daar vijfentwintig stokslagen voor zouden kunnen krijgen of gedood konden worden als we gesnapt werden, maar het was het waard om beschermd te worden door zo'n machtig persoon.

Het leven in het pakhuis van de SS was eigenlijk zo goed als wij gewone gevangenen het konden krijgen in Auschwitz, tenminste tot het moment dat Franz zijn hand overspeelde. Of hij te veel zelfvertrouwen kreeg, of te arrogant werd, of te minachtend ten opzichte van de SS, of gewoon zorgeloos, ik zal het nooit weten, al denk ik persoonlijk dat het kwam door de woedende brieven van de Oberscharführer aan de intendance van het gewone leger over het grote aantal gebroken kratten dat binnenkwam.

Wat er ook de oorzaak van was, de gevolgen waren in ieder geval dramatisch. We kregen bezoek van een Oberwachtmeister van de intendance die Zwingli heette, een man met dunne lippen, een bril en smalle schouders, een typische klerk uit Dickens. Waar wij allemaal bij stonden zei hij tegen de Oberscharführer: 'Ik ga deze zaak tot op de bodem uitzoeken, want er is hier iets vreemds aan de hand. Ik ga orde op zaken stellen in dit pakhuis.'

Franz' gezicht stond onverstoorbaar. Het gezicht van de Oberscharführer was paars en trilde iets. Het gezicht van de Oberwachtmeister stond kieskeurig en geprikkeld en hij ondernam onmiddellijk actie met elk stukje van het weinige gezag dat hij had.

'Ik wil hier wachtposten bij de deuren', snauwde hij bij de ingang. 'Zij zullen iedereen die het gebouw verlaat, fouilleren. En dat is inclusief de kapo.' Ik zag dat Franz' gezicht heel even betrok, maar dat trok weer bij toen de kleine efficiency-expert, die blij was dat hij een opdracht had die hem een paar weken lang van het Russische front weg zou houden, doorratelde.

'Elk artikel in het pakhuis moet regelmatig gecontroleerd worden, tweemaal, driemaal per dag als het nodig is. Dat is mijn verantwoordelijkheid, hoewel ik het onder bepaalde omstandigheden aan anderen kan delegeren.'

En weg was hij om de precieze details van zijn grote schoonmaak uit te werken, met een woedende Oberscharführer in zijn kielzog. Franz keek naar ons, zuchtte en zei: 'Jongens, dat Zwingli-figuur is overduidelijk een idioot. Maar zelfs idioten kunnen gevaarlijk worden, vooral als ze overal om zich heen slaan met een nieuwe bezem. Ik stel voor dat er in ieder geval voor een tijdje een uitbarsting van absolute eerlijkheid is.'

We waren het van harte met hem eens, vooral toen we merkten dat het Zwingli ernst was. Telkens wanneer iemand van ons het pakhuis verliet, liepen de schildwachten onze kleren na en dat niet terloops, maar zorgvuldig, voelend naar ongewone bulten. Op een dag hoorde ik een schreeuw en zag dat ze Josef vasthielden die een knalrood hoofd had.

Zwingli kwam naar buiten gegaloppeerd, als een jager die zojuist zijn voetklem dicht heeft horen klappen. De soldaten sprongen in de houding en meldden: 'Herr Oberwachtmeister, deze gevangene heeft iets in de pijp van zijn broek verborgen.'

'Haal het eruit.'

Ze frommelden aan de onderkant van Josefs broekspijp en slaagden erin er een gekreukeld bruin papieren pakje uit te trekken. Stilletjes schold ik hem uit om zijn stommiteit.

'Geef het aan mij.'

Een van de soldaten gaf het pakje aan de man van het leger, die het snel uitwikkelde. Ik probeerde te zien of het brood was of een stel augurken, of misschien een stuk ham. Maar toen ik iets dichterbij kwam, zag ik dat het niets van dat alles was. Het was een stapeltje beduimelde foto's.

Onmiddellijk vernauwden de ogen van de Oberwachtmeister zich. Documenten! Illegale foto's! Een saboteur, misschien zelfs een spion! Hij begon ze snel door te kijken, waarbij hij om de paar seconden naar Josef keek, wiens gezicht nu op een rode biet leek. Maar terwijl hij ze doorkeek zag ik de glans langzaam uit zijn ogen verdwijnen. Het waren foto's van Josefs vriendin, van Josef samen met zijn vriendin, van zijn vriendin op een fiets, zijn vriendin in een zwempak, zijn vriendin in een ligstoel, zijn vriendin met Josefs moeder, zijn vriendin op een muur zittend, over de muur kijkend, tegen de muur leunend, zijn vriendin in alle mogelijke houdingen die het fatsoen en de zedigheid toelieten.

Nu was het Zwingli's beurt om een rode biet na te doen. Hij ademde diep in en toen explodeerde hij. Hij stapte naar voren en begon die arme Josef op zijn gezicht te slaan met zijn familieportretten en schreeuwde tussen de slagen door: 'Jij … smerig … zwijn … weet … je … niet … dat … het … hier … verboden … is … om … foto's … te … hebben?'

Josef verroerde geen vin. Ten slotte raakten Zwingli's woorden en zijn energie min of meer tegelijkertijd uitgeput. In feite was de hele toestand te veel voor hem. Plotseling smeet hij de foto's terug in Josefs handen en rende bijna naar het kantoor van de Oberscharführer.

Ik had zin om te lachen omdat het allemaal zo belachelijk was en tegelijk moest ik bijna huilen omdat het zo ontroerend was. Maar ik deed geen van beide, want ik had het er veel te druk mee om mezelf af te vragen hoe die stomme idioot erin geslaagd was die foto's bij zich te houden. Hoe hadden ze het overleefd toen hij zich moest uitkleden toen hij in Majdanek kwam en nog een keer toen hij daar wegging en voor de derde maal toen hij in Auschwitz aankwam? Wat was er met die aandoenlijke foto's gebeurd toen ze ons in beide kampen de douches in- en uitjoegen?

Ik heb ook nooit een antwoord gekregen op deze onmogelijke vragen. Toen ik Josef ernaar vroeg, haalde hij z'n schouders op en zei met een grijns: 'Eerlijk gezegd heb ik me dat zelf ook al afgevraagd!'

Terwijl de Oberwachtmeister en de Oberscharführer samen over deze zelfde dingen nadachten, gaf Franz ons nog eens een preek. Kijkend naar Josef, die nog steeds met een ouderwetse blik naar zijn foto's stond te staren, zei hij: 'Voorzichtig, jongens. De tijden zijn aan het veranderen.'

Onze kapo had gelijk. In feite had hij net zo goed kunnen zeggen dat het kamp aan het veranderen was. Doordat het net van de Gestapo zich wijder en wijder over Europa verspreidde en er meer en meer gevangenen naar Auschwitz kwamen, schoot het sterftecijfer omhoog. De jongen, de gezonden, de fitten leken nu overspoeld door de 'muzelmannen', de bleke, uitgeputte zombies die als razenden rondschuifelden op een paar centimeter afstand van een dodelijke dosis fenol. De doden stapelden zich bij elk appel hoger op en het raamloze rode bakstenen gebouw werd nu door vrachtwagens aangedaan in plaats van door karren.

Ja, hoe meer gevangenen er waren, hoe meer er waren die omkwamen en niet alleen door de knuppel, de honger of door moord. De sanitaire voorzieningen, die altijd al onvoldoende waren, werden nu ronduit gevaarlijk. Dysenterie, altijd een dreiging, teisterde het kamp. En daarna, nog beangstigender, kwam de vlektyfus. Iedere dag als de werkcolonnes het kamp uit sloften en probeerden rechtop te blijven lopen, kwam de knuppel van Oberscharführer Fries sneller en sneller neer.

Er was natuurlijk een vaccin dat vlektyfus kon voorkomen, ironisch genoeg tijdens de Eerste Wereldoorlog ontdekt door Weigl, een Joodse arts uit Duitsland. Maar nu de Tweede Wereldoorlog in alle hevigheid woedde, waren de voorraden schaars en die waren zeker niet beschikbaar voor zulke afgelegen plekken als Auschwitz. Daarom besloten de kampautoriteiten, die wisten dat luizen de oorzaak van de ziekte waren, het probleem bij de wortel aan te pakken, namelijk het stof. In een kamp met weinig water en nog minder zeep, werden de ongewassenen behandeld als moordenaars, uiteraard niet omdat men bang was dat ze hun medegevangenen zouden kunnen besmetten, maar omdat de SS'ers zelf besmet zouden kunnen raken en sterven.

Wat volgde was een soort nieuwe inquisitie. De mannen kwamen terug van hun werk, moe, vies, onder het bloed. De kapo's dromden om hen heen en scholden hen uit voor smerige zwijnen. Dat was nu geen belediging meer, maar een doodvonnis. De strijd om zeep en water werd een strijd op leven en dood en zoals altijd waren het de zwakkeren die eraan gingen als de gevangenen met elkaar vochten om schoon te worden.

Ik had geluk. Ook nu had ik mijn leven te danken aan Franz, want als hij me niet had uitgekozen voor het pakhuis zou ik nu even vies als de anderen geweest zijn. Nu echter kon ik mijzelf heel schoon houden omdat er in het pakhuis genoeg zeep en water was om er zeker van te zijn dat de handen die het voedsel van de SS'ers aanraakten grondig gesteriliseerd waren.

En toch, hoewel ik lichamelijk in een betere conditie was dan de meeste anderen, moest ik knokken om de moed erin te houden. De stank van de dood, de aanblik van de wandelende skeletten, de constante vernedering, al die dingen drukten me vreselijk terneer; alsof ze als morbide bondgenoten probeerden me eronder te krijgen. En één keer waren ze daar bijna in geslaagd.

Op een ochtend liepen we naar het pakhuis toen een eigenaardige, onaangename stank ons tegemoet kwam. Het werd sterker en sterker en plotseling drong het tot ons door waar het vandaan kwam, toen voor ons een colonne vrouwelijke gevangenen de hoek om kwam. Nog nooit had ik mensen in zo'n toestand gezien.

Franz liet onze colonne halt houden om hen te laten passeren. Ze sloften in onze richting met lompen als kleren en geschoren hoofden, al droegen er hier en daar een paar die nog een beetje trots overhad een karige hoofddoek; maar het waren vooral hun gezichten die me de koude rillingen bezorgden, gezichten als doodshoofden met ogen die hol stonden en niets leken te zien.

Het stof dwarrelde op rond hun klompen. De vrouwelijke kapo's, goed gevuld, weldoorvoed, sterk en gezond, met een zweep in de hand, dreven hen voort, schreeuwend, dreigend, slaand, terwijl vrouwelijke SS'ers met honden toezicht hielden op de hele boel. We stonden daar, vernederd door onze eigen kracht, ons bijna schamend dat we gezond waren in de aanwezigheid van dit aandoenlijke groepje geesten.

Toen zag de eerste ons, toen nog een paar, toen de hele voortschuifelende colonne; en van God weet waar haalden ze een restje kracht en moed vandaan. Ze hieven hun hoofd op, deze vrouwelijke 'muzelmannen'. Ze probeerden hun rug te rechten en toen ze vlak naast ons liepen, riep een uitgemergelde heldin: 'Komt er iemand daar uit Slowakije?'

Josef, Ipi en ik schreeuwden: 'Ja ... wij komen uit Slowakije!'

'Weten jullie of ...'

We hebben niet gehoord welke naam ze probeerde te schreeuwen. Een forse vrouwelijke kapo haalde uit met haar zweep en raakte het meisje vol in het gezicht. Ze struikelde. Iemand naast haar ving haar op en droeg haar half langs ons, terwijl het bloed hun beider vormeloze kleren bevlekte. En we hielden ons stil, want we wisten dat als we iets zeiden de zweep opnieuw zou uithalen.

Tenminste, ik probeerde me stil te houden, maar slaagde er niet in. Terwijl de afgetakelde rij doorliep en doorliep, leken de gezichten voor mijn ogen te vervagen tot er plotseling één uit de mist naar voren kwam en mijn blik gevangen hield.

Het was mijn nicht Eva. Eva uit Topolcany.

Ze was ongeveer van mijn leeftijd, net zeventien. Ze was nooit een mooi meisje geweest, maar wel sterk, intelligent, vol humor, met een zekere faam in de hele stad omdat ze zich altijd goed kleedde. De slimme Eva die zo goed Engels sprak. Eva die pianospeelde en altijd naar feestjes ging. Eva was geen muzelman, want ze hield haar hoofd nog omhoog.

Ik riep haar naam. Ze draaide haar hoofd om en staarde me verward aan, ongelovig. Ik zag dat ze fronste en plotseling zag ik een blik van herkenning in haar ogen en haar magere, strak gespannen gezicht leefde op. 'Rudi!'

Een zweep ging omhoog en kwam neer, maar Eva liep door. Ik hief mijn hand op en zij hief de hare op in een schitterend trotserend gebaar. En terwijl ze me op nog geen tien meter afstand voorbijliep, riep ze nog eens. 'Tot ziens, Rudi. Tot ziens.'

Opnieuw de zweep, maar het had net zo goed een vliegenmepper kunnen zijn, want dit was geen gewoon meisje. Haar stem klonk niet hard, maar er klonk moed in door. Dit was geen gejammer, geen smeekbede om medelijden. Dit was een geest van verzet, nog steeds smeulend, zelfs op het randje van de dood.

'Tot ziens, Eva. Veel geluk!'

Het waren dwaze woorden. Woorden zonder betekenis. Holle woorden, want wij wisten allebei dat geluk haar niet meer kon redden. We wisten allebei dat ze zou sterven. En toen de colonne achter een paar gebouwen verdween, keek ik hem niet na.

'Doorlopen, ellendelingen! Dit is geen schoolreisje! Vooruit!'

Franz' stem klonk ruwer dan ik hem ooit gehoord had. Franz begreep het. Ik heb nooit gehoord waar deze Slowaakse meisjes vandaan gekomen waren, of waar ze heen gingen. Maar een paar dagen later liep er nog zo'n groep langs ons pakhuis en werd door hun kapo's naar een binnenplaats gedreven die grensde aan de binnenplaats achter ons gebouw. We wisten dat ze aan het verhongeren waren. Dat hadden we zelfs wel geweten als we de broodmagere armen niet door het prikkeldraad heen hadden zien steken, die lege voedselblikken op de vuilnishoop erachter uitschraapten, om ze vervolgens schoon te likken.

Franz stond hen een tijdje te bekijken, fronsend, kauwend op z'n duimnagel. Uiteindelijk zei hij: 'Rudi, we moeten iets doen voor die arme meisjes.'

'Wat kunnen wij verdorie voor ze doen met die stomme gewapende apen bij de deur?'

'Dat weet ik nog niet. Maar laat het maar aan mij over.'

Ik liet het aan hem over, al had ik dit keer weinig vertrouwen in hem. Goed, wij zaten boven op een fabelachtige voedselvoorraad. Maar het gebouw werd zo streng bewaakt dat we net zo goed op de maan hadden kunnen zitten. Ik was er zeker van dat zelfs die sluwe Franz er niet doorheen kon komen.

Maar hij liet zich niet zo gauw ontmoedigen. Na een poosje kwam hij weer bij me staan en zei: 'Luister, er staan duizend dozen met marmelade op de begane grond; goed spul uit Italië en ik weet dat het er precies duizend zijn, want die kleine rat, Zwingli, heeft ze twee keer geteld.'

Hij grijnsde naar me, gaf me een knipoog en ging verder: 'Als ik onze Oberwachtmeister een beetje ken, dan zal hij ze vast nog wel een keer tellen. Als hij dat doet moet je het me laten weten.'

Hij was alweer weg voor ik kon vragen wat hij van plan was; maar ik moest toegeven dat hij zijn Zwingli inderdaad kende, want een paar minuten later drentelde het pietluttige mannetje het pakhuis binnen en begon de dozen met marmelade te tellen. Het duurde een tijd voor hij klaar was, maar hij deed het grondig. En toen hij dan eindelijk uitgeteld was ging ik naar Franz toe en vertelde het hem.

'Mooi. Ik wist dat hij terug zou komen voor een laatste telling. Nu kunnen we ervan nemen zoveel we willen.'

'Maar stel dat hij nog eens terugkomt.'

'Dat doet hij niet. Drie keer … dat is zijn rantsoen.'

'Misschien. Maar hoe krijg je het spul in vredesnaam langs de wachtposten?'

Franz was nu in zijn element. Hij pakte een doos met marmelade, plaatste hem op zijn vingertoppen en zei: 'Let maar eens op, jochie!'

Kalm liep hij naar de deur, met de doos hoog in de lucht, zoals een ober een dienblad door een vol restaurant draagt. Bij de deur hief hij ook zijn andere arm op en zei: 'Fouilleer mij snel alstublieft, heren. Ik heb haast.' De soldaten lieten hun handen langs zijn kleren gaan, klopten op zijn zakken en voelden aan de pijpen van zijn broek. Met een ruk van hun hoofd lieten ze hem door en Franz verdween om de hoek van het gebouw.

Ik rende naar een raam boven in het pakhuis waar ik de meisjes kon zien en keek toe. Ik zag dat hij rustig naar het prikkeldraad liep, zich omdraaide en met een achterwaartse polsbeweging de marmelade naar een groep Slowaakse meisjes gooide. De doos viel stuk aan hun voeten. Een seconde lang staarden ze verbaasd naar dit geschenk uit de hemel; toen vielen ze op hun knieën en aten het op. In minder dan vijftien seconden was de marmelade verdwenen.

Franz liep terug, zachtjes in zichzelf fluitend. Hij was verrukt en dat om twee redenen, ten eerste omdat hij de meisjes iets te eten had gegeven en vervolgens omdat het hem gelukt was de wachtposten op zo'n schitterende manier voor de gek te houden. Maar ik maakte me nog steeds zorgen en dat zei ik hem ook.

'Hoe verklaren we het als hij ze nog eens gaat tellen?'

'Dat doet hij niet. Hij telt nooit iets meer dan drie keer. Hij is een gewoontedier, zoals alle honden.'

Voor één keer had de sluwe, zelfverzekerde Franz geen gelijk. Zwingli kwam wel terug en begon de dozen met marmelade voor de vierde keer te tellen. 'Ein … zwei … drei … vier … fünf …'

Ik rende weg om Franz te waarschuwen. Hij vloekte zachtjes en haastte zich met me terug naar de plaats waar de marmelade stond. Samen keken we naar de menselijke computer.

'Fünf und sechzig … sechs und sechzig … sieben und sechzig …'

Franz keek nu bijna dromerig naar hem, de ogen toegeknepen. Mijn maag kromp samen van de spanning. Hij dreunde maar door; de getallen vielen meedogenloos, als de zandkorrels in een zandloper.

Hij telde door en door tot hij het onvermijdelijke einde naderde en ik begon te zweten. Nog bleef Franz onverstoorbaar.

'Neun hundert sieben und neunzig … neun hundert acht und neunzig … neun hundert neun und neunzig.'

Zwingli kwam langzaam overeind en trok aan zijn linker oorlel. Hij had Franz en mij niet gezien die in een hoek van de provisiekamer stonden toe te kijken. Het enige wat hij gezien had waren dozen marmelade en op dat moment kon hij zijn ogen niet geloven. Voor wat een eeuwigheid leek stond hij daar maar, starend naar de rijen keurig gestapelde dozen; en toen begon hij helemaal opnieuw enkel om zichzelf ervan te overtuigen dat hij niet gek aan het worden was.

'Ein … zwei … drei … vier … fünf … sechs …'

Het betekende eventjes uitstel, maar het einde kon niet uitblijven. Figuren als deze Zwingli vergisten zich niet als het om getalletjes ging en we wisten dat het hooguit duizend seconden zou duren tot het moment van de waarheid zou aanbreken. Nonchalant zei Franz: 'Kom, er moet gewerkt worden. Het heeft geen zin om hier rond te blijven hangen.'

We gingen naar buiten en ik begon automatisch een wagon uit te laden. Franz schreeuwde en maakte grapjes op zijn gebruikelijke vrolijke manier, alsof Zwingli steekjes aan het tellen was in plaats van het verzamelen van bewijs dat de kapo van het SS-pakhuis aan de galg kon brengen.

'Schiet op, stelletje Joodse schoften! Een beetje sneller! Verplaats dat!'

'Kapo!'

Franz draaide zich langzaam om. Zijn gezicht stond minzaam en respectvol en hij zei: 'Herr Oberwachtmeister?'

'Er mist een van de dozen met marmelade. Toen ik ze vanochtend telde waren er duizend. Nu zijn er nog maar negenhonderdnegenennegentig!' Franz trok zijn wenkbrauwen iets omhoog en tikte met zijn voet op de grond. Toen keek hij op en zei onschuldig: 'Misschien, Herr Wachtmeister, hebt u zich vergist. Dat doe ik ook vaak.'

Dit was je reinste arrogantie. Zwingli werd rood en brulde: 'Ik vergis me nooit! Een van jouw smerige, stelende Joden heeft een doos gepikt!'

Terwijl hij in de houding sprong, zei Franz snel: 'Als dat zo is, meneer, dan zullen we gauw weten wie er verantwoordelijk voor is.'

Toen wendde hij zich tot ons en schreeuwde: 'Jullie hebben gehoord wat Herr Wachtmeister gezegd heeft. Wie van jullie is de schuldige? Wie heeft die doos met marmelade gestolen? Geef het toe of ik sla jullie allemaal de hersens in!'

Niemand zei een woord. Met uitzondering van Josef, mijzelf en drie nieuwe Franse gevangenen die Franz hadden zien weglopen met zijn buit, begon iedereen met z'n voeten te schuiven en de anderen bang aan te kijken. Franz riep: 'Prima. Dan gaan Herr Wachtmeister en ik nu het hele gebouw doorzoeken. Als we ook maar één splinter van die doos vinden, dan moge God jullie allemaal helpen!'

Ze liepen weg om de hooiberg te doorzoeken naar een naald die er niet was. Wij bleven aan het werk en pas na een uur kwamen ze terug. Franz zag er nog steeds vrij koel uit, maar Zwingli's zenuwen stonden op knappen. 'Ik houd jou hier verantwoordelijk voor, kapo', snauwde hij. 'Ik stuur je naar Blok 11.'

Blok 11. Het strafblok waar de mannen een schijnproces kregen dat zelden langer duurde dan drie minuten en daarna tot de dood veroordeeld werden. Franz keek hem een tijdje aan met een blik die tegelijk hooghartig en verwijtend was.

'Meneer,' zei hij zacht, 'ik ben al heel lang kapo. Ik ben Duitser, zoals u weet. Begrijp ik goed dat u mijn eerlijkheid in twijfel trekt?'

'Weg met hem', gromde de Wachtmeister; maar ik kon zien dat hij zich er niet helemaal lekker onder voelde. De soldaten gingen aan twee kanten van Franz staan en toen ze wegliepen wierp hij me iets toe wat in de verte op een knipoog leek.

Zwingli ging zijn kantoor binnen en liet een paar minuten later de assistentkapo bij zich komen. Dat was een Pool, Skharzinksy, die geen erg hoge dunk van ons Joden had, maar tot nog toe goed onder de duim gehouden was door Franz. Een halfuur later kwam Skharzinksy weer naar buiten en liep glimlachend naar Josef en mij toe.

'Luister, jongens,' zei hij, 'ik heb wel een beetje een idee hoe dit gedaan is en ik weet dat de gevolgen verdomd ernstig zullen zijn. Die vent, Zwingli, maakt er echt werk van. Als jullie me precies vertellen wat er gebeurd is, dan denk ik dat ik jullie er wel uit kan praten.'

Josef en ik keken hem nietszeggend aan. 'Wij weten helemaal niets', zei ik. 'Ik denk nog steeds dat hij ze verkeerd geteld moet hebben.'

Hij wendde zich tot de Fransen, nieuwelingen die nog niet

precies doorhadden hoe alles werkte in Auschwitz. In vloeiend Frans probeerde hij het met dezelfde zalvende woorden en nu met meer succes.

Ik verstond geen woord van wat ze zeiden, maar uit hoe ze hun ene hand hielden en naar de deur wezen maakte ik op dat ze een gedetailleerde beschrijving gaven van de manier waarop Franz de marmelade naar buiten had gesmokkeld. De assistentkapo knikte kortaf en verdween in het kantoor van de Oberwachtmeister. Een paar minuten later liepen ze samen naar de binnenplaats waar de Slowaakse meisjes gezeten hadden en kwamen terug met de stukken hout die voldoende waren om Franz aan de galg te brengen.

Zwingli liet hem direct halen en ging voor hem staan met zijn handen achter z'n rug.

'Je hebt de marmelade gestolen. Geef het toe!'

'Meneer, het kan me niets schelen of ik onnodig de dupe ben,' zei Franz, 'maar ik herhaal dat ik een Duitse gevangene ben en als zodanig een rechtvaardige behandeling van een andere Duitser verwacht.'

Langzaam haalde Zwingli het stuk hout achter zijn rug vandaan en sloeg Franz ermee op zijn gezicht.

'Je hebt het gestolen', gilde hij. 'Je hebt het op de palm van je hand langs de wachtposten gedragen. Je hebt het naar die Joodse teven gegooid!'

Franz keek om naar ons, van gezicht naar gezicht spiedend. Toen zei hij: 'Wie van jullie smerige zwijnen heeft me verraden?'

Voor de tweede maal namen ze hem mee en ik was ervan overtuigd dat ik hem nooit zou terugzien. Weldra lekte het nieuws uit dat hij niet de doodstraf had gekregen, maar het vonnis dat hij had gekregen leek nog veel erger. Hij was veroordeeld tot vijftig slagen met de 'kat', twee weken in de staande bunker en 'levenslang' in het strafcommando. Allemaal wisten we dat elk van deze drie de dood kon betekenen.

Zo stierven velen die met de kat, een soort karwats, bestraft werden. De meesten die in de staande bunker terechtkwamen, werden krankzinnig of gingen dood. Dat was een ding dat op een telefooncel leek, maar dan zonder ramen. Vijf gevangenen die gestraft moesten worden werden erin opgesloten als hun werkdag erop zat en moesten daar de hele nacht in het volslagen donker blijven. Ze mochten hun schoenen niet aanhouden en moesten op het kale beton staan. Slechts één man per keer kon er zitten en na een paar nachten werd er meestal om dit voorrecht gevochten.

Als Franz deze twee martelingen zou overleven, dacht ik, dan was hij bovenmenselijk; en zelfs als hij daarin slaagde, zou hij het nooit lang volhouden in het strafcommando, dat er was om langzaam te doden.

De voornaamste taak van dit commando was het graven van greppels van vijf meter diep en zes meter breed om het hele kamp heen, die dienden om het veiligheidssysteem van het kamp te versterken. Ze kregen geen werktuigen maar moesten met hun handen graven en de aarde in hun petten wegbrengen. Iedere morgen sleepten ze een kar mee naar hun werk om de lijken van degenen die gedurende die dag zouden sterven mee terug te nemen, en over het algemeen was die behoorlijk volgeladen, want de kapo's en SS'ers die de leiding hadden over deze werkploeg werden uitgekozen vanwege hun sadistische aard.

Als de gevangenen de aarde wegbrachten moesten ze bijvoorbeeld tussen twee rijen wachten doorrennen die naar hen trapten en sloegen. Als iemand ten val kwam, zei een kapo met luide stem: 'Laten we eens zien of hij net doet alsof, of dat hij echt niet kan rennen.'

Terwijl de anderen toekeken sloeg hij dan de man dood en kondigde daarna met een grijns aan: 'Hij kan echt niet rennen!'

Anderen hadden een subtieler gevoel voor humor. Zo was er een luie kapo die een virtuoos met de zweep was en alleen 's avonds dienstdeed. Hij had de gewoonte om na het avondeten in een grote kist te kijken die bij de hand gehouden werd voor gevangenen die 's nachts doodgingen. Als die leeg was, staarde hij verbaasd naar z'n collega's en zei: 'Er moet iets verkeerd gegaan zijn!'

Met een brede grijns op zijn gezicht begon hij dan de gevangenen na te zitten met zijn lasso, tot hij er één beet had, met de lus om z'n nek. Daarna kwamen de bewakers er in een cirkel omheen staan om het walgelijke rodeonummer dat volgde te bekijken. Het einde was altijd hetzelfde: de gevangene stikte. De anderen juichten als het voorbij was. De luie kapo gaapte dan en kondigde aan: 'Ik heb genoeg werk gedaan voor één avond. Ik ga terug naar mijn kamer!'

Al deze verhalen had ik al gehoord voor Franz weggebracht werd. In feite had hij me er zelf een aantal van verteld. Terwijl ik die middag kratten uit een wagon laadde, hoopte ik dat hij snel zou sterven onder de karwats, dat de eerste slag zijn nieren zou vermorzelen.

Ik had een goede reden om deze hoop te hebben, maar ik had de macht van Franz onderschat. Ik was vergeten hoelang hij al voorzorgsmaatregelen had genomen, premies had betaald aan invloedrijke kapo's in de vorm van citroenen, ham, salami en marmelade.

Toen hij gegeseld zou worden, liep een kapo naar de twee gevangenen die het zouden uitvoeren en mompelde: 'Doe het rustig aan met Franz. Zorg ervoor dat het er goed uitziet, maar doe rustig aan.'

En toen hij naar de staande bunker gestuurd werd, de rechtopstaande doodskist, merkte de kapo dat er op dat moment net geen andere gevangenen ingeroosterd stonden. Om de een of andere reden vergat hij Franz' schoenen mee te nemen; en op de een of andere manier lag er een deken op de vloer van de bunker.

Toen hij twee weken later naar het strafcommando ging, riep iedereen: 'Wie hebben we daar! Het is Franz Marmelade!'

Iedereen was blij om hem te zien, zelfs de luie kapo die anders juist blij was met nieuw bloed voor zijn rodeo. Ze waren zelfs zo blij dat ze vergaten hem te slaan.

Franz was zeker een van de opmerkelijkste figuren die ik in Auschwitz tegengekomen ben. Hij heeft het kamp overleefd en in zijn geboorteplaats Wenen, waar hij een hotel bezit, staat hij tot op de dag van vandaag bekend als Franz Marmelade.

8

Een naakte wereld

Oberwachtmeister Zwingli zag er tevreden uit, als iemand die niet alleen prima had gegeten, maar ook onder het betalen van de rekening was uitgekomen. Met de handen op z'n rug stond hij een tijdje op en neer te wippen met een verwaande glimlach op zijn gladde, rode kop. Dit was ongetwijfeld zijn moment suprême.

'Ik heb nooit van Joden gehouden', zei hij rustig, alsof hij een lezing hield voor een antropologische vereniging. 'Ik heb ze nooit vertrouwd. Maar ik had nooit kunnen denken dat zelfs een Jood zich zo zou kunnen verlagen als jullie schoften. Het enige wat tot jullie verdediging gezegd kan worden is dat jullie beïnvloed zijn door die smerige communistische kapo.

Maar denk niet dat dat jullie kan verontschuldigen. Jullie zijn erger dan dieven. Jullie zijn saboteurs, ongedierte dat handelt in het voedsel van mannen die vechten om de beschaving te redden. Morgen krijgen jullie nieuw werk toegewezen en ik hoop alleen maar dat de kampcommandant jullie naar het strafcommando stuurt!'

Beschaving! Ik dacht aan de verhongerende Slowaakse meisjes, rondtastend in de vuilnisberg; aan de muzelmannen die de geur van de dood verspreidden; aan de executies, het geknuppel, de moorden. Bijna verbaasd keek ik naar het vettige, zenuwtrekkende gezicht voor me en opeens besefte ik dat hij elk woord dat hij sprak onvoorwaardelijk geloofde.

Maar zijn hoop dat we naar het strafcommando gestuurd zouden worden werd niet vervuld. Fries had andere plannen met ons en dat gold ook voor Rudolf Höss, de commandant van het kamp.

Hier kwamen we achter zodra we in het kamp terug waren, na een laatste blik op het toevluchtsoord van Franz Marmelade, zoals hij nu bekendstond bij de gevangenen, de kapo's en zelfs bij de SS'ers zelf. We dromden onze fijne, schone barak binnen en kregen plotseling te horen: 'Jullie worden naar Blok 18 overgeplaatst. Naar het Bunacommando.'

Dus toch niet het strafcommando. Buna. We keken elkaar aan, Josef en ik en we vroegen ons af wat erger was, want deze vreemde naam waarde al geruime tijd door het kamp als een smerige, maar onduidelijke stank. Slechts weinigen wisten wat het betekende, maar iedereen wist dat het een plek was die je maar beter kon vermijden.

Weldra merkten we dat deze geruchten terecht waren. De volgende ochtend werden we om drie uur gewekt en moesten we ons buiten ons blok opstellen. Josef mompelde: 'We missen zo tenminste het appel!'

Dat was zo ongeveer het enige voordeel van het Bunacommando boven de rest van het kamp. Een Duitse kapo met de groene driehoek van de beroepsmisdadiger liep op en neer en schreeuwde: 'Sommigen van jullie zijn nieuw in dit commando. Ik zal jullie wat goede raad geven. Als jullie 's avonds brood krijgen, eet dan slechts de helft op. Bewaar de rest voor de ochtend, want jullie krijgen niets te eten tot het middag is. Jullie hebben niet alleen een lange tocht voor de boeg, maar jullie zullen ook harder werken dan je ooit in je leven gedaan hebt. En wie met een lege maag op pad gaat, die overleeft het niet.'

Zijn woorden werden bevestigd door mijn rommelende

maag. Kortaf zei hij: 'Heeft iedereen brood?'

Niemand zei iets, zeker Josef en Ipi en ik niet, want tegen die tijd hadden we geleerd dat het beter is geen aandacht op je te vestigen. De kapo liep snel naar ons toe en zei: 'Dit is jullie eerste dag op Buna, nietwaar?'

'Ja, Herr kapo.'

'Jullie hebben vast geen brood.'

Stilte. En toen: 'Nee, Herr kapo.'

Hij vloekte in zichzelf, haalde wat brood uit zijn zak, brak het in drieën en gaf ons alle drie een paar ons. We namen het dankbaar aan, maar op dat moment beseften we alledrie dat het echt een zwaar leven zou zijn. Duitse misdadigers staan nou eenmaal niet bekend om hun vrijgevigheid.

En het was ook niet alleen maar uit liefdadigheid dat hij ons dat brood gaf. Goed, het zou ons helpen om te overleven, maar hij wilde ook niet dat we neer zouden storten tijdens onze mars naar het werk. Dan zou hij namelijk met de knuppel van Fries te maken krijgen, want de kapo moest ervoor zorgen dat alle mannen tot werken in staat waren. Als hij daar niet in slaagde, dan kwam hem dat duur te staan; niet alleen omdat hij geslagen zou worden, maar misschien ook omdat hij gedegradeerd zou kunnen worden.

Iemand schreeuwde: 'Mars!' We marcheerden in de richting van de poort, rij na rij, netjes in groepen van honderd. Ik zat in het zestiende honderdtal en terwijl we langs de SS'ers liepen die ons moesten tellen, zag ik dat Fries naar ons stond te gluren met zijn knuppel voor zich. Het leek of die man nooit sliep en geen moment zijn waakzaamheid liet verslappen.

We liepen de vertrouwde betonnen weg af die aangelegd was met het bloed van de gevangenen, tussen de bomen en de gebouwen door tot we bij een goederentrein aankwamen met zeventig of tachtig wagons. SS'ers met honden en machinegeweren stonden ons ijskoud op te wachten en toen kwamen de kapo's in actie.

Voor ik doorhad wat er gebeurde sloegen ze ons de trein in, vloekend, trappend, ons naar de enige opening drijvend, de deuren van de wagons. Als razenden wierpen we ons naar binnen, vechtend om weg te komen van de knuppels, struikelend over degenen die onder de stormloop op de grond gevallen waren. Degenen die versuft waren, werden aan het eind naar binnen gesmeten en wij ondersteunden hen, want er was geen ruimte om te zitten. En er was trouwens ook geen enkele ruimte om te bewegen, want de wagon was in twee stukken verdeeld, het ene voor honderdtwintig gevangenen, het andere voor de kapo en zijn staf. Ik gluurde naar hen in hun eersteklasrijtuig, de beroepsmisdadiger, zijn rechterhand, de klerk en diens rechterhand en een knappe, blonde jongen met een glad gezicht die geen officiële functie leek te hebben.

Ik mompelde tegen de man naast me: 'Wie is die blonde gozer?'

'Het vriendje van de kapo natuurlijk. Wie dacht je verdomme dan dat hij was?'

Nadat we een halfuur gewacht hadden, samengepakt en dicht op elkaar, schokte de trein en kwam langzaam in beweging. We waren op weg naar Buna en het drong tot me door, door wat ik gezien had, dat ik mijn houding tegenover Auschwitz zou moeten veranderen. Het was niet langer zaak om te overleven. Het ging er nu om om vandaag te overleven, zonder te veel aan morgen te denken.

De reis zal ongeveer twee uur geduurd hebben, maar het leek een eeuwigheid. Tegen me aangedrukt stond een man met dysenterie. Die zou het vandaag niet halen. In een hoek stond een man wiens arm gebroken was door de knuppel van een kapo en die enorm veel pijn had. Zelfs de gezonden onder ons hadden moeite om te ademen, vanwege de stank van zweet, bloed en uitwerpselen. Maar uiteindelijk kwamen we tot stilstand. De deuren werden opengegooid en kapo's vielen weer op ons aan, nu om ons uit de trein te krijgen. Ze sloegen er met een krankzinnige vaart in het wilde weg op los, terwijl ze steeds weer schreeuwden: 'Sneller, schoften! Sneller!'

De SS was er ook in groten getale, met honden en geweren. Ze keken voortdurend op hun horloge en gromden: 'Snel … we zijn al laat! Laat ze opschieten! Zet ze in de rij!'

Ze zetten ons in een rij die zich op hun bevel in beweging zette. Een lange colonne uitgemergelde zebra's die naar Buna ploeterde op de levendige muziek van ononderbroken klappen en af en toe geweervuur.

Vlak voor me struikelde iemand. Een kapo gaf hem een klap met z'n knuppel en hij wankelde uit de rij. Onmiddellijk vuurde een SS'er op hem, miste en schoot de man naast hem neer. Een andere kapo schreeuwde: 'Raap dat vervloekte lijk op! Het is hier geen begraafplaats! Neem het mee!'

De zomerzon schroeide in mijn nek. De herdershond die naast me liep hijgde. Een man waggelde uit de gelederen en viel op de grond. De bovenste helft van zijn hoofd werd weggeschoten door een SS'er die niet eens stil bleef staan om te vuren. Wat verderop in de rij rende een man in het wilde weg opzij en werd omver geschoten door een salvo van een machinegeweer. De SS'ers sloegen nu ook de kapo's en de hele tijd schreeuwden ze: 'Sneller, schoften! We zijn te laat! We zijn te laat!'

Dit, zo dacht ik, moet de echte hel van Auschwitz zijn. De hel in het kwadraat, een Auschwitz dat ik tot op dat moment had weten te vermijden. Maar ik had het mis, want het was nog maar een voorstadium van het vagevuur, een kwaadaardig voorproefje zogezegd, om ons op Buna zelf voor te bereiden.

Voor ons zag ik de werkplek liggen; stapels hout, cementmolens, de hele rompslomp van het bouwen. Half afgebouwde huizen staken omhoog en overal snelden mannen als mieren voort, voortgedreven door het geloei van de voormannen. Zelfs van een afstandje bood het een grimmige aanblik, maar terwijl we naderbij kwamen ging het hele doek voor mijn ogen omhoog, zodat alle afschuwelijke details onthuld werden.

Mannen renden en vielen, werden geschopt en doodgeschoten. Kapo's met een wilde blik in de ogen baanden zich een bloedige weg door de massa gevangenen, terwijl SS'ers vanaf de heup schoten als cowboys in een western; het geheel leek op een groteske, eindeloze horrorfilm. En als een afschuwelijk element dat tegen dit gekkenhuis afstak, waren er groepjes rustige mannen in keurige burgerkleren die hun weg zochten door de lijken die ze niet wilden zien en balken opmaten met felgele opvouwbare duimstokken en aantekeningen maakten in keurige notitieboekjes, zich niets aantrekkend van het bloedbad dat om hen heen plaatsvond.

Ze zeiden nooit iets tegen de arbeiders, deze mannen in hun rustige grijze pakken. Ze zeiden ook nooit iets tegen de kapo's of de voormannen. Slechts af en toe mompelden ze een paar woorden tegen een SS-onderofficier, woorden die een nieuwe explosie teweegbrachten. De SS'er trapte dan venijnig naar de kapo en brulde: 'Zorg ervoor dat die zwijnen in actie komen, luie idioot. Weet je niet dat die muur om elf uur af moet zijn?'

De kapo krabbelde dan op, sprong tussen de gevangenen en dreef hen voort, sneller, sneller, sneller. Want in Buna waren er maar twee soorten arbeiders: de snellen en de doden.

Wij werden naar een enorme opslagplaats gedreven die vol stond met zakken cement. Onze kapo brulde: 'Breng deze zakken naar die plek daar. Vooruit! In looppas! Rennen, varkens, rennen!'

Iemand plofte een zak met cement op mijn rug. Ik rende. Bij de deur stompte een kapo me op mijn nieren met z'n knuppel. Ik struikelde, maar bleef doorrennen. Tien meter verder probeerde een assistentkapo naar me uit te halen. Voor me viel iemand op de grond en een knuppel sloeg zijn schedel kapot. Ik struikelde over zijn lichaam maar wist op de een of andere manier overeind te blijven en smeet mijn zak neer bij een molen en een verwarrend netwerk van staaldraad dat weldra in het beton gevat zou zijn. Josef stond achter me te hijgen en toen renden we alweer terug voor meer cement, meer mishandeling, meer slagen, alles in een nachtmerrieachtige race tegen de klok, een race die we onmogelijk konden winnen.

Ik versleepte zak na zak, voortdurend rennend, tot het zweet in m'n ogen prikte en het stof mijn mond en keel in een ware woestijn veranderde. Uren en uren, ik zal nooit precies weten hoeveel, bleef ik heen en weer rennen, heen en weer, want ik wist dat ik een onderdeeltje van een machine was, een radertje dat weggegooid zou worden als het kapotging.

Eindelijk klonk er een fluit. De machine kwam tot stilstand. Het geratel van de cementmolens stierf weg en de mannen zakten op hun hurken. Ik stond daar maar, geestelijk en lichamelijk verdoofd, met Josef naast me. Toen mijn blik weer wat minder vaag werd zag ik een van de kranen waaruit het water voor het cement afgetapt werd. Langzaam liep ik er in een automatische beweging naartoe en wilde hem net opendraaien toen iemand mijn arm vastgreep.

Ik draaide me om en schudde m'n arm los. Een forse gevangene van een jaar of dertig keek op me neer en zei: 'Raak het niet aan, maat. Eén mondvol en je krijgt dysenterie. Dan ben je dood.'

Ik keek naar de kraan en weer naar de gevangene. Toen bedankte ik hem en liep terug naar Josef en Ipi, die op de grond zaten met het hoofd tussen de knieën.

We kregen surrogaatthee en soep, een dunne, grijze smurrie van onbekende en vermoedelijk ondenkbare oorsprong. We slurpten het gulzig naar binnen, maar ik had nog steeds dorst en ik merkte dat m'n blik weer naar de kraan dwaalde. En ik was niet de enige die erdoor gehypnotiseerd werd. Een broodmagere Oekraïner met opgedroogd bloed aan de zijkant van z'n hoofd sprong plotseling op en strompelde ernaartoe. Zijn vriend riep: 'Niet doen, Ivan! Het wordt je dood! Ivan ...'

Het was te laat. Het water uit de kraan gutste al over Ivans hoofd heen en hij slurpte het met grote slokken naar binnen. Zijn vriend rende naar hem toe en trok hem weg van de kraan.

'Stomme idioot', snauwde hij. 'Je bent zo goed als dood.'

Met een trage grijns zei Ivan, terwijl hij zijn schouders ophaalde: 'Wat dan nog! Ik ga tenminste niet dood van de dorst!'

Ik staarde om me heen, naar die gigantische mierenhoop die voor korte tijd tot rust was gekomen. Voor me lag een Pool languit op de grond met z'n ogen gesloten en de zon brandend op z'n bezwete gezicht. Een van zijn landgenoten porde hem in de zij met z'n voet, maar hij verroerde geen vin. Nog een por en z'n ogen gingen langzaam open.

'Opstaan, Janek. Die zon is moordend. Als je nu niet opstaat, zul je nooit meer overeind komen.'

Janek deed zijn ogen weer dicht en mompelde: 'Laat me met rust. In Godsnaam, laat me met rust!'

Zijn vriend boog zich voorover, pakte zijn arm en sleurde hem omhoog. Janek knipperde met z'n ogen, grijnsde schaapachtig en mompelde 'Dankjewel', want hij was weer wakker en wist dat hij van een vrijwel zekere dood gered was.

Anderen hadden minder geluk. Toen de fluittoon na een uur weer klonk kwam ik met veel moeite overeind. Maar een paar anderen lukte dat niet, ze konden gewoon geen vin meer verroeren en vlak voor het moment dat de machines weer in gang werden gezet, gingen de kapo's aan de slag.

Een van hen stond bij de Oekraïner die uit de kraan gedronken had. Hij lag plat op zijn rug, met z'n mond open en een grijs gezicht. De kapo porde hem met z'n laars in de zij en begon te grijnzen toen hij niet in beweging kwam. 'Dus je kunt niet meer overeind komen!' zei hij. 'Of misschien wil je het niet meer. Laten we maar eens zien hoe het zit.'

Een paar andere kapo's kwamen eromheen staan. Een knuppel kwam twee maal neer en de schedel van de Oekraïner werd verbrijzeld. De kapo keek plechtig naar z'n collega's en zei: 'Goed, dat weten we ook weer. Hij kan echt niet meer overeind komen!'

Ze lachten om deze kleine geestigheid zo vlak na de lunch en kwamen toen zelf in actie. Zwaaiend met hun knuppels renden ze op ons af en brulden: 'Aan het werk, smeerlappen! Vooruit! Overeind! Rennen, rennen, RENNEN!'

En we begonnen weer te rennen. De cementmolens rommelden. De kapo's vloekten. De SS'ers liepen zwaarwichtig, afstandelijk, onaantastbaar, de ogen steeds op zoek naar een tandwieltje dat niet meer werkte, dat tekenen van slijtage vertoonde. Iemand smeet een zak met cement op m'n rug en ik was weer onderdeel van de lopende band.

Om het werk weer op te vatten, dat was zwaarder, oneindig veel zwaarder dan aan het begin. 's Ochtends was ik nog min of meer fris geweest en onwetend van wat me te wachten stond. Nu deden al mijn ledematen zeer en het vooruitzicht van urenlang zakken heen en weer dragen veegde het laatste restje van mijn wilskracht weg. Iedere vezel van mijn lichaam schreeuwde om rust; mijn keel was alweer kurkdroog; en als ik niet overal om me heen doden en stervenden had gezien, dan was ik waarschijnlijk weer op de grond gezakt.

De sessie van die middag liep echter goed af, dankzij het beetje geluk dat van wezenlijk belang was voor elke gevangene die in Auschwitz wilde overleven. Het was mijn taak om zakken cement neer te ploffen aan de voeten van een burger in een overall, die de zware pilaren maakte die de basis vormden voor het gewapende beton. Nadat ik dat een paar uur lang gedaan had, smeet ik een zak neer die openscheurde.

De arbeider – hij leek een vakman te zijn – vloekte in het Frans; Josef, die direct na mij kwam, uitte zijn medegevoel, ook in het Frans. De man in de overall keek hem met plotselinge belangstelling aan en een minuut lang praatten ze heel snel met elkaar, hoewel ik er niets van verstond.

Maar ik zag dat Josef erg met zichzelf ingenomen leek. Ten slotte draaide hij zich om naar mij en zei: 'We hebben een nieuw baantje, Rudi. Deze meneer zegt dat we hier moeten blijven om hem te helpen die metalen toestanden in elkaar te zetten.'

Het idee dat ik de rest van de middag stukken metaaldraad zou kunnen ombuigen, in plaats van heen en weer te rennen met cement en spitsroeden te lopen tussen de kapo's, leek te mooi om waar te zijn. Ik keek om me heen en zag tot mijn verbazing dat noch de kapo's noch de SS'ers enige aandacht aan ons schonken.

Onze nieuwe baas grijnsde en zei: 'Maak je geen zorgen om die knapen. Ik handel het wel met hen af.'

Meteen liep hij naar een SS'er en sprak razendsnel met hem, waarbij hij naar ons wees. De Duitser keek niet eens naar ons. Hij knikte alleen maar, en toen de Fransman terugkwam sprak hij ons opgewekt toe.

'Deze sectie beslaat ongeveer veertig vierkante meter', zei hij. 'Binnen dat gebied heb ik de leiding en niemand anders. Blijf binnen de grenzen en noch de kapo's noch de SS hebben het recht om je aan te raken. Kom erbuiten en ze schieten je waarschijnlijk dood, omdat ik daar geen enkel gezag heb. Goed, aan het werk.'

De rest van de middag draaiden we metaaldraad in onze kleine vrijplaats, terwijl daarbuiten het schieten en het slaan en het moorden gewoon doorging. De mieren waren druk in de weer tot ze erbij neervielen, maar Josef en ik hadden het relatief rustig en vredig.

Om vijf uur klonk de fluittoon weer en werd het werk voor die dag gestaakt. Onze nieuwe vriend uit Frankrijk zei: 'Tot morgenochtend. In welke groep zitten jullie?'

Ik zei: 'De zestiende honderd.'

'Zorg ervoor dat je er iedere dag in zit en dan kunnen jullie hier bij mij werken.'

Terwijl we wegliepen zei Josef tegen me: 'Gelukkig was ik zo slim om Frans te leren in plaats van Russisch, zoals jij, stomme idioot!'

'Gelukkig?' antwoordde ik. 'We hebben meer dan geluk. Kijk maar eens naar die colonne.'

Het was geen fraai zicht. Zoals altijd sloegen de kapo's om zich heen. De SS'ers waren op jacht en de honden drukten hun neus tegen onze hielen. Maar het leek nu niemand veel te kunnen schelen. Daar hadden ze de kracht niet meer voor, en als ze niet volledig verdoofd waren, dachten ze aan het brood en de thee die in het kamp op ons wachtten.

Dit was werkelijk een heel andere colonne dan die diezelfde ochtend langs Fries gemarcheerd was. Toen waren we in ieder geval allemaal in leven geweest. Nu hadden we de stervenden bij ons en de gestorvenen, want de doden moesten evengoed geteld worden als de levenden als we in het kamp terugkwamen. En in elke groep van honderd die zich over die mooie betonnen weg sleepte bevonden zich minstens tien levenloze gedaanten.

We dromden de klaarstaande goederentrein in en moesten een halfuur wachten terwijl de administrateurs ons twee keer controleerden en discussieerden en ruzieden boven hun kleine stukjes papier. De kapo en zijn ondergeschikten klommen in hun privé-coupé en de terugreis naar Auschwitz begon. De doden en stervenden werden door de overlevenden van die dag in Buna overeind gehouden tegen de zijkanten van de wagon.

Het was ongeveer acht uur en het begon al donker te worden toen we bij het kamp terugkwamen. Het gebruikelijke ontvangstcomité stond ons op te wachten: de zwijgende SS'ers, de honden, de geweren en de onvermijdelijke onheilspellende gedaante van Fries, even waakzaam als altijd. Ik keek omhoog naar de spreuk boven de ingang: *Arbeit Macht Frei*, en herinnerde me hoe die me moed had gegeven in de tijd toen ik nog nooit van Buna had gehoord.

Door de poort. Langs de elektriciteitsdraden met hun heldere, kale lampen. Naar Blok 18, waar we onze doden netjes opstapelden. De blokadministrateur stond al klaar met zijn notitieboek om ze te controleren. Het was een vervelend werkje en lusteloos tilde hij arm na arm op, bekeek het nummer bij het licht van een lucifer, streepte hem van zijn lijst en liep door naar de volgende stapel. En de hele tijd zwaaiden de schijnwerpers heen en weer en veegden de duisternis weg en verblindden onze ogen en herinnerden ons er voortdurend aan wat we waren en waar we waren en waar we zouden blijven. Josef en ik haalden ons brood en onze margarine op, en dronken onze halve mok thee. Met een ontzaglijke wilsinspanning dwongen we ons ertoe om slechts de helft van ons brood op te eten; en toen bespraken we waar we de andere helft zouden kunnen verstoppen.

Ik besloot dat ik de mijne de hele nacht in m'n hand zou houden. Josef had een subtielere tactiek. Hij stopte het waardevolle stuk brood in de zak van zijn broek, rolde die op en gebruikte hem als kussen. Toen gingen we liggen, maar we waren te moe om direct te gaan slapen en lagen naar de geluiden van de nacht in Auschwitz te luisteren.

Rauw gesnurk op honderd verschillende toonhoogten. Zwaar, onregelmatig geadem en het betekenisloze gemompel van de dromers die zelfs in hun slaap niet konden ontsnappen aan de nachtmerrie van overdag. Het gekreun van de stervenden en het schrille, beangstigende geraaskal van de ijlenden, dat nu eens luider werd, dan weer zachter, die de naam van vrouwen en kinderen en moeders riepen, fantasieën weefden die hen soms aan het lachen maakten en soms aan het huilen. Het was niet bepaald geruststellend.

Toch moet ik weggedommeld zijn, want ik herinner me niets tot het moment dat Josef me aan m'n schouder trok.

'Rudi', fluisterde hij. 'Word wakker. Mijn broek is weg. Iemand heeft hem gestolen.'

Zijn broek ... en zijn brood. Op de een of andere manier was een dief erin geslaagd ze onder zijn hoofd weg te halen toen hij, net als ik, weggedommeld was. Snel en stilletjes klommen we uit onze kooi en vonden zijn broek een paar meter verderop op de vloer. Josef stak een hand in de zak en haalde hem toen zonder iets te zeggen er weer uit. Ik kon zijn gezicht bijna niet zien, maar ik wist dat zijn brood weg was. Instinctief verstevigde ik mijn greep op mijn eigen ontbijt dat ik nog steeds vasthield. We bevonden ons tussen de wolven hier in Blok 18, een troep verhongerende, meedogenloze wolven.

We klommen terug in onze kooi. We wenden al aan het

gegrom en gekreun en gesnurk, het hele orkest van honderden onrustige slapers. Toen klonk er plotseling een heel ander geluid, een wanhopig gejammer en een uitroep: 'Mijn brood … mijn brood!'

We hoorden geschuifel van een half dozijn voeten, een doffe dreun, een stortvloed van zachte vloeken en een verstikte schreeuw die wegstierf in een kreun. En toen … stilte.

Vaag zag ik een gedaante liggen in het gangpad tussen de kooien. In de rij onder ons leunde een oudere gevangene naar buiten, die lichtelijk nieuwsgierig toekeek. Ik vroeg hem: 'Wat gebeurt daar?'

'Een of ander smerig zwijn heeft het brood van een muzelman gejat. De arme donder was te zwak om op te staan en erachteraan te gaan.'

'Wat is er dan gebeurd? Hebben de anderen hem in elkaar geslagen?'

'Ze hebben hem gedood uiteraard. Wat heeft het voor zin om zo'n smeerlap in elkaar te slaan?'

Zo ging het in Blok 18. Als iemand je eten stal, dan doodde je hem. Als je niet sterk genoeg was om dat zelf te doen, dan deden anderen het voor je; het was hard maar rechtvaardig, want iemands eten stelen stond gelijk aan hem vermoorden.

De volgende morgen werd ons blok weer om drie uur in beweging gezet door de kapo's. We stommelden naar buiten om ons op te stellen, behalve degenen die die nacht gestorven of die stervende waren. De kapo's liepen voor de nog versufte rijen heen en weer, hier en daar iemand uit de rij meppend waarbij ze 'Ziekenbarak!' riepen.

Dat was natuurlijk een doodvonnis. Soms sloop de gevangene, die een paar weken daarvoor nog sterk genoeg was geweest, rustig weg terwijl hij berustte in zijn lot, of dat zelfs verwelkomde. Anderen smeekten, aandoenlijk aanhoudend.

'Alstublieft, Herr kapo, laat mij toch. Nog één keer. Ik ben nog sterk genoeg.'

'Ik wil geen muzelmannen!'

'Alstublieft, Herr kapo. Ik zal hard werken. Ik zweer dat ik hard zal werken!'

Soms gaf een meer fatsoenlijke kapo dan toe. Maar over het algemeen hielden ze voet bij stuk, want Fries liet geen verstekelingen toe in een werkcommando. Als hij in een van de rijen iemand ontdekte die niet fit was, dan viel hij de kapo om twee redenen aan: ten eerste omdat hij de man mee het kamp uit wilde nemen en ten tweede omdat hij daardoor vertraging veroorzaakte. De colonne moest stoppen om gezuiverd te worden en dat hield in dat het tellen helemaal opnieuw gedaan moest worden. Het was lastig en oneconomisch.

Zo verdwenen er iedere dag oude gezichten uit het Bunacommando en werden ze vervangen door nieuwe gezichten. Eerst vond ik dit deprimerend, misschien wat egoïstisch, omdat iedere dag mij dichter bij de ziekenbarak bracht, ook al was mijn werk iets gemakkelijker dan dat van de meeste anderen. Maar na een tijdje wende ik, net als iedereen, aan het verbijsterend hoge sterftecijfer. Ik ontwikkelde een soort immuniteit om mezelf te beschermen, die pas weer instortte toen ik besefte dat Ipi Müller stervende was.

Zijn ogen stonden nog helder en schitterden af en toe bijna. Hij hield ook nog steeds goede moed. Ik denk dat hij door één stuwende kracht op de been gehouden werd en dat was zijn onwankelbare geloof dat ergens in Auschwitz zijn zoon Philip rondliep, de jongen die zo prachtig viool kon spelen.

Er ging geen dag voorbij of hij zei tegen me: 'Ik wou dat we uit dit Bunacommando weg konden, Rudi. Als we op de normale tijd naar ons werk gaan, dan speelt het orkest en kunnen we naar hem uitkijken.'

Zijn rotsvaste vertrouwen maakte mij verdrietig, want ik was ervan overtuigd dat Philip dood moest zijn. Maar gelukkig deed ik niets om het te ondermijnen, want toen we ongeveer een week in Buna hadden gewerkt kwam Ipi op me afgestormd met een gezicht dat straalde van opwinding.

'Hij is hier, Rudi', hijgde hij. 'Ik heb een boodschap van hem ontvangen. Hij komt ons zondag opzoeken.'

Even ging er een belachelijke gedachte door me heen. Ik moest denken aan de bezoekers die op zondag bij ons thuis in Trnava kwamen. Aan hun keurig nette kleren. Aan de cake en de koffie en de beleefde gesprekken in de salon, aan het subtiele, deftige geroddel. En nu, in Auschwitz in Blok 18, verwachtten we ook een zondagse gast en hoewel ik blij was voor Ipi, moest ik eventjes glimlachen, want de zondag in het kamp was een kleine hel op zichzelf, heel anders dan de wereldse ellende die we door de week beleefden, maar niettemin een hel.

Het grote voordeel was natuurlijk dat we niet hoefden te werken. Zo onderhielden de nazi's hun lutherse sabbat op deze ingesloten plek waar de bevolking voor de helft uit Joden bestond. Maar daar eindigden de concessies dan ook mee, aan welke God het ook was die nog een miniem rolletje in hun gedachten speelde. Religieuze bijeenkomsten van welke soort dan ook waren verboden. Wie betrapt werd op het houden van een dienst werd ter dood gebracht. En toch hielden veel dappere priesters, de meeste van hen Polen, nog geheime missen voor hun gelovigen en ze hadden altijd wel een gehoor.

Afgezien van het feit dat we niet hoefden te werken was de zondag een gevaarlijke dag. De kapo's hadden niets anders te doen dan elke ongeregeldheid op te sporen. Als een stel wormen werkten ze zich door elke barak heen, op zoek naar een deken die een millimeter te veel naar links of naar rechts lag, naar een paar stofdeeltjes, naar alles wat ook maar iets tegen de regels inging. Ja, de zondag was de strafdag, de dag waarop de allerkleinste overtreding die door de koortsachtige chaos van het werk meestal bedekt was, ontmaskerd werd; en in de betrekkelijke rust van de zondag werd elke overtreding een luide bekentenis waarvoor geen vergiffenis mogelijk was.

Het was ook de dag van Sterkte-Door-Vreugde, als ik een uitdrukking uit Hitlers woordenboek mag gebruiken. Onze meesters, zo leek het, hadden het idee dat we week en slap zouden kunnen worden als we in de zon luierden; en dat kon natuurlijk niet. Dus de kapo's trommelden ons op voor gymnastiekoefeningen die ons, zo verzekerden ze ons, erg goed zouden doen.

Deze oefeningen vormden een waar spektakel: de kniebuigingen, de armstrekkingen, het gedribbel; het was een schouwspel waar een heel publiek op af kwam, zelfs uit de hoogste lagen van de SS, die er aan alle kanten omheen stonden en verdraagzaam glimlachten terwijl de zwakken, de verhongerenden en de stervenden hun groteske pantomimevoorstelling gaven, alles ter ere van de lichaamscultuur.

Maar die dag betekenden voor Ipi noch straf noch de vernedering van de oefeningen iets. Philip zou komen en dat verdrong alle gedachten aan iets anders. En toen hij dan eindelijk kwam, een lange, slanke, donkere jongen van een jaar of tweeëntwintig, toen liet ik hen alleen omdat ik wist dat ze niet veel tijd samen hadden. Het deed me goed om hen samen te zien, de geharde, grijzende, gevoelige kleermaker en zijn artistieke zoon, die mager was, maar nog vol levenslust. Ik keek op een afstandje naar hen die het heden even van zich afzetten en in het verleden doken en een toekomst planden waarvan Philip wist dat zijn vader die nooit zou zien.

Tenminste, dat maakte hij mij naderhand duidelijk. Ipi

glimlachte toen zijn zoon afscheid van hem nam, maar Philips gezicht stond droevig toen hij zich door de volle barak een weg baande om mij de hand te schudden. 'Mijn vader heeft me verteld hoe jij hem geholpen hebt', zei hij. 'Ik wil je bedanken. En ik wil dat je nog iets voor me doet.'

'Natuurlijk', zei ik. 'Je zegt het maar.'

'Hij vroeg of ik in het orkest speelde. Ik zei dat ik dat inderdaad deed; maar dat was een leugen.'

Hij grijnsde bijna sardonisch, z'n lippen verwrongen in een uitdrukking van zelfverwijt. Ik wist dat hij het niet gemakkelijk vond om hierover te praten. 'Weet je waar ik werk? In het crematorium en in het strafblok onder Unterscharführer Palitsch. Je hebt vast weleens van hem gehoord.'

Ik schudde mijn hoofd en even keek hij verbaasd. Toen herinnerde hij zich dat hij langer in het kamp had gezeten dan ik en legde uit: 'Iedere dag worden in Blok 11 gevangenen en burgers die door de Gestapo uit verschillende gevangenissen hierheen gebracht worden, voor allerlei misdaden veroordeeld. Het proces duurt meestal een minuut of drie en vrijwel iedereen wordt ter dood veroordeeld. De meesten worden tegen de muur gezet en geëxecuteerd, maar sommigen sterven in het gebouw zelf en het is mijn taak om hierbij te helpen.

De mannen moeten zich uitkleden en een voor een worden ze in een kamer geduwd die wel wat weg heeft van de spreekkamer van een arts. Ze denken dat ze een medische keuring krijgen of zoiets en ze zijn rustig genoeg. Dan moeten ze tegen zo'n meetlat aan de muur gaan staan, je weet wel, zo'n ding met een houten arm die op en neer kan en boven op je hoofd komt.

Daar gaan ze onder staan. Misschien vragen ze zich nog af wie het iets kan schelen hoe lang ze zijn wanneer ze gaan sterven, maar wat ze niet weten is dat er in de muur achter de meetlat gaten zitten en dat Palitsch erdoorheen kijkt tot hij hun achterhoofd heeft gevonden. Dan schiet hij ze door hun hoofd met een luchtdrukpistool dat geen geluid maakt en geen paniek veroorzaakt.

Soms hebben we het natuurlijk veel te druk voor dat gedoe met de meetlat. Dan roept hij ze gewoon een voor een naar binnen en schiet ze tussen de ogen als ze vlak voor hem staan. Maar hoe het ook gebeurt, mijn werk is altijd hetzelfde: het lichaam verwijderen en het bloed van de vloer vegen voor de volgende klant binnenkomt. Het is niet echt een leuk baantje, maar het heeft in ieder geval één voordeel. Meestal hebben ze wel wat brood of iets anders in hun zak zitten voor ze eraan gaan en Palitsch vindt het niet erg als ik dat meeneem.'

Hij probeerde het luchtig te laten klinken, cynisch. Maar de hele tijd keek hij naar mijn gezicht om te kijken of ik tekenen vertoonde van walging of boosheid of zelfs angst. Snel vertelde ik hem dat ik het begreep en zijn houding veranderde op slag. Nu praatte hij rustig en toch dringend, met dezelfde intensieve zachtheid als waarmee Ipi praatte.

'Kijk, Rudi,' zei hij, 'ik hou mezelf niet voor de gek in verband met mijn vader. Ik weet dat hij binnenkort doodgaat en jij weet het ook. Maar ik zou graag hebben dat hij sterft met het idee dat ik daar op dat verdomde podium bij de poort sta en de eerste viool speel.'

'Philip,' zei ik, 'wat mij betreft is dat ook zo.'

De gespannenheid trok weg uit zijn gezicht en voor het eerst leek hij zich wat te ontspannen. Hij grijnsde, gaf me een klap op de schouder en zei: 'Bedankt, Rudi. Ik zie je nog wel eens.'

In feite zag ik hem een halve minuut later alweer. Hij kwam teruggesneld, duwde me twee kleine pakjes in de hand en verdween weer zonder een woord. Onopvallend opende ik ze en zag dat er een stuk brood en wat snoepjes in zaten.

Drie dagen later stierf Ipi Müller, heel rustig en zonder toestanden. Hij stierf in zijn kooi en ik was blij dat iemand van zijn kaliber niet afgemaakt werd met de knuppel of het pistool of een van de andere vernederende manieren van sterven in Auschwitz.

Josef en ik zetten onze dagelijkse routine bij Buna voort. Misschien kwam het door onze Franse beschermheer, of misschien doordat we sterk waren en nog konden teren op het vet dat we in de voorraadschuur van de SS hadden aangekweekt, dat we het beter volhielden dan de meeste anderen. Na vijf weken waren we zelfs de enige overlevenden van het zestiende honderdtal waar we bij toeval bij waren gekomen op de eerste dag na de val van Franz.

Uur na uur zetten we onze pilaren van metaaldraad in elkaar. Dag na dag zagen we hoe ze in beton gevat werden en hoe de witte gebouwen groeiden en vorm kregen. Wat of voor wie we precies aan het bouwen waren wisten we niet en het kon ons ook niet veel schelen. Pas jaren na de oorlog hoorde ik wat onze functie daar was geweest en waarom duizenden hebben moeten sterven in hun pogingen om die te vervullen.

In die tijd voerde de RAF z'n luchtaanvallen op de belangrijkste Duitse industriële centra op. Om daaraan te ontsnappen besloten grote bedrijven, zoals Krupps en I.G. Farben, zich verder naar het oosten te vestigen. Het gebied rond Auschwitz werd uitgekozen en dat om verschillende redenen. Ten eerste waren de Silezische kolenmijnen daar niet ver vandaan. Ten tweede was er meer dan genoeg water. En ten slotte waren er meer dan voldoende en uitzonderlijk goedkope arbeidskrachten in de buurt, keurig gelegerd achter de hoogspanningsdraden van het kamp.

Commandant Höss vond het natuurlijk prachtig dat hij industrieën zo dicht in de buurt zou hebben, want in die tijd zat hij erg om geld verlegen. Zijn budget voor het in stand houden van het kamp was absoluut onvoldoende en hoewel hij vaak daarover klaagde, zelfs bij Himmler, kreeg hij altijd hetzelfde te horen: 'Je moet er zelf voor zorgen dat je het op de een of andere manier rond krijgt.'

Een van de middelen die hem daarvoor ter beschikking stonden, was het verkopen van goedkope arbeidskrachten aan bijvoorbeeld I.G. Farben, waarvan wij de fabriek hielpen bouwen op Buna. Het geld dat hij daarvoor kreeg hielp om het kamp draaiende te houden, en de werkomstandigheden waren zo slecht dat de overgrote meerderheid van de gevangenen die daarheen gestuurd werden zichzelf vernietigden, en dat bespaarde hem tijd en moeite. Het feit dat slechts weinigen van hen het langer dan een maand of twee volhielden kon noch Höss noch de leiding van I.G. Farben grote zorgen baren, want er waren altijd genoeg anderen die nog een klein beetje vet overhadden om hen te vervangen.[1]

Het feit dat Josef en ik erin slaagden het zo lang te overleven was niet iets waarvoor wij onszelf op de borst konden kloppen. Integendeel, we realiseerden ons dat iedere dag ons dichter bij de dood bracht, in welke vorm dan ook, want wie naar Buna gestuurd werd, werd niet geacht het te overleven. Ja, onze maat was bijna vol en het is nogal ironisch dat we slechts gered werden doordat het kamp door een tragedie getroffen werd.

De crisis begon op 29 augustus 1942. Ik herinner me dat het een woensdag was, een feestdag voor de mannen van Buna, want op woensdag en vrijdag kregen we een half brood extra en zelfs een stuk salami boven op ons normale rantsoen. Eigenlijk dacht ik de hele lange terugtocht naar het kamp aan weinig anders dan aan het feestmaal dat ons wachtte.

Maar zodra we de poort door liepen zag ik dat er iets aan

de hand was. Normaal was het rustig als we terugkwamen, want iedereen was al naar bed; maar ditmaal was het hele kamp wakker en leken alle gevangenen aangetreden te zijn op het centrale plein. De dag- en de nachtploegen waren daar, zebrastrepen zover het oog reikte in elke richting.

Onze kapo beval ons halt te houden. Ik stond daar lichtelijk geïrriteerd, want ik dacht nog steeds aan mijn extra rantsoen en vervloekte de bureaucraten die deze waanzinnige nieuwe oefening hadden bedacht, waar ik geen zin in kon ontdekken. Ik draaide me om hierover tegen Josef te klagen, maar de kapo blafte me toe dat ik stil moest zijn.

In de verte zag ik felle lichten bewegen en hoorde ik korte, staccato bevelen. Maar ik kon niet zien wat er gebeurde en het kon me ook geen moer schelen. Mijn maag knaagde aan me, m'n ledematen deden zeer, de vermoeidheid sloeg als een golf over me heen en dreigde me te veel te worden.

Toch stonden we daar urenlang. Af en toe bewogen we ons een paar passen vooruit, in de richting van de lichten. Maar het was middernacht voor ik gedaanten kon onderscheiden in wat het centrum van deze krankzinnige operatie leek te zijn: kapo's, gevangenen, badend in het licht van zaklantaarns die gedragen werden door SS'ers met batterijen op hun rug; mannen die doelloos heen en weer renden; opnieuw geschreeuw en het onrustig geschuifel van honderden klompen. Het werd me allemaal te veel. Het hele tafereel vervaagde voor mijn ogen en mijn knieën begaven het opeens toen ik staande in slaap viel.

Halfeen. Eén uur. Twee uur. Halfdrie. Nu kwamen we in de buurt van de plek waar het allemaal gebeurde. Het werd drie uur en ik stond te knipperen in het licht van de schijnwerpers, om me heen starend naar een verwarrend tafereel.

De man die de leiding had was Jakob Fries, zoals ik had kunnen vermoeden als ik het me afgevraagd had. Overal stonden kapo's en SS'ers. Wat verder naar links stond een groep gevangenen, omgeven door kapo's en aan de rechterkant eenzelfde groep.

Een rij gevangenen paradeerde voor Fries langs. Wanneer iemand vlak voor hem aangekomen was bekeek hij diens benen in het licht van een zaklantaarn en brulde vervolgens: 'Rennen!'

De gevangene rende ongeveer 20 meter ver en weer terug. Fries maakte een beweging met zijn duim en de man liep naar de groep gevangenen aan de rechterkant. De benen van een andere man werden onderzocht en zelfs van een afstand kon ik zien dat ze opgeblazen waren van de honger. Zonder een woord stuurde Fries hem naar de groep aan de linkerkant. Een derde kwam langs de inspectie, maar toen hij moest rennen kon hij alleen maar wat stuntelend en zwaaiend draven.

Ik had er nog steeds geen idee van wat er aan de hand was, maar ik had nu wel wat meer belangstelling. Instinctief, uit ervaring, wist ik nu dat we allemaal voor iets onheilspellends stonden, iets gevaarlijks. En het werd allemaal nog dreigender toen ik zag dat de groep mannen aan de linkerkant afgevoerd werd in het donker.

Ten slotte was ik aan de beurt. Fries keek naar mijn benen, die iets gezwollen waren, maar niet al te erg. Hij blafte: 'Rennen!'

Nooit eerder in mijn leven had ik minder zin in rennen gehad. Ik was al 24 uur wakker en had me acht uur daarvan in Buna afgebeuld. Nog eens vier uur had ik gelopen of was ik bijna gestikt in een propvolle veewagen en ik had niets gegeten sinds de soep die tussen de middag in Buna uitgedeeld was.

Toch wist ik op de een of andere manier dat ik moest rennen voor mijn leven. Ik ademde diep in en stampte met m'n voeten plat op de grond over die afschuwelijke renbaan, draaide me om en stampte terug naar die vreselijke Oberscharführer met zijn enorme knuppel.

Hij wees met z'n duim naar links, waar veertig anderen al de plaats hadden ingenomen van degenen die afgemarcheerd waren. Ik hijgde en ik was bang, al wist ik niet waarom.

De volgende was nu aan het rennen. Ik zag dat het Josef was. Hij struikelde twee keer, viel bijna op de grond en Fries stuurde hem naar onze groep. Toen hij, nog nahijgend, naar ons toeliep viel het me plotseling op dat alle anderen om ons heen stonden te rillen. Maar niet van de kou, maar van de koorts. Van de vlektyfus.

Vlug vertelde ik Josef wat ik opgemerkt had. Hij dacht even na, vloekte en zei: 'Het is vast een soort test. Daarom keek hij naar onze benen, daar zie je het altijd het eerst. Daarom moesten we rennen. Hij wilde zien of ze nog werkten!'

We hadden niet goed kunnen rennen omdat we uitgehongerd en doodop waren. Maar Jakob Fries had besloten dat we vlektyfus hadden. Met één ruk van zijn duim had hij ons beiden ter dood veroordeeld en met ons duizenden anderen. We keken naar de andere groep, de mannen die gezond bevonden waren. Zij stonden een meter of twintig van ons af, maar er waren zoveel kapo's in de buurt dat we nog geen vijf meter ver zouden zijn gekomen; en de hele tijd werd onze groep groter.

'Luister, Josef', fluisterde ik. 'Er zijn er nu ongeveer tachtig hier. Als het er honderd zijn zullen ze ons wel afvoeren. We moeten voor die tijd weg zijn, ook al schieten ze ons neer.'

'Wacht nog even', zei hij. 'Misschien krijgen we toch nog een kans om weg te glippen. Wacht tot we op het punt staan om weg te gaan.'

Met de nodige tegenzin volgde ik zijn advies op, want ik

was te moe om erover te discussiëren. En ik ben blij dat ik nu achteraf kan zeggen dat hij gelijk had. Feitelijk ben ik in leven gebleven omdat hij gelijk had.

Plotseling dook er een kapo op uit het donker, iemand die Josef goed kende. Hij staarde even naar ons en sloeg ons toen beiden een paar keer hard op onze schouder.

'Jullie stomme idioten!' brulde hij. 'Wat doen jullie verdomme hier! Weet je niet dat je bij dat groepje daar hoort te staan? Kunnen jullie zelfs het eenvoudigste bevel niet gehoorzamen?'

Hij trok ons uit de groep rillende mannen en luid vloekend dreef hij ons naar de overkant. Pas toen we midden tussen de anderen stonden hield hij op met zijn gescheld.

Toen fluisterde hij: 'Jullie hebben geluk, jongens. Nog een paar minuten en jullie waren op weg geweest naar de ovens. Kijk maar.'

We draaiden ons net op tijd om om de groep met tyfus besmette gevangenen te zien wegsloffen naar het crematorium.

De dageraad brak aan. Een kapo brulde een bevel en we begonnen in de richting van de muur te lopen die ons van het vrouwendeel scheidde. Toen we daar aankwamen moesten we ons uitkleden en daarna zag ik dat er een groot gat in de muur gemaakt was. Daar gingen naakte gevangenen doorheen, nadat twee kapo's hun benen nog eens gecontroleerd hadden en hun lichaam afgeveegd hadden met een lap die naar een ontsmettend middel stonk. Rillend in de koude ochtendlucht stopte ik voor mijn laatste controlebeurt, wachtte terwijl ik gedesinfecteerd werd en kroop toen door het gat in de muur naar een andere wereld.

Het was een naakte wereld. Zelfs de kapo's waren naakt. De enige tekenen van hun rang waren hun goed gevulde buiken en hun ontsmette knuppels!

Noot

1. Buna werd uiteindelijk een belangrijk industrieel centrum voor de productie van namaakrubber en op die plek is tegenwoordig nog steeds zware industrie te vinden, die nu uiteraard in handen van Polen is. Na de oorlog kreeg ik er nota bene een baan aangeboden als industrieel chemicus, maar ik bedankte want ik kon de prijs aan mensenlevens die het gekost had om het op te bouwen niet vergeten. In 1961 deed ik met enkele andere overlevenden I.G. Farben een proces aan om achteraf loon te ontvangen, en kreeg door een West-Duits hof een paar honderd gulden toegewezen. Zowel het gerechtshof als I.G. Farben weigerde echter om iets ter compensatie uit te betalen aan de nabestaanden van degenen die omkwamen tijdens de bouw van die enorme fabrieken. Dus I.G. Farben had 90 procent van het werk gedaan gekregen voor de paar stuivers die men daarvoor aan Höss betaald had.

9

De nacht van 29 augustus

Slechts geleidelijk aan begon ik de volle betekenis te bevatten van wat er in die afschuwelijke nacht van 29 augustus 1942 gebeurd was. M'n ogen, m'n oren, m'n verstand waren tegen die tijd al aardig scherp geworden op de slijpsteen van Auschwitz; en zo vernam ik door middel van het geheime communicatiesysteem van het kamp, dat ik al aardig begon door te krijgen, dat de helft van de bevolking van het kamp vermoord was.

Ik speelde mijn kleine rol als naakte figurant pas in de finale. De ouverture had niet geklonken in het moederkamp Auschwitz, zoals het liefkozend werd genoemd door de beheerders, maar in de dochter met de poëtische naam Birkenau, Berkenbos. Dat was een gigantisch bijkamp, een paar kilometer verderop. Daar bevond zich het eigenlijke vernietigingscentrum; daar waren de gaskamers en de lange, diepe greppels waarin de lijken werden verbrand; daar was de plek waar de crematoria waren, de bakermat van de gestroomlijnde massavernietiging; daar zaten gevangenen die gedwongen werden om deel te nemen aan de uitroeiing van duizenden, tienduizenden en uiteindelijk miljoenen. Daar was kampcommandant Rudolf Höss zijn grote offensief tegen de vlektyfusepidemie begonnen.

Hij besefte namelijk dat de epidemie niet slechts een bedreiging vormde voor de levens van de dwangarbeiders die hij nodig had als hij zijn kamp op doelmatige wijze wilde beheren, maar ook voor die van de SS'ers. Daarom liet hij een expert komen, dokter Kurt Uhlenbrook[1], een erkende autoriteit op het gebied van tyfus. De goede man had de situatie zorgvuldig overwogen en besloten dat ieder die besmet was uitgeroeid moest worden.

Hij begon met zijn taak in Birkenau, waar hij ongeveer de helft van de gevangenen ter dood veroordeelde, waardoor hij zogezegd speelruimte kreeg. Het kamp was al in tweeën gedeeld, Birkenau Een en Birkenau Twee. Toen het kamp gezuiverd was van de ziekte werd de eerste sectie ook weer in tweeën gedeeld, subsectie A en B. Daarna concentreerde hij zich op het vrouwengedeelte van het moederkamp, dat van ons deel afgescheiden was door de muur waar ik uiteindelijk doorheen gekropen ben. Ook hier werd de helft van de gevangenen overtollig verklaard vanwege hun gezondheidstoestand en naar de gaskamers gestuurd. De rest werd naar Birkenau Een gestuurd, naar subsectie A. En daardoor was er een goed gesteriliseerde lege plek ontstaan voor degenen onder ons die de diagnose van Oberscharführer Jakob Fries overleefden, of die erin geslaagd waren die te ontwijken.

Maar zoals ik zei kwam ik pas later op de hoogte van deze details. In de nacht van die negenentwintigste augustus wist ik slechts dat ik geluk had dat ik nog leefde en dat ik m'n verstand erbij zou moeten houden wilde ik in deze gezonde toestand blijven. Dus een tijdlang stonden Josef en ik rustig te midden van dit gekkenhuis van naakte mannen en probeerden we alles op een rijtje te krijgen aan de hand van flarden van de gesprekken die in een half dozijn talen om ons heen wervelden.

Plotseling hoorden we tussen deze kakofonie van Pools, Duits, Oekraïens, Frans en Nederlands de zoete klanken van het Slowaaks. Ik begaf mij onmiddellijk in die richting en stond tegenover een kleine, donkere man met de heldere oogjes van een vogel. Hoewel hij erg mager was, zag ik dat hij nog sterk en alert was. Ik zei tegen hem: 'Uit welk deel kom je?'

'Nove Mesto. En jij?'

'Trnava. Bijna om de hoek.'

'Dat ken ik goed. Ik was tandarts en had daar wat patiënten wonen.'

We stelden onszelf voor. Hij heette Laco Fischer en toen hij zei dat hij al vijf maanden in Auschwitz zat, keken we met nieuw respect naar hem, want dit was een man die wist hoe hij moest overleven, een man van wie we veel zouden kunnen leren. En hij leek precies te weten waar we aan dachten.

'Wil je weten wat er gebeurt?' zei hij. 'Dat zal ik je vertellen. Het halve kamp is uitgemoord en de werkcommando's worden opnieuw ingedeeld. Ik weet dat ze nieuwe mensen zoeken in het Canadacommando.'

We keken elkaar snel aan, Josef en ik. We hadden wel gehoord van die plek die de bijnaam Canada had gekregen, omdat het in zekere zin een paradijs moest zijn; maar we hadden ook gehoord dat het een gevaarlijk paradijs was, waar men een gewelddadige dood kon sterven terwijl men er nog maar nauwelijks van geproefd had.

Omzichtig vroeg ik aan Laco: 'Hoe is het daar? Is het zo goed als ze zeggen? Of zo slecht als ze zeggen?'

'Allebei', zei hij. 'Ik heb er gewerkt. Je kunt er zoveel te eten krijgen als je wilt: brood, margarine, zelfs boter, worstjes in blik, sardines, chocolade, zeep, alles. Verdraaid, ik heb er zelfs een keer bananen gehad!'

Hij glimlachte weer toen hij eraan terugdacht. Toen werd hij plotseling weer serieus, erg serieus.

'Ik ga proberen er weer terug te komen', zei hij. 'Als je dat ook wilt, blijf dan bij me, want ik ken een paar van de kapo's.

Maar denk eraan ... in Canada bevind je je op de rand van de afgrond. En je hebt er een zootje criminelen die je maar wat graag erin zouden duwen.'

'Wat voor werk doe je daar? Hoe is het daar?'

'Het is zwaar. Laten we het daar maar op houden.'

Josef en ik zwegen een tijdje. We dachten aan brood met boter, aan worstjes en sardines, aan zeep en bananen en afgronden. Dit was geen gemakkelijke beslissing. We moesten kiezen, zo leek het ons, tussen eten of sterven aan de ene kant en eten *en* sterven aan de andere kant.

Laco hield onze gezichten in de gaten en leek onze gedachten aan te voelen. Hij leek niet erg verbaasd toen wij beiden ongeveer op hetzelfde moment zeiden: 'Goed dan. Waar zijn die Canada-kapo's die je vrienden zijn?'

Weldra ontdekten we dat het Canadacommando een elitekorps was, een troep sterke, gezonde mannen, omgeven door kandidaat-recruten die bereid waren alles te doen voor voedsel. De assistentkapo's – het viel me op dat ze allemaal Jood waren – sloegen hen weg met een terloopse doelmatigheid, zonder bijzonder vijandig te worden.

Maar Laco had niet overdreven over zijn invloed. Hij liep naar een stevige assistentkapo die Duits sprak met een sterk Jiddisch accent en zei: 'Ik heb een paar prima Slowaakse kerels voor je, Isaac.'

'Ik heb genoeg van jou en je smerige Slowaken, Laco', antwoordde de kapo. Maar toen bekeek hij ons en zei: 'Hoewel, ze zien er niet slecht uit.' Hij wendde zich tot mij en zei: 'Ren naar dat hek.'

Het was een moeilijk bevel. Ik wist dat een SS'er me neer zou kunnen schieten als ik gehoorzaamde. Maar ik wilde ook laten zien dat ik goed gedisciplineerd was; en dus begon ik te rennen, met heel mijn hart hopend dat hij me zou tegenhouden.

Maar hij zei niets. En ik was bijna bij het hek aangekomen toen een Duitse kapo, die opviel omdat hij kleren aanhad, mijn arm pakte en brulde: 'Stop, idioot! Wil je jezelf ombrengen?'

Toen schreeuwde hij naar Isaac: 'Hij is wel in orde. En die andere ook.' Isaac haalde zijn schouders op en zei: 'Oké, Bruno. Jij mag ze hebben als je ze wilt. Maar je weet hoe die Slowaakse smeerlappen zijn!'

We traden aan met de anderen en werden naar de washokken gestuurd, waar het plotseling tot me doordrong dat ik nu bij een heel bijzonder commando hoorde. Niet alleen doordat de andere kapo's ons niet sloegen, maar ze draaiden zelfs de douches voor ons aan en zorgden ervoor dat die niet te heet of te koud waren. Daarna stuurden ze ons door naar de kelder van Blok 4, waar een buitengewoon beleefde registrator ons in een boek inschreef en zowaar alsjeblieft en dankjewel zei. Het was bijna beangstigend!

In feite was de hele atmosfeer totaal anders dan alles wat ik tot dan toe van Auschwitz had gezien. Hoewel we nog steeds naakt waren en meer dan vierentwintig uur niets gegeten hadden, leken de mannen van Canada bijna ontspannen. Goed, we hadden honger, maar de honger had meer weg van een flauwe grap dan van een messteek in de maag.

Een lange, gebruinde Pool die vlakbij zat zei: 'Geen zorgen, jongens. We krijgen zo te eten.'

Een ander lachte en zei: 'Zo is het. Een beetje honger is goed voor de maag en de ziel.'

Ik keek van de een naar de ander; ik kon m'n oren nauwelijks geloven. We zaten in een kamp waar duizenden mensen stierven van de honger en deze mannen zaten te praten als een stelletje vette kantoorbedienden.

Zelfs toen onze blokoudste binnenkwam bleef deze ontspannen, beschaafde toon overheersen. Het was een Poolse politieke gevangene met een keurige snit in z'n zebra-uniform. Hij zei: 'Het spijt me heel erg dat jullie deze kelder toegewezen hebben gekregen, maar we zullen het zo snel mogelijk een beetje bewoonbaar maken. Mijn naam is Polzakiewicz en als jullie blokoudste verwacht ik orde en discipline.'

Dat was alles. Hij leek op en top een doodgewone Poolse legerofficier zoals hij ons indringend en waardig aankeek. En toen was hij weer weg.

We bleven die hele dag verder in Blok 4 en tot mijn stomme verbazing ontving ieder een deken en een eigen kooi. In feite was het enige wat mij verontrustte de manier waarop iedereen mijn zorgvuldig geformuleerde vragen ontweek wanneer ik probeerde uit te vissen wat voor werk we zouden doen.

De meesten glimlachten en zeiden: 'Je zult het wel merken.' Een paar, een jonge Slowaak genaamd Bock die uit Piestany kwam bijvoorbeeld, zeiden spottend: 'Waar maak je je druk om? Je zult het toch niet lang overleven!'

Uit wat ze niet zeiden maakte ik op dat ik binnenkort nog een van de geheimen van Auschwitz zou ontdekken en ik had het onprettige gevoel dat die kennis gevaarlijk zou zijn. De volgende ochtend echter, toen ze ons uit ons kamp lieten vertrekken, werden alle gedachten aan de toekomst tijdelijk uit mijn hoofd verjaagd door wat ik om me heen zag.

De hele aanblik van het kamp was veranderd. De muur tussen de twee secties was neergehaald. Er leek twee keer zoveel ruimte te zijn en maar half zoveel gevangenen, wat natuurlijk ook zo was. En er waren geen muzelmannen meer, want die waren weggewerkt door Fries en dokter Uhlenbrook.

Na het appel stonden we bewegingloos in onze rij terwijl de andere commando's het kamp uit liepen, en ik besefte dat alle zieke ledematen van Auschwitz in één nacht geamputeerd en verbrand waren. Hoofden werden hoog opgeheven, schouders rechtop gehouden. Niemand schuifelde. Niemand liet z'n hoofd hangen. Voor één keer was er niemand die eruitzag of hij op de rand van de dood balanceerde.

Een uur lang stonden we zo en ik staarde verwonderd naar dit vreemde, bijna vrolijke schouwspel. En toen kwam het bevel: '*Aufraumungskommando, antreten*!'

Dat was Canada. Als een wachtparade marcheerden we door de poort. De gevangenen die achtergebleven waren stopten met hun karweitjes om ons voorbij te zien trekken. De SS'ers bekeken ons met een bijna beroepsmatige belangstelling. Zelfs de ogen van Fries leken even iets te glimmen toen we hem voorbijliepen en hij ons liet tellen. Voor de eerste keer sinds ik in het kamp was had ik het gevoel dat ik deelhad aan een gemeenschappelijke trots, die maar zwak was, maar toch duidelijk aanwezig.

Maar Laco Fischer smoorde al snel mijn opkomende ijdelheid in de kiem. Terwijl we voortliepen mompelde hij tegen me: 'We gaan met in beslag genomen eigendommen werken. Maar praat er in hemelsnaam met niemand over, want als ze je daarop betrappen, dan vermoorden ze je. Blijf bij mij in de buurt en doe mij na. En eet niet te veel.'

'Eet niet te veel? Ben je gek geworden?'

'Ik ben heel goed bij mijn verstand, jochie. Je kunt hier zoveel voedsel stelen als je maar wilt, als je voorzichtig genoeg bent. Maar eet de eerste paar dagen alleen maar droog brood, want je maag kan nog niet meer hebben.'

Op dat moment liepen we Canada binnen, het commerciele hart van Auschwitz, het pakhuis van de lijkenpikkers, waar honderden gevangenen als gekken werkten om de kleren, het voedsel en de kostbaarheden van hen die nog brandden, en van wie de as weldra als mest gebruikt zou worden, te sorteren, te scheiden en te ordenen.

Het was een ongelooflijk gezicht: een enorme rechthoekige binnenplaats met een wachttoren in elke hoek en omgeven door prikkeldraad. Er stonden verschillende grote opslagplaatsen en een blok van wat wel kantoren leken, met een vierkant, open balkon op iedere hoek. Maar het eerste wat me opviel was de gigantische berg koffers, tassen, rugzakken, valiezen en pakketten in het midden van de binnenplaats.

Vlakbij zag ik nog een berg, ditmaal van dekens, 50.000 of misschien wel 100.000 dekens. Ik was zo onder de indruk van deze dubbele berg persoonlijke eigendommen dat ik er geen moment aan dacht waar hun eigenaars zouden kunnen zijn. Ik had ook niet veel tijd om na te denken, want bij elke stap die ik zette kreeg ik een nieuwe schok.

Aan de linkerkant zag ik honderden kinderwagens. Glimmende kinderwagens, geschikt voor een eerste kind. Versleten kinderwagens, die door generaties achtereen gebruikt waren. Weelderige, opzichtige kinderwagens, ware statussymbolen en bescheiden simpele kinderwagens van mensen die status noch geld bezaten. Ik keek er met ontzag naar, maar ik vroeg me nog steeds niet af waar de baby's gebleven waren.

Nog een berg, nu van potten en pannen uit duizenden keukens in een tiental landen. Zielige overblijfselen van een miljoen maaltijden, nu naamloos, want de personen die ze gebruikt hadden zouden nooit meer eten.

Daarna zag ik vrouwen. Echte vrouwen, niet van die vreselijke, seksloze skeletten van wie het lichaam en het hart al dood waren en die de ondergang waren geweest van Franz Marmelade. Dit waren jonge, goedgeklede meisjes met stevige, rijpe figuren en gezichten die alleen al door de gezonde aanblik prachtig waren. Ze waren overal druk in de weer, heen en weer rennend met stapels kleren en pakjes, onder het toeziend oog van nog gezondere, zelfs nog elegantere vrouwelijke kapo's.

Het geheel leek op een krankzinnige legpuzzel waar ik geen touw aan vast kon knopen en dat af en toe op de rand van de waanzin leek te balanceren. Naast een van de pakhuizen zag ik een rij meisjes schrijlings op een bank zitten, met een zinken emmer aan hun linker- en rechterzijde. De ene rij emmers zat vol tubes tandpasta die de meisjes op de bank uitknepen en dan in de emmer aan hun andere kant smeten. Dit kwam erg on-Duits op me over: een weerzinwekkende verspilling van arbeid en goederen. Ik wist toen namelijk nog niet dat misschien een op de duizend tubes een diamant bevatte, een appeltje voor de dorst waarmee een armzalig gezin had gehoopt bepaalde voorrechten te kunnen kopen, of zelfs de vrijheid.

We hielden opeens stil voor het blok met kantoren. Onze kapo, Bruno, ging naar het balkon, waar een paar treden vanaf de grond naartoe liepen en klopte vol respect op de deur, met de pet in de hand. De deur ging open en een twee meter lange SS-Scharführer kwam naar buiten, een man van ongeveer dertig jaar, blond, met Slavische trekken, frisse rode wangen en doordringende blauwe ogen die eruitzagen alsof ze dwars door je heen keken. Hij was ook stevig gebouwd, hoewel iets dikbuikig, als een atleet die te weinig getraind had; en aan weerszijden van hem twee enorm knappe Unterscharführers, de ene donker, hooghartig, de andere blond, een echte ariër. Deze drie mannen, Scharführer Wiglep en Unterscharführers Otto Graff en Hans König, twee professionele acteurs uit Wenen, zouden in de weken die volgden een belangrijke rol in mijn leven spelen.

Wiglep, met de onvermijdelijke stok in z'n hand, stapte naar de rand van het balkon om ons eens goed op te nemen. Zijn ogen dwaalden heen en weer langs de rijen, namen de nieuwkomers scherp op en hij prentte hen in z'n geheugen als lastposten, harde werkers, nietsnutten of potentiële informanten. Hier en daar herkende hij een unterkapo en begroette hem met een rauw soort humor.

'Nee maar, Isaac. Nog steeds in leven? Hoe doe je dat?'

Isaac grijnsde en schuifelde met z'n voeten.

'En jij, Stefan, ook nog steeds onder ons? Daar zullen we eens iets aan moeten doen!'

Eerlijke, onschuldige humor, van een meester die een grapje maakt met z'n dienaar. Toch wist ik op de een of andere manier dat deze knappe, grapjes makende man een meedogenloze moordenaar was, iemand die je beter kon mijden. En net op het moment dat die gedachte door me heen schoot brulde hij, alsof hij mijn bangste vermoedens wilde bevestigen: '*Los!* Aan het werk!'

Graff en König sprongen tussen ons in als twee sierlijke windhonden op een veld vol konijnen, druk in de weer met hun stokken en vuisten en voeten. '*Los! Los! Los!*' Een paar mannen vielen op de grond, maar ik bleef in de buurt van de oude rotten en wist de klappen te ontwijken. Zij wierpen zich op de berg met bagage, pakten zoveel ze konden dragen en renden ermee naar een pakhuis. Ik zat hen vlak op de hielen, twee koffers in elke hand. Graff stond buiten de deur om ons erdoorheen te duwen en König stond binnen om ons nog sneller voort te drijven.

We dumpten onze koffers en tassen en rugzakken op een gigantische deken die op de vloer van het pakhuis lag. Ze werden direct opengescheurd of opengeslagen met een voorhamer en geleegd op de deken. Van alles kwam eruit rollen: voedsel, kleren, toiletartikelen, kostbaarheden, papieren, aandoenlijke familiefoto's. De specialisten wierpen zich erop en scheidden alles van elkaar: mannenkleding naar een andere deken, vrouwenkleding naar weer een andere en kinderkleding naar een derde, tot er op vijf of zes dekens een grote stapel lag. De koffers en tassen werden weggesmeten om samen met alle papieren verbrand te worden. Anderen pakten de dekens op en brachten ze naar de vrouwen die de inhoud ordenden op kwaliteit en opsloegen in de pakhuizen. En de hele tijd, terwijl de experts zweetten en wij groentjes heen en weer renden, bleven Graff en König slaan, speuren, straffen en hun herkenningsmelodie loeien: '*Los! Los!* Sneller, smeerlappen, sneller! *Karacho! Karacho!*'[2]

Slechts één man zag je maar zelden bewegen. Scharführer Wiglep zat op zijn balkon op de binnenplaats, met een glas bier waarvan hij af en toe een slok nam, terwijl hij alles en iedereen in het oog hield en zich er alleen mee bemoeide als hij iemand op een ernstige overtreding betrapte.

Zijn vertrouwen in z'n twee Unterscharführers was niet misplaatst. Ze misten maar heel weinig en deden hun werk uiterst efficiënt. Tijdens de tiende keer dat ik heen en weer rende liet ik een koffer vallen. Hij viel open en de overhemden, schoenen, appels, boterhammen en salami rolden over de grond. Ik bleef staan, hongerig, onvoorzichtig na 48 uur zonder eten, maar de twee SS'ers snelden op me af en sloegen me weer verder, bijgestaan door een vijftal kruiperige unterkapo's.

Terwijl ik doorstommelde, bijna dankbaar dat ik weggeslagen was van de verleiding, zag ik dat de gevangene die achter mij aankwam snel een salami oppakte die hij direct in zijn mond propte en al rennend doorslikte. Dat was de eerste belangrijke les die ik bij Canada geleerd heb. Steel alleen wat een ander laat vallen. Grijp je kans als iemand anders een pak slaag krijgt. Tegen het middaguur was mijn honger verdwenen en had ik mezelf op de een of andere manier zo gehard dat ik gehoor kon geven aan Laco's waarschuwing om die eerste dag alleen droog brood te eten.

Er lag nog een andere verleiding op de loer, die even moeilijk te weerstaan was. Dat was om eten te pikken en het naar het kamp terug te smokkelen voor vrienden of familieleden, of om het te verhandelen. Maar de drie wijzen, koning Wiglep en zijn twee onderkoningen waren alert op al dit soort trucjes. Ik zag hoe König iemand uit de menselijke lopende band haalde en brulde: 'Laat je bagage vallen. Verroer je niet!'

Hij doorzocht hem snel en haalde een appel en een stuk brood uit zijn zakken tevoorschijn.

'Probeer je te stelen?' loeide hij zo hard dat iedereen het hoorde. 'Ik zal je manieren bijbrengen, zwijn. Vijfentwintig stokslagen!'

Ze werden ter plekke gegeven en toen ik langs het slachtoffer holde leerde ik nog een les: hou je stil en blijf rustig wanneer je bestraft wordt. De gevangene was een nieuwkomer. Königs slagen geselden zijn achterste, één keer, twee keer, drie keer. Bij de vijftiende slag schreeuwde hij het uit en König sloeg des te harder en riep: 'Hou je rustig, snotterende smeerlap!' In doodsangst ging de man opeens rechtop staan. König sloeg hem weer voorover met een klap in z'n nek. De gevangene sloeg z'n armen om z'n rug in een zinloze poging om zichzelf te beschermen en de SS'er sloeg hem op z'n vingers; en de klappen die het oorspronkelijke doel niet raakten telden niet mee. Acht of negen klappen op de nek, de rug en de handen kwamen boven op de vijfentwintig op het achterwerk omdat de gevangene zich niet gedroeg. Eigenlijk kwam het juist door zijn 'slechte manieren' dat hij bewusteloos geslagen werd en achtergelaten werd om te sterven.

Al op de eerste dag raakte ik gewend aan dit soort bestraffingen. Ik begon ze bijna te verwelkomen, want als König of Graff daarmee bezig waren, kon ik iets pikken en dat betekende dat ik kon overleven.

Deze afranselingen door de Unterscharführers waren erg genoeg, maar waren nog niets vergeleken met een straf van de hand van Wiglep. Af en toe kwam hij omhoog uit zijn stoel en schreeuwde traag en zwaarwichtig: 'Kom hier … jij … lui varken.'

Dan kwam een gevangene uit de rij rennende figuren naar voren en ging voor hem staan.

'Dus jij denkt dat je in een sanatorium zit. Of dat je op vakantie bent misschien. Of misschien denk je dat je een schildpad bent. Maar dan heb je het mis. Je bent een man en je kunt snel lopen en ik heb hier een magische stok, een toverstaf, die ervoor kan zorgen dat een schildpad zo snel loopt als een man.'

Dan sloeg hij de gevangene heel rustig, als een expert, zonder de hysterische driftigheid die zijn ondergeschikten tentoonspreidden, maar als hij klaar was, was de gevangene in elkaar gezakt, bloedend, nutteloos.

Ten slotte liep deze waanzinnige dag ten einde. We gingen in rijen van vijf staan, klaar om naar het kamp terug te marcheren. Maar voor het hek openging kwam Wiglep van zijn balkon en liep tussen ons door, waarbij hij hier en daar iemand met zijn stok een por gaf.

'Jij … en jij … en jij … naar voren!'

Ongeveer vijftien mannen, niet helemaal willekeurig uitgekozen, want Wigleps ogen misten heel weinig, traden naar voren uit de rijen. König en Graff doorzochten hen nauwkeurig en onder de vijftien vonden ze vier of vijf smokkelaars.

De een had twee citroenen bij zich. Twintig stokslagen. Een ander een overhemd. Vijfentwintig stokslagen. Weer iemand anders een blik sardines. Ook vijfentwintig stokslagen. De laatste twee hadden alleen wat brood en kwamen er vanaf met een paar stompen en een trap. Toen en niet eerder kwam het Canadacommando in beweging en toen we wegliepen hoorde ik een eigenaardig geluid. Het geklepper van de klompen was verdwenen en daarvoor in de plaats hoorde ik het zachte gestap van leren schoenen. Ik keek naar beneden en zag dat bijna iedereen schoenen aanhad, sommige van suède, andere van krokodillenleer, in ieder geval heel wat anders dan hout.

Laco zag de verbaasde blik in mijn ogen en zei grijnzend: 'Dat is een van de beste grappen. Om de een of andere reden hebben ze er geen bezwaar tegen dat we schoenen jatten. Misschien omdat het het imago van het commando verbetert – of misschien wel omdat we dan sneller gaan dan op klompen!'

We gingen terug naar het kamp. Toen we bij de ingang kwamen hoorde ik de harde, toonloze stem van Fries zeggen: 'Wel, wel ... daar heb je Canada! Halt!'

We bleven staan. Zes SS'ers renden tussen ons door en onderzochten ons snel en lang niet zo efficiënt als de twee Unterscharführers. In feite troffen ze maar één keer doel, toen ze een man naar voren sleepten die een overhemd onder zijn tuniek had verstopt. Traag en schijnbaar zonder enthousiasme sloeg Fries hem dood en wij namen zijn lichaam mee, samen met de anderen die die dag gestorven waren, terug naar Blok 4 voor het appel.

Doodop van het werk en de hitte, met blauwe plekken van de paar klappen die ik gekregen had en een beetje versuft door alles wat ik gezien had, begon ik me af te vragen of Canada het risico wel waard was. Maar toen ik om me heen keek naar de oude rotten verdwenen al mijn twijfels.

Ze haalden de buit tevoorschijn die ze op de een of andere manier door de dubbele controle hadden weten te smokkelen. De een had zes blikjes met sardines, een ander twee pond vijgen. Overhemden, fruit, zeep, salami, worstjes en ham werden voor de dag gehaald tot de hele barak op een goed voorziene supermarkt leek. Polzakiewicz, de blokoudste, kwam binnen om zijn aandeel op te strijken, hier een citroen, daar een paar schoenen van krokodillenleer, vlees, fruit en zelfs aspirines om de hoofdpijn die zijn verantwoordelijke positie met zich meebracht te verzachten.

Daarna stroomden de mannen naar de deur. Ik liep hen achterna en wat ik buiten zag gaf voor mij de doorslag: ik zou in Canada blijven. Overal rond het blok hingen de hongerigen rond. De mannen van Canada bekeken hun gezichten, op zoek naar familieleden of vrienden aan wie ze wat voedsel gaven. De kampartsen, zelf ook gevangenen, waren er ook, op zoek naar medicijnen, naar kruiden, naar alles wat hen kon bijstaan in hun hopeloze taak. Die kregen ze ook, want iedereen van het Canadacommando wist dat hij op een dag in de ziekenbarak terecht zou kunnen komen en dan zou hij daar een vriend nodig hebben.

Na een tijdje dwaalde iedereen weer weg. Josef en ik vielen in onze kooi. Ik zakte weg in mijn matras en voor ik mijn ogen dichtdeed drong het opeens tot me door dat ik voor het eerst sinds ik uit Franz' voedselpakhuis weg was geen honger had. Nu ik er aan terugdacht leek dat maar klein grut vergeleken met Canada.

In één week Canada leerde ik meer over het werkelijke doel van Auschwitz dan in de drie maanden daarvoor. Het was een les die me ziek maakte, niet zozeer vanwege het sadisme of de wreedheid of de paar doden, maar vanwege de ijskoude handelsgeest die daar heerste.

Langzaam maar zeker werden de tassen en de kleren en het eten en de trieste foto's mensen voor me; de kinderwagens werden baby's en de hopen zorgvuldig gescheiden schoentjes werden kinderen, zoals mijn nichtje Lici in Topolcany. Het begon tot me door te dringen dat de vage vermoedens die ik zonder succes probeerde te verdringen, klopten.

Ik bevond mij in een doodsfabriek; een vernietigingskamp waar duizenden, tienduizenden mannen, vrouwen en kinderen vergast en verbrand werden. En dat niet zozeer omdat ze Joods waren, al was dat de voornaamste reden in de zieke geest van de Führer, maar omdat ze door hun dood een bijdrage leverden aan de Duitse oorlogsinspanningen.

Dagelijks zag ik de goederentreinen binnenkomen. Op maandag zag ik dat ze volgestouwd werden met eersteklas herenoverhemden; op dinsdag met bontmantels; op woensdag met kinderondergoed; of met overjassen en allerlei soorten textiel, net wat Wiglep beval. Ik besefte dat ze naar Duitsland gingen om de burgers een hart onder de riem te steken, een riem die ze voortdurend wat strakker moesten aantrekken.

Ik zag ook welke gestolen goederen niet door de gevangenen in deze treinen geladen werden; de marken, de franken, de lires, de dollars en ponden van de zwarte markt, het goud en de sieraden en de zorgvuldig verstopte juwelen, al deze werden naar het kantoor gebracht, het paleis van Wiglep. Ik wist dat deze dingen bestemd waren voor de Staatsbank in Berlijn, dat wil zeggen nadat de koning van Canada er zijn aandeel van had ingepikt. Pas later ontdekte ik hoe slim dit fortuin gebruikt werd, niet alleen om de economie van het Rijk te ondersteunen, maar ook om, via Zwitserse banken, de buitenlandse wisselkoersen zo te beïnvloeden dat de geallieerde economieën eronder zouden lijden.

Pas veel later hoorde ik hoe belangrijk deze psychologische oorlogsvoering was voor het thuisfront. Er waren babyschoenen nodig in Berlijn, bijvoorbeeld. Hitler vond babyschoenen in Auschwitz; en mammie schreef daarover aan papa die aan het front in Rusland zat, met een loflied op deze Heiland met het zwarte snorretje.

Ik leerde natuurlijk ook lessen die directer van belang waren. Zo begon ik te beseffen dat er een hiërarchie bestond, een groep die als aristocraten leefde. Dat er een sociale ladder was die beklommen kon worden. Dat twisten sudderden, smeulden en explodeerden. Dat liefdesaffaires opbloeiden en weer wegstierven. Dat het leven in Canada eigenlijk in veel opzichten leek op het gewone leven. Het was niet zozeer belangrijk wat je was, maar wie je tot je kennissen mocht rekenen.

Ik merkte ook dat hoe langer ik erin slaagde te overleven, hoe meer ik aangetrokken werd door de harde kern die niet alleen geleerd had om in leven te blijven, maar ook om voorspoed te krijgen. Ik werd geaccepteerd als een semipermanente aanwezigheid. Mensen begonnen mij bij m'n voornaam te noemen en toen ik eenmaal door de oude rotten aanvaard was, had ik een promotie verdiend.

In plaats van heen en weer te rennen met bagage, kreeg ik de taak om dekens vol kleren van de pakhuizen waar de koffers werden uitgeladen, naar die waar de meisjes aan het sorteren waren, te dragen. Ik ontdekte dat het Slowaakse meisjes waren, wat mijn leven op dat moment nog wat draaglijker maakte. Soms kon ik een paar citroenen of zo voor hen meesmokkelen, of een stuk chocola of een blikje sardientjes. In ruil daarvoor gaven ze me een lach, een glas vruchtensap, een stuk brood met kaas, of ook wel eens een paar van mijn eigen sardines, die ik achter het pakhuis snel naar binnen werkte. Het werk was zwaar, maar het loonde de moeite, want ik had nooit meer honger of dorst en op de een of andere manier smolt de bitterheid van het kamp iets weg door deze vrouwelijke warmte.

Gevangenen die onder aan de sociale ladder stonden, begonnen soms een onschuldige vriendschap met deze meisjes, die ze echter alleen van een afstandje konden bewonderen en met wie ze zelden konden praten. Ze wisselden brieven uit en kleine geschenkjes. Op mijn tochten nam ik die kleine blijken van genegenheid mee, in het begin zonder te beseffen dat de hogere lagen van onze samenleving, de kapo's, wisten wat ik aan het doen was.

Ze deden niets om me tegen te houden. Integendeel, toen ze eenmaal besloten hadden dat de Vrba-koeriersdienst betrouwbaar was, begonnen ze er zelf ook gebruik van te maken. Voor mij was dat tegelijk een voordeel en een nadeel. Het leverde me kleine beloningen op van de kapo's en tot op zekere hoogte werd ik voor onnodige straffen behoed door de paraplu van hun bescherming. Aan de andere kant waren de risico's groter, want de dingen die ik voor hen meesmokkelde waren niet altijd zo onschuldig. Als ik gesnapt zou worden, dan zou ik minstens vijfentwintig stokslagen krijgen; en toch kon ik niet weigeren om als boodschappenjongen te fungeren.

Met mijn hulp kon er zelfs een hevige liefde opbloeien tussen mijn eigen kapo, Bruno, en Hermione, de kapo die de leiding had over de Slowaakse meisjes die de kleren sorteerden. Zij was een heel mooi Weens meisje van een jaar of twintig, dat zich kleedde in schitterende bloezen en rokken uit de pakhuizen en hoge zwarte laarzen die glommen als die van een Pruisische cavalerist. Ze was streng voor haar meisjes, maar ik heb nooit gezien dat zij hen sloeg. Ze droeg haar zweep eerder als een soort versiering, alsof ze aan een paardenshow mee moest doen.

Wanneer ik hijgend een zware deken met vulling bij haar neerplofte begroette ze me altijd met een lachje dat deels moederlijk, deels flirtend was. Ze was zo aantrekkelijk dat het me helemaal niet verbaasde toen Bruno me op een dag apart nam en me een brief voor haar meegaf.

Daarna kwamen de geschenken. Eerst een paar sinaasappels, wat boter, een stuk ham. Toen de verhouding opbloeide werd Bruno echter steeds buitensporiger in zijn cadeaus en gebeurde het dat ik dure zeep meenam, of eau de cologne of zeldzame Franse parfums. Hermione nam alles aan met een raadselachtige, bijna majestueuze glimlach en weldra was Bruno doorlopend in de weer om een smoes te verzinnen om in de buurt van de vrouwenafdeling rond te kunnen hangen.

Maar hij behoorde niet tot het soort mannen dat tevreden is met een paar glimlachjes en een vriendelijk woordje in ruil voor zijn attenties. Al snel verloor hun verhouding iets van haar maagdelijke zuiverheid, wat overigens laat zien hoeveel macht de kapo's hadden, maar ook hoe graag deze twee op een meer tastbare manier aan hun liefde uitdrukking wilden geven.

Uiteraard namen ze een groot risico, dat hun in het ongunstigste geval hun leven kon kosten, of in het gunstigste geval hun rang en de voorrechten die daarbij hoorden. Niettemin was dit een risico dat ze bereid waren te nemen, zoals ik ontdekte toen ik op een dag mijn last bij de Slowaakse meisjes dumpte en Hermione in geen velden of wegen te bekennen was.

Anders was ze er altijd bij om te zien wat de deken voor haar bevatte en om zich ervan te verzekeren dat haar meisjes niet te veel stalen. Toen ik hun vroeg waar ze was, grijnsde een van de meisjes en gaf een ruk met haar hoofd in de richting van de opslagruimte.

'Daarbinnen. Met Bruno.'

Er was geen tijd om er meer vragen over te stellen. Ik rende terug voor mijn volgende lading en ik denk dat ik die keer de afstand tussen het mannen- en het vrouwengedeelte in een recordtijd afgelegd heb. Ik kon niet wachten om het vervolg van deze liefelijke romance te horen.

'Waar zijn ze mee bezig? Ik bedoel … hoe?'

'We hebben een liefdesnestje voor ze gebouwd. Het is echt

heel knus.' Daar ging ik weer met mijn lege deken. En ik was zo weer terug, nog sneller dan de vorige keer.

'Hoe bedoel je ... liefdesnest?'

'We hebben een paar duizend dekens op elkaar gestapeld bij wijze van muur. Geliefden hebben tenslotte een beetje privacy nodig, nietwaar?' Ze lachte zedig naar me en zei: 'Ik wou dat ik ook kapo was!'

Op mijn volgende tocht zag ik hoe Bruno rustig wegglipte. Hij keek even naar me toen hij langsliep en ik kon me er net van weerhouden om te knipogen. Maar als ik geweten had wat deze toestand mij later zou kosten, dan had ik vast niet zo met hem meegeleefd.

De problemen begonnen toen de huur van het liefdesnest omhoogging. Hermiones begeerte naar luxedingen groeide. Ze verwachtte nu iedere dag een duur cadeautje en bovendien moesten de meisjes hun aandeel ontvangen, want zonder hun medewerking was dit allemaal niet mogelijk geweest.

Het gevolg van dit alles was dat mijn illegale handelswaar steeds omvangrijker werd en daarmee groeide ook het risico dat ik liep. Om het allemaal nog onplezieriger te maken had ik het idee dat Wiglep mij speciaal in de gaten hield.

Eerst dacht ik dat ik het me verbeeldde, dat het door mijn slechte geweten kwam. Maar al snel wist ik zeker dat hij me van iets verdacht, al wist ik niet precies waarvan. Misschien dacht hij dat ik smokkelde; of misschien vond hij het gewoon niet prettig dat ik iemand was die erin slaagde een vonkje trots levend te houden, een gevangene die niet een goed getrainde hond was geworden.

Toch kon ik er op dat moment niets aan doen omdat ik tegen die tijd zo diep in de Hermione-Bruno-affaire verstrikt zat dat ik me niet kon terugtrekken zonder mezelf in de problemen te brengen. En nu gaf Hermione, die haar vriendje volledig onder de duim had, me dagelijks allerlei opdrachten.

Soms zei ze: 'Rudi, ik heb geen eau de cologne meer.' Of: 'Rudi, ik heb vreselijk veel zin in melkchocolade. Ik kan niet tegen die pure troep. En probeer wat ansjovis voor me mee te nemen.'

Dan ging ik maar weer naar Bruno en zei mijn boodschappenlijstje op. En wat later kon ik dan aan Hermione vertellen: 'Het komt met de volgende lading.' Het was natuurlijk een waanzinnige situatie. We zaten in het ergste concentratiekamp dat er ooit geweest is. En toch leefde de elite op een veel betere schaal dan de meeste mensen in Europa, uiteraard omdat ze leefden van de buit die uit heel Europa gekomen was.

Hoe langer de verhouding tussen Bruno en Hermione duurde, hoe groter natuurlijk het risico voor mij werd. Ik wist dat mijn geluk het een keer zou begeven en toen Wiglep me ten slotte bij zich riep was ik dan ook niet verbaasd. Eigenlijk was ik wel wat opgelucht, want die keer had ik niets bij me.

Opzettelijk langzaam kwam hij van zijn balkon af, ging voor me staan en zei: 'Laat vallen!'

Ik liet mijn deken op de grond vallen. Er zaten alleen kleren in; want hoewel ik wel driehonderd dekens per dag vervoerde, bevatten misschien maar vijf daarvan smokkelwaar.

Hij gaf me een bijna vriendschappelijke klap op de schouder met zijn stok en zei: 'Doorgaan maar. En opschieten!'

En ik holde door, een beetje blij dat ik aangehouden was, want ik dacht dat hij me nu wel een tijdje met rust zou laten. Maar daarin vergiste ik mij. Op mijn volgende tocht hoorde ik de vertrouwde brul van het balkon: 'Halt, zwijn. Laat vallen!'

Weer had ik niets. Weer mepte hij me terloops verder. Weer voelde ik me tevreden, in de veronderstelling dat hij nu geen aandacht meer aan me zou schenken. En weer had ik het mis. Op mijn derde tocht werd ik voor de derde keer achter elkaar vermaand te stoppen, wat waarschijnlijk een record was voor iemand van Canada. Ook nu waren mijn handen weer brandschoon.

Bruno had dit kat-en-muisspelletje uiteraard zorgvuldig gevolgd. Toen ik naar de opslagruimte ging voor mijn volgende deken, stond hij me op te wachten. 'Luister, Rudi', fluisterde hij. 'Hij heeft je nu drie keer achter elkaar doorzocht. Hij zal je nu verder vandaag niet lastigvallen, zeker niet direct weer. Dus neem wat spul mee voor Hermione.'

Dit klonk me logisch genoeg in de oren, hoewel ik moet zeggen dat ik een steek van bezorgdheid voelde toen ik zag wat hij zo luchtig als 'spul' had afgedaan. Het leek meer op de opbrengst van een middagje winkelen in Londen, Parijs of New York, uiteraard van voor de oorlog: eau de cologne, lekker geparfumeerde zeep, een klein flesje Chanel, een kip in blik, de duurste Duitse worstjes en sardientjes uit Portugal.

'Bruno,' zei ik een beetje zenuwachtig, 'het is nogal wat.'

'Maak je geen zorgen. Hij houdt je niet tegen. Hij durft niet voor de vierde keer af te gaan voor de neus van König en Graff. Je had moeten zien hoe ze de vorige keer achter zijn rug om stonden te giechelen.'

Daar zat wat in. Als Wiglep van zijn troon afdaalde om een gevangene te doorzoeken, dan betekende dat stilzwijgende kritiek op zijn twee Unterscharführers, een geniepige manier om hun te vertellen dat ze hun werk niet goed deden. Als hij dan niets ving, dan kwam dat erop neer dat hij openlijk toegaf dat hij zich vergist had. Ik pakte mijn deken op en begon te rennen.

'Jij daar … halt!'

Ik kon het niet geloven. Ik bleef rennen zonder mijn pas te versnellen, om net te doen alsof ik dacht dat het voor iemand anders bedoeld was. Als ik de vrouwenwerkplaats maar kon halen, dan was ik veilig.

'Jij daar, smeerlap! Hou je niet van den domme! Kom hier en laat die deken vallen voor ik je laat neerschieten!'

Ik draaide me naar hem om; hij was waarschijnlijk de sluwste psycholoog die ik ooit ontmoet heb. Hij wist dat ik dacht dat hij me nooit voor de vierde keer zou aanhouden, dat ik dacht dat het veilig was. Ik liet mijn deken, die meer weg had van een wandelende delicatessen- en parfumwinkel, vallen. Met een overdreven verbaasde blik mompelde hij met een snijdend sarcasme: 'Wel, wel! Wat een vreemde verzameling kleren!'

Hij liep langzaam om mijn deken heen, de spullen een voor een aantikkend. Zijn stem klonk zacht en gevaarlijk.

'Een kip. Melkchocola helemaal uit Zwitserland. Eau de cologne ... en Chanel! Ik wou dat ik zulke parfum voor mijn vrouw kon krijgen. Ik vraag me toch echt af wie het gelukkige meisje is voor wie al dit moois bestemd was.'

Ik zweeg. Hij keek me scherp aan en zei: 'Het was voor Hermione, nietwaar?'

Ik zei nog steeds niets. Ik wist dat ik nu niet langer een gevangene was die betrapt was bij het smokkelen. Wiglep wist heel goed dat een nieuweling zoals ik al die luxeartikelen nooit gestolen kon hebben. Hij wist dat ze van Bruno kwamen en hij zou het bewijzen, zodat hij deze kapo, die dacht dat hij kon doen wat hij maar wilde, de grond in kon stampen. Dit was de laatste ronde in een strijd die al maanden aan de gang was, een strijd op leven en dood tussen Bruno, veteraan van vooroorlogse gevangenissen en een half dozijn concentratiekampen en Wiglep, die zijn sergeantsstrepen had verdiend in Dachau en Sachsenhausen.

'Kapo, kom hier.'

Bruno wist heel goed wat er gebeurd was. Hij wist dat het er niet best voorstond, dat hij en Hermione in het strafcommando zouden kunnen omkomen als Wiglep mij zover zou krijgen dat ik praatte. Toch stond zijn gezicht zo onschuldig als dat van een lammetje toen hij gehoorzaam aan kwam lopen en op de vangst neerkeek.

Hij kon goed toneelspelen. Eerst spreidde hij opperste verbazing tentoon en toen een wilde woede. Hij haalde naar me uit met zijn stok en loeide: 'Jij smerig Jiddisch zwijn. Jij vuile dief van een varken!'

Hij bleef me slaan tot Wiglep heel bedaard zei: 'Laat dit maar aan mij over, kapo. Hij zal tegen mij sneller praten dan tegen jou. Hij gaat mij vertellen waar hij dit spul vandaan heeft, al zijn het zijn laatste woorden.'

Aan de andere kant van de binnenplaats kon ik Hermione zien staan kijken, even mooi als altijd. Eigenlijk stond de hele werkeenheid toe te kijken, terwijl ze aan hun werk bleven, want binnen de kortste keren wist iedereen het wanneer iemand echt in de problemen kwam. Opgewekt riep Wiglep Otto Graff en Hans König bij zich. Die floten van verbazing toen ze de deken zagen en maakten geestige opmerkingen over de uitstekende smaak waarvan mijn keuze getuigde.

Toen boog ik me voorover. De stok kwam hard op mijn billen terecht, zodat ik naar voren vloog. De laars van König duwde me terug op mijn plek. 'Van wie heb je dit gekregen?'

Opnieuw ging zijn arm omhoog met de gemakkelijke, afgemeten beweging van de expert, de vakman. Opnieuw kwam de stok neer. 'Van wie heb je dit gekregen?'

Drie keer. Vier. Vijf. Ongehaaste, methodische slagen die in mijn vlees beten. En de vraag die niet geschreeuwd werd, maar bijna gefluisterd, monotoon en kortaf.

Van … wie … heb … je … dit … gekregen? Zes … zeven … acht. Van … wie … heb … je … dit … gekregen? Vaag zag ik de laarzen van Bruno en hoorde ik de gevangenen langs rennen. Negen … tien … elf. Van … wie … heb … je … dit … gekregen? Nu verhoogde de professionele geselaar bij iedere slag het niveau van de pijn, systematisch en nauwkeurig als een goede technicus. Bruno's laarzen zwommen nu voor mijn ogen. De geluiden van het kamp vervaagden en kwamen daarna weer in volle sterkte terug. Ik merkte nauwelijks dat Graff en König me terugtrapten toen ik dreigde te vallen.

Twaalf ... dertien ... veertien ... vijftien. Ik zag de laarzen niet meer, alleen nog een rode mist. Ik kon de gevangenen niet meer horen en zelfs het zwiepen van de stok niet, alleen nog een dof gebrul. De pijn was nu constant en alomvattend, elke vezel van mijn lichaam doortrok en explodeerde met elke slag op een nieuw, ongelooflijk niveau.

Van ... wie ... heb ... je ... dit ... gekregen? Ik voelde de woorden nu meer dan dat ik ze hoorde, maar ze betekenden niets voor me. Wiglep verdeed zijn tijd, want mijn geest klampte zich vast aan één enkel thema: Wanneer zou hij stoppen? Wanneer zou ik sterven? Wanneer zou het allemaal voorbij zijn? Van wie heb je dit gekregen? Van wie heb je dit gekregen? VAN WIE HEB JE DIT GEKREGEN? De slagen markeerden de vraagtekens en toen tuimelden de woorden over elkaar heen in mijn hoofd. Ik zweefde en overal om me heen flikkerde het licht geel, rood en paars. Het beton sloeg tegen mijn gezicht, maar ik voelde er niets meer van.

Dit zou het einde moeten hebben betekend. De normale kampprocedure wanneer een gevangene bewusteloos geslagen was, was dat hij doodgeslagen werd. Maar Wiglep was subtieler; hij wist dat hij genoeg gedaan had om me in de ziekenbarak te doen belanden en dan zou het fenol de rest wel doen.

De volgende ochtend werd ik wakker in mijn kooi, gewekt door de pijn van een onbewuste beweging. Ik lag doodstil, vroeg me af wat er gebeurd was en langzaam maar zeker kwamen de herinneringen terug. Bruno stond op me neer te kijken met een behoedzame blik in z'n ogen.

'Je hebt het prima gedaan gisteren', zei hij. 'Zevenenveertig slagen, ongelooflijk. En hij weet wat slaan is, die knaap. Hij kon het niet geloven toen je niet wilde praten. Hij had nog nooit zoiets meegemaakt. Weet je, ik geloof dat hij aan het eind zelfs een beetje bewondering voor je had.'

Hij ratelde door, als een oude voetballiefhebber die herinneringen ophaalt aan de geweldigste wedstrijd die hij ooit gezien heeft. Met veel moeite bracht ik eruit: 'Hoe ben ik hier terechtgekomen?'

'Twee van de jongens hebben je teruggedragen. De hele binnenplaats wist wat er aan de hand was. De jongens die langs renden gaven een klap-voor-klap commentaar! Ik denk dat ze erom gewed hebben wanneer je zou bezwijken.' Ik begreep wat hij bedoelde. Ik wist ook dat hij en Hermione het allerhoogste hadden ingezet. Hun leven hing af van mijn zwijgen. Ze hadden gewonnen en ik had ook gewonnen, want Bruno stond nu bij me in het krijt en het hele Canadacommando wilde zien hoe hij het zou goedmaken.

Ik zei tegen hem: 'Ik kan niet opstaan. Ik kan niet werken.'

Hij begreep wat ik daarmee wilde zeggen. Wie niet kon werken, stierf. 'Maak je geen zorgen', zei hij. 'Ik heb vrienden in de ziekenbarak die voor je zullen zorgen. Je zult ontstekingen krijgen van de afranseling. Je achterste zal opzwellen als een ballon en ze zullen je moeten opereren. Maar maak je geen zorgen. Het zal je aan niets ontbreken. Je zult eten krijgen en alle aandacht die je nodig hebt.'

Hij liep weg om zijn schaapjes op te trommelen. Ik lag bewegingloos en probeerde de situatie in te schatten, het goede optellend en het slechte aftrekkend, maar ik kreeg elke keer een ander antwoord. De ziekenbarak betekende de dood, maar Bruno had veel macht; ik had hem niet laten vallen, maar zou hij mij ook niet laten vallen? Zijn vrienden konden me in leven houden. Maar misschien zou hij het niet zo erg vinden als ik zou sterven, want ik wist te veel.

Josef zat naast me en hield een glas citroensap aan mijn lippen. Puur citroensap met water en suiker. Het smaakte heerlijk.

Noten

1. Dokter Kurt Uhlenbrook zou in Frankfurt terechtstaan vanwege zijn deelname aan de massamoord in Auschwitz. Om redenen die de officier van justitie het beste kent, liet die alle beschuldigingen tegen hem vallen. Daardoor is hij vermoedelijk nu nog vrij om zijn medische wetenschap even kundig en gewetensvol uit te oefenen als hij deed tijdens die laatste dagen van augustus 1942.
2. Dit is SS-bargoens en betekent snel.

10

'Dit is geen synagoge!'

Zelfs zijn beste vrienden, voor zover daar sprake van was, zouden Bruno's medische kwalificaties nauwelijks het noemen waard gevonden hebben. Maar als het aankwam op het inschatten van Wigleps chirurgische vaardigheden met de stok, dan konden slechts weinigen zich met hem meten en zijn diagnose van de ziekte waar ik aan leed was pijnlijk nauwkeurig.

De vergiftiging die het gevolg was van de afranseling gloeide op in mijn billen en benen. Vier dagen lang had ik vreselijke pijn, die door de kleinste aanraking verergerd werd. En al die tijd slaagden Bruno, Burger, de registrator van Blok 4 en de blokoudste erin om mijn aanwezigheid in de ziekenbarak verborgen te houden voor de kampautoriteiten, iets wat hun het leven had kunnen kosten.

Iedere dag werd ik bezocht door een gevangene die arts was, die door Bruno van medicijnen voorzien werd en op de vierde dag hoorde ik hem recht op de man af zeggen: 'Als hij niet snel geopereerd wordt, dan overleeft hij het niet.'

Dit zette het organisatietalent van mijn min of meer onvrijwillige weldoener natuurlijk flink onder druk, maar hij had het wel verwacht en had de nodige voorbereidingen getroffen. Eerst moest hij ervoor zorgen dat ik uit de buurt bleef van Oberscharführer Josef Klehr, die in de ziekenbarak de taak had om de patiënten die door de SS-arts geselecteerd werden voor 'euthanasie' een dodelijke dosis fenol toe te dienen.

Dan moest hij erop toezien dat ik een behoorlijk rantsoen van Canada kreeg, want mijn kracht moest op een redelijk niveau gehandhaafd worden, wilde de operatie kans van slagen hebben. Eigenlijk was ik nogal lastig voor hem; en toch lukte het hem om te regelen dat ik in de ziekenbarak relatief gezien een vipbehandeling kreeg.

Dit alles drong echter pas geleidelijk aan tot me door. Eerst besefte ik bijvoorbeeld helemaal niet hoe prettig het is om in een van de bovenste kooien te liggen wanneer veel patiënten open wonden hebben en vocht verliezen of aan dysenterie lijden en hun afscheidingsstoffen door de kooien heen druppelen op degenen die eronder liggen. Een andere luxe die ik genoot was dat toen een van de mannen met wie ik mijn kooi deelde stierf, er geen ander voor hem in de plaats kwam, zodat ik een beetje extra ruimte had. Al deze kleine voorrechten drongen echter nauwelijks tot me door doordat ik me vreselijk ziek voelde toen ik voor het eerst als patiënt de ziekenbarak van Auschwitz binnenging.

De zaal zelf was er niet eens zo slecht aan toe en de oppassers, zelf ook gevangenen, probeerden hem met carbol een beetje schoon te houden. Maar de zaal was zo weerzinwekkend volgepropt dat dit bijna niet mogelijk was. Er waren drie lagen kooien boven elkaar en in elke kooi bevonden zich minstens drie personen. Vergiftiging, koudvuur en dysenterie waren de normaalste zaak van de wereld. En hoewel de oppassers erg hun best deden, werd de geur van carbol volledig overheerst door de stank van rottend vlees en uitwerpselen.

Ik deelde een kooi met een man van rond de veertig, wiens rechterarm langzaam maar zeker aan het ontbinden was en een ander van onder de twintig die aan tyfus en dysenterie leed en voortdurend ijlde.

Het waren twee Poolse Joden, beide waren stervende; en, ik schaam me nu een beetje om het te zeggen, ik vond hen vreselijk weerzinwekkend. Ik probeerde, voor zover de beperkte ruimte van de kooi het toeliet, zo ver mogelijk van hen vandaan te schuiven, van die hele afschuwelijke barak eigenlijk. Ik probeerde m'n ogen en oren ervoor af te sluiten, voor de geluiden die nooit ophielden, voor het meelijwekkende, beangstigende gekreun en de schreeuwen in de nacht, voor de plof waarmee de doden op de stenen vloer vielen, d'r uitgetrapt door de levenden die meer *Lebensraum* wilden.

Hoewel ik nooit helemaal gewend raakte aan de hele toestand, begon ik me echter na een tijdje te realiseren dat er in deze hel van ziekte en dood lichtpuntjes van moed en ongelooflijke waardigheid te vinden waren. Monek, de oudste van de twee Polen met wie ik mijn kooi deelde, leed constant gruwelijke pijnen van zijn rottende arm. Toch klaagde hij er nooit over; en toen het ijlen van zijn vriend die aan de andere kant van mij lag – ze kwamen beiden uit het plaatsje Mlawa – overging in schreeuwen, zei hij zachtjes tegen me: 'Vergeef het die jongen alsjeblieft. Hij is er erg slecht aan toe. Maar normaal is het zo'n aardige knul.'

Ik was niet zo tolerant en heel wat egoïstischer. Ik was er namelijk nog steeds niet zeker van of ik Bruno kon vertrouwen, of dat mijn volgende afspraak me in aanraking zou brengen met dokter Klehr, de fenolman. Dus toen de oppassers me meenamen om geopereerd te worden, wist ik niet precies wat ik tegemoet kon zien: verlichting van de pijn, of de dood in minder dan tien minuten. Wat me echter al snel duidelijk werd, was dat ik wat de uitkomst ook zou zijn in ieder geval een zware tijd zou doormaken.

In de operatiekamer waren vijf of zes gevangenen in witte jassen die arts waren, al aan het werk met een patiënt. Ze maakten hun werk snel af, legden hem op een brancard en gaven een teken aan de oppassers die mij hadden meegenomen.

Opeens had ik het gevoel dat ik in de val zat. Ze tilden me op de tafel, legden me op mijn buik en bonden m'n enkels en polsen vast aan de tafel. Een assistent drukte een doek met ether tegen m'n gezicht en ik wist dat er nu geen ontsnappen meer aan was.

'Begin met tellen ...'

'Eén ... twee ... drie ...' Zou het de fenolinjectie worden of het mes? 'Vier ... vijf ... zes ...' Waarom raakte ik niet bewusteloos van dat spul? Waarom gaven ze me niet nog wat meer?

'Tweeëntwintig ... tweeëntwintig ... tweeëntwintig ...' Daar bleef ik op de een of andere manier steken en nu werd ik echt bang. Stel dat ze me begonnen te opereren voordat ik buiten bewustzijn was. Ik probeerde te schreeuwen, maar ik kon geen geluid uitbrengen. En toen voelde ik het mes, het gloeiende mes dat in mijn been sneed.

Dat was voorlopig mijn laatste herinnering. Of de ether eindelijk begon te werken of dat ik flauwviel, ik zal het nooit weten. Maar toen ik weer bijkwam lag ik niet meer op de tafel, maar werd ik ergens in een hoek overeind gehouden, terwijl twee Poolse oppassers mijn benen en achterste verbonden. Hoewel ik nog steeds behoorlijk suf was, zag ik dat de artsen alweer aan een volgende operatie bezig waren en ik weet nog dat ik niet alleen dankbaarheid maar ook bewondering voor hen voelde, want zelfs te midden van de vernederingen van Auschwitz wisten de meesten van hen hun medemenselijkheid en hun professionele integriteit te bewaren.

Die nacht sliep ik diep, ondanks de herrie, omdat de ether nog steeds niet helemaal uitgewerkt was. De volgende morgen zat mijn veertigjarige makker rechtop in onze kooi, nog bedaarder dan anders; en zijn jonge vriend was ook stiller.

'Hoe maakt hij het?' vroeg ik. 'Het lijkt wel iets beter te gaan.'

De Pool glimlachte rustig maar verdrietig en zei: 'God heeft hem geholpen. Hij is dood.'

Opeens voelde ik me bijna schuldig. Ik moest eraan denken dat ik me geïrriteerd gevoeld had om de jongen, om hen beiden en ik zei, hoewel het waarschijnlijk niet erg overtuigend geklonken zal hebben: 'Het spijt me. Het spijt me echt.'

'Dat is niet nodig,' fluisterde de oudere man. 'Ik ben blij dat hij dood is. Ik kende hem al toen hij nog maar een kind was, weet je. Ik kende zijn ouders. Ik ben blij dat hij uit Auschwitz weg is en dat zijn lijden voorbij is.' Ik wist niets te zeggen. Monek uit Mlawa, Monek die naast mij in stilte geleden had, had met zijn ongewoon plechtige woorden alles gezegd wat er te zeggen viel.

'Er is alleen één ding dat ik van je zou willen vragen', ging hij verder. 'Zou je het erg vinden als we hem tot de gong in de kooi hielden? Zou je het erg vinden als we ... hem er niet uittrappen zoals de anderen?'

'Natuurlijk niet. Ik denk er niet aan.'

Toen de gong ten slotte klonk, tilden we de jongen rustig uit de kooi. Monek mompelde een gebed in het Hebreeuws, het eerste gebed dat ik in Auschwitz hoorde; en ik zei 'Amen', meer uit eerbied voor de oprechtheid van zijn gevoelens dan om een andere reden.

Op een morgen een paar dagen later kwam een oppasser, die door Bruno gehuurd was om voor mij te zorgen, naar mijn kooi en fluisterde: 'Er zal een selectie plaatsvinden. Luister goed. Zorg ervoor dat je schoon bent, ga je nu direct maar wassen. Hou je erg rustig en sta goed rechtop. Als iemand je naar je gezondheid vraagt, zeg dan dat je je uitstekend voelt. Ik zal ervoor zorgen dat je met je rug naar de muur staat zodat ze je wonden niet zien.'

De spanning sneed door mijn buik. Dit was de volgende hindernis, na de afranseling in Canada en de operatie. Ik wist dat dit de allergevaarlijkste kon worden, want nu hing mijn leven af van de gril van een SS-arts, iemand die me de dood in kon sturen als mijn gezicht hem niet beviel, een rechter die bevel zou geven tot de terechtstelling van driekwart van de gevangenen in de ziekenbarak.

In de wasruimte maakte ik me grondig schoon. Toen ik weer naar buiten kwam, waren de oppassers net bezig hun patiënten klaar te maken voor het grote moment. Ze schreeuwden: 'Opstaan iedereen! De hemden uit! Opschieten! Ga in de rij staan!'

Sommigen bleven gewoon liggen omdat ze te zwak waren om zich te verroeren. Ze wisten dat ze hun eigen doodvonnis tekenden, want zij zouden automatisch veroordeeld worden, maar het kon hun niet meer schelen. De rest krabbelde overeind, sommigen met veel moeite en daar stond ik in de rij met een stel naakte geraamtes, die stuk voor stuk precies wisten hoe de kaarten voor hen lagen. Sommigen hingen scheef, in de zekerheid dat ze zouden sterven; toch kon ik ook nu hun geestkracht nog voelen, hun waardigheid, hun moed.

'*Achtung!*' werd er bij de deur geblaft, het magische woord dat altijd aan de verschijning van een SS-officier voorafging. In de gelederen klonk geschuifel toen de mannen probeerden in de houding te gaan staan. De blokoudste sprong ook in de houding zodra de arts met zijn gevolg de barak binnenkwam.

'Herr Obersturmbahnführer, ik rapporteer met respect dat er zesenveertig gevangenen als staflid aanwezig zijn en zevenhonderdvierendertig zieke gevangenen.'

De arts, lang, tenger, van middelbare leeftijd, knikte kortaf. Hij zag eruit als iemand die op het punt stond een opdracht die hij vreselijk vond, zo efficiënt mogelijk uit te voeren;

iemand die zich vanwege zijn hoge roeping, de eed die hij als arts had afgelegd, zelfs zou verwaardigen smerige Joden te onderzoeken. En toch wisten wij allemaal en hij moet het zelf ook geweten hebben, dat er niets nobels aan was. Dit was een trieste routineklus en anders niet.

Achter hem aan kwamen een SS'er met een notitieboekje, de blokoudste en de blokadministrateur. En helemaal achteraan, als een stelletje eerstejaars studenten in de geneeskunde, kwamen de artsgevangenen, onder wie enkele van de beste medici van Europa.

Onze Herr Doktor Obersturmbahnführer ging die ochtend snel te werk. Hij hield even in voor de tweede man in de eerste rij en wees met zijn stok naar diens borst.

Onmiddellijk pakte de blokoudste de arm van de man en riep het nummer: '23476!' De SS'er noteerde het nummer, evenals de blokadministrateur. En nr. 23476, een kleine grijze man die zo hevig had geprobeerd rechtop te staan, staarde nietsziend recht voor zich uit. Hij wist dat hij zojuist afgeschreven was, letterlijk en in duplo.

'15923 ... 9467 ... 43188.' De stok wees, maar raakte nooit aan. De nummers werden afgeroepen, de schrijvers krabbelden ze in hun boekje. Slechts af en toe bleef de SS-arts staan, vermoedelijk om te laten zien wat een nauwgezette, gewetensvolle persoon hij was. Dan staarde hij naar een naakte patiënt en streek over z'n kin, alsof hij diep nadacht. Dat zei hij rustig iets over zijn schouder en een van de artsgevangenen sprong aan zijn zijde.

'Wat mankeert deze man?'

'Flegmone, Herr Obersturmbannführer. En dysenterie.'

Weer een korte pauze, terwijl de Grote Man nadacht. Dan gaf hij met een korte prikbeweging van zijn stok z'n diagnose en de behandeling die van toepassing was.

Hij kwam al dichter bij de plek waar ik stond. Ik probeerde mezelf zo onopvallend mogelijk te maken, niet te rechtop, maar ook niet slap hangend. Niet te netjes, maar ook niet slordig; niet te trots, maar ook niet te slaafs. Want ik wist dat in Auschwitz zij die anders waren stierven, terwijl de naamlozen, de mensen zonder persoonlijkheid, in leven bleven.

Het keurige groene uniform bevond zich nu vlak voor me en de grijze ogen onderzochten me met een milde belangstelling. Een rustig woordje over zijn schouder en een artsgevangene in een witte jas werd erbij gehaald voor overleg.

'Wat mankeert deze gevangene?'

'Enkel een abces, Herr Obersturmbahnführer. Morgen is hij al weer aan het werk.'

Ik werd nog scherper bekeken. Ik wist dat zelfs het meest oppervlakkige onderzoek aan zou tonen dat de man, die een vriend van Bruno was, loog, iets achterhield. Maar het circus liep door en ik hield mijn adem in voor het geval dat ze mijn zucht van opluchting zouden horen.

Ten slotte was het stuk voorbij en de hoofdrolspelers verlieten het toneel. Nu was het moment aangebroken dat de toneelknechten aan het werk moesten en ook hiervoor gold een strak schema. De veroordeelden konden niet weggehaald worden voor hun rantsoenen besteld waren, want al zouden ze die nooit opeten, het was ook zonde om goed voedsel te verspillen.

De bestelling werd doorgegeven aan de keukens. Die dag zouden wij die overleefd hadden wat extra soep en brood krijgen, van de rantsoenen van mannen die al dood waren. En zodra de bestelling was gedaan werd het nummer van de veroordeelden voor een laatste keer omgeroepen.

Wie lopen kon, ging in de rij staan. Wie dat niet meer kon, werd op een brancard gelegd. Een paar lagen bewegingloos in hun kooi, want zij waren al gestorven en zouden te zijner tijd opgehaald worden door de vleeswagen.

Ik zag dat Monek uit Mlawa z'n deken netjes opvouwde en de paar armzalige eigendommen die hij verborgen had weten te houden bij elkaar raapte, alsof hij zich klaarmaakte om op reis te gaan. Zijn gezicht stond heel rustig en hij nam zijn plaats in de rij in zonder te klagen of moeilijk te doen. Hij nam geen afscheid van me; niet, zo wist ik, omdat hij bang was dat hij dan zou bezwijken, maar omdat hij dacht dat het mij in verlegenheid zou kunnen brengen. En dat was ook zo, want wat had ik hem kunnen antwoorden?

Een kort bevel en de afschuwelijke tocht naar dr. Klehr begon. Ze hadden slechts hun gestreepte overhemd aan; sommigen hadden benen als luciferhoutjes, anderen hadden opgezwollen ledematen en zaten onder de etter. De schuifelende rij strompelde weg, op weg naar hun laatste injectie, een spoor van bloed en uitwerpselen achter zich latend.

De volgende dag kwam mijn vriend, de ziekenoppasser, naar me toe met ernstig nieuws.

'We verwachten een grote groep zieken', zei hij. 'Het zou beter zijn als je hier wegging.'

Ik bedankte hem voor de informatie, maar ik was bepaald niet ingenomen met de situatie. Alle gevangenen die ontslagen werden uit de ziekenbarak werden over de verschillende commando's verdeeld, afhankelijk van de vraag die bij Jakob Fries binnenkwam; en ik wist dat de kans erg klein was dat ik terug zou kunnen naar Blok 4, waar ik machtige vrienden had.

Daar kreeg ik gelijk in en mijn aanstelling had nauwelijks slechter kunnen uitpakken. Het centrale bureau had me voor Buna bestemd, het ergste commando van het hele kamp, één waarin ik in mijn nog verzwakte toestand zeker binnen een paar dagen dood zou zijn.

Maar ik was nog niet helemaal machteloos. Ik zweefde nog ergens aan de rand van de kamphiërarchie, hoewel ik ondertussen tot de conclusie was gekomen dat Bruno het al aardig zat begon te worden om zijn schuld te vereffenen. Daarom besloot ik eens te kijken hoe ver ik zou komen door te bluffen en zijn naam te gebruiken.

De administrateur van de ziekenbarak bood geen erg bemoedigende aanblik toen ik naar hem toe ging voor mijn kaart, want hij was overduidelijk in een slecht humeur. Toch zei ik min of meer opgewekt tegen hem: 'Ik kom uit het Canadacommando en moet terug naar mijn blok. De kapo daar is een goede vriend van me. Denkt u dat dit geregeld kan worden?'

In feite was het een brutaal verzoek, wat me normaal een klap met een stok opgeleverd zou hebben. Maar iedereen wist wie de kapo van Canada was. Iedereen wist van Bruno en de invloed die hij had.

In plaats van me te slaan, keek hij me woedend aan en gromde: 'Je gaat naar Buna. Je weet dat ik je niet durf te ruilen.'

'Ik weet dat het moeilijk gaat. Maar ik zal het niet vergeten. En Bruno ook niet.'

De magische naam werkte nu ook weer, al had ik het idee dat het vergeefse moeite was. De administrateur liep grommend weg om een heimelijk woordje te wisselen met de blokoudste. Toen hij terugkwam gooide hij me mijn kaart voor Blok 4 toe, mijn paspoort naar de relatieve veiligheid.

Bruno stond me inderdaad niet met open armen op te wachten toen ik weer bij hem opdook. Eigenlijk was hij nogal verbaasd om me te zien en wist hij niet precies wat hij met me aan moest nu ik weer bij hem op de stoep stond. Hij krabde zich eens op de bovenkant van zijn kaalgeschoren hoofd en mompelde: 'Ik kan je niet meenemen naar het werk, dat staat wel vast. Als Wiglep ziet dat je nog in leven bent, vermoordt hij je. Weet je wat, ga maar een tijdje naar het perron.'

Het perron! Voor miljoenen het symbool voor heel Auschwitz, want behalve dat zagen ze alleen de gaskamers. Een gigantisch, kaal platform dat tussen Birkenau en het moederkamp lag en waar vanuit heel Europa de transporten aankwamen, volgestouwd met Joden die nog steeds geloofden dat ze naar een werkkamp gingen. Het decor van de beruchte selecties, waarbij een handjevol arbeiders naar rechts werd gestuurd en de rest, de ouderen, de heel jongen, de minder fitten, naar links moesten, naar de vrachtwagens, naar de crematoria, nog steeds in de veronderstelling dat er ergens voor hen een hervestigingsgebied lag.

Acht maanden lang werkte ik daar. Daar zag ik driehonderd transporten aankomen en hielp ik mee met het lossen van hun verwarde lading. Daar zag ik hoe de grootste vertrouwenstruc die er ooit geweest is, in de praktijk functioneerde. En daar ondergingen mijn ideeën over een ontsnapping een grondige wijziging.

Ik was vastbesloten om weg te komen, maar niet meer omdat ik zelf vrij wilde zijn. Ik wilde hen die nog zouden komen waarschuwen omtrent wat hun te wachten stond, want ik wist dat ze dan in opstand zouden komen en terugvechten, net zoals de Joden in het getto van Warschau hadden gedaan. Als ze de waarheid maar wisten, dan zouden ze weigeren zich als makke schapen naar de slachtbank te laten leiden.

Het systeem van het Grote Bedrog was erg eenvoudig en erg doeltreffend. Zodra een transport binnenkwam, werd het omsingeld door SS'ers met machinepistolen, geweren of grote bamboestokken. Wanneer de verdwaasde slachtoffers uit de trein tuimelden werd het hun verboden om te praten en twintig of dertig SS'ers hadden de taak om erop toe te zien dat ze zich aan deze regel hielden.

Ze renden heen en weer langs de haveloze, schuifelende rijen en loeiden: 'Stil, allemaal! Dit is geen synagoge! Gedraag je als beschaafde mensen en je zult goed behandeld worden. Gedraag je als beesten en je wordt behandeld als beesten.'

Altijd weer werd hier gehoor aan gegeven, want dit waren mensen die behoorlijk in de war waren en al enigszins gedemoraliseerd door de afschuwelijke, smerige reis die ze achter de rug hadden. Ze wilden geen problemen, vooral omdat ze hun gezinnen bij zich hadden en ook omdat ze zagen hoe snel de paar mensen die rebelleerden neergeknuppeld werden door de SS.

Zo eenvoudig, zoals ik al zei, en zo doeltreffend. Zonder dat er gepraat wordt, zonder het gefluister waardoor de vlam in de pan kan slaan, is er geen opstand mogelijk. Degenen die zo hun twijfels hadden, hielden die voor zich en voelden zich iets gerustgesteld wanneer ze een ambulance met een groot rood kruis erop geschilderd langs zagen rijden. Hoewel ze zich er nauwelijks door bemoedigd zouden voelen als ze geweten hadden dat hij vol zat met de chemicaliën waarmee zij een halfuur later in de gaskamers vermoord zouden worden.

De gevolgen van deze massale berusting waren me niet direct duidelijk. Noch maakten de transporten op zich erg veel indruk op me, want ik had het allemaal al eens gezien. Ik had mensen doodgeknuppeld zien worden. Ik had gezien hoe gezinnen uiteengescheurd werden, ik had gehoord hoe ze schreeuwden. En na al mijn ervaringen in Auschwitz was ik een beetje afgestompt voor al dit lijden. In feite dacht ik in de eerste paar nachten op het perron voornamelijk aan mezelf. Ik concentreerde me op het in leven blijven. Goed, ik zag de grote selecties, ik hoorde de vrachtwagens wegscheuren met hun lading voor het crematorium, maar mijn belangrijkste taken bestonden uit het ontwijken van de schietgrage SS'ers die overal leken te zijn, het uitladen van de bagage uit stinkende wagons en het stelen van voedsel voordat iemand het zag.

En al snel werd ik daar zeer bedreven in. Zodra ik in een wagon klom, kon ik zien in welke koffers eten zat. Ik kon met twee zware tassen rennen en ondertussen op een stuk salami kauwen, die ik daarna naar een medegevangene één of twee meter verderop gooide zonder dat de bewakers het zagen. Ik leerde, we leerden allemaal, om verschillende transporten met verschillende soorten voedsel te herkennen.

Een trein uit Griekenland betekende een feestmaal van vijgen en olijven; uit Frankrijk, sardientjes misschien; uit Slowakije, salami en heerlijk donker eigengemaakt brood. We vonden blikopeners op de vloer van de wagons en we leerden hoe we in een paar seconden een blik konden openen en de inhoud ervan verzwelgen.

Het lijkt misschien harteloos, bijna onmenselijk, dat we eten stalen terwijl duizenden tegelijk naar hun dood gedreven werden. Maar we konden absoluut niets doen om hen te helpen, want onze handen waren gebonden door nog veel strengere regels van stilzwijgen. Wie die regels verbrak, vond vrijwel onmiddellijk de dood, ergens uit het zicht achter de wagons.

Heel af en toe was er echter weleens iemand die het probeerde, gewoonlijk een nieuwkomer die niet besefte dat hij zijn leven voor niets opofferde. Zo was er een jonge Tsjechische kerel die pas drie maanden in het kamp was en een transport uit Praag moest uitladen.

Het was een goede reis geweest, relatief gezien en de meeste slachtoffers waren lichamelijk nog in redelijk goede vorm. Eén vrouw was zelfs bijna vrolijk; ze stoof over het perron heen met haar bontjas losjes over haar schouders geslagen en haar twee goed geklede kinderen aan de hand.

Onze jonge Tsjech keek naar haar, misschien uit medelijden, misschien uit een soort verlangen naar de weelderige wereld waar zij ongetwijfeld vandaan kwam. Hij zag dat ze langs een Obersturmbahnführer kwamen en hoorde dat zij met een bijna vrolijke stem tegen haar zoontje zei: 'Veeg je neus af, jongen. Dat is een Duitse officier!'

Op dit punt verloor hij alle controle over zichzelf. Hij liep op haar af en mompelde: 'Stom wijf, over een halfuur zijn jullie dood!'

Ze bleef staan en staarde hem aan. Haar mollige, nog altijd mooie gezicht stond verbaasd. Toen draaide ze zich op haar hakken om en liep recht op de SS'er af. Ze wees met een vinger naar de gevangene en gilde: 'Die ... die gevangene zegt dat we gaan sterven. Wat bedoelt hij daarmee? Wat gebeurt er? Wat gaan jullie ...'

De SS'er onderbrak haar minzaam, beleefd, bijna verontschuldigend. 'Alstublieft, mevrouw,' zei hij, 'blijft u toch kalm. Er gaat helemaal niets met u gebeuren. U doden? Gelooft u werkelijk dat wij Duitsers zulke barbaren zijn?'

Ze draaide zich om naar de Tsjechische gevangene, met een zelfingenomen, minachtende blik op haar gezicht. Maar hij was er niet meer. Hij was door twee SS'ers meegenomen achter de wagons en doodgeschoten met een luchtdrukpistool dat geen geluid maakte en waar niemand last van had, behalve uiteraard de gevangene.

Mijn nachten op het perron volgden elkaar meedogenloos op, net als de treinen die uit het donker kwamen aanrijden en dan weer verdwenen. En net als de treinen werden ze alleen uit hun duistere routine gerukt wanneer een of ander kleinigheidje de machine tijdelijk vertraagde. Een kleinigheidje zoals die Tsjechische knaap die zich niet langer stil kon houden.

Eigenlijk vonden er gedurende de acht maanden dat ik op het perron werkte slechts twee andere incidenten plaats die even de sterke, eenvoudige doeltreffendheid van het SS-systeem leken te bedreigen. Het eerste deed zich voor toen een transport van 3.000 Franse Joden binnenkwam.

Voor de SS was dit een gemakkelijke vracht. Deze mensen wisten niets af van getto's of pogroms. Hun zintuigen waren nooit gescherpt geweest door echte vervolging. Ze waren mak, bijna apathisch en ze deden zonder enig protest precies wat hun gezegd werd, een uiterst kneedbare massa menselijke stopverf in de handen van ervaren artiesten.

En toch waren dit de mensen die de SS bijna in paniek brachten.

Het gebeurde midden in de nacht in de koude winter van 1942. Mannen, vrouwen en kinderen stonden gehoorzaam in de rij om geselecteerd te worden toen er iets misging.

Iedere nacht reed een vrachtwagen met de oogst aan doden van die dag van Auschwitz naar Birkenau. Als hij het station passeerde reed hij aan het eind van het perron dwars over de rails heen. Normaal zag niemand wat hij bevatte en was hij weer weg voor iemand tijd had om er zelfs maar over na te denken; maar die bewuste nacht was hij veel te zwaar beladen. Hij zwaaide en schommelde onder het gewicht van de vele doden en toen hij over de spoorlijn heen schoot begon hij op en neer te stuiten op z'n oude, verweerde veren.

De keurig opgestapelde lijken begonnen te schuiven. Honderd tot tweehonderd magere armen en benen vielen over de rand en zwaaiden wild heen en weer als een soort vreselijke, spottende afscheidsgroet. En op hetzelfde moment steeg uit 3.000 kelen een ijl, hopeloos gejammer op, dat van de ene kant van de ordelijke rij naar de andere kant trok, een bijna onmenselijke schreeuw van wanhoop die noch door dreigementen, noch door klappen, noch door kogels tot zwijgen gebracht kon worden.

Met een laatste slinger verdween de vrachtwagen in het

donker, uit het licht van de schijnwerpers. En toen was er een stilte, een absolute, allesomvattende stilte. Drie of vier seconden lang hadden deze Fransen een glimp opgevangen van het ware, verschrikkelijke gezicht van Auschwitz, maar nu was het weg en konden ze niet geloven wat ze gezien hadden. Hun geest, die totaal niet op zaken als massamoorden ingesteld was, had het bestaan van die vrachtwagen alweer verworpen; en zo liepen ze in alle rust naar de gaskamers die hen een halfuur later opeisten.

Toch besefte de SS heel goed wat er zou kunnen gebeuren als dit soort massahysterie de tijd had om hun slachtoffers in de greep te krijgen, als de vrachtwagen pech kreeg bijvoorbeeld. Sindsdien werd er iedere nacht een geheim signaal gegeven wanneer hij naderde en werden alle schijnwerpers uitgezet tot hij veilig buiten zicht was.

Het was werkelijk een verontrustende gebeurtenis voor hen. Maar een paar weken later kregen ze iets nog veel akeligers te verstouwen. In januari 1943 kwam een transport met enkele honderden patiënten uit Joodse psychiatrische inrichtingen uit Nederland binnen, na een afgrijselijke reis van twaalf dagen onder onbeschrijflijke omstandigheden. Sommigen van hen waren echt krankzinnig en gewelddadig, anderen alleen maar een beetje, en dan waren er geestelijk gezonde mensen bij die gehoopt hadden onder deportatie uit te komen met behulp van een psychiatrisch rapport. Het gevolg was een nachtmerrie die zelfs de meest geharde SS'er nooit zou vergeten.

Afgezien van de lading was dit om twee redenen een ongebruikelijk transport. Ten eerste kwam het bij daglicht binnen omdat de dienstregelingen van Eichmann overvol waren. Ten tweede was dit de enige keer dat het ons, de gevangenen, toegestaan was nauw contact met de slachtoffers te hebben. Hiervoor had de SS een paar goede redenen. Toen ze de wagons opendeden boden ze zo'n weerzinwekkende aanblik dat zij het niet aankonden. Dus ze lieten de gevangenen komen om het vuile werk te doen, misschien wel een van de allersmerigste karweitjes die er ooit zelfs in Auschwitz gedaan zijn. In enkele wagons was bijna de helft van de inzittenden dood of stervende, meer dan ik ooit gezien heb. Velen waren duidelijk al enkele dagen dood, want de lichamen waren al in een behoorlijke staat van ontbinding en de stank van rottend vlees stroomde door de deuren naar buiten.

Maar dit had ik wel eerder gezien. Wat ik echt weerzinwekkend vond was de toestand waarin de levenden verkeerden. Sommigen kwijlden, imbecielen wier geest al dood was. Anderen gingen als razenden tekeer, rukkend aan hun buren en zelfs aan hun eigen lichaam. Sommigen waren naakt, hoewel het vreselijk koud was. En overal bovenuit, boven het gekreun van de stervenden en de wanhopigen, klonk het geschreeuw van angst, van pijn, het geluid van wild, beangstigend waanzinnig gelach.

En toch, te midden van dit gekkenhuis was er één sprankje schitterend, onbaatzuchtig gezond verstand. Tussen de krankzinnigen door liepen verpleegsters, jonge meisjes, met gescheurde en groezelige uniformen, maar met kalme gezichten en handen die nooit stilstonden. Ze hadden hun tas met medicijnen nog steeds over hun schouder en ze moesten vechten om op de been te blijven. Maar al die tijd waren ze aan het werk, troostend, verbindend, hier een injectie gevend, daar een aspirine. Niet een van hen vertoonde het geringste spoortje paniek.

'Naar buiten met ze!' brulden de SS'ers. 'Haal ze naar buiten, schoften!' Een naakt meisje van een jaar of twintig, met rood haar en een schitterend figuur sprong opeens uit de wagon en lag kronkelend en lachend aan mijn voeten. Een verpleegster gooide een zware Hollandse deken naar me toe en ik probeerde hem om haar heen te slaan, maar ze wilde niet opstaan. Samen met een andere gevangene, een Slowaak genaamd Fogel, slaagde ik erin haar in de deken te rollen.

'Naar de vrachtwagens met ze!' brulde de SS. 'Direct naar de vrachtwagens! Opschieten, in vredesnaam!'

Fogel en ik probeerden te rennen, maar dat ging niet gemakkelijk, want het meisje was erg zwaar. Maar zij vond de beweging leuk en ze begon te klappen als een kind. Een SS-knuppel sloeg tegen mijn schouder en de deken glipte uit mijn vingers.

'Opschieten, zwijn! Sleep haar dan!'

Ik ging bij Fogel aan het andere eind van de deken staan en we sleepten haar hotsend en botsend over de bevroren aarde naar de vrachtwagens die vijfhonderd meter verderop stonden. Ze wist zich aan de deken vast te houden, maar nu lachte ze niet meer. Ze huilde, want de harde grond bonkte door de dikke wol heen tegen haar naakte lichaam.

'Smijt haar naar binnen. Op de vrachtwagen!' De SS'ers waren door het dolle heen, want dit was iets wat ze niet konden begrijpen. Iets dat geen enkele orde kende, geen discipline, geen gehoorzaamheid, geen angst voor geweld of voor de dood.

Ik weet niet hoe, maar het lukte ons om haar in de wagen te smijten en we renden terug voor nog zo'n waanzinnig, zielig hoopje mens. Honderden van hen waren nu buiten de wagons, eruit gedreven door de gevangenen die voortgedreven werden door de SS'ers. En overal waren de verpleegsters. Ze werkten nog steeds door.

Een van hen liep langzaam voort met een zwakke oude man, rustig met hem babbelend alsof ze een wandelingetje door het park maakten. Een ander wist een schreeuwend meisje half dragend, half slepend vooruit te krijgen. Ze vochten om een beetje orde in deze chaos te scheppen. Hun wapens waren medicijnen en dekens, vriendelijkheid en een rustige heldhaftigheid in plaats van geweren of stokken of grommende honden.

Toen was het plotseling allemaal voorbij. Het laatste armzalige slachtoffer was in een van de overvolle vrachtwagens geladen. Wij stonden na te hijgen in de koude januarilucht. En allemaal keken we naar de verpleegsters. Onaangedaan stonden ze in kleine groepjes bij de vrachtwagens, wachtend op toestemming om zich bij hun patiënten te voegen.

De SS'ers stonden ook naar hen te kijken, met een respect dat ze maar zelden voor iemand aan de dag legden. Ik hoorde een van hen zeggen: 'Je gaat me niet vertellen dat Mengele die meisjes mee gaat sturen in de vrachtwagens. Als hij dat doet, is hij even gek als die arme, vervloekte drommels.'

Een ander mompelde: 'Inderdaad. God weet dat we hier wel wat behoorlijke medische hulp kunnen gebruiken.'

Nu ging mijn blik naar Mengele, de hoofdarts van Auschwitz. Hij stond bij een paar SS-officieren die met hem leken te discussiëren. Ik zag dat hij zijn hoofd schudde en zijn twee handen opstak om alle verdere discussie af te kappen. Een van de SS-officieren haalde zijn schouders op en schreeuwde: 'Op de wagens met de meisjes! Het lijkt erop dat ook zij weg moeten.'

De verpleegsters klommen op de vrachtwagens. De motoren brulden en weg waren ze, naar de gaskamers.

Voor één keer was er geen selectie geweest. Voor één keer was dat niet nodig.

11

Beterschap

Als dokter Kurt Uhlenbrook en zijn energieke maar onbevoegde assistentdiagnost, Jakob Fries, gemeend hadden dat ze Auschwitz tijdens de grote zuivering van augustus 1942 voorgoed bevrijd hadden van de vlektyfus, dan hadden ze het hopeloos mis. Binnen een paar weken was die alweer het kamp binnengeslopen, hoofdzakelijk dankzij het feit dat er steeds meer transporten binnenkwamen en er steeds meer arbeiders nodig waren voor de nabijgelegen oorlogsindustrieën.

Overbevolking, vuil, gebrek aan behoorlijke sanitaire voorzieningen, dat alles kweekte de bacterie die de ziekte veroorzaakte; en met die bacterie keerde ook het oude en vertrouwde, lelijke gezicht van Auschwitz terug, het gezicht dat schoongewassen was met het bloed van de duizenden die in die afschuwelijke augustusnacht omkwamen. Het gezicht van de muzelman.

Opnieuw begon ik de wankelende gedaanten waar te nemen die naar hun werk marcheerden en hun best deden rechtop te lopen wanneer ze langs de allesdoordringende ogen van Fries kwamen. Ik zag hoe ze afgekeurd en teruggestuurd werden; en, nog zieliger, ik zag anderen die nauwelijks op de been konden blijven, een kapo, welke kapo dan ook, smeken om bij hem te mogen werken. Opnieuw kon dokter Klehr weer aan de slag, met een praktijk die groter was dan ooit.

Vlektyfus is werkelijk een akelig, onvoorspelbaar iets. Het kostte mij m'n beste vriend, Josef Erdelyi. Het kostte me bijna m'n eigen leven. En toch bracht het me ook in contact met een aspect van het kamp waarvan ik niet had kunnen dromen dat het bestond: een machtige ondergrondse beweging, zonder welke ik nooit had kunnen ontsnappen.

Ik denk dat Josef en ik dachten dat we immuun waren voor de tyfus. Misschien kwam dat doordat we jong, sterk en goed gevoed waren, hij dankzij zijn baantje in Canada en ik dankzij mijn gevarieerde menu op het perron. Zelfs toen we alle bekende en gevreesde symptomen ervan begonnen te vertonen, meenden we dat we met een paar dagen wel weer beter zouden zijn.

Het eerste waaraan ik het merkte was de duizeligheid, vervolgens dat ik niet meer zo goed kon rennen. Daarna verloor ik m'n gevoel voor evenwicht, waardoor ik waggelde alsof ik dronken was en toen ik dit aan Josef vertelde, gaf hij toe dat hij hetzelfde gevoel had.

We wisten natuurlijk dat we verzekerd konden zijn van een dodelijke hoeveelheid fenol als deze symptomen officieel opgemerkt werden. Dus besloten we dat het het beste zou zijn om een paar dagen van het werk te spijbelen. Dit kon op een paar manieren bereikt worden, bijna allemaal even gevaarlijk.

Na de tyfuszuivering waren er door heel het kamp heen medische posten ingericht en soms was het mogelijk om een van de ziekenoppassers over te halen om je een kaart te geven waarmee een gevangene toestemming kreeg om in z'n blok te blijven en niet te hoeven werken. Het was deze methode die we besloten te beproeven.

We moeten wel erg naïef zijn geweest. Het was niet bij ons opgekomen dat deze figuren, die doorlopend met tyfus in al z'n stadia te maken hadden, een paar besmette verdachten onmiddellijk zouden herkennen; en zelfs als ze je er alleen maar van verdachten dat je tyfus had, betekende dat de dood.

Op onze medische post had een jonge Pool dienst. Hij bekeek me eens goed toen ik voor in de rij stond en voor ik iets kon zeggen zei hij: 'Laat me je tong zien.'

Ik stak mijn tong uit. Met gefronst voorhoofd zei hij: 'Dat ziet er niet best uit. Spikkels en bruine strepen.'

'M'n maag is van streek', zei ik in het Pools. 'Ik vroeg me af of ik een kaart kon krijgen zodat ik een paar dagen niet hoef te werken.'

'Ik zal je temperatuur eens opnemen.' Hij stak een thermometer in mijn mond. Na een paar minuten keek hij ernaar en zei: 'Het is hoog. Veel te hoog.'

'Luister,' zei ik, 'het is alleen maar een verkoudheid. Geef me alsjeblieft een kaart.'

De blik in zijn ogen stond me niets aan, maar ik vatte weer moed toen hij zei: 'Oké. Ik noteer nu je nummer. Straks krijg je je kaart.'

Pas veel later besefte ik dat hij op dat moment mijn doodvonnis tekende. En dat hoorde ik eigenlijk bij toeval en maar net op tijd.

Ik kwam die avond na het werk langs de post en liep naar hem toe om hem nog eens te bedanken. Ik dacht werkelijk dat hij me een gunst had bewezen, maar ook nu bracht hij me in de war door me lang en spottend aan te staren. Toen zei hij plotseling snel: 'Luister, jongen. Je hebt tyfus. Je krijgt zeker geen kaart. Toen ik je noteerde kwam je op een lijst voor de ziekenbarak. Voor een dosis fenol.'

Ik staarde hem ongelovig aan. Na alles wat ik doorgemaakt had, had ik in feite mezelf aangegeven! Het kon gewoon niet waar zijn.

'Nou kijk,' zei hij, 'er is één ding dat ik voor je kan doen. Ik kan je naam van m'n lijst schrappen. Maar in Godsnaam, vertel niemand zelfs maar dat je hier in de buurt geweest bent, want anders krijg *ik* een portie fenol.'

Ik denk dat dit een van de meest fortuinlijke gesprekken is geweest die ik ooit in Auschwitz heb gevoerd. Ik had die Pool nooit eerder gezien. Ik heb hem daarna ook nooit weer gezien. Maar tot op vandaag heb ik geen reden kunnen bedenken waarom hij zijn eigen leven op het spel zette om het mijne te redden, tenzij het misschien was omdat ik hem in het Pools had toegesproken!

In ieder geval bedankte ik hem en ik snelde weg om Josef te zoeken. Hij was er die ochtend op dezelfde manier doorheen gekomen. Ook hij had te horen gekregen dat hij zijn kaart later zou krijgen.

'Ga nu terug!' zei ik tegen hem. 'Ga terug en probeer je nummer van die lijst af te krijgen. Ze houden je voor de gek. Ze weten dat je tyfus hebt. Laat hem schrappen, anders ben je morgen dood!'

'Onzin!' grijnsde hij. 'Ik ken die oppasser wel. Hij zou mij niet op die manier voor de gek houden.'

'Verdraaid, man,' fluisterde ik, 'ga nou toch terug. Waarom alles riskeren? Wat ik zeg is echt waar!'

Nu lachte hij hardop. 'Hou toch op met dat getob', zei hij. 'Ik voel me nu al veel beter. Weet je wat, je ziet er niet zo best uit. Probeer je morgen onder de nachtploeg te verbergen. Dan ga ik naar m'n werk en neem wat pillen en wat te eten mee terug uit Canada, misschien wel wat fruit.'

Minstens een uur lang probeerde ik hem te overtuigen dat hij stom en eigenwijs was, maar zonder succes. En aan het eind had hij mij er nog bijna van overtuigd dat ik geen gelijk had, dat ik voor de gek was gehouden door die Pool, dat hij een nogal flauwe practical joke met me uitgehaald had. Die avond was ik behoorlijk in de war toen ik ging slapen en voelde ik me zieker dan ooit.

De volgende ochtend moest ik worstelen om uit bed te komen, maar was Josef gezonder dan ooit. We stelden ons op voor het appel en toen dat voorbij was las Ernst Burger, de rustige, beschaafde administrateur van Blok 4, de nummers voor van degenen die op de lijst stonden voor de ziekenbarak.

Opeens kwam al mijn angst van de vorige avond terug. Vanuit m'n ooghoeken, want niemand mocht een vin verroeren tijdens het appel, gluurde ik naar Josef en zag dat hij erg rustig was, er alle vertrouwen in had. De stem van Burger dreunde toonloos en zonder emotie door en een voor een stapten de veroordeelden uit de rij.

Nog steeds stond Josef daar onverstoorbaar. Zelfs nog toen zijn eigen nummer afgeroepen werd.

Hij verzette geen stap. Het was alsof hij het niet gehoord had, alsof de woorden niet tot hem doorgedrongen waren. Ik zag dat Burger even ophield en naar hem keek, want hij kende hem goed. Toen riep hij zijn nummer opnieuw af. Josef gaf een ruk met zijn hoofd en een blik van verwarring kwam over zijn gezicht. Terwijl Burger naar hem toe kwam zei hij: 'Dit moet een vergissing zijn. Ik voel me prima. Ik ga aan het werk.'

Rustig zei de administrateur: 'Kom. Je naam staat op de lijst. Je hebt tyfus.'

Nu was Josef boos. 'Doe niet zo belachelijk', snauwde hij. 'Ik ben zo gezond als wat, hoor je. Ik zou gek zijn als ik naar de ziekenbarak ging.'

Twee kapo's kwamen snel aangelopen. Zij trokken hem uit de rij, stompten hem tegen de achterkant van zijn hoofd en schouders met hun knuppels en dreven hem naar het haveloze groepje ten dode opgeschrevenen. Hij negeerde de klappen en bleef protesteren; en Burger zei zachtjes in zichzelf, want Josef hoorde niets: 'Het spijt me, jongen. Ik kan er niets aan doen.'

Op dat moment was ik ook machteloos om hem te helpen en zo zag ik hoe mijn vriend naar de ziekenbarak afmarcheerde, terwijl hij nog steeds protesteerde en nog steeds klappen kreeg. Ik ving Burgers blik op en meende er even een spoortje medelijden in te zien opflikkeren.

Voor mij duurde die dag langer dan enige andere die ik ooit gekend heb. Ik durfde me niet buiten Blok 4 te laten zien, want iemand, waarschijnlijk Fries, zou me zien en weten dat ik het werk ontdook. Maar zodra de dagploegen weer binnen waren, snelde ik naar het ziekenhuis met chocola, citroenen en sigaretten onder m'n tuniek verstopt, vastbesloten om voor Josef te doen wat Bruno voor mij gedaan had: om een betere behandeling voor hem te kopen, om zijn leven te kopen.

Ik schoof de administrateur van de ziekenbarak vijftig sigaretten toe en vroeg naar Josef. Met tegenzin bladerde hij door zijn lijsten en zei: 'Er is hier niemand met dat nummer.'

'Maar hij is hier vanochtend naartoe gestuurd.'

Een sprankje inzicht verscheen in zijn ogen. 'Vanochtend?' zei hij. 'Met de tyfusgroep?'

Ik knikte. De administrateur klapte het zware boek dicht en mompelde: 'Om hem hoef je je geen zorgen meer te maken. Die hele groep is direct doorgegaan naar het kantoor van Klehr!'

Ziek en versuft verliet ik de ziekenbarak. Ik had er al heel wat zien sterven in Auschwitz, ook veel van m'n vrienden. Maar Josef was op de een of andere manier anders. We waren vanaf Majdanek samen geweest. We hadden samen onze naïeve ontsnappingspogingen bedacht. We hadden Buna en Canada overleefd en Fries' tyfus-wedloop. Ik dacht, misschien wat ongepast, aan de foto's van zijn vriendin die hij helemaal uit Slowakije mee had gesmokkeld, tot in het magazijn van Franz Marmelade. En ik wist toen nog niet dat ik zijn vriendin jaren later nog eens zou ontmoeten, met haar nieuwe vriend, buiten een café ergens in Praag.

We spraken daarbij losjes over onze gezamenlijke schooltijd. Maar we hadden het niet over Josef of over Auschwitz, want dat leek toen allemaal zo onwerkelijk.

Toen de eerste schok van zijn plotselinge verdwijning voorbij was, besloot ik dat er misschien nog een sprankje hoop was. Josef was een vechter, dat wist ik. Misschien had hij zoveel problemen veroorzaakt dat hij naar Blok 11 gestuurd was, het strafblok. En als dat gebeurd was, dan had hij nog een kleine kans.

Ik begon zo subtiel mogelijk vragen te stellen, want openlijke vragen waren erg gevaarlijk. Twee dagen lang was ik op zoek naar een aanwijzing van het lot dat hem getroffen had en daarna gaf ik het op, want toen wist ik zeker dat Josef dood was.

Een ziekenoppasser vertelde me: 'Bedoel je die grote, blonde Slowaak? Hij vocht met de kapo's en rende naar het hek. Daar werd hij neergeschoten.'

In zekere zin waren Josefs problemen voorbij. De mijne leken echter juist te beginnen en kwamen snel dichterbij. Ik was nu te ziek om te werken en had me zo rustig gehouden in Blok 4 dat het gevaarlijk werd, niet alleen voor mezelf, maar ook voor ieder die mij hielp, zoals voor Ernst Burger.

Maar drastische situaties vragen om drastische maatregelen. Ik ging naar Bruno toe en zei ronduit tegen hem: 'Ik zit in de klem. Ik heb tyfus en vroeg of laat word ik naar de ziekenbarak gestuurd. Kun jij me helpen?'

'Het spijt me erg voor je, Rudi,' zei hij, 'maar dat is niet mijn schuld, wel?'

Dat was een koude douche. Bruno vond dat hij zijn schuld vereffend had, dat hij me niets meer verschuldigd was. Ik wist toen dat als ik wilde overleven, ik op anderen zou moeten vertrouwen die minder machtig waren maar betere vrienden.

Een van de meest betrouwbare mannen bij Canada was Laco Fischer. Ik zei tegen hem: 'Laco, ik moet buiten zien te komen met het Canadacommando en me daar verbergen. Zou jij me kunnen helpen?'

Het was nogal wat, wat ik van hem vroeg. Maar Laco gaf zich niet zo gauw gewonnen. Hij dacht even na en zei: 'We zouden je daar best kunnen verbergen, maar hoe krijgen we je ooit langs Fries? Hoe kun je nou behoorlijk marcheren als je nauwelijks op je benen kunt staan?'

Uiteraard had hij gelijk. Tegen die tijd waren mijn benen echt heel zwak geworden en ik wankelde meer dan dat ik liep. Zonder veel hoop zei ik tegen hem: 'Misschien zou jij me kunnen ondersteunen?'

Laco bulderde van het lachen. 'Natuurlijk, Rudi', zei hij. 'Dat zou prachtig zijn! We tillen je op onze schouders en dragen je zo helemaal naar Canada als een echte kampioen. En Fries kan voor je salueren als we langs lopen!' Een tijdje zwegen we allebei en toen zei Laco: 'Je weet nooit. Misschien werkt het.'

'Misschien werkt wat?'

'Misschien kunnen we je wel ondersteunen. Maar je moet op je eigen twee benen langs Fries komen!'

De volgende morgen liep ik mee naar de poort met Laco aan mijn ene en Maurice Schalefess, een Nederlander, aan mijn andere zijde. Allebei hielden ze een van m'n armen in een ijzeren greep en tilden me op zodat m'n voeten nauwelijks de grond raakten. We kwamen dichter en dichter bij Fries en ik wist dat ik weldra een stuk of tien passen zelf zou moeten lopen tot ik langs hem was.

'Klaar?' mompelde Laco.

'Klaar.'

Hun greep verslapte. Mijn steunpilaren vielen weg. Ik

dwong mijn voeten om te doen wat ik ze opdroeg, om vooruit te gaan in plaats van opzij. En tot mijn grote verbazing gehoorzaamden ze me.

'Goed … hup!'

Ik had mijn krukken terug. Voor een tijdje was ik veilig.

Zodra we Canada bereikten wipten ze me een bekende afdeling binnen, het vrouwendeel waar de kleren gesorteerd werden, de afdeling van Hermione. Tegen die tijd kon ik nauwelijks overeind blijven van de koorts en de uitputting, maar aan verpleegsters had ik geen gebrek.

De Slowaakse meisjes drongen om me heen en ik voelde dat ik de lucht in getild werd. Plotseling drong het tot me door dat ik midden in Canada in bed gestopt werd boven op een stapel oude kleren, waar niemand me zou kunnen zien.

Hermione wist natuurlijk precies wat er aan de gang was. Maar zij had een beter geheugen dan Bruno.

De herinneringen aan die dag zijn één groot waas, maar ik weet nog dat ik verschillende keren bezoek kreeg. Een van de meisjes klom op de berg kleren met een glas vruchtensap met suiker. Een ander meisjes bracht me nog wat pillen. Geen enkele keer lieten ze me langer dan een halfuur alleen en ze kwamen ook nooit met lege handen, hoewel de meesten van hen dachten dat ik niet meer te helpen was, dat ik stervende was.

's Avonds was mijn koorts iets minder geworden, misschien dankzij de pillen, misschien dankzij het citroensap, misschien omdat die Slowaakse meisjes erin slaagden wat over was van mijn moreel een beetje te versterken. In ieder geval was ik sterk genoeg om met de hulp van Laco en Maurice naar het kamp terug te lopen en om tien min of meer dartele stappen te zetten langs de grimmige oude waakhond bij de poort.

De volgende dag verliep ongeveer hetzelfde. En nog een derde dag werd ik naar Canada gedragen, kreeg ik medicijnen en werd ik weer terug gedragen. Maar aan het eind van die derde dag was het duidelijk dat dit zo niet door kon gaan. Ik begon te ijlen en wat ik nodig had waren injecties, geen pillen en medeleven.

Dus ik bleef maar weer in Blok 4, overdag met de nachtploeg en 's nachts met de dagploeg. Laco bracht me de medicijnen die ik nodig had, maar nu hadden we nog niemand die wist hoe ik ze ingespoten moest krijgen. Plotseling, tijdens een van mijn heldere momenten die steeds minder voorkwamen en steeds korter werden, herinnerde ik me een rustige kleine oppasser van de ziekenbarak die wel eens bij onze administrateur, Ernst Burger, kwam. Ik zei tegen Laco: 'Vraag hem om ons te helpen. Hij is ook Slowaak en misschien wil hij het wel.'

Laco keek een hele tijd naar me, maar zei niets. Ik wist dat hij dacht dat die kleine Slowaakse oppasser snel zou moeten komen, wilde hij op tijd zijn om me te helpen.

Die nacht zagen we hem echter niet en die nacht was de ergste die ik meegemaakt heb, erger zelfs dan die in de ziekenbarak. Mijn ijlkoortsen bereikten een hoogtepunt; ik was weer in Buna, daarna bij Wiglep en zijn trage, martelende stok, daarna helemaal uit Auschwitz weg. Soms was ik thuis, ruziënd met mijn moeder over de Russische grammatica; dan liep ik weer door het lange gras met een meisje, of rende ik weg van de Hongaarse grenspatrouilles.

Zo nu en dan waren er heldere momenten en misschien waren die nog wel erger. Ik herinner me dat ik uit m'n kooi kroop en de wc probeerde te bereiken. Daarna werd het donker en raakte ik de weg kwijt. Telkens weer probeerde ik de deur te bereiken en liep ik tegen een kale muur op, een vreemde, beangstigende muur die ik nooit eerder gezien leek te hebben.

En toen kwamen de geluiden, de vijandige geluiden, de

scheldpartijen uit onbekende kelen, die mijn oren teisterden en me uitlachten omdat ik niet wist waar ik was en hoe ik bij de wc of de deur moest komen. Ik probeerde van hen weg te kruipen door een eindeloze gang, maar ze gingen niet weg; ze waren overal, achter me, voor me, boven me. Stemmen zonder lichaam of hoofd of mond of tong. Alleen maar stemmen met handen die me beetpakten en me op mijn rug smeten.

Ik stribbelde tegen, zwak, doodsbang. Het leek uren te duren voor ik langzaam maar zeker terugkwam in de werkelijkheid.

Ik lag in mijn kooi en twee stevige unterkapo's stonden over me heen gebogen. Een van hen gromde: 'Jij vuile smeerlap! Hou je stil en laat de anderen slapen.'

Vaag hoorde ik de andere zeggen: 'Hij is er niet best aan toe, hij ijlt. Als we niet snel zorgen dat hij naar de ziekenbarak gaat krijgen we allemaal tyfus.' Ik lag daar maar naar adem te snakken, badend in het koortszweet. En ik realiseerde me dat dit het einde was als die kleine Slowaak niet de volgende dag kwam. Want die unterkapo's waren niet alleen machtig, maar ook echt bang.

Ik denk dat ik de rest van de nacht geslapen heb, en ik moet ook een groot deel van de volgende dag gedommeld hebben, want het was alweer avond toen ik door een stem gewekt werd. Een Slowaakse stem.

Hij zei: 'Ik ben Josef Farber. Ik geloof dat je mij zocht.'

Ik deed mijn ogen open en zag een magere, vroeg grijze man van voor in de dertig. Toen ik hem zag kreeg ik direct weer hoop, want dit was de ziekenoppasser.

Hij gaf me de injectie die ik zo hard nodig had en bleef nog een tijdje met me kletsen, over waar ik vandaan kwam en zo. Langzaam maar zeker begon ik echter te beseffen dat zijn vragen steeds meer gericht werden. 'Vertel me eens,' zei hij vriendelijk, 'hoe ben je hier precies verzeild geraakt?'

Dit was de allereerste keer sinds ik in het kamp was gekomen dat deze vraag me door een vreemde gesteld werd; en hoewel ik mezelf geoefend had om niets los te laten, begon ik hem van alles te vertellen; het hele verhaal van mijn vlucht van huis, mijn avonturen met de Hongaarse ondergrondse, dat ik in elkaar geslagen was door de Hongaarse grenswachten ... alles tot op het moment waarop ik voor het eerst onder het bord *Arbeit Macht Frei* door liep.

Hij luisterde zonder me één keer te onderbreken. Toen zei hij heel rustig: 'Ik ken die jongens van de Hongaarse ondergrondse ook en ook nog wel meer van hen.'

'Je kent ze?'

'Ja. Ik heb met ze samengewerkt. Nadat ik terugkwam van de Internationale Brigade in Spanje. En met wat je me verteld hebt, denk ik dat je het hier wel zult redden.'

'Maar mijn tyfus dan? En de unterkapo's. Die willen me weg hebben, naar de ziekenbarak. En hoe zit het met Ernst Burger? Hij heeft al genoeg risico's genomen door me hier te verstoppen.'

Hij glimlachte. 'Ik zal je tyfus genezen. De unterkapo's? Dat zijn ook oude jongens van de Inter Brigade. En over Ernst hoef je je geen zorgen te maken. Hij is een van ons.'

Een van ons! Het duurde even voor het tot me doordrong wat hij bedoelde. En opeens begreep ik het.

Hier in Auschwitz was er een ondergrondse, een netwerk, een strijdmacht waar zelfs unterkapo's lid van waren!

Josef Farber grijnsde me nu nog breder toe en zei: 'Maak je niet ongerust. Wij zullen ervoor zorgen dat je het redt.'

En dat deed hij ook. Vanaf die dag onderging mijn positie een drastische verandering. Niemand schold me uit of probeerde mij wakker te maken wanneer ik in mijn slaap praatte. Als ik naar de wc moest, sprong een van de unterkapo's uit zijn kooi om me te helpen de weg te vinden. En iedere dag bracht een van hen mijn medicijnen mee terug uit Canada en Farber stond altijd klaar om ze me toe te dienen.

Mijn koorts zakte. Al snel was ik weer in staat om te eten. Mijn kracht keerde langzaam terug en twee weken na het hoogtepunt van mijn ijlkoortsen slaagde ik erin uit m'n kooi te wankelen en op eigen kracht in de wasruimte te komen. Ik waste me zo goed ik kon en bekeek toen het resultaat in een stukje van een spiegel dat een van de andere gevangenen gebruikte.

Een halve minuut lang stond ik in die spiegel te staren, terwijl het gezicht van een muzelman naar me terugstaarde. De magere doodskop van iemand die op het punt stond om in te storten.

Ik vloekte zachtjes en mompelde: 'Zo kan ik niet naar Canada terug!' Maar de ondergrondse was niet van plan me iets doms te laten doen. Eerst moest ik in Blok 4 blijven, waar ik met behulp van goed voedsel mijn krachten zou herwinnen. Pas wanneer ze er zeker van waren dat ik sterk genoeg was, zouden ze me toestaan weer uit het kamp te marcheren; en zelfs dan zou ik streng bewaakt worden.

Het was van groot belang, zeiden ze, dat Wiglep me niet zou zien, want hij zou me vrijwel zeker vermoorden. En dus werd er voor mij een baantje gezocht dat ik zittend kon doen: het sorteren van brillen op een rustig plekje, waar Wiglep of zijn waakhonden nooit zouden komen. Anderen wel, vrienden die snel binnenwipten met een nieuwe lading brillen en wat eten of vruchtensap.

En zo bracht ik mijn revalidatieperiode door. Al snel kon ik ook weer rennen en dingen versjouwen. Dus werd er ander werk voor me gezocht, iets wat me uit de buurt van Wiglep zou houden, maar me toch genoeg in beweging zou houden om mijn slappe spieren weer wat te oefenen. Ik moest tapijten in de treinwagons laden die doorlopend van Canada vertrokken met goederen die voor Duitsland bestemd waren.

Eigenlijk was ik redelijk tevreden met mijn werk. Ik voelde me weer gezond, had goed te eten en was tevreden dat ik een baantje had dat me nooit in contact zou brengen met de man die me waarschijnlijk zou vermoorden. Helaas was ik vergeten hoe onvoorspelbaar de Scharführer was; hoe heerlijk hij het vond om onverwachte dingen te doen, om zijn werkpaarden altijd één stap voor te blijven. Maar op een middag werd ik daar op pijnlijke wijze aan herinnerd toen ik naar de open wagon draafde met een tapijt over m'n schouder.

Scharführer Wiglep stond in de open deur van de wagon met een notitieboekje in de hand en ogen die alles zagen.

Ik kon niet wegrennen. Ik kon me zelfs niet achter het tapijt verbergen. Ik moest gewoon wel meelopen met de rij inladers tot ik vlak voor hem stond. Het was onvermijdelijk dat hij me zag. Z'n kaak zakte iets omlaag en klapte toen omhoog. Op zijn gezicht was geen enkele uitdrukking te zien. Ik staarde terug met het tapijt nog steeds op m'n schouder, terwijl ik me afvroeg wanneer hij zijn notitieboekje zou neerleggen en zijn stok zou pakken.

Toen zei hij lijzig, bijna vriendelijk met zijn donkere, dreigende stem: 'Dus jij bent het werkelijk. Ik had niet gedacht dat het mogelijk was. En moet je zien hoe goed je eruitziet, jij oud zwijn!'

De woorden klonken sarcastisch, maar er was ook nog iets anders in te horen. Er klonk een miniem spoortje respect in door, misschien zelfs bewondering. Ik bleef naar hem staren en zei niets, wachtend op een plotselinge beweging; en toen zag ik dat de ogen in dat anders zo grimmige gezicht lachten.

Opeens keek hij weer naar zijn notitieboekje en brulde: 'Opschieten, stelletje varkens! Dit is geen vakantiekamp! Inladen!'

Ik smeet mijn tapijt door de deur en rende terug voor de volgende, m'n hoofd licht van de triomf. Kennelijk was de zaak gesloten, hoewel hij eigenlijk pas begonnen was. Wiglep had mijn uithoudingsvermogen erkend, mijn doorzettingsvermogen; en wat goed genoeg was voor hem, was goed genoeg voor de meeste mensen in Auschwitz, wellicht met uitzondering van Jakob Fries.

Na mijn ontmoeting met Wiglep onderging mijn positie opnieuw een verandering ten goede en zo ook mijn gemoedsrust. Zolang ik bij het Canadacommando zou blijven, zo meende ik, zou ik geen honger hoeven te lijden, want de baas zelf had me gratie verleend en zijn ondergeschikten zouden dat besluit niet zomaar terugdraaien.

De algemene omstandigheden in het kamp werden echter in een rap tempo slechter. Er kwamen steeds meer muzelmannen. De tyfus eiste steeds meer slachtoffers en in het kamp gingen geruchten rond dat de toestand in Birkenau nog veel erger was.

Mijn kennis van Birkenau was beperkt. Ik had de vuren gezien, de primitieve voorlopers van de crematoria, die de hele lucht rood kleurden. Op het perron had ik duizenden mensen in vrachtwagens zien klimmen en op weg zien gaan naar die vuren: hun allerlaatste reis. Ik had gehoord, zoals iedereen in het moederkamp had gehoord, dat Auschwitz op een sanatorium leek vergeleken met Birkenau.

Deze paar feiten, gecombineerd met de vage geruchten, zouden voldoende geweest moeten zijn om niets liever te willen dan weg te blijven uit Birkenau. En toch wilde ik er meer van weten en wel om verschillende redenen.

In de eerste plaats was ik al begonnen statistieken bij te houden van de massamoorden die dagelijks uitgevoerd werden. Op het perron had ik zorgvuldig elk binnenkomend transport en het aantal mensen op elk transport in m'n geheugen geprent, in de hoop dat ik ooit deze verschrikkelijke cijfers aan de vrije wereld bekend zou kunnen maken.

In Birkenau echter gebeurde het allemaal; het perron was nog maar een sombere voorpost van dat alles.

Ten tweede had het idee bij mij postgevat dat het vanuit Birkenau gemakkelijker zou zijn om te ontsnappen met deze statistieken. Met behulp van een schoolatlas, die ik gevonden had terwijl ik als sorteerder in Canada werkte tijdens mijn revalidatie, had ik onze geografische positie vrij nauwkeurig kunnen vaststellen. Ik kende de plattegrond van het moederkamp en de sterkte van de verdediging en ik was vastbesloten om uit te zoeken of Birkenau even sterk verdedigd werd.

Dus toen er op een dag mannen gevraagd werden om voor een dag in Birkenau te werken, dat kennelijk verstopt raakte, meldde ik mij onmiddellijk aan als vrijwilliger. En een halfuur later reed ik naar het hart van Hitlers grootste vernietigingscentrum, verheugd dat het me gelukt was om me erin te werken en onwetend van de misselijkmakende schok die me te wachten stond.

Het enige waar ik me wat zorgen om maakte was de kou, want het was december en bitter koud. Maar zelfs dat kon ik verdragen, want onder mijn zebrahemd droeg ik zwaar wollen ondergoed en een warm shirt, die ik met zorg uitgekozen had uit het warenhuis van Canada.

Maar terwijl we langzaam naar Birkenau reden, verdwenen echter alle gedachten aan het weer en aan Auschwitz, als sneeuw voor de zon. Plotseling zag ik, op een afstand van honderd meter in een afgesloten deel van het kamp, minstens tienduizend naakte vrouwen die keurig in lange, doodstille rijen stonden.

Om hen heen stonden mannen in de groene SS-uniformen. En achter hen, veertig of vijftig vrachtwagens. Door de afstand werden de ruwe omtrekken van het tafereel wat verzacht en elk geluid gedempt; toch was het juist extra luguber door de afschuwelijke stilte van het geheel. Het bood zo'n groteske aanblik dat zelfs Unterscharführer Sparsam, die in de cabine van onze vrachtwagen zat en die iemand was die de ergste wreedheden had gezien, had uitgevoerd en er onbewogen door was gebleven, z'n chauffeur de opdracht gaf om wat langzamer te gaan rijden, zodat hij het beter kon zien.

We waren er nu dichterbij en ik hoorde zwak de bevelen door de lucht knallen en kon hier en daar een gedaante zien bewegen. Ik greep de arm van Moses Sonenschein, die naast me zat, en zei: 'Die arme drommels van een meisjes. Ze zullen nog doodvriezen in dit weer.'

Moses, de zoon van een Poolse rabbi en een oprecht religieus man, mompelde wat hij altijd gemompeld had: 'Het is de wil van God.'

Ik hoorde hem nauwelijks. Ik was zo verdwaasd door dit afschuwelijke panorama dat de volle betekenis ervan maar langzaam tot me doordrong. 'Weet je wat het is, Moses?' zei ik. 'Het is een tyfus-inspectie. Als ze niet van de kou sterven, dan sterft de helft van hen in de gaskamers!'

'Het is de wil van God.'

Onze vrachtwagen meerderde weer vaart. De zwijgende, naakte slagorde, het gigantische vrouwenleger dat gehalveerd zou worden, verdween uit het zicht toen de weg een lichte bocht maakte.

'Moses,' zei ik, 'denk je echt dat God ...'

Toen zweeg ik. Opeens leek de vraag zo zinloos.

We reden een klein bos binnen en toen ik uit de wagen

klom dacht ik dat nu tenminste alles wat ik nog zou zien een anticlimax zou vormen, dat we het toppunt van afgrijzen al hadden gezien, maar ik had het mis; ik had het grondig mis, want Birkenau had nog meer voor ons in petto.

Het viel me op dat de lucht iets warm was, ondanks de bittere vorst. En al snel zagen we hoe dat kwam. Voor ons uitgestrekt lagen greppels, groot genoeg om een hele rij huizen te bevatten. En die greppels verspreidden de rode gloed die ik in de lucht kon zien vanuit het moederkamp: grote, gapende wonden in het bos, nu niet meer laaiend, maar nog wel nasmeulend.

Ik liep naar de rand van een greppel en staarde naar beneden. De hitte sloeg tegen mijn gezicht en op de bodem van die grote openluchtoven zag ik botten; kleine botten. De botten van kinderen.

Moses mompelde: 'Het is de wil van God.'

Ik kreeg geen tijd om te antwoorden, want we moesten aan het werk. We werden naar een enorme barak van zestig meter lang gedreven. Iedere centimeter van het oppervlak was bedekt met kleren van elke mogelijke afmeting, vorm en kwaliteit. Het was onze taak, zo werd ons verteld, om zoveel van die kleren weg te halen dat de gevangenen van Birkenau weer voldoende werkruimte zouden hebben.

Ik werkte blindelings, op de automatische piloot en probeerde de stank van die greppel uit mijn neusgaten te verdrijven en het beeld van die naakte meisjes uit mijn geheugen te wissen; maar het lukte niet. Telkens wanneer ik de overjas van een kind oppakte, moest ik aan de botten denken. Telkens wanneer ik een stapel vrouwenkleren inlaadde, moest ik aan de naakte vrouwen denken.

Drie uur lang werkten we in die barak, als mieren die op een begraafplaats aan het wroeten waren. En toen we klaar waren en weer in onze vrachtwagen zaten, merkte ik dat het idee om dat vrouwenkamp weer te moeten zien me afschrikte en fascineerde tegelijk. Ik had het gevoel dat ik moest weten wat er gaande was, hoeveel er over waren, hoeveel er gestorven waren.

Ze stonden daar nog steeds, naakt in de vrieskou. Maar nu waren de gelederen al behoorlijk uitgedund; en de vrachtwagens zaten overvol. Alleen de stilte, de overweldigende stilte, was nog hetzelfde, maar net toen we dichterbij kwamen werd die verscheurd.

De motoren van veertig vrachtwagens brulden allemaal tegelijk en verdreven de stilte; maar ze klonken nog lang niet hard genoeg om de schande van de daad te kunnen bedekken.

Uit de keel van die duizenden die op het punt stonden om te sterven, klonk een spookachtig gejammer dat al schriller werd en al harder klonk en maar doorging en doorging, een allesdoordringend protest dat alleen door de dood gestopt zou kunnen worden; en toen volgde de onvermijdelijke paniek.

De vrachtwagens kwamen in beweging. Een vrouw smeet zich over de rand, en toen nog één … en nog één. De SS kwam erbij met hun knuppels en hun zwepen om hen die wilden volgen, terug te slaan. Degenen die eruit gesprongen waren, werden ook geslagen en probeerden terug te klimmen. Ze vielen onder de wielen die nu vaart maakten en deze begrafenisstoet van levende doden ging sneller en sneller tot hij uit het oog verdwenen was.

Moses Sonenschein mompelde: 'Er is geen God …'

En toen veranderde zijn gemompel in een schreeuw: 'Er is geen God! En als Hij er wel is, dan is Hij vervloekt, vervloekt, vervloekt!'

Ook nu zweeg ik, want er viel niets te zeggen. In plaats daarvan keerde ik Birkenau mijn rug toe en hoopte dat ik het nooit weer zou zien. Gelukkig wist ik op dat moment nog niet dat ik er weldra naartoe overgeplaatst zou worden en er anderhalf jaar zou doorbrengen.

12

Iwan de Verschrikkelijke

December 1942 was een drukke maand voor de mannen die Auschwitz beheerden. In de eerste plaats omdat het kerstfeest eraan kwam. De geboorte van het kindje Jezus was weliswaar een gebeurtenis die in de heilige boeken van de nazi's nauwelijks voorkwam, maar toch schepte de SS veel genoegen in sentimentaliteit, zoals zovelen die ook genoegen scheppen in wreedheid. Ze zouden zonder gewetensbezwaar tienduizend kinderen verbranden, zelfs met ijverige vaderlandsliefde, maar hun ogen werden mistig wanneer ze foto's van hun eigen geliefden thuis uitwisselden.

Dus kon Kerstmis niet ongemerkt voorbijgaan, vooral niet nu ze omgeven waren door een stelletje smerige Joden die niet in de kerstman geloofden en wier barbaarse voorvaderen trouwens de Heiland nog gekruisigd hadden ook. De moeilijkheid was de vraag hoe ze de gebeurtenis konden gedenken zonder de discipline, zoals ze het eufemistisch noemden, te laten verslappen. En dit werd eenvoudigweg opgelost door verplicht te stellen dat in iedere barak de gevangenen allen tezamen *Stille Nacht* zouden zingen. Wie niet goed meezong, zo was er besloten, zou zonder eten naar bed gestuurd worden.

Dus iedere avond na het werk stonden wij mannen van Canada voor blokoudste Polzakiewicz. Een violist die van het orkest geleend was speelde rustig de melodie en we begonnen de woorden van dit mooie oude kerstlied te brullen. Voor degenen onder ons die Duits spraken was het uiteraard geen al te zware opgave, maar voor wie geen Duits kende, zoals het grootste deel van de Polen, viel het niet mee.

Polzakiewicz trok aan z'n haar terwijl zij de prachtige oude Duitse tekst verminkten. Dus liep hij boos tussen de rijen door en probeerde met zijn knuppel de woorden in hun hoofd te hameren, met het gevolg dat weinigen van hen, om met de woorden van het lied te spreken, in hemelse rust sliepen.

Dat was echter, relatief gezien, weinig meer dan een prikkeling. Wat de SS veel grotere zorgen baarde, was de verspreiding van tyfus en het besluit dat er nog een selectie zou moeten plaatsvinden, op dezelfde wijze als die van dokter Uhlenbrook in augustus. Wat ik in het vrouwenkamp van Birkenau had zien gebeuren, zou in Auschwitz herhaald worden. Het halve kamp zou sterven.

Het was dezelfde routine, alleen nu bij een temperatuur die rond het vriespunt lag. Maar voor mij was er nu een belangrijk verschil met de vorige keer. Ditmaal wist ik dat mijn leven niet in gevaar was, want ik hoorde bij het Canadacommando, het sterkste en gezondste commando van het hele kamp. Fries wist dat de mannen van Canada of in een goede conditie verkeerden of dood waren en daarom hoefden wij niet heen en weer te rennen.

We moesten ons echter wel uitkleden in de vrieskou, een hete douche nemen en weer in de openlucht springen. Het gevolg hiervan was dat velen van degenen die de tyfustest overleefden een longontsteking opliepen en evengoed omkwamen.

Twee dagen lang hielden ze ons naakt en zonder eten, waardoor er nog meer afvielen. In feite merkte ik dat ik meer last had van de kou dan van de honger en het meest welkome kerstgeschenk dat ik ooit gekregen heb, is waarschijnlijk het zebra-uniform geweest dat ik op 23 december van dat jaar ontving.

'Alles is rustig,' zongen de SS'ers mee, 'alles is goed. Rennen, smeerlappen, rennen en er zal met de kerst geen tyfus zijn.'

Helaas voor hen en voor ons kon al het zingen en brandmerken het laatste en grootste probleem niet oplossen. Wekenlang waren er geruchten geweest dat de SS'ers goud, juwelen en geld het kamp uit smokkelden. Deze geruchten waren zo hardnekkig dat Rudolf Mildner, het hoofd van de Gestapo in het nabijgelegen Katowice, naar het kamp kwam om de zaak te onderzoeken. Ikzelf vermoedde dat de geruchten wel op waarheid gebaseerd waren, hoewel ik daar geen concrete aanwijzingen voor had. Ik nam aan dat de leiders van de ondergrondse aanzienlijke hoeveelheden goud, juwelen en geld stalen, niet om er zelf beter van te worden maar om hun bewakers om te kopen. De meesten die deel uitmaakten van de harde kern van Canada wisten dit wel en de komst van Mildner bracht een gespannen sfeer teweeg in ons commando. We wisten dat de SS'ers zouden praten als ze gepakt werden en dan kon geen mens meer wat doen voor de gevangenen die erbij betrokken waren.

Dag na dag sleepte het onderzoek zich voort tot we er bijna aan gewend waren en onze zenuwen zich iets begonnen te ontspannen. Maar dat was niet terecht, want er was geen enkele reden om ons veilig te voelen. Op St. Stefanusdag riep Ernst Burger, onze administrateur, na het appel de nummers af van vijftien mannen van Canada. Zij werden afgemarcheerd naar Blok 11, het strafcommando, en onder hen bevonden zich verschillende leden van de ondergrondse.

De situatie was al gespannen, maar werd nu wel bijzonder gevaarlijk. Als deze mannen onder de martelingen bezweken, dan zou dat neerkomen op meer dan hun dood, meer dan zware strafmaatregelen tegen ons allen. Het zou betekenen dat de ondergrondse opgerold zou worden, de ondergrondse die het eerste teken vormde van een vereniging van krachten, het eerste teken van strijd dat ik waargenomen had sinds het begin van de deportaties.

De leiders van de ondergrondse waren zich zeer wel bewust van het gevaar en namen onmiddellijk preventieve maatregelen. Ze smokkelden vergif naar binnen bij Blok 11 en binnen een paar uur waren de mannen van Blok 11 dood. Ze pleegden liever zelfmoord dan dat ze de namen van hun kameraden zouden verraden.

Deze daad van weloverwogen dapperheid betekende een verlichting van de onmiddellijke druk. Maar achter de schermen borrelden nieuwe, nog dreigender problemen. Twee machtige figuren gingen de strijd aan met elkaar en de uitkomst van die strijd was bepalend voor het leven van het hele Canadacommando.

Terwijl de officiële leiding van Auschwitz in handen was van kampcommandant Rudolf Höss en zijn SS-officieren, waren anderen verantwoordelijk voor de meedogenloze dagelijkse routine in het kamp: mannen als Oberscharführer Fries en Scharführer Wiglep. En nu kruisten die twee giganten de degens.

Uit de stukjes informatie die naar ons doorsijpelden, konden we een redelijk nauwkeurig beeld samenstellen van hoe de strijd zich ontwikkelde, hoewel we uiteraard niet van ronde tot ronde op de hoogte gehouden werden.

De argumenten van Fries waren eenvoudig genoeg. Vijftien mannen van het Canadacommando waren schuldig bevonden aan het stelen van kostbaarheden en geld; maar hoeveel waren er tussen de mazen van het net door geglipt? De enige manier om de diefstallen volledig uit te roeien, zo redeneerde hij, was door het hele commando te vergassen en helemaal opnieuw op te bouwen met mensen die hij zelf zou leveren.

Wiglep had grote bezwaren tegen dit idee. Het had hem maanden gekost om zijn commando op te bouwen. Dat had hij gedaan door de snelheid zo hoog op te voeren dat drie van de vier recruten stierven, zodat alleen de sterksten en slimsten overbleven. Hij protesteerde er hevig tegen dat hij dit hele proces nog eens zou moeten overdoen.

Het leek erop dat een van deze reuzen toe zou moeten geven, wat het einde van zijn carrière in Auschwitz zou betekenen, want zo'n nederlaag zou zijn positie onhoudbaar maken. Maar Höss kon zich niet veroorloven om een van deze twee uiterst efficiënte onderofficieren kwijt te raken en hij verzon een tussenoplossing.

'We plaatsen ze over naar Birkenau', zei hij. 'Dan hebben we ze vlak bij de gaskamers. En bij het eerste teken dat ze weer moeilijkheden veroorzaken, kunnen we ons van ze ontdoen.'

Eigenlijk beging hij een ernstige, maar vergeeflijke vergissing. Als hij het voorstel van Fries had overgenomen, dan zou hij weliswaar veel waardevolle figuren van de ondergrondse hebben verwijderd, maar niet hun leider, wiens identiteit ik rond die tijd ontdekte.

Het was Ernst Burger, de vriendelijke, hoffelijke administrateur van ons blok.

Toen de mannen van Canada hoorden dat ze overgeplaatst zouden worden naar Birkenau, werd de geest van verzet bijna onmerkbaar en bijna spontaan sterker, zo leek het. Een nieuw soort waakzaamheid hing in de lucht, een sfeer van zorgvuldig onder de duim gehouden rebellie. We wisten waar we naartoe gingen, maar niet precies waarom. Zouden we daar echt gaan werken? Of was het een truc? Zouden we regelrecht de gaskamers in gedreven worden?

Ik denk dat iedereen zich in z'n hart voorgenomen had dat hij zich niet als een schaap naar de slachtbank zou laten leiden, dat hij zou vechten; en in de ogen van de anderen zag hij dezelfde gedachte weerspiegeld.

Toch zag ik pas toen we klaarstonden om af te marcheren de eerste positieve aanwijzingen dat er een soort eenheid aan het groeien was. Iemand knikte kort naar een ander. Iedereen was zo gespannen als een kat in het donker en ik wist dat ik de stemming juist ingeschat had toen unterkapo Schimon tegen me fluisterde: 'Let op ons, Rudi. Let op ons!'

Een uur lang stonden we daar voor de poort. Twee uur. Drie uur. Toen kwam Fries eraan met zijn lange knuppel en wisten we dat we weldra zouden vertrekken. De poort zwaaide open en ergens brulde iemand: 'Mars!'.

En daar gingen we, met een precisie die zelfs voor Canada opmerkelijk was. Onder het bord *Arbeit Macht Frei* door, waarvan ik dacht dat ik het nooit meer zou zien. Langs Fries, onverstoorbaar als altijd. De betonnen weg op, geflankeerd door het grootste, zwaarst bewapende SS-escorte dat ik in Auschwitz ooit gezien had.

Als er gevochten zou worden, schoot het door me heen, dan zou het snel voorbij zijn.

Het kamp van Birkenau was in twee hoofddelen verdeeld. Terwijl we de betonnen weg op liepen die ertussenin lag, zagen we de vlammen in de greppels helderder worden en de scherpe lijnen van het gloednieuwe betonnen crematorium afsteken tegen de lucht, waarbij een gele vlam aan de top van de schoorsteen in de lucht priemde.

Iedere stap bracht ons dichter en dichter bij deze symbolen van Auschwitz; en ieder van ons kende op dat moment maar één gedachte.

Zou dit onze laatste tocht worden? Was dit het einde?

Zouden we ons over een paar minuten tegen een muur van machinepistolen werpen? Een sluier van rook hing zwaar over het uiteinde van de Berkenlaan heen en we wisten nog steeds niet of wij daar onze eigen bijdrage aan zouden leveren.

Opeens begaf de kop van de colonne zich naar links. We gingen dus toch naar het kamp. We hadden in ieder geval weer even gratie ontvangen en voor ons was dat genoeg. In Auschwitz dacht namelijk niemand ooit in termen van leven, maar alleen aan nog iets langer in leven blijven.

Toch ging onze opluchting al snel weer in rook op toen we ons nieuwe thuis ontwaarden. Toen we van de betonnen weg af stapten zoog de modder meedogenloos aan onze laarzen en dempte onze voetstappen; modder die tot boven onze enkels kwam.

In feite zonken we weg in een slijk dat de hele atmosfeer leek te doortrekken. Hier had je geen keurige terrassen of rode bakstenen gebouwen, alleen maar vochtige, houten barakken. Hier had je geen zuiverende orde die het resultaat was van een meedogenloze discipline. In plaats daarvan hing er een sfeer van chaos, van de geur van ontbinding, een vreselijke broeierige hitte waarin lichaam en geest wegrotten.

Door het slijk heen begon ik details waar te nemen. Vanuit alle hoeken droegen broodmagere muzelmannen hun doden naar een of ander centraal opruimhuis, een afschuwelijk afvaldepot met maar één afnemer: de man van de oven. En voor iedere barak zag ik nog meer doden, schots en scheef opgestapeld, bedekt met zo'n dikke laag glinsterende modder dat hun ledematen wel samengeperst leken.

Met een misselijk gevoel keek ik ernaar en keek toen nog eens. Waren ze echt dood? Zag ik daar iets bewegen? Terwijl ik naar één zo'n grijsbruine hoop staarde, bewoog een gedaante zich lichtjes. Een hoofd kwam langzaam omhoog uit de berg doden. Dan de schouders. Klauwen aan het eind van skeletachtige armen kletsten zwakjes in de modder, tot een voorbijkomende kapo de brutale rebel op z'n plek terugtrapte, met een geïrriteerd gebaar tegen de dode die niet stil wilde blijven liggen.

Met veel moeite sloot ik mijn geest af voor de ellende en concentreerde ik me op de onmiddellijke toekomst. Ik had het gevoel dat we nog steeds op weg zouden kunnen zijn naar de ovens en dan zouden we vechten. Maar als dat niet het geval was, dan was er hoop, want ik had het moederkamp niet met lege handen verlaten. Ook in Birkenau was de ondergrondse werkzaam en Josef Farber had me de naam van twee contacten gegeven: David Schmulewski en dokter Andreas Milar.

We werden naar een washok gebracht, waar ik een oppasser vroeg of hij een van deze twee kende. Hij wees naar de andere kant van de ruimte en zei: 'Daar heb je dokter Milar. Die met de bril.'

Ik zag een slanke, bebrilde man van een jaar of zevenentwintig, met rood haar en de dunne, scherpe trekken van een Joodse intellectueel; een man van wie ik al gehoord had dat hij de briljante zoon uit een gigantisch rijke Joodse familie was. Iemand die uit Auschwitz weggebleven had kunnen zijn als hij zijn portemonnee open had gehouden en zijn mond gesloten.

Ik drong me door de massa heen en stelde mezelf voor. Een gemakkelijke glimlach verscheen op zijn gezicht terwijl zijn ogen me scherp maar vriendelijk opnamen vanachter zijn bril. Toen zei hij: 'Dus Farber heeft je gestuurd. Gaf hij je nog een speciale boodschap mee?'

'Nee. Hij zei alleen dat ik contact met u moest opnemen. Maar zeg eens … wat gaat er gebeuren? Maken we ons schoon voor de gaskamers?'

'Geen zorgen! Je blijft nog wel even in leven. Dit is gewoon een routineontluizing. Ik kan je nu niet veel vertellen, maar laat het me weten als je iets nodig hebt.'

Ik bedankte hem en vroeg naar Schmulewski. Hij zei: 'Ik ken hem niet, maar je kunt hem vinden in Blok 27. Daar is hij assistentblokoudste.'

Zo ging dat in de ondergrondse. De cellen werden klein gehouden. Het contact tussen de leden werd tot een minimum beperkt. Hoe minder iemand wist, hoe minder hij kon verraden als hij gemarteld werd.

Ook van Schmulewski had ik al eens gehoord. Het was iemand die door heel Europa heen voor zijn idealen gevochten had en nog altijd doorvocht. In Polen was hij vervolgd omdat hij een Jood was. Hij had zich verzet tot hij wist te ontsnappen en naar Palestina kon gaan als illegale immigrant. Daar werd hij opgejaagd door de Britten tot hij een nieuwe oproep kreeg, ditmaal uit Spanje. Hij voegde zich bij de Internationale Brigade die tegen Franco vocht en toen de strijd verloren was stak hij over naar Frankrijk, waar hij gevangengezet werd. Daar troffen de Duitsers hem aan en begon hij aan zijn weg naar Auschwitz, een weg die hem langs Dachau en Sachsenhausen voerde.

Toch was hij pas dertig, lang met donker haar, sterk en met opmerkelijk weinig littekens voor iemand die heel zijn leven had gevochten. Zodra hij hoorde dat ik uit Slowakije kwam, zei hij: 'Mooi! Misschien ken je Fred Wetzler. Dat is een landgenoot van je en hij is de administrateur van het lijkenhuis hiernaast.'

Fred Wetzler! Die kwam net als ik uit Trnava; en hoewel ik hem nooit gesproken had, want hij was zes jaar ouder dan ik, had ik altijd veel bewondering voor hem gehad, al was het maar om zijn nonchalante manier van doen en het gemak waarmee hij met de meisjes omging.

'Kom mee', zei Schmulewski. 'We zoeken hem even op. Hij geeft ons wel een kop koffie.'

We liepen naar een houten gebouw achter Blok 27. Schmulewski duwde een deur open en ik liep achter hem aan een nauwelijks verlichte ruimte binnen. En toen bleef ik opeens staan.

Iedere beschikbare centimeter van de ruimte was bezet door lijken, allemaal netjes opgestapeld in stapels van tien. Het moeten er minstens vierhonderd geweest zijn, maar naar het gedrag van mijn gids te oordelen hadden we ons net zo goed in een gewone slagerij kunnen bevinden.

Nonchalant baande hij zich een weg tussen de stapels door, terwijl ik achter hem aan hobbelde. Ik was echt wel gewend om de dood te zien, maar bij zoveel lijken in zo'n kleine ruimte voelde ik me toch niet prettig. En toen drong het tot me door dat ik me in de Birkenauversie bevond van het rode bakstenen gebouw zonder ramen, dat me een eerste blik op het echte Auschwitz geboden had; het gebouw waaruit de lijken als vogels naar buiten vlogen.

Schmulewski klopte beleefd op een binnendeur. Een vrolijke stem antwoordde en daar had je Fred Wetzler, misschien iets magerder, maar nog altijd even joviaal, met zijn dwalende, lachende ogen, zijn extraverte gedrag en zijn gemakkelijke humor.

'Rudi!' brulde hij. 'Wat leuk om je te zien! Kom erin en maak het jezelf gemakkelijk!'

Als ik er nu aan terugdenk kan ik dit bizarre tafereel natuurlijk wel in het juiste perspectief plaatsen. Daar waren we, terwijl de lijken zowat over de drempel lagen; en daar was Fred, die mij begroette alsof ik een aloude vriend was die hem thuis in Trnava opzocht. Op dat moment leek het allemaal echter niet eens zo vreemd. Ik voelde me alleen maar verheugd en gevleid dat de immer populaire Fred dat jochie van thuis had herkend, iemand met wie hij nog nooit een woord had gewisseld.

'Ik kom zo bij jullie', zei hij. 'Ik hoef alleen maar dit zootje te laten weghalen.'

'Dit zootje?'

'De dooien.'

Ik zag nu dat een vrachtwagen voor de buitendeur was gereden. Vier potige Polen kwamen binnen, de mannen die de vogels zouden laten vliegen, en Fred voegde zich bij hen met een notitieboekje in z'n hand.

Eén man bekeek een arm en riep het getatoeëerde nummer naar Fred, die het opschreef. Een andere opende de mond van de dode met een buigtang, trok er een paar gouden tanden uit en liet ze met veel gerinkel in een blik vallen. De andere twee pakten het lijk op en smeten het door de deur naar de vrachtwagen.

Ze werkten snel, ritmisch, als een echt team. Het nummer werd geroepen, de tanden kwamen eruit, het lijk begon aan zijn vlucht. Fred, die nu heel druk in de weer was, hield als een ervaren ploegbaas toezicht op de hele operatie, uitkijkend naar foutjes die de goed geoliede machine zouden kunnen laten vastlopen. En ik bekeek de hele boel ook, een gevoel van walging onderdrukkend en toch ook ziekelijk gefascineerd.

Ten slotte was de hal leeg. Een SS'er liep binnen om het blik met de gouden tanden op te halen, waarvan aan vele nog wat tandvlees zat. De vrachtwagen reed weg en Fred ging ons al mopperend voor zijn heiligdom in. 'Die stomme Pool moet weg', zei hij hoofdschuddend. 'Hij vertraagt de hele toestand. Straks pakken ze mij omdat de vrachtwagen niet op tijd weg is en dan zwaait er wat!'

Hij deed de deur achter zich dicht en zijn gezicht klaarde op, alsof hij al zijn zorgen achter zich gelaten had. 'Oké, jongens,' zei hij, 'zullen we nu dan maar aan de koffie gaan?'

We gingen zitten met onze kopjes en kletsten wat, in gedachten door de straten van Trnava zwervend, aankloppend bij oude vrienden, voor eventjes vergetend dat zovelen van hen dood waren. Langzaam vervaagde de herinnering aan de vliegende lijken onder een vloed van nostalgie en kon ik me wat ontspannen.

Dat was de eerste van vele koppen koffie die ik met Fred heb gedronken. Vreemd genoeg werd zijn kleine lijkenhuis voor mij in feite een soort toevluchtsoord, een plek waar ik me even kon verschuilen voor de verschrikkingen van daarbuiten. Want het kostte me nogal wat tijd om aan Birkenau gewend te raken, zelfs voor mij die in Auschwitz goed voorbereid was.

Het sterftecijfer was afschuwelijk hoog. Velen kwamen om in Birkenau, niet omdat ze een of ander klein misdrijf hadden begaan waardoor een SS'er of een kapo geïrriteerd was, maar enkel en alleen omdat degenen met de knuppels zich wilden amuseren, op zoek waren naar iets wat de sleur kon doorbreken.

Voor hen waren de muzelmannen een soort voetballen. Het gebeurde dat ze er één vonden die vastzat in de modder, die niet verder kon lopen omdat hij niet de kracht had om z'n voet uit de modder te trekken.

'Geen zorgen, oude rakker', schreeuwden ze dan. 'Wij helpen je d'r wel uit!' En dat deden ze dan. Door hem tegen z'n verzwakte lichaam te trappen tot hij niet meer vastzat in de modder, maar erbovenop lag.

Maar dit waren nog maar terloopse, zeldzame moordgevallen, hoewel ze iedere dag wel voorkwamen. De georganiseerde moorden waren nog erger. Vergeleken met de ziekenbarak daar bijvoorbeeld leek die van 'dokter' Klehr in het moederkamp bijna menselijk.

Van een fenolinjectie was geen sprake voor de patiënten die moesten sterven. Een paar kapo's met een groene driehoek, beroepsmisdadigers dus, legden het slachtoffer gewoon op de vloer en legden een ijzeren staaf op zijn nek. Dan sprongen ze er tegelijk bovenop zodat zijn nek gebroken werd.

En toch verbleekten zelfs deze dagelijkse moordpartijen vergeleken met die die gesymboliseerd werden door de hoge schoorsteen die het grootste deel van het kamp domineerde, evenals het grootste deel van onze gedachten. Dit was het hart van de fabriek die aan de lopende band moordde. Dit was het eigenlijke doel van het vernietigingskamp. En nu kon ik voor het eerst in het echt zien wat ik tot dan toe alleen nog maar in mijn verbeelding gezien had.

Ik werkte nog steeds op het perron, al woonde ik nu in Birkenau. Iedere nacht laadde ik de wagons uit en zag ik de menselijke lading ervan zich opstellen voor de selectie. Maar nu ging ik niet meer terug naar het goed georganiseerde blok van Canada, maar begaf ik mij in dezelfde richting als de slachtoffers. Vaak kwam ik op tijd terug in het kamp om te zien hoe ze naar het onschuldig ogende grijze gebouw gedreven werden, met de namaakwasruimtes, terwijl ze op een paar na nog allemaal meenden dat ze op doortocht waren naar de volgende etappe, op weg naar een nieuw leven dat voor hen lag. Hier werden de statistieken die ik zo zorgvuldig had bijgehouden, de cijfers die ik in m'n hoofd had zitten, plotseling tot levende mannen, vrouwen en kinderen, die vlak voor hun dood stonden.

Het was nooit een prettig gezicht. Maar het diende wel ergens toe, want het maakte de taak die ik mezelf gesteld had des te reëler. Hier zag ik met eigen ogen het soort mensen dat gered zou kunnen worden wanneer iemand die moedig genoeg was, kon ontsnappen om de wereld ervan te vertellen. En ik was er zeker van dat er dan geen schapen meer zouden zijn die rustig in de rij gingen staan om afgeslacht te worden. Als ze maar voor ze op transport gingen gewaarschuwd konden worden voor wat hun te wachten stond.

In Birkenau was ik ook beter in staat om mijn cijfers te controleren, te vergelijken en aan te vullen. Fred, die in het lijkenhuis werkte, was daarbij een grote hulp. Ik leerde ook andere administrateurs kennen en vernieuwde mijn kennismaking met Philip Müller, die een van mijn waardevolste informatiebronnen werd. Philip stookte de ovens in het crematorium. Aan de hand van de hoeveelheid brandstof die ze daar kregen kon hij berekenen hoeveel mensen er gecremeerd zouden worden, want de SS verspilde nooit brandstof door de vuren onnodig hard te laten branden. Iedere dag groeide mijn dossier en iedere dag werd ik vastbeslotener om te ontsnappen.

De kans om te ontsnappen was trouwens ook niet kleiner geworden door mijn overplaatsing naar Birkenau. Hier was de overgrote meerderheid ten dode opgeschreven, zowel de muzelmannen als de nieuw aangekomenen. Maar door de kapo's met de groene driehoeken, de moordenaars van het kamp, werd de harde kern van ervaren gevangenen met iets van respect behandeld. En doordat ik mijn contacten met de ondergrondse uitbreidde, werd mijn positie steeds zekerder.

Het was dankzij Fred dat ik mijn sociale status kon verbeteren, zogezegd. Zo stelde hij me voor aan zijn kapo, Lubomir Bastar uit Brno, een man die mijn leven in Birkenau behoorlijk zou beïnvloeden.

Hij was in 1939 gearresteerd en had de hele reeks naziconcentratiekampen doorlopen tot hij uiteindelijk in Auschwitz uitkwam. Hij was eigenlijk een aristocraat, die me in het begin met een soort vaderlijke minzaamheid bejegende.

'Nog een Slowaak?' zei hij. 'Ik neem aan dat je weet dat

gevangenen niet in het lijkenhuis mogen komen, al is dat de schuld van Fred. Maar goed, heb je zin in koffie?'

We gingen zitten, niet helemaal op ons gemak bij deze man en een tijdlang bekeek hij me, zoals een schoolhoofd een leerling zou kunnen bekijken die best goed zou kunnen zijn, als hij maar niet zo wild was.

'Een Slowaak!' herhaalde hij. 'Ben je een beetje goed in talen?'

'Niet slecht.'

'Welke spreek je?'

'Duits, Pools, Hongaars, Russisch.'

'Russisch? Een Slowaak die Russisch spreekt? Dat is nog eens interessant!' Ik begreep dat ik iets in zijn achting was gestegen en dacht terug aan de ruzies die ik met mijn moeder gehad had over die Russische grammatica. Maar op dat moment wist ik nog niet hoe waardevol die uren zouden zijn die ik illegaal gestudeerd had.

Lubomir verspreidde het nieuwtje. De ondergrondse, voor wie ik tot op dat moment weinig meer dan een klein maar bruikbaar radertje was geweest, bekeek me nu met hernieuwde belangstelling. Anderen ook, want korte tijd later werd ik uitgenodigd voor een bijeenkomst in Lubomirs privékamer, waar het puikje van de Tsjechische intelligentsia van het kamp af en toe bij elkaar kwam om samen te eten.

Dat waren eenvoudige aangelegenheden, die maaltijden: aardappels met margarine, of wat pap misschien, een scherp contrast in ieder geval met de overdadige toestanden van sommige van de kapo's in het moederkamp. Deze soberheid was echter vrijwillig en niet opgelegd. Deze mannen hadden vrijwel alles kunnen eten wat ze maar wilden, want de handel in voedsel was enorm. Maar het was duidelijk dat het hun tegen de borst zou stuiten om een feestmaal te houden terwijl anderen om hen heen omkwamen van de honger.

Hoe dan ook, mijn status werd aanzienlijk verhoogd. Hoewel ik nog steeds een gewone gevangene was, at ik behoorlijk vaak met de kapo's met de rode driehoeken, de politieke gevangenen en ook wel met leden van de ondergrondse, die in sommige gevallen dezelfde personen waren. Wanneer ik niet op het perron werkte, liep ik met betrekkelijk grote vrijheid door het kamp en kwam ik op goede voet te staan met iedereen die van enig belang was: met de vechters, met de intellectuelen, met de mensen die ons gevangenen een beetje samenhang en leiding gaven.

Het leven was eigenlijk zo prettig als het maar kon zijn op een plek als Birkenau. Tenminste, tot juni 1943, toen er opnieuw een tyfusepidemie uitbrak.

Er vond weer een selectie plaats, zij het niet op de schaal van de vorige keren, maar toch nog groot genoeg om ons door te sturen naar het andere deel van Birkenau dat in zeven subsecties verdeeld was, die tot op dat moment nog niet in gebruik waren geweest.

Maar ook nu boekte ik vooruitgang. We werden naar subsectie D gestuurd, waar onze nieuwe blokoudste tegen Fred gromde: 'Er komen een paar duizend nieuwe gevangenen in deze subsecties. Je kunt er maar beter voor zorgen dat je genoeg assistenten hebt.'

En zo werd ik assistentadministrateur. Fred kon me natuurlijk niet zelf aanstellen, daarvoor had hij veel te weinig gezag, maar Lubomir en enkele figuren van de ondergrondse zorgden ervoor dat ik dat baantje kreeg, al deden ze dat misschien niet louter omdat ze m'n vrienden waren, maar vooral omdat het hun goed uitkwam dat ze een betrouwbare persoon op een plek hadden waar hij informatie voor hen kon vergaren.

Ik kreeg nu nog meer vrijheid. Zolang ik een schrijfplank onder m'n arm had en een bezorgde frons op mijn gezicht kon ik bijna overal in het kamp komen waar ik maar wilde.

Ook had ik min of meer officieel toegang tot de boeken van de hoofdadministrateur, waardoor ik mijn gegevens over het kamp aanzienlijk kon uitbreiden.

Wat mijn kleding betrof ging ik er uiteraard ook enorm op vooruit. In plaats van m'n zebrabroek droeg ik nu een rijbroek die voor mij door een Poolse gevangene precies op maat gemaakt was. De rijlaarzen die ik droeg zouden een officier van de cavalerie niet misstaan hebben en hoewel het me niet toegestaan was om m'n gestreepte overhemd door iets anders te vervangen, lette ik erop dat het er keurig uitzag.

Ik was misschien een beetje te goed gekleed voor mijn lage positie, maar dat losten de omstandigheden al snel op. Zes weken na mijn aanstelling werd subsectie A in gebruik genomen als quarantainekamp voor nieuwe gevangenen; en dankzij de activiteiten van de ondergrondse werd ik daar administrateur.

Ook nu was het hun niet enkel om mijn gezondheid te doen. Kamp A en Kamp D waren officieel waterdichte afdelingen. Het was echter voor de ondergrondse heel belangrijk om een contactpersoon in het nieuwe kamp te hebben zitten; en als administrateur zou ik regelmatig naar de andere delen van het kamp moeten gaan.

Met beide taken was ik blij. Mijn positie verschafte mij allerlei voorrechten. Mijn clandestiene bezigheden verschaften me trots. Ik vond het een heerlijk gevoel dat ik binnen een paar maanden opgeklommen was van boodschappenjongen van kapo Bruno tot koerier van het verzet.

Het enige nadeel was alleen m'n nieuwe blokoudste. Dat was een man genaamd Albert Hammerle, die in het hele kamp bekendstond als Iwan de Verschrikkelijke. Hij was een beroepsmoordenaar die al sinds 1933 in concentratiekampen zat. Daarvoor had hij in verschillende Duitse gevangenissen gezeten. En sinds hij in Auschwitz aangekomen was had hij de reputatie opgebouwd de grootste moordenaar van het kamp te zijn.

En dat waren niet alleen maar geruchten. We wisten allemaal dat de beroepsmisdadigers onder de kapo's een onderlinge wedstrijd hielden wie de meeste personen kon doden. Ze hielden de stand bij, net als jachtvliegers, en algemeen werd erkend dat Iwan de Verschrikkelijke de recordhouder was en niet gemakkelijk verslagen zou kunnen worden.

Hij blonk ook nog uit in een andere sport. Om de tijd te verdrijven hielden hij en enkele andere Duitse misdadigers een wedstrijdje om te zien wie als eerste een gevangene met één vuistslag kon doden. In feite waren ze net met zo'n wedstrijdje bezig op het moment dat ik in Kamp A aankwam om m'n nieuwe taak aan te vatten.

Ze waren met z'n drieën: *Lager Alteste* Tyn, de Aap, het hoofd van alle blokoudsten, een man met de kracht en de lichaamsbouw van een gorilla; Mietek Katerzynski, een Poolse blokoudste; en Iwan de Verschrikkelijke. Ik zag hoe Tyn de Aap een nieuwe gevangene beetpakte die toevallig langsliep en brulde: 'Wat ben je aan het rondhangen, schoft! Ik zal je leren om snel te lopen.'

Hij pakte hem beet bij zijn tuniek, zwaaide z'n arm achteruit als een discuswerper en sloeg met z'n vuist in het gezicht van de man. Het was een venijnige klap, maar een ietsje verkeerd getimed. De gevangene viel bewusteloos op de grond, maar ademde nog wel.

'Pech', grijnsde Katerzynski. 'Ik dacht even dat het je gelukt was.'

Ze liepen door. Katerzynski greep een andere man, schold hem de huid vol om een of andere denkbeeldige overtreding en sloeg hem in de modder. Daar lag hij te kronkelen.

'Je verliest je scherpte, Mietek', mompelde de Aap. 'Je moet wat meer oefenen.'

Nu was Iwan de Verschrikkelijke aan de beurt. Zonder zich zelfs maar te verontschuldigen greep hij een man beet en velde hem met één slag. Hij lag bewegingloos, met een gebroken nek.

Grijnzend liepen ze door. 'Ik weet niet hoe je het klaarspeelt, jij oud zwijn', zei de Aap. 'Volgens mij weet je de zwakkelingen eruit te pikken.'

Ze liepen Iwans blok binnen en ik ging hen achterna. Hij draaide zich om in z'n stoel, bekeek me van top tot teen en zei: 'Jij bent zeker mijn nieuwe administrateur?'

'Inderdaad, meneer.'

'Weet je wat er met de vorige gebeurd is? Je weet hoe je de nummers van degenen die gaan sterven op moet schrijven? Nou, op een ochtend liet ik hem z'n eigen nummer opschrijven!'

De drie geweldenaars bulderden van het lachen. Ik stond zwijgend naar hen te kijken.

Terwijl hij me nog steeds scherp opnam, zei Iwan: 'Ben je niet bang voor mij?'

Hij glimlachte. Ik glimlachte terug en zei: 'Ik geloof het niet.'

Opnieuw gelach. 'Misschien ben ik niet zo erg als ze zeggen', zei hij. 'Ga zitten. Drink wat.'

Hij klapte in z'n handen. Een gevangene kwam naar binnen gesneld. Een fles schnaps en vier glazen kwamen tevoorschijn. Ik hief mijn glas, maar heb dat zelden zo onoprecht gedaan als die keer.

Die avond kwam ik erachter waarom hij zo aardig tegen me deed. Terwijl de anderen in het blok met vijf of zes man in één kooi sliepen, hadden Iwan en ik onze eigen kamer. De zijne was schitterend ingericht en geschilderd, tenminste volgens zijn eigen opzichtige smaak.

Vlak voor hij naar bed ging, kwam hij naar me toe en zei

met een verrassend zachte stem: 'Waarom kom je niet bij mij in de kamer tot de jouwe behoorlijk ingericht is? Er is ruimte genoeg. En het is er veel geriefelijker.'

Het was een lastige situatie. Zo beleefd als ik maar kon zei ik tegen hem: 'Dank u, meneer, maar ik denk eigenlijk niet dat het passend is dat een administrateur de kamer deelt met de blokoudste. Het zou niet goed zijn voor de discipline. Tenslotte staat u een heel eind boven mij.'

Hij keek me een volle minuut aan zonder iets te zeggen. Ten slotte zei hij: 'Prima. Je moet het zelf maar weten.'

Ditmaal klonk zijn stem niet zacht. En die nacht zette ik een stel lege blikken tegen mijn deur, bij wijze van voorlopig alarmsysteem. Op de tafel naast m'n bed legde ik het lange mes dat ik gebruikte om de broodrantsoenen van het blok te snijden.

Dit was werkelijk niet overdreven. Een man als Iwan de Verschrikkelijke was gewend om te doden wie hem tegenwerkte. Ik wist dat hij me niet overdag zou durven doden, omdat hij besefte dat ik machtige vrienden had en sowieso niet gemakkelijk te pakken zou zijn; maar 's nachts lag het anders. 's Nachts zouden er geen getuigen zijn en in de ochtend zouden er smoesjes zat zijn. Ook al wist ik heel goed dat de dood op elk moment bij je kon aankloppen in Auschwitz, ik was vastbesloten om niet in bed te sterven door de hand van een homoseksuele moordenaar!

Ik had overigens ook de bedoeling van zijn uitnodiging niet verkeerd ingeschat. Enige tijd later werd hij naar het strafcommando gestuurd omdat hij een verhouding had met een Joodse gevangene. En dat was een afschuwelijke misdaad in de ogen van de zuiver arische SS.

13

'Mensen vergassen is niet makkelijk'

Niemand van degenen die Kamp A van Birkenau overleefd hebben, zal ooit de dag van 7 september 1943 vergeten. Dat was een dag die anders was dan alle andere die we in het kamp meegemaakt hebben. Die ochtend voelden we ons verwonderd, opgetogen, nostalgisch en vooral verbaasd toen we naar iets keken waarvan de meesten bijna het bestaan vergeten waren en waarvan de overigen betwijfelden of ze het ooit nog eens zouden zien.

Naast ons in Kamp B, slechts van ons gescheiden door een hek van prikkeldraad, kwamen mannen, vrouwen en kinderen binnengestroomd. Ze waren gekleed in gewone burgerkleren, hun hoofden waren niet geschoren, hun gezichten wel verward, maar niet mager of kapotgeslagen. De volwassenen droegen hun bagage, de kinderen hun poppen en teddyberen. Wij, mannen van Kamp A, de zebramannen die slechts nummers waren, stonden daar maar naar hen te staren, zich afvragend wie de wereld had doen kantelen en een deel ervan over ons had uitgestort.

Het waren er ongeveer 4.000. En terwijl we toekeken hoe ze zich installeerden, gonsde ons kamp van de speculaties. Nooit eerder in Auschwitz waren gezinnen bij elkaar gebleven, behalve in de gaskamers. Nooit eerder hadden ze hun kleren en bagage mogen behouden. Het was een raadsel, een mysterie en wij die al langer gevangenzaten waren er vast van overtuigd dat het een of andere truc was, want we kwamen er al snel achter dat deze nieuwe gevangenen een ware vipbehandeling kregen.

De SS'ers behandelden hen met een zekere welwillendheid, maakten grapjes met hen, speelden met hun kinderen. En toen ze hun bagage hadden opgeruimd werden alle administrateurs erbij gehaald om hen in de boeken van Birkenau op te schrijven.

Ik dacht dat ik zo misschien iets van het raadsel zou kunnen oplossen, maar het weinige waar ik achter kwam maakte de hele toestand alleen nog maar verwarrender. Eerst viel het me op dat ze allemaal getatoeëerd waren met een speciaal nummer, dat los stond van de andere Auschwitznummers. Zelfs de jongste kinderen, die een jaar of twee waren, droegen zo'n nummer. Bovendien had ieder van hen een kaart waarop stond: *Zes maanden quarantaine met speciale behandeling.*

Dat laatste, 'speciale behandeling', was in Auschwitz een uiterst onheilspellende uitdrukking. Het betekende vernietiging. En toch werden deze mensen, die uit het Terezingetto (Theresienstadt) nabij Praag kwamen, duidelijk met een bepaald doel in leven gehouden. Ik begreep er werkelijk niets van en zo gauw ik kon rapporteerde ik alles wat ik wist aan Schmulewski. Ik had namelijk in de tussentijd doorgekregen dat hij de leider van de ondergrondse in Birkenau was.

Ik merkte dat hij al redelijk goed geïnformeerd was omtrent deze verwarrende ontwikkelingen. Er waren zelfs al verzetscellen gevormd in Kamp B. Maar er werd een speciale bijeenkomst van de leiding van de ondergrondse bijeengeroepen om de reden te bespreken van deze zachte behandeling, waarbij alle normale kampregels overtreden werden; en al snel kwamen ze tot wat een redelijke conclusie leek te zijn.

In het getto van Terezin, zo hadden we gehoord, zaten ongeveer 100.000 Joden. Voor ons was het duidelijk dat ze allemaal eens naar Auschwitz zouden komen en hier om zouden komen. Maar uit wat we van de nieuw aangekomenen begrepen, zou dat geen eenvoudige operatie worden. Een zachte behandeling was noodzakelijk omdat in dit getto waarnemers van het Internationale Rode Kruis aanwezig waren.

Het sprookje van de hervestigingsgebieden moest daarom een onloochenbaar feit lijken. Niets mocht hier aanleiding geven tot twijfels, tot geruchten, tot angst, want een ongunstig rapport aan Genève kon het hele plan in het honderd laten lopen. Dus de eerste 4.000 werden op comfortabele wijze getransporteerd, bij aankomst goed behandeld en bevolen om vrolijke brieven terug te schrijven, brieven van het ik-wou-dat-je-hier-was-type, die zelfs de vaagste bange vermoedens de grond in zouden boren.

Het was natuurlijk een oud trucje. Maar nu werd het op een ongekend grote schaal uitgespeeld, want dit was een operatie die niet mocht mislukken. De toekomst van Himmlers vernietigingsplannen hing ervan af.

De SS wist dan ook dat het zinloos zou zijn om deze mensen met een pistool in de rug te dwingen zulke brieven te schrijven. De slimmen en de moedigen onder hen zouden dan immers geheime waarschuwingen tussen de regels door kunnen schrijven. Daarom besloten ze om deze mensen geen enkele reden tot klagen te geven en geen enkele reden om te twijfelen aan wat hun te wachten stond. Ze hielpen hen om zich lekker te installeren. Ze probeerden zelfs het vertrouwen van de kinderen te winnen door hun snoepjes en fruit te geven. En de ouders waren natuurlijk zeer ontroerd door de aanblik van deze potige soldaten die hun kleintjes verwenden. Ze waren er nog niet achter hoe deze moordenaars zich konden verlagen om hun doel te bereiken.

Vanachter het hek keek ik verwonderd toe hoe ze hun

nieuwe, tijdelijke leven inrichtten, want ze dachten dat Birkenau slechts een doorgangskamp was. Ik zag dat ze aparte barakken voor de kinderen maakten. Een crèche onder de rook van het crematorium! Ik zag een blonde, sportieve man van een jaar of dertig die spellen organiseerde en daarna zelfs lessen, en op de een of andere manier stak het me een hart onder de riem, ook al vermoedde ik dat deze kinderen niet lang meer te leven hadden.

Anderen, die ouder waren dan ik, dachten aan heel andere dingen terwijl ze door het hek staarden. Zij zagen aantrekkelijke meisjes met zijden kousen en hoge hakken, net als de meisjes die ze eeuwen geleden thuis gekend hadden. Aan alle kanten werd heimelijk geflirt. Eerst werden namen uitgewisseld. Dan werden afspraakjes gemaakt. De romantiek bloeide op in het midden van de hel. En dat alles op een afstand van tien meter.

In feite bloeide de romantiek zo snel op dat het hek tussen de twee kampen een serieus ongemak betekende. Maar als de mannen van Auschwitz iets konden, dan was het wel zich aanpassen aan de situatie en al snel werd dit obstakel door de meer vermetelen onder hen overwonnen. Een groep mannen die bezig waren een nieuw riool aan te leggen, evenwijdig aan het hek, lieten de schoppen tijdelijk wat extra werk doen. Dit resulteerde in een tunnel, een tunnel van de liefde, waar de meest ijverige Romeo's 's nacht doorheen kropen. Uiteraard zetten ze daarmee hun leven op het spel, maar achteraf verzekerden ze ons in geuren en kleuren hoezeer de beloning het de moeite waard maakte.

Ik heb nooit gebruikgemaakt van die tunnel. Niet dat ik ongevoelig was voor de charmes van de Tsjechische meisjes aan de andere kant van het hek. Integendeel. Ik bewonderde hen van een afstandje, zogezegd, maar ik was veel te verlegen om me in luchthartige affaires te storten die het leven van mijn meer ervaren en avontuurlijke medegevangenen opvrolijkten.

Dankzij de universiteit van Auschwitz was ik weliswaar wat oud voor mijn negentien jaar, maar waar het meisjes betrof was ik nog steeds het onhandige jochie van zeventien dat thuis in Trnava opschepte over z'n veroveringen, maar in feite nooit veel verder gekomen was dan een paar snelle, onhandige kussen na een dansavond.

Ik denk dan ook dat het onvermijdelijk was dat ik weldra vreselijk verliefd was op een meisje met wie ik nog nooit een woord gewisseld had. Daar in Birkenau, in die hel van dood en verval en wanhoop, leed ik aan de zoete pijn van een jeugdige verliefdheid.

Het gebeurde toen ik op een dag door het hek met Fredy Hirsch stond te praten, de man die de leiding had over de slaapbarak van de kinderen en alles op alles zette om hun jonge leventjes een beetje normaal te laten verlopen. Hij was een Duitse Jood die naar Tsjechoslowakije geëmigreerd was, een gymnastiekleraar van beroep maar met een sterke roeping tot jeugdleider. In feite vertelde hij me net over een nieuw plan voor z'n kinderen en stond ik versteld van het enthousiasme van de man, toen een meisje ons onderbrak; daarna hoorde ik hem nauwelijks meer, want hij leek volledig op te gaan in de achtergrond.

Ze was ongeveer tweeëntwintig, lang, donker en slank, een meisje met een natuurlijke charme en open, lachende ogen. Vaag hoorde ik Fredy zeggen: 'Dit is onze buurman, Rudi Vrba. Hij is administrateur. Rudi, dit is Alice Munk, een van mijn assistenten.'

Ik mompelde iets gebruikelijks, zoals 'Leuk je te ontmoeten' en bleef gewoon in die donkerbruine ogen staren tot dat haar in verlegenheid bracht, zodat zij ze neersloeg en ik mezelf stilletjes uitschold omdat ik zo'n onhandige stommeling was. Toen glimlachte ze weer naar me en vroeg met een zachte stem: 'Hoelang ben je hier al, Rudi?'

Dat was uiteraard een wat banale vraag. Ze stelde hem eigenlijk alsof we voor het eerst samen dansten in een vreemde danszaal en ze vroeg: 'Kom je hier vaak?'

Toch klonk het mij allemaal als muziek in de oren. Ik schuifelde wat met m'n voeten en zei: 'Ongeveer twee jaar ...'

'Twee jaar? Maar je ziet er zo ... sterk uit. Zo anders dan ... de anderen, bedoel ik.'

Ik glimlachte uit pure verrukking. Opeens was ik vreselijk blij dat ik administrateur was, dat ik een keurige rijbroek aanhad en een mooie tuniek, dat mijn kale hoofd verborgen zat onder een aardige pet. Op de een of andere manier wist ik uit te brengen: 'Nou ... het is niet altijd zo erg. Niet als je de weg een beetje weet.'

Zo ging het stuntelige gesprekje voort, met onhandige pauzes en een stortvloed aan betekenisloze woorden. We merkten geen van beiden dat Fredy Hirsch rustig wegglipte. We zagen geen van beiden iets anders dan elkaar. Heel Auschwitz, met z'n prikkeldraad en z'n muren en z'n verschrikkingen leek weg te smelten terwijl de zon helder boven ons tweeën begon te stralen.

Daarna zagen we elkaar iedere dag. De onhandigheid maakte plaats voor een soort vertrouwelijkheid. We praatten over elkaar, over haar ouders, rijke industriëlen uit een stadje ten noorden van Praag, over haar schooltijd. Ze moest lachen om mijn heimelijke Russische studie, om mijn ruzies met m'n moeder; haar blik werd zachter en verdrietig toen ze hoorde over mijn tocht naar Hongarije, die achteraf zo aandoenlijk leek. We praatten over de toekomst, alsof die er zeker zou zijn en de hele tijd ontweek mijn blik de schoorstenen, waar alleen maar harten waren die niet meer klopten.

Uiteraard hield ik zo mezelf voor de gek. Maar ik denk dat dat wel begrijpelijk was. Ik wilde er niets van weten, want dit was mijn eerste liefde en alles in mij deed z'n best om te vergeten dat Alice iets vreselijks zou kunnen overkomen. Ik probeerde het, maar het lukte niet; iedere dag werd ik eraan herinnerd dat de situatie werkelijk heel dreigend was; en het werd nog ingewikkelder toen er in december een tweede groep van zo'n 4.000 Tsjechen uit Terezin arriveerde.

De ondergrondse maakte zich echt zorgen om de nieuw aangekomenen. Ze stonden tegenover een totaal nieuwe situatie – de kinderen bijvoorbeeld – en ze werkten keihard om zich eraan aan te passen. Ieders broodrantsoen werd iets teruggebracht zodat de allerjongsten meer te eten zouden hebben. Zeep en medicijnen kwamen tevoorschijn, de hemel weet waarvandaan. Het was een geweldig staaltje razendsnelle improvisatie.

Iedere dag ging ik naar Schmulewski om verslag te doen en iedere dag meende ik een hardere blik in zijn ogen te zien. Ik moest mezelf inhouden om niet te vragen wat er aan de hand was, want dat zou een inbreuk op de discipline hebben betekend, maar met het verstrijken van de tijd werd ik steeds bezorgder, want ik voelde dat hij meende dat ze gedoemd waren.

De eerste stellige, zekere aanwijzing in die richting kreeg ik toen hij op een dag tegen me zei: 'Ik wil dat je uitzoekt hoeveel leden van de ondergrondse er precies in het gezinskamp zijn.'

'Hoezo?' vroeg ik. 'Is er iets mis?'

Even fronste hij. Toen glimlachte hij wrang, want hij wist van mij en Alice en zei kortaf: 'Het ziet er niet best uit.'

Die avond sprak ik niet alleen met Alice, maar ook met haar vriendinnen, Helena en Vera Rezek, twee zussen uit Praag. Ze waren alle drie lid van de ondergrondse van het gezinskamp en ik vroeg hun om uit te zoeken wat Schmulewski wilde weten.

Eventjes bleef het stil. Toen vroeg Helena kalm: 'Wat gaat er gebeuren? Is het … ernstig?'

Ik keek vlug naar Alice. Zij bleef even koel en onverstoorbaar als de andere twee. Zo rustig mogelijk zei ik: 'Ik denk niet dat het veel ernstiger zou kunnen zijn.'

De volgende dag kwam Helena naar het hek en zei: 'Er zijn drieëndertig leden van de ondergrondse in de twee kampen samen. Is er verder nog nieuws?'

Ik schudde mijn hoofd. Net als zij vroeg ik me af waarom Schmulewski het exacte aantal wilde weten. En later, toen ik hem verslag deed, moet hij de vraag in mijn ogen gezien hebben.

'Het is niet veel,' zei hij, 'maar het is misschien net genoeg. Meer kan ik je niet vertellen.'

Toen de tijd verstreek en de raadselachtige datum van 7 maart dichterbij kwam, werd mijn werk als koerier steeds deprimerender. Ik bracht allerlei cryptische boodschappen heen en weer tussen Schmulewski en de mensen van de ondergrondse in het gezinskamp. Iedere dag weer analyseerde ik ze, speurend naar een sprankje hoop, maar steeds zonder succes. Uit meer dan tien verschillende bronnen schraapte Schmulewski zijn brokjes informatie bij elkaar en allemaal leken ze in dezelfde richting te wijzen, die van de schoorstenen. Toch had ik de hele tijd het gevoel dat hij het nog niet opgegeven had, dat achter zijn brede, ondoorgrondelijke gezicht een plan lag dat de ramp zou kunnen voorkomen, dat de Tsjechen zou kunnen redden, dat Alice zou kunnen redden. Ik had er geen idee van wat het was, maar ik had het volste vertrouwen in hem als mens en als leider.

Pas op 4 maart, drie dagen voor D-day, maakte hij me deelgenoot van wat hij dacht; en dat was bepaald niet geruststellend.

'Rudi,' zei hij, 'deze hele toestand stinkt. Om te beginnen is hun allemaal opgedragen om naar huis te schrijven en hun brieven een maand later te dateren. De SS zegt dat dat is omdat ze via Berlijn moeten om gecensureerd te worden, maar dat is onzin.'

'Maar waarom?' zei ik. 'Zou het niet waar kunnen zijn?'

Hij schudde zijn hoofd. 'Nee, Rudi,' zei hij, 'ik ben bang van niet. Het *Sonderkommando* heeft de opdracht gekregen om in de nacht van 7 maart de ovens op te stoken voor 4.000 personen. En we hebben SS'ers horen praten over een bijzonder karwei, een moeilijk karwei.'

Hij keek me strak aan. Ik staarde nog steeds niet-begrijpend terug. 'Begrijp je het niet?' zei hij. 'Het is niet eenvoudig om deze mensen te vergassen. Ze zijn geen nietsvermoedende massa die zo uit een trein komt. Ze weten wat er hier gebeurt. Ze zouden in opstand kunnen komen. Ga nu maar naar ze toe en vertel ze alles wat ik je gezegd heb.'

Ik ging terug naar het kamp, terwijl de gegevens die Schmulewski me verteld had in mijn hoofd over elkaar heen tuimelden. Een opstand! Ik dacht aan kinderen die vastzaten in het kruisvuur van honderd machinegeweren. Ik dacht aan de jonge meisjes die nog nooit bloed hadden gezien. Het meest van al dacht ik aan Alice. Toch begon ik langzaam maar zeker te beseffen dat zij allemaal alleen een kans hadden door te vechten. Dan zou het ervan afhangen hoeveel steun ze kregen van de andere gevangenen. Hoe sterk was de ondergrondse? In hoeverre was men bereid mee te doen?

Het zou gemakkelijk zijn om te zeggen dat het verzet mee zou doen en ook in opstand zou komen. Maar het zou een geweldig offer eisen. Deze mannen waren er al in geslaagd in leven te blijven terwijl de kansen erg klein waren. Met iedere dag groeide hun kans om het te overleven. Sommigen praatten nu al over de bevrijding, over de Russische stoomwals die de ring om Auschwitz plat zou walsen, over de SS die weggevaagd zou worden door het opkomende tij van de oorlog.

Zouden deze geharde gevangenen, die in de loop van de tijd een miljoen mensen hadden zien omkomen, alles op het spel zetten voor 4.000 Tsjechen? Of zouden ze misschien vechten voor iets veel groters? Voor de ondergang van Auschwitz zelf bijvoorbeeld? Voor een massale ontsnapping en vlucht naar de bossen waar de Poolse partizanen rondzwierven? Wat had Schmulewski in gedachten en wat betekende zijn openlijke boodschap eigenlijk echt? In stilte vervloekte ik de discipline die me verbood om vragen te stellen en ik zocht Alice, Helena en Vera op om hun te vertellen wat hij gezegd had.

Ze luisterden zorgvuldig en zonder iets te zeggen, ondertussen af en toe naar elkaar kijkend. Daarna zei Helena: 'Ik heb ook nieuws voor jou, Rudi. Ik geloof dat we morgen naar jouw kamp verhuizen. Het gerucht gaat dat we binnenkort overgeplaatst worden.'

'Bedoel je … weg uit Auschwitz?'

Ze knikte. Ik zag opwinding in haar ogen en ik wist dat ze meer vertrouwen had in haar eigen informatiebronnen dan in de mijne. Heel eventjes monterde ik wat op, maar toen besefte ik dat hier de wens de vader van de gedachte was. 'Wie weet, Helena', zei ik. 'Maar jullie moeten aan iedereen doorgeven wat Schmulewski heeft gezegd. Dat is zijn bevel.'

De volgende dag kwam het eerste deel van haar voorspelling echter al uit. Plotseling haalde de SS alle nieuwe gevangenen uit Kamp A, zodat alleen de leden van de permanente staf achterbleven, onder wie ikzelf. Zodra alles vrij was, werden ze vervangen door de 4.000 Tsjechen die in september gearriveerd waren.

Ondanks de sombere vooruitzichten, ondanks Schmulewski en zijn grimmige waarschuwingen was ik verrukt. Al bijna zes maanden lang was ik verliefd op Alice, hevig verliefd. Al die tijd hadden de hekken ons gescheiden gehouden. Al die tijd hadden we zelfs nooit elkaars handen vastgehouden. En nu liep ze snel in mijn richting, vol verlangen en haar bruine ogen lachten en haar lange haar danste in de wind.

Een moment lang stonden we dicht tegen elkaar aan en kon ik haar warmte voelen en haar frisheid ruiken. Haar wang streek heel even langs de mijne en toen was ze al weer weg. Maar ze had me nog wel iets toegefluisterd waarvan ik nooit gedacht had dat ik dat ooit zou horen.

'Tot straks, lieveling. In de barak.'

Die avond kwam ze met Vera en Helena naar mijn kamer en zaten we een paar uur bij elkaar en discussieerden over het laatste nieuws. Alice zat naast me met haar hand in de mijne en het leek wel of haar vingers mijn pessimisme wegdrukten. Het wemelde nu van de geruchten en allemaal weerspraken ze de harde woorden van de leider van onze ondergrondse.

'Ze zeggen dat we naar het noorden gaan', zei Helena. 'Ergens in de buurt van Warschau.'

'Fredy Hirsch zegt dat ze nooit de kinderen zouden durven doden', zei Vera. 'Hij zegt dat ze bang zouden zijn dat het nieuws zou uitlekken.'

'Misschien is de oorlog wel snel voorbij', zei Alice heel zachtjes. 'En dan ... en dan ...'

Die avond kuste ik haar voor het eerst. Als kus stelde het niet zoveel voor, want ik had in m'n leven nooit veel kunnen oefenen, maar op de een of andere manier leek mijn onhandigheid weinig uit te maken; en die nacht voor ik in slaap viel, dacht ik: Misschien is de oorlog inderdaad wel snel voorbij.

Deze rooskleurige gedachten werden echter al snel weer

de kop ingedrukt. De volgende morgen toen ik twintig gevangenen meenam om het broodrantsoen op te halen, zag Schmulewski er grimmiger uit dan ooit tevoren. 'Luister goed, Rudi', snauwde hij. 'Ik heb niet veel tijd. Kort gezegd is de situatie zo slecht als hij maar kan zijn. Je moet ze waarschuwen dat ze op het ergste voorbereid moeten zijn. Zodra ik iets definitiefs hoor, neem ik contact met je op. En dat zou nu elk moment zover kunnen zijn.'

Ik aarzelde. Ook nu weer raadde hij wat er in m'n hoofd omging. Nogal nors zei hij: 'Persoonlijk ben ik er behoorlijk zeker van dat ze morgen zullen sterven. Is dat wat je wilde weten?'

Ik knikte. Plotseling leken de opgewekte, hoopvolle geruchten van de vorige dag bleek en nietszeggend. Dit was de waarheid uit de mond van een man die overal spionnen had zitten, die al zo vaak oog in oog met de dood had gestaan dat hij hem zowat kon ruiken.

Opnieuw bracht ik verslag uit. Opnieuw kwamen die avond Helena, Vera en Alice in mijn kamer. Maar ditmaal was er geen sprake van mooie dagdromen. Ik deed ook geen poging om het nieuws voorzichtig te brengen, want daar was het al te laat voor. Nu moesten we allemaal razendsnel denken.

Ik vroeg aan Helena: 'Hoe zit het met de anderen? Wat denken ze ervan? Geloven ze Schmulewski?'

'Sommigen wel', zei ze schouderophalend. 'Anderen niet. Maar vrijwel niemand gelooft dat de kinderen zullen omkomen. Ze kunnen zich niet voorstellen dat mensen kleine kinderen zouden vermoorden, vooral niet na de manier waarop de SS zich heeft gedragen.'

Een uur lang praatten we erover door. We ontrafelden de feiten, de halve feiten, de geruchten en we kwamen er niets verder mee. Ten slotte stond Helena plotseling op, glimlachte naar Alice en mij, die op het bed zaten en zei: 'Goed, jullie twee hebben waarschijnlijk wel andere dingen om over te praten. Kom mee, Vera.'

Toen waren we alleen. Voor mij was het de allereerste keer dat ik met een meisje alleen in een slaapkamer was. De verlegenheid blokkeerde mijn verstand en hoewel ik wist wat ik wilde, werd ik erdoor weerhouden om iets te doen.

'Ik vraag me af wat Schmulewski gaat doen', zei ik en mijn stem klonk hoogdravend en onnatuurlijk. 'Ik weet zeker dat hij iets van plan is.'

Alice zei niets.

'Een opstand misschien. Dat zou het einde van Auschwitz kunnen betekenen.'

Alice zei nog steeds niets.

'Er zouden veel mensen omkomen natuurlijk. Maar misschien zou het dat waard zijn. Misschien ...'

'Rudi,' zei ze zachtjes, 'kijk naar me.'

Langzaam draaide ik me om en keek naar haar. Ze lag nu opgerold op het bed en ik denk niet dat ik ooit iets mooiers gezien heb.

Haar donkerbruine haar viel losjes over haar schouders. Haar ogen stonden mistig, maar lachten nog steeds en haar mond was licht gebogen. Toen liet ze zich achterover zakken en de tere lijn van haar borsten bewoog zich zachtjes onder haar vaalblauwe bloes.

De barrières, alle barrières smolten weg. Ik leunde over haar heen, zo dichtbij dat haar geur ons omgaf, en ditmaal verdween ook al mijn onhandigheid.

'Je ruikt zo heerlijk', fluisterde ik suffig, zonder na te denken. 'Waarom ruik je toch zo heerlijk?'

Ze lachte, een bijna ademloos lachje.

'Zeep, lieverd', mompelde ze. 'Gewoon zeep. Waarom praat je zo veel?'

Daarna zei ik een hele tijd niets meer. Auschwitz deed er niet meer toe, bestond zelfs niet meer. De wachttorens en de geweren en de honden, de modder, de dood, de hoge, kwaadaardige schoorsteen, alles was weggevaagd, uitgewist door een magie die we geen van beiden eerder hadden gekend.
Iemand stond aan m'n schouder te rukken. In de verte hoorde ik een stem die zei: 'Wakker worden, Rudi. Wakker worden. Snel!'

Ik verzette me ertegen. Ik wilde niet wakker worden, ik wilde de werkelijkheid niet meer. Maar het schudden hield niet op en ten slotte ging ik slaperig rechtop zitten. Helena stond naast m'n bed met een ontsteld gezicht en een vreselijk bezorgde blik.

'Schmulewski vraagt naar je', zei ze snel. 'Hij zegt dat het dringend is. De hele zooi is omsingeld door SS'ers.'

Ik knipperde met m'n ogen en het kamp, dat gehate kamp, werd weer scherper. Aan het voeteneind van m'n bed zag ik een verfrommelde, vaalblauwe bloes. Alice lag naast me nog steeds te slapen, met een vage glimlach op haar gezicht. Ze bewoog zich, rekte zich uitgebreid uit, en toen ze zich omdraaide gleed haar arm om mijn lichaam heen,

Zachtjes, zo zachtjes als ik maar kon, fluisterde ik: 'Wakker worden, schat. Het is ochtend. Ik moet gaan.'

In één klap was ze wakker en schoot ze overeind en voor het eerst zag ik iets van angst in haar ogen. Toen zag ze Helena en trok de deken op tot haar kin. 'Opschieten, Rudi', zei Helena. 'In Godsnaam, schiet op. Er is iets afschuwelijks aan het gebeuren.'

Ze ging weg en ik begon me aan te kleden. Alice had haar kalmte weer hervonden en was eerder klaar dan ik. Ze kuste me vluchtig en zei heel zacht: 'Kom op, lieveling. Er is werk aan de winkel.'

Samen liepen we naar buiten om de grijze ochtend van de

zevende maart onder ogen te zien. Het moment van de deadline was aangebroken, zoals elke deadline een keer aanbreekt.

Iets later liep ik met mijn twintig gevangenen Kamp A uit om het brood op te halen in Kamp D. Ik zag dat Helena gelijk had. Overal stonden SS'ers met machinepistolen op de arm. Sommigen herkende ik. Anderen waren vreemden. Maar allemaal hadden ze iets van een grimmige, onuitgesproken doelbewustheid over zich en toen wist ik dat de commandant op alles voorbereid was, zelfs op een opstand.

De Russen hadden het brood voor ons klaarliggen, maar ik bleef even met hen kletsen, in een poging om het gesprek uit te stellen dat ik niet wilde voeren, om de woorden die ik niet wilde horen te vermijden. Ik vroeg hun om citroenen voor de kinderen, alles wat hen en mij een paar extra minuutjes bezig zou houden.

Ten slotte kon ik geen tijd meer vertreuzelen. Ik ging naar Schmulewski, die me met zware oogleden aankeek alsof hij niet geslapen had en hij kwam terzake met een directheid die pijn deed.

'Het nieuws is als volgt', snauwde hij. 'Het gezinskamp sterft vandaag.'

'Bedoelt u dat er een selectie komt? Gaan ze zich ontdoen van de ouderen en de kinderen en de zieken?'

'Nee. Iedereen sterft. En om die reden zou dit onze dag kunnen worden. Dit is voor het eerst dat ze gaan proberen een paar duizend mensen te vergassen die weten wat er gaat gebeuren. Dit is het moment voor een opstand en dat weet de SS ook.'

Op zijn gezicht was geen enkele uitdrukking te lezen, maar de spanning straalde van hem af. Ik wist dat elke vezel van zijn lichaam klaarstond om direct in actie te komen en dat hij zich zorgvuldig beheerste.

'Nu kan ik niet van onze makkers vragen dat ze hun leven

vergooien voor een verloren zaak. Maar als de Tsjechen in verzet komen, als ze de strijd serieus aangaan, dan zullen ze er niet alleen voor staan. Honderden van ons, misschien wel duizenden zullen naast hen strijden en met een beetje geluk kunnen we heel dit vunzige zaakje te pletter slaan.

Vertel hun dat. Vertel hun dat ze niets te verliezen hebben, dat de keus is tussen vechten en sterven. Maar vertel hun ook dat ze geen enkele kans maken tenzij ze de juiste leider hebben.'

'Een leider? Wie?'

'We hebben hem al uitgekozen, al weet hij het zelf nog niet. Maar het is van wezenlijk belang dat je het er bij hen inpraat waarom we die man uitgekozen hebben. Zoals je weet is er een half dozijn verschillende politieke groeperingen in het kamp te vinden: communisten, zionisten, antizionisten, sociaaldemocraten, Tsjechische nationalisten, de hele zooi. Als we iemand uit een van deze groepen aanwijzen, dan komt er zeker heibel van en verdeeldheid en dus mislukking. We moeten iemand hebben die door allen zonder te bedenken gerespecteerd en gehoorzaamd zal worden. Iemand die hun kan zeggen dat ze moeten vechten en die ze in de strijd kan aanvoeren, zodat ze één blok vormen.'

'Maar wie dan? Waar vind je in hemelsnaam zo iemand?'

'Zoals ik al zei hebben we hem al gevonden. Fredy Hirsch.'

Fredy Hirsch! Een Duitser! Die lange, atletische Fredy, die de slaapbarak van de kinderen had opgezet. Eerst dacht ik dat Schmulewski gek geworden was, maar langzaam drong het tot me door dat hij volkomen gelijk had. Iedereen had respect gekregen voor Hirsch. Goed, hij was een Duitser. Maar wel een Duitse Jood. Hij had zich helemaal verbonden aan de mensen van zijn nieuwe vaderland, had met hen geleden en was bereid om met hen te sterven. Ik wist dat hij ook met en voor hen zou vechten.

'Luister. Dit is wat je moet doen. Ga terug en roep onmiddellijk de leden van de ondergrondse uit de eerste groep bijeen, de septembergroep, want voorlopig gaat het alleen om hen. Vertel hun wat ik je verteld heb. Vertel hun dat wij zullen vechten als zij vechten, maar dat zij moeten beginnen en goed moeten beginnen. Laat daarna Fredy bij je komen en vertel hem welke rol hij moet spelen. Oké?'

'Oké.'

'Succes ermee.'

'Bedankt.'

Ik liep terug naar het kamp met het brood en de citroenen en nog wat uien die ik achterover had weten te drukken. Zodra ik terug was gaf ik de bevelen van Schmulewski door aan Helena. En toen ging ik terug naar mijn kamer en ging daar zitten wachten; de kamer waar Alice en ik een paar uur daarvoor elkaar hadden liefgehad.

De leden van de ondergrondse uit het gezinskamp druppelden binnen en gingen op de grond zitten, want er waren maar twee stoelen. Ik zat op het bed en Alice zat naast me, met haar arm om mijn schouder. Terwijl ze sigaretten pakten of rolden, telde ik hen. Het waren er maar zestien en meer meisjes dan jongens.

Ik probeerde hen te zien als een gevechtseenheid, als fakkeldragers die het kamp in vuur en vlam zouden zetten; maar dat viel niet mee. Ze waren jong. Ze waren dapper. Ze waren toegewijd. Maar het waren eigenlijk nog kinderen, ongeschoold door de wereld, niet gehard door moeite of haat. Ik vroeg me af hoeveel moed ze wel niet nodig zouden hebben om tegenwicht te bieden tegen hun onschuld, om hun een kans te geven te midden van de slachtpartijen.

Ik vertelde hun botweg hoe de situatie lag. Terwijl ik sprak bekeek ik hun gezichten. En toen ik uitgesproken was, wist ik dat hun harten groot genoeg waren voor de vreselijke taak die voor hen lag, want ze waren kalm en onbevreesd, al was het misschien omdat ze de realiteit van de dood nog niet hadden leren kennen.

Helena zei: 'Ik zal Fredy Hirsch wel halen.'

Ze keerde binnen een paar minuten met hem terug en toen lieten ze ons alleen. Ik stond een tijdje naar die sterke jonge Duitser te staren, naar zijn openhartige, vragende blik en ik wist dat hier een man stond die zou doen wat zijn geweten hem ingaf, ook al betekende dat zijn dood. Ik herhaalde Schmulewskis boodschap nog eens.

De uitdrukking op zijn gezicht veranderde niet. Twee minuten lang zat hij zonder iets te zeggen, tot ik zei: 'Fredy, je bent de enige die het kan doen. De enige die ze zullen volgen.'

'Maar Rudi,' zei hij bijna fluisterend, 'hoe moet het met de kinderen?'

Dit was het moment waar ik met angst naar uit had gezien. Ik wist hoeveel hij van die kinderen hield, hoeveel zij ook van hem hielden. Hij was een tweede vader voor hen, de as waarom hun jonge leventje draaide.

'Fredy,' zei ik, 'de kinderen gaan sterven. Dat moet je geloven. Maar duizenden kinderen zijn al gestorven en nu hebben we de kans om dat een halt toe te roepen. Om het kamp zo te verpletteren dat er hier nooit meer een kind vergast zal worden. Denk daar eens aan. Een paar honderd sterven vandaag omdat niemand ze kan redden. Maar tienduizenden andere kinderen blijven in leven.'

Zijn gezicht stond bleek en gespannen. Zijn hand trilde toen hij een sigaret opstak.

'Hoe kan ik ze achterlaten, Rudi?' zei hij. 'Hoe kan ik weglopen om voor mijn eigen huid te vechten en hen achterlaten om afgeslacht te worden? Zie je dan niet dat ze mij vertrouwen? Ze hebben me nodig!'

‘Ze zijn ten dode opgeschreven, Fredy. Je kunt ze niet redden. Denk aan de anderen. Denk aan de duizenden kinderen in heel Europa. Kinderen die nu nog thuis zitten bij hun ouders, maar die in Auschwitz zullen omkomen als wij nu niets doen.’

De marteling van de beslissing die hij moest nemen was in zijn ogen te lezen, de marteling van een man die nog steeds beschaafd was, die nog niet lang genoeg in Auschwitz was geweest om een dikke, ongevoelige huid aangekweekt te hebben.

‘Geef me een uur, Rudi’, zei hij. ‘Geef me een uur om erover na te denken.’

Het was ongeveer elf uur. De vergassing zou waarschijnlijk op z’n vroegst aan het eind van de middag beginnen. Ik zei tegen Fredy: ‘Oké. Maar onthoud één ding. Er is maar één manier waarop je wie dan ook kunt helpen.’

Alice stond buiten te wachten. Ik vertelde haar wat er gebeurd was en opeens zei ze: ‘Rudi, weet je het zeker? Weet Schmulewski het zeker? Het lijkt gewoon niet mogelijk.’

‘Ik weet het zeker’, zei ik. ‘Ik ken de SS. Voor hen is dit de enige manier.’

‘Maar de kinderen … toch zeker niet de kinderen.’

‘Ook de kinderen. Maar laten we ergens anders over praten.’

We praatten over iets anders. Over een toekomst zonder prikkeldraad. Over een wereld zonder geweren. Over een gewoon huis in een gewone straat met een groenteboer net om de hoek. Over vier stevige muren, met daarbinnen een slaapkamer en een keuken en een haard, waarin ’s avonds een vuur danste en flikkerde. Over vrede, waarvan ik bijna niet meer wist dat die bestond en waarvan zij nauwelijks kon geloven dat die afgelopen was. Schitterende woorden. Lege woorden. Valse woorden, want nu logen we tegen elkaar om elkaar te helpen. En we logen tegen onszelf.

En toen was het twaalf uur.

Ik ging terug naar de barak om de beslissing te vernemen die ons zou kunnen helpen onze schaduwen te verwerkelijken. Fredy Hirsch lag bewusteloos op het bed.

Ik rende naar hem toe. Zijn zware ademhaling rommelde in zijn keel. Zijn gezicht had een blauwgrijze kleur. Hij had schuimspetters op z'n lippen en vertoonde alle symptomen van een luminalvergiftiging.

Ik stormde de barak uit en ging als een razende op zoek naar een van de artsgevangenen. Ik vond er twee en ze kwamen direct met me mee naar de man die in leven moest blijven. Hij ademde nu nog zwaarder, heel vlug, dringend, wanhopig. Zonder een woord te zeggen onderzochten ze hem terwijl ik hulpeloos op de achtergrond stond toe te kijken.

Ten slotte draaiden ze zich met een nietszeggende uitdrukking op hun gezicht weg van het bed. De oudste van de twee zei tegen me: 'Ik kan hem redden, Rudi.'

'God zij dank!'

'Maar er is tijd voor nodig. Het zal wel twee weken duren voor hij weer op de been is.'

'Daar heb ik verdorie niks aan!' schreeuwde ik. 'Hij gaat vandaag toch sterven. Ze gaan allemaal sterven. Hij is de enige die ze kan redden! Hij is de enige die ze kan laten vechten!'

De twee artsen keken elkaar aan. Toen zei de oudste rustig: 'Als wat je zegt waar is, laat hem dan nu sterven. Dat is het beste voor hem, want we kunnen niets doen.'

Ik keek neer op Fredy Hirsch, de Duitser wiens hart te groot was, die het idee dat hij kleine kinderen zou zien lijden niet kon verdragen. En ik realiseerde me dat ik te veel van hem gevraagd had.

Toch was er nog hoop. Er was nog tijd. Schmulewski zou

wel iets bedenken, zou een nieuwe leider vinden, een nieuw boegbeeld. Ik rende de barak weer uit; en toen bleef ik plotseling staan.

Heel Kamp A was omsingeld door SS'ers. We waren totaal geïsoleerd.

Ik ging naar het hek dat ons van Kamp B scheidde, waar de tweede groep Tsjechische gezinnen nog steeds verbleef en ik riep Hugo Lenk, een van de leiders van de ondergrondse.

'Hirsch is dood', vertelde ik hem. 'Zorg alsjeblieft dat er een boodschap naar Schmulewski gaat!'

'Hoe moet ik dat doen, Rudi?' snauwde hij. 'De hele zooi is afgegrendeld.'

'Probeer het toch, man, probeer het! Ik kan niet zomaar orders geven. Ik kan ze niet zeggen dat ze moeten vechten, niet zonder Hirsch. Schmulewski is de enige die dat kan.'

'Goed dan. Ik doe m'n best. Maar het zal niet meevallen.'

Ik wist natuurlijk best dat het moeilijk zou zijn, maar nu eiste ik wonderen van hem. De verantwoordelijkheid voor de situatie drukte op m'n schouders en opeens voelde ik me moe, leeg, ontmoedigd. In een troosteloze stemming dwaalde ik door de barak, waar ik Alice, Helena en Vera tegenkwam.

Alice sloeg meteen haar arm om me heen. 'Wat is er, Rudi?' zei ze. 'Je bent ziek. Lieveling, wat is er gebeurd?'

'Hirsch is dood. Er komt geen opstand.'

'Maar waarom niet? We kunnen zonder hem doorgaan. Geef jij het bevel en we zullen vechten.'

Dit had ik wel verwacht. Ze realiseerden zich niet hoeveel er op het spel stond. Ze begrepen niet hoe de ondergrondse werkte. Ze wisten niets van z'n ijzeren discipline, z'n koele, ongevoelige, ontzettend rationele benadering van elk probleem.

'Ik kan geen bevelen geven', zei ik vermoeid. 'Ik ben maar een klein mannetje in de organisatie. Ik kan zo'n verantwoordelijkheid niet op me nemen zonder toestemming van hogerhand.'

'Maar we moeten vechten!' zei Vera wanhopig. 'We kunnen ons niet als honden laten afmaken. Laten we de barakken in brand steken, wat dan ook. Alles is beter dan niets!'

Helena keek haar fronsend aan en zei toen tegen mij: 'Heb je verder geen bevelen van Schmulewski, Rudi? Voor wat dan ook?'

'Ik heb geen bevelen. Helemaal niets.'

Ze draaide zich weer naar haar zus toe en zei: 'Doe niet zo dom, Vera. We mogen niets doen wat andere mensen het leven kan kosten. We moeten wachten op instructies.'

Ik keek haar dankbaar aan. Zij begreep het tenminste.

Daarna ging de tijd snel. Ik onderzocht ieder mogelijk gaatje in de muur rond het kamp. Ik zei tegen de SS dat ik naar Kamp D moest met belangrijke documenten. Ze schudden hun hoofd. Ik dacht zelfs even over de mogelijkheid om hun te vertellen dat ik het lichaam van Fredy Hirsch het kamp uit moest brengen, maar ik verwierp de gedachte meteen weer als zinloos. Ik nam contact op met Hugo Lenk, tegen beter weten in hopend dat hij erin geslaagd was om een boodschap naar buiten te brengen, maar hij schudde triest zijn hoofd.

We zaten in de val. Nu, zo wist ik, was het nog slechts een kwestie van tijd, tenzij de wonderen die ik verlangd had gebeurden. Automatisch begaf ik mij terug naar de barak, naar Alice en Helena en Vera.

Ik herinner me niet hoelang we daar gezeten hebben of wat we tegen elkaar gezegd hebben; maar wat ik nooit zal vergeten, is het geluid van de vrachtwagens. Ze kwamen brullend het kamp binnen, tien stuks, twintig, vijftig, zestig. Ik heb ze niet kunnen tellen.

We liepen naar de deur, maar het was al te laat. Een hele

zwerm kapo's, vreemde kapo's, stroomde de barakken binnen, zwaaiend met hun knuppels. 'Naar buiten ... naar buiten!' brulden ze. '*Raus ... raus ... raus!*'

De knuppels kwamen keer op keer neer. Het ijle gejammer van de vrouwen vermengde zich met het verschrikte geschreeuw van de kinderen. Alice wierp zich in mijn armen en terwijl ik haar dicht tegen me aan hield, sloegen en trapten de kapo's hun vee in de wagens. Ze zwermden overal om ons heen, maar lieten ons voor het moment met rust, want aan mijn kleren zagen ze dat ik één van hen was. Maar dat bood uiteraard maar voor korte tijd bescherming. Dit was het einde, dat wist ik heel goed.

Een met bloed besmeurd kind viel aan mijn voeten. Een moeder tilde het dode lichaampje op en werd met een klap op haar rug de deur uit gesmeten. Alice hield haar gezicht heel dicht tegen het mijne aangedrukt en ze fluisterde in mijn oor:

'We zullen elkaar terugzien, lieveling. We zullen elkaar terugzien en dan zal alles fantastisch zijn. Maar ... als we elkaar niet meer zien ... het was al fantastisch.'

Een kapo kwam langs gestampt, gaf ons een duw en brulde: 'Opschieten, jullie twee. Dit is geen moment om te neuken. Zorg dat die griet in de vrachtwagen komt!'

We hielden elkaar nog steeds vast, onze lippen tegen elkaar gedrukt, onze vingers zinloos in elkaars vlees klauwend.

'Kom nou, smeerlap! Laat dat meisje los of je gaat samen met haar de wagen in!'

Alice had hem gehoord. Haar greep verslapte. Haar gezicht was wit, maar ik zag geen tranen.

'Ga, lieveling', hijgde ze. 'Ga nu!'

Toen was ze zelf weg en rende ze naar een vrachtwagen. Ik zag dat ze struikelde toen ze een klap kreeg, overeind krabbelde en door de deur verdween.

Ik volgde haar, maar kon haar niet meer zien. Buiten waren de barakken volledig omsingeld door kapo's en SS'ers, de veiligheidspal van hun machinegeweren los. Als ik in die ring bleef, wist ik dat ik ook in de vrachtwagen geduwd zou worden, rijbroek of geen rijbroek. En als ik wegrende, zou ik onmiddellijk doodgeschoten worden.

Ik haalde een sigaret uit m'n zak, stak hem aan en liep rustig naar een kapo die ik kende. Ik babbelde wat tegen hem, maar hij luisterde niet. En toen liep ik, met de sigaret in de mond en m'n handen in de zakken langzaam naar de groene muur van SS'ers.

'Halt!' De loop van een machinegeweer prikte in m'n buik.

'Ik ben de administrateur van Blok 14. Ik heb bevel gekregen onmiddellijk naar de blokoudste te gaan.'

'Oké. Maar snel.' Hij zwaaide me met zijn geweer door het kordon heen en ik liep snel weg van de barakken, weg van het gekkenhuis, weg van Alice. Bij de deur van Blok 14 bleef ik staan en keek achterom. Een administrateur die ik kende zei: 'Je bent een echte stomkop! Je was verdorie bijna in de oven beland.'

Ik antwoordde hem niet. Ik hoorde hem nauwelijks. De vrachtwagens begonnen weer te brullen en reden naar het hek. Het leek wel een pantserdivisie. Het geluid van de motoren leek het hele kamp te vullen, overstemde alle andere geluiden.

En toen plotseling, boven dat rauwe, opdringerige geluid uit hoorde ik een ander geluid, een nieuw, schitterend geluid. Het geluid van duizend vrouwen die zongen. Ze zongen het Tsjechoslowaakse volkslied: *Waar is mijn thuis …*

Het vervaagde toen de vrachtwagen waarin ze zaten om de hoek verdween. Maar andere stemmen namen het over met een nieuw lied, geïnspireerd door dezelfde gedachte. Ditmaal was het het Joodse volkslied: *De hoop*.

Urenlang stond ik buiten, tot lang nadat de laatste vrachtwagen verdwenen was en de stank van de uitlaten weg was. Ik stond daar, gemarteld, tot ik een donkere rookwolk zag die zich met de gele vlam aan de top van de schoorsteen van het crematorium vermengde. Toen ging ik terug naar mijn kamer, terug naar het bed dat nog geen vierentwintig uur daarvoor magische dingen had meegemaakt.

Ik ging erop liggen, maar ik deed geen oog dicht.

Philip Müller had de hele nacht doorgewerkt. Z'n gezicht zag grauw en z'n ogen stonden doodmoe. Met een zorgvuldig onverschillige stem vroeg ik hem: 'Hoe is het gegaan?'

'Rustig, Rudi', zei hij. 'Heel rustig. Ze zongen de hele tijd het Tsjechische en het Joodse volkslied en ze liepen gewoon de gaskamers in.'

'Zonder verzet?'

'We zaten erop te wachten, maar het kwam niet. Als ze hadden gevochten, dan hadden wij meegedaan. Ik neem aan dat ze in de eerste plaats aan de kinderen dachten.'

'Geen enkel protest?'

'Niets dat het noemen waard is. Drie meisjes verzetten zich en moesten naar binnen geslagen worden. Dat was alles.'

Maar drie meisjes. Ik vroeg me af wie het waren geweest. Maar ik vroeg Philip verder niets.

14

'Vertrouw nooit een Duitser'

Nog afgezien van het feit dat ik niet het gezag had om de Tsjechen op te roepen in opstand te komen, was er een andere reden die me dwong om niets te zeggen. Mijn eigen ontsnappingsplannen waren zo goed als klaar. En het was nu absoluut essentieel dat iemand uit Auschwitz zou wegkomen om de wereld te waarschuwen, want de vernietigingsmachine werd voorbereid voor de grootste slachtpartij die het in z'n toch al bloederige geschiedenis gekend had.

De eerste aanwijzingen hiervan kregen we toen in januari begonnen werd met de aanleg van een nieuwe spoorlijn, over de brede weg die tussen Birkenau 1 en Birkenau 2 in lag. Gevangenen werkten er dag en nacht aan, in het licht van schijnwerpers wanneer dat nodig was. En iedere morgen zagen we dat hij weer een paar meter verder opgeschoten was naar het eindpunt, dat zoals al snel duidelijk werd, bij de gaskamers en de crematoria lag.

Het perron zou overbodig worden, zo leek het. Hier werd een operatie voorbereid die te omvangrijk was voor de vrachtwagens. Hier zouden geen selecties meer zijn van de jongen en de gezonden; slechts een directe lijn naar de dood.

Ik besprak de situatie met Philip Müller en hij bleek in staat me er nog meer van te vertellen. De oude greppels, waar de lichamen verbrand werden voordat de crematoria gebouwd waren, werden weer klaargemaakt voor gebruik.

Nieuwe greppels werden gegraven. De capaciteit van Auschwitz, de grootste doodsfabriek uit de geschiedenis van de mensheid, zou tot het uiterste vergroot worden.

Onze schatting was dat de nazi's zich klaarmaakten om minstens een miljoen mensen te vermoorden. Een tijdje vroegen we ons af in welk land er nog zoveel Joden over waren; maar geleidelijk, terwijl de aanwijzingen als puzzelstukjes in elkaar vielen, begonnen we te beseffen wie voorbestemd waren om alle records te breken. Het waren de Hongaren, van wie de meesten van ons dachten dat ze redelijk veilig waren.

Hongarije was tenslotte een onafhankelijke staat en de Joden hadden altijd een belangrijke rol gespeeld in de leiding van het land. Het leek ondenkbaar dat een land waar het Jodendom zo nauw verweven was met het hele staatsbestel, erbij zou staan kijken en niets zou doen als dat vernietigd werd.

Toch leek alles plotseling in elkaar te passen. Uit de Duitse kranten, die natuurlijk verboden waren voor gevangenen, maar die wij oude rotten regelmatig 'organiseerden', begrepen we dat het rommelde in Hongarije. Daarna kwam het nieuws dat Duitse troepen het land waren binnengetrokken 'om de rust te herstellen'. En daarna deed zich een ontwikkeling voor die tegelijk waanzinnig en belachelijk leek. Szalasi was tot premier uitgeroepen. Szalasi, die kleine speelgoednazi die in z'n eigen land al heel zijn armzalige leven lang een mikpunt van spot was geweest.

Horthy bleef staatshoofd, maar was weinig meer dan een marionet. Szalasi was natuurlijk ook een marionet, een gewillige kruiper. Maar dat hij welke positie dan ook kon bekleden maakte zonder meer duidelijk dat het de Duitse nazi's waren die er feitelijk de dienst uitmaakten.

Zo kwam het dat wij in Auschwitz, dat misschien wel een

van de meest geïsoleerde plekken in heel Europa was, achter een geheim kwamen dat alleen bekend was bij de top van de nazi's in Berlijn. Eigenlijk duurde het nog wel een tijdje voor de waarheid tot de lagere rangen doordrong, maar ten slotte werd elke twijfel die we wellicht nog hadden, van tafel geveegd door de SS'ers die in de gaskamers en crematoria nauw samenwerkten met het *Sonderkommando*. Uit hun geklets haalden we alle zekerheid die we nodig hadden, uit hun grapjes onderling over de Hongaarse salami die ze straks met tonnen tegelijk zouden krijgen.

Toen wist ik dat voor mij nu het moment aangebroken was. Bijna twee jaar lang had ik aan een ontsnapping gedacht, eerst nogal egoïstisch, omdat ik vrij wilde zijn; later om een meer objectieve reden, omdat ik de wereld wilde vertellen wat er in Auschwitz gebeurde; maar nu had ik een werkelijk dringende reden. Nu ging het er niet meer om een misdaad openbaar te maken, maar om er één te voorkomen. Om de Hongaren te waarschuwen, om hen te doen opschrikken, om een leger van een miljoen mensen op te richten, een leger dat eerder zou vechten dan zomaar sterven.

Niettemin onderschatte ik de moeilijkheden die ik tegen zou komen niet. Auschwitz was het zwaarst bewaakte kamp van Europa, een geheim waarvan de nazi's vastbesloten waren dat het nooit bekend zou worden, want als er zelfs maar over gefluisterd zou worden, dan zou niemand zich meer als een schaap naar de slachtbank laten leiden.

Ook maakte ik me geen illusies over het lot dat iemand die een ontsnapping plande zou wachten. Dat was me al duidelijk geworden toen ik nog maar zeven dagen in het kamp was.

We waren klaar met ons werk en liepen terug naar de barakken voor het avondappel. Om een reden die we niet begrepen werd de routine echter gewijzigd en moesten we ons met duizenden andere gevangenen voor de keuken opstellen, een enorm gebouw met op het dak een schitterende uitspraak in tien meter hoge letters: *Eerlijkheid en Properheid, Liefde voor het Werk en Liefde voor het Vaderland zijn de Mijlpalen naar de Vrijheid.*

Deze nobele gedachte was die prachtige zomeravond echter niet aan ons besteed. Onze ogen en gedachten werden afgeleid door de twee verplaatsbare galgen die de open ruimte voor ons domineerden. En door het grootste aantal SS'ers met machinegeweren dat we ooit gezien hadden. Ze stonden vier of vijf rijen dik en waren met genoeg om het grootste deel van het kamp in een paar minuten neer te maaien. En terwijl we dat heel goed begrepen, konden we niet doorgronden waarom er nog een rij SS'ers stond die hun wapens om hun schouder geslagen hadden.

Deze rij had grote militaire trommels, zodat het hele tafereel, dat er al onheilspellend genoeg uitzag, iets van een circus kreeg.

Er waren altijd SS-officieren aanwezig bij het appel, maar ditmaal was de hele santenkraam erbij. Commandant Rudolf Höss was er, hoekig, fors, onberispelijk. En zijn adjudant, kampcommandant Hans Aumeier[1], een keurig mannetje van één meter zestig, de dubbele recordhouder: hij was de kleinste en de gemeenste officier van Auschwitz.

Het geheel was indrukwekkend en beangstigend. Toch hadden wij, gevangenen, niet het flauwste idee wat er aan de hand was tot Oberscharführer Jakob Fries, die de hardste stem van het kamp had, naar voren kwam en een toespraakje hield.

'Twee Poolse gevangenen', loeide hij zodat het door het hele kamp schalde, 'zijn gesnapt toen ze plannen aan het smeden waren om te ontsnappen. Dit was duidelijk uit het feit dat ze onder hun tunieken burgerhemden droegen. Dat is iets wat de kampleiding niet kan toestaan. Ieder die betrapt wordt op het plannen van een ontsnapping zal de doodstraf krijgen aan de galg, zoals deze twee gevangenen nu gestraft zullen worden.

Laat het een waarschuwing zijn voor jullie allemaal. De regels van het kamp moeten gehoorzaamd worden.'

Josef Erdelyi, die naast me stond, mompelde: 'Hij bluft. Hij probeert ons alleen maar bang te maken. Ik wed dat ze ze alleen maar een halfuur of zo aan hun polsen hangen.'

Hij had geen tijd meer om nog iets te zeggen. De zoveelste colonne SS'ers kwam aanlopen, met tussen hen in twee vreselijk magere gevangenen op blote voeten, die er op de een of andere manier in slaagden hun hoofden opgeheven te houden. En zodra ze op gelijke hoogte met ons kwamen, begonnen 25 trommels harder en harder te slaan, tot ze alle andere geluiden van het kamp uitsloten; het was een vreselijk geluid; elk woord, elke gedachte werd uit ons hoofd gevaagd.

De galgen stonden hooguit vijftien meter van me af. Ik zag dat de gevangenen elk op een verhoging klommen. De beul, een kapo, ging snel naar de eerste en bond z'n enkels en dijen aan elkaar. Zijn handen waren al op z'n rug gebonden en in een paar seconden werd de strop op deskundige wijze om zijn nek gelegd.

De man toonde absoluut geen emotie. Geen enkel spoortje van angst of verdriet of paniek. Zijn kameraad naast hem sprak ons allen toe, maar door de trommels was er niets van te horen, wat ook de bedoeling van die dingen was. En hoewel hij best wist dat we hem niet konden horen, bleef hij praten, zelfs toen het touw om zijn nek gelegd werd.

De kapo ging snel te werk, want hij had een hekel aan dit werk. Hij rende terug naar de eerste galg en haalde een hendel over. Het platform sloeg open en tot ons afgrijzen viel de gevangene hooguit twintig centimeter naar beneden.

Er was geen sprake van dat hij z'n nek brak, dat hij een

snelle dood kende. Hij zou gewurgd worden. Ik zag hoe zijn borstkas sneller en sneller op en neer ging, doordat z'n longen tekeergingen om lucht te krijgen. Toen trok zijn lichaam zich samen. Zijn benen bewogen zich omhoog tot ze horizontaal stonden en zakten toen even langzaam weer naar beneden. Op en neer … op en neer gingen ze met een ritmische beweging die maakte dat het lichaam zachtjes voor onze neus ronddraaide.

Nog een klap die boven het geroffel van de trommen uitklonk en de toespraak van de tweede gevangene was voorbij. Ook nu volgde dezelfde reactie, het snelle op en neer gaan van de longen, de trage oefeningen van de benen, het gedraai van het lichaam. Het duurde drie minuten en toen was het voorbij. De longen waren leeg. De benen hingen recht naar beneden. Slechts een zacht briesje veroorzaakte nu nog een beweging.

Plotseling stopten de trommels, zodat ze een vacuüm van stilte achterlieten. Toen werd het gevuld door het gebrom van gefluister uit duizenden kelen, tot Jakob Fries brulde: 'Niemand verroert zich! Jullie blijven daar een uur staan.'

Commandant Höss en kampcommandant Aumeier gingen naar huis, want ze hadden een vermoeiende dag achter de rug. De SS, met trommels en geweren en al marcheerde weg met een ijzige precisie. We stonden daar en zagen hoe de zon achter de keuken zakte, hoe de dunne schaduw van de galgen zich steeds verder in onze richting uitstrekte, hoe de lichamen van de mannen die burgerhemden gedragen hadden zachtjes heen en weer schommelden. De schemering stond op het punt om in te zetten en de letters op het dak waren nauwelijks nog zichtbaar.

Eerlijkheid en Properheid, Liefde voor het Werk en Liefde voor het Vaderland zijn de Mijlpalen naar de Vrijheid.

'Rudi,' fluisterde Josef Erdelyi naast me, 'herinner je je

bladzijde drie uit ons geschiedenisboek op school? Met het plaatje van de slavenopstand en de galgen?'

'Ja, natuurlijk herinner ik mij dat.'

'De tijden zijn niet erg veranderd, vind je wel?'

In feite had hij toen geen gelijk, maar dat wisten wij nog geen van beiden op dat moment. De tijden veranderden wel. De dood werd gemechaniseerd. De crematoria schoten omhoog achter Birkenau. De massavernietiging kwam eraan.

Ook werden bij de slachtoffers die in m'n geschiedenisboek zo levendig afgebeeld waren, hun misdaden niet op de borst opgesomd. Dat was een verfijning van Auschwitz. Na een uur boete gedaan te hebben voor de zonden van onze makkers, mochten we ons weer vrij door het kamp bewegen. Ik liep vlak voor de lijken langs. De tongen hingen afzichtelijk uit hun mond en toch zagen hun gezichten er eigenaardig vredig uit. Een minuut lang staarde ik naar ze en las, en daarvoor was het ook bedoeld, de mededeling die op hun zebratuniek gespeld was.

Die was eenvoudig en direct. Hij luidde: *Omdat we geprobeerd hebben te ontsnappen.*

Het was een primitief soort psychologie, maar die was aan mij niet besteed; ik was dan ook nog geen achttien jaar oud en erg naïef. Ik weet nog dat ik dacht: Als ik hier uitkom en dit aan anderen vertel, dan geloven ze me vast niet!

Onmiddellijk begon ik de plattegrond van het kamp te bestuderen, op zoek naar gaten in de bewaking. En wat ik zag vond ik ontmoedigend. Het moederkamp van Auschwitz – en een soortgelijk systeem werd in Birkenau toegepast, zoals ik later merkte – was verdeeld in een buitenkamp waarin we werkten en een binnenkamp waarin we sliepen.

Het binnenste kamp van Birkenau was omgeven door een greppel van zes meter breed en vijf meter diep. Die was gevuld met water. Daaromheen stond een dubbel hek van prikkeldraad van vijf meter hoog dat onder stroom stond. Schijnwerpers bewogen de hele nacht constant over het binnenste kamp heen en SS'ers met machinegeweren overzagen alles vanuit hun wachttorens.

In de ochtend als wij naar ons werk waren gegaan, werden deze wachten teruggetrokken en verse troepen bemanden dan de wachttorens op de omtrek van het buitenste kamp, die ongeveer zes kilometer lang was. Het terrein om deze buitenste rand heen was totaal vlak en een gevangene kon het bij daglicht onmogelijk oversteken zonder in een spervuur vanuit de wachttorens terecht te komen.

Als een gevangene erin slaagde om door dit netwerk heen te glippen, als hij 's avonds niet in het binnenste kamp bleek te zijn, dan werden de buitenste wachttorens bemand en versterkingen – 3.000 soldaten en 200 honden – opgetrommeld om het hele gebied hermetisch af te sluiten.

Deze gigantische bewaking bleef drie dagen en nachten ingesteld, terwijl manschappen met honden het kamp uitkamden. Als de gevangene tegen die tijd nog niet gepakt was, dan werd aangenomen dat hij uit het kamp ontsnapt was; overal eromheen waren ook al SS'ers aan het zoeken. De wacht werd teruggetrokken en de zaak werd overgedragen aan de autoriteiten van de streek.

Het was duidelijk dat iemand die zich drie dagen lang buiten de binnenste cirkel verborgen wist te houden een redelijke kans had. Het was me echter niet duidelijk hoe dat gedaan kon worden; en dus begon ik met wat mijn allereerste wetenschappelijke studie zou zijn: de bestudering van de techniek van het ontsnappen. Ik begon iedere mislukte ontsnappingspoging te analyseren en er verbeteringen in aan te brengen.

Het was een langdurig en vervelend werkje, maar uiteindelijk leverde het het gewenste resultaat op. Toch denk ik niet dat het me gelukt zou zijn om werkelijk weg te komen zonder de man die zijn enorme ervaring aan mij doorgaf en zodoende minstens tien keer mijn leven heeft gered.

Dat was Dmitri Volkov uit Zaporozshe aan de Don, één van een groep van een honderdtal Russen die we onze 'tweedehands krijgsgevangenen' noemden. Ze waren allemaal aan het Oostfront gevangengenomen en naar gewone kampen voor krijgsgevangenen gestuurd en vandaar naar Auschwitz omdat ze de regels overtreden hadden, geprobeerd hadden te ontsnappen, brood hadden gestolen, dat soort dingen. Toen ze naar Birkenau Kamp A kwamen hadden ze hun oude uniform nog aan. Ik had veel met hen te maken, voornamelijk omdat ik administrateur was en ook wel omdat ik redelijk wat Russisch sprak.

Ik heb Dmitri Volkov erg goed leren kennen, hoewel daar nogal wat tijd overheen ging. Het was een enorme kerel uit het Kozakkenland, met diepliggende donkere ogen, donker haar en nogal prominent aanwezige jukbeenderen. Het was duidelijk een intelligente man, hoewel hij geen officiersstrepen op z'n jasje had. Ik begon m'n Russisch met hem te oefenen en in ruil daarvoor gaf ik hem mijn brood- en margarinerantsoen, waarvan ik me voorgenomen had dat ik die nooit zou eten zolang ik ander eten kon krijgen.

In het begin was hij uiterst gereserveerd. Hij bedankte me beleefd voor het voedsel en deelde het vervolgens nauwkeurig in vieren om het met zijn vrienden te delen, die net als hij aan het verhongeren waren. Pas later liet de SS hen in de keuken werken, niet omdat ze zich bezorgd maakten om hun lege maag, maar omdat ze zich realiseerden dat Moskou een lijst van alle krijgsgevangenen bijhield. De meesten van hen die naar Auschwitz waren gestuurd waren omgekomen en het leek hun verstandig om er een aantal van in leven te houden. Dmitri en zijn kameraden vormden in feite een soort verzekering voor de SS'ers, hoewel ik er persoonlijk niet veel vertrouwen in gehad zou hebben.

Dit waren echter geen zaken die ik met Dmitri besprak. Hij bleef erg gesloten over zijn achtergrond en over het beleid van het kamp. We praatten wel over de Russische literatuur, over Dostojevski en Tolstoj. En toen we elkaar iets beter hadden leren kennen, gingen we over op de grote Sovjet-Russische schrijvers: Majakovski, Bloch, Gorki, Sjolochov, Ehrenburg en zelfs Zosjtsjenko, de humorist die bij zijn regering in ongenade was gevallen omdat hij iets te grappig was.

Het stond allemaal op een nogal hoog peil. Ik was dan ook behoorlijk verbaasd toen Dmitri op een dag plotseling zei: 'Rudi, het heeft me wat tijd gekost om je te doorgronden. Toen je me voor het eerst brood gaf, was ik nog wat achterdochtig. De zesde keer wist ik zeker dat je een agent van de Duitsers was. Maar nu weet ik dat ik je kan vertrouwen, want geen enkele Duitser zou zoveel waardering hebben voor de Russische schrijvers als jij.

Dus laten we voor de verandering eens openhartig met elkaar praten. Zoals je waarschijnlijk al geraden hebt, ben ik geen gewoon soldaat. Ik ben kapitein, maar het is me gelukt om dit geheim te houden sinds ze me gevangengenomen hebben, want zoals je weet schieten de Duitsers alle Russische officieren dood.'

Met dat ene zinnetje legde hij natuurlijk zijn leven in mijn handen. Hij was echter een man die iemand volledig vertrouwde als hij zich eenmaal een oordeel over hem gevormd had. En in de dagen die volgden vertelde hij me over het verbazingwekkende leven dat hij gekend had sinds hij gevangengenomen was.

Ik begreep dat hij in verschillende concentratiekampen gezeten had voor hij in Sachsenhausen aankwam, in de buurt van Berlijn. Het was bijzonder goed opgezet en er was bijna even moeilijk uit te ontsnappen als uit Auschwitz. Toch was Dmitri Volkov erin geslaagd om er weg te komen.

En dat was nog niet alles. Hij was door duizenden kilometers van vijandelijk gebied getrokken, helemaal tot in Rusland, tot hij aan de oever van de machtige Dnjepr kwam, ergens in de buurt van Kiev dat nog steeds in Duitse handen was.

Hij wist dat hij niet via de brug kon oversteken, want daar werd zwaar gepatrouilleerd. Er was maar één manier om aan de overkant te komen en dat was door te zwemmen en wel 's nachts, als hij de overkant niet eens kon zien. Hij volbracht met dit wapenfeit zijn marathonvlucht; en op het moment van zijn triomf maakte hij zijn eerste fout. Hij was zo blij dat hij weer vaste grond onder z'n voeten voelde dat hij als een gazelle door de bosjes sprong en opeens in de loop van een Duitse revolver keek.

'Dat was gewoon pech, Rudi', zei hij grijnzend. 'De smeerlap had niet eens dienst. Hij was met een meisje de bosjes ingedoken en dacht dat ik een gluurder was! Maar goed, ik had weer wat geleerd voor de volgende keer. En nu ga ik je wat dingen leren, omdat ik weet dat je niet het type bent dat zich de gaskamers in laat duwen. Je bent net als ik. Je komt hier weg of je sterft als een echte soldaat.

Les één is dit: vertrouw niemand. Vertel mij bijvoorbeeld niet wanneer je gaat ontsnappen of hoe. Ik heb mijn eigen plannen, maar die zal ik ook niet aan jou vertellen.

Zie je, zodra het duidelijk is dat je ontbreekt, komen ze naar mij toe, omdat ze gezien hebben dat jij me brood gaf. En ik zou kunnen praten, misschien onder martelingen. Ik denk niet dat ik dat zou doen, maar je weet nooit, want niemand weet van tevoren hoeveel hij kan hebben.

Les twee: wees niet bang voor de Duitsers. Ze zijn met een heleboel, maar ieder van hen is klein. Hier in Auschwitz proberen ze je niet alleen lichamelijk maar ook geestelijk te breken. Ze proberen je ervan te overtuigen dat zij supermensen zijn, onoverwinnelijk. Maar ik weet dat ze net zo gemakkelijk kunnen sterven als wie dan ook, want ik heb er in mijn tijd genoeg gedood.

Les drie: als je buiten bent, vertrouw niet te veel op je benen, want een kogel gaat altijd sneller. Geef ze niet de kans om te schieten. Zorg dat je onzichtbaar bent. Reis nooit bij daglicht, want dat is de tijd om te rusten. En zorg ervoor dat je een slaapplek gevonden hebt voor het licht is, een plek waar je niet gezien wordt.

Les vier: neem geen geld mee. Ik weet dat je er hier zoveel van kunt krijgen als je maar wilt, van het *Sonderkommando* in het crematorium, maar blijf ervan af. Als je honger krijgt, brengt het je in de verleiding om eten te gaan kopen. Als je geen geld hebt, dan heb je daar geen last van. Leef van het land. Steel van de velden en de boerderijen die geïsoleerd liggen. Blijf uit de buurt van de mensen.

Les vijf: zorg dat je zo weinig mogelijk bij je hebt. Je hebt een mes en een scheermes nodig. Het mes om te jagen en jezelf te verdedigen. Het scheermesje voor het geval je gepakt wordt. Zorg ervoor dat ze je niet levend in handen krijgen.

Je hebt ook lucifers nodig, want je moet koken wat je pikt. En je hebt zout nodig. Met zout en aardappelen kun je het maanden volhouden. Je hebt een horloge nodig zodat je je tochten kunt plannen en je er zeker van bent dat je nooit overdag gezien wordt. Je kunt het ook als kompas gebruiken.'

Hij leerde me ook hoe ik dat kon doen, als een soort Handboek voor Wat Elke Ontsnapte Moet Weten. Zo legde hij me ook uit hoe ik de speurhonden voor de gek kon houden door Russische tabak bij me te dragen die met petroleum doordrenkt en vervolgens gedroogd was. De geur stootte ze af, zei hij.

'Onthoud goed: alleen Russische tabak', voegde hij er nog

aan toe. 'Niet omdat ik een Rus ben, maar ik ken Machorka. Het is het enige spul waarmee het werkt!'

Ook waarschuwde hij me ervoor dat ik tijdens m'n ontsnapping nooit vlees bij me moest hebben, want dat zou de honden onmiddellijk aantrekken. En het laatste beetje advies dat hij me gaf was misschien wel het belangrijkste van alles.

'Vergeet nooit,' zei hij, 'dat de strijd pas begint wanneer je uit het kamp bent. Blijf tot het uiterste gespannen zolang je in vijandelijk gebied bent. Word nooit dronken van de vrijheid, zoals ik bij de Dnjepr deed, want je weet nooit wie er in de bosjes ligt!'

Het waren langdurige instructies geweest, verspreid over verschillende dagen. En toen hij klaar was, hebben we elkaar nooit meer gesproken, want Dmitri Volkovs laatste woorden aan mijn adres waren: 'We kunnen elkaar maar beter niet meer zien, want ze hebben al te vaak gezien dat we met elkaar praatten en ik ben ook van plan een poging te wagen, weet je nog. Tot ziens, Rudi. Veel succes. Misschien komen we elkaar nog eens tegen, op een ander moment, op een andere plek.'

Tot op dit moment heb ik hem nooit weer ontmoet. Maar ik hoop van harte dat Dmitri Auschwitz overleefd heeft. Mocht hij dit boek ooit lezen, dan zou ik wensen dat hij me schreef, want ik zou hem graag willen bedanken.

Ik had natuurlijk nog andere onderwijzers, maar slechts weinigen hebben het overleefd. In feite leerde ik vooral van het voorbeeld van hun dood, van de noodlottige fouten die zij maakten waarvan ik vastbesloten was dat ik ze niet zou herhalen. Zo was daar Fero Langer, de grote, stevige, joviale Fero met wie ik met brood om salami had gekegeld in Novaky, aan het begin van mijn lange reis naar Auschwitz.

Het kon bijna niet anders of hij kwam op een dramatische

manier in Birkenau aan; hij kon nou eenmaal nooit iets rustig doen. Op een dag in januari 1943 kwam Schmulewski naar me toe en zei: 'Er zijn zojuist drie Slowaakse Joden aangekomen. Ze zitten nu in mijn blok. Ga eens kijken of je iets voor ze kunt doen.'

'Hoe kan dat?' zei ik. 'Er is geen transport uit Slowakije binnengekomen. Waar komen ze vandaan?'

'De Gestapo heeft ze hier gebracht. Ze zijn opgepakt aan de Zwitserse grens, terwijl ze op een goederentrein onder een stapel hout verstopt zaten. Nog een paar minuten en ze waren vrij geweest.'

Ik ging naar Schmulewski's blok, waar ik begroet werd door een brullend gelach waardoor ik me direct terugwaande in m'n cel in Novaky. Fero, die eruitzag alsof hij zojuist aangekomen was voor een vakantie, sloeg zijn armen om me heen en loeide: 'Rudi! Wat hoor ik nou allemaal over jou? Ze zeggen dat je hier een hele carrière aan het opbouwen bent. Moet je je schoenen eens zien! Kom op, geef ze aan mij. Ik kan niet blijven rondstappen op deze stomme houten dingen!'

Fero Langer, aan wiens vader mijn vader nog geld verschuldigd was toen hij stierf, was nog geen spat veranderd. Hij was nog even luidruchtig en onstuimig als altijd en zijn sluwe verstand werkte nog razendsnel. Hoewel hij pas twee dagen in Birkenau was, had hij al aardig door hoe de kaarten hier lagen.

Al snel kende iedereen hem, niet als Fero Langer, maar als Fero de Stier. Hij wist met gemak tot de hogere kringen van onze gemeenschap door te dringen en begon mij, inmiddels een veteraan in het kamp, paternalistisch te behandelen. Toen hij zich eenmaal gesetteld had, begon hij zijn leven zorgvuldig en systematisch op te bouwen. Hij werd nooit gevraagd om zich bij de ondergrondse te voegen, maar daar zat hij niet erg mee, want hij voelde zich als een eigen eenmansondergrondse. Zo legde hij contact met het *Sonderkommando*; en al snel had hij de beschikking over een fortuin, in vergelijking waarmee zijn rijke ouders in zijn geboorteplaatsje Telgart, in het oostelijke Tatragebergte, arm af zouden steken.

Hij dacht altijd in het groot, vooral ook toen hij z'n ontsnapping begon te plannen. Net als ik ging het hem niet alleen om zijn eigen vrijheid. Hij wilde de wereld ervan vertellen. Maar in tegenstelling tot mij besloot hij dat de wereld het in vijf talen moest horen. En dus was hij van plan vier anderen mee te nemen: een Nederlander, een Fransman, een Pool en een Griek.

Wat hij precies van plan was, hoe hij weg wilde komen met zijn internationale gezelschap, wist ik niet. Niet alleen bespraken we onze plannen niet met elkaar, maar bovendien namen we het woord ontsnapping maar zelden in de mond.

Ik voelde echter wel aan dat hij het idee had dat hij aanzienlijke vooruitgang had geboekt, toen hij op een dag terloops, maar met een opgewonden blik in de ogen zei: 'Ik heb zojuist een interessante vent ontmoet. Een SS'er.'

'Hou hem maar voor jezelf,' zei ik. 'Ik vind ze alleen interessant als ze dood zijn.'

'Wacht nou eens even', zei hij sussend. 'Deze is anders. ik liep vanochtend het kamp uit en wie bewaakte mij denk je? Een oude schoolmakker van me! Een knaap die Dobrovolny heet.

Zijn vader is een Slowaak – in feite werkte hij zelfs voor mijn vader – maar hij heeft een Duitse moeder. En daardoor is die goeie ouwe Dobrovolny een Duitser in de ogen van de Führer. We deelden de schoolbanken en de meisjes met elkaar. We zijn zo'n beetje als broers opgegroeid!'

'Luister, Fero,' zei ik, 'dat is allemaal lang geleden. Nu is hij zo'n vuile SS'er en anders niet. Zodra iemand dat groene uniform aantrekt, gebeurt er iets met hem. Daardoor wordt hij een smerig zwijn.'

'Onzin!' zei Fero. 'Niet die ouwe Dobrovolny. Wacht maar eens af.'

Al snel moest ik toegeven dat hij gelijk leek te hebben. De SS mocht hem en zijn oude schoolmakker natuurlijk niet samen zien praten, want dan zouden ze allebei gedood worden. Maar hun oude vriendschap leek toch weer opgepakt te zijn waar hij jaren geleden in Telgart afgebroken was.

Fero werd nu nog georganiseerder dan anders. Toen Dobrovolny met verlof naar huis ging, nam hij een brief mee voor de oude meneer en mevrouw Langer. Toen hij hem afleverde bij de rijke bosbezitter werd hij op passende wijze beloond; en toen hij terugkwam, had hij het antwoord bij zich. Fero was niet alleen de enige gevangene van Auschwitz die brieven van thuis kreeg, maar hij schreef zelfs cheques uit in het kamp, of iets wat bijna even goed was. Hij krabbelde een naschrift onder zijn brief waarin hij zijn vader vroeg om de brenger 10.000 of 20.000 kronen te betalen. Voor Langer senior deed het geld er niet toe, zolang hij maar iets van zijn zoon hoorde.

Onvermijdelijk werd Dobrovolny de sleutelfiguur in Fero's ontsnappingspoging. Ik hoorde meer details toen ik op een middag naar het blok van Fred Wetzler ging voor een bord met aardappelen en ik zag dat hij zachtjes zat te praten met Fred en Rosin, de enige Slowaakse blokoudste van het kamp. Ze nodigden me niet uit om me bij het gesprek te voegen, maar ze hielden ook niet op met praten en ik ging erbij zitten en luisterde, terwijl ik mijn bord met aardappelen opat.

'Dit is mijn plan', zei Fero zachtjes. 'Iedere dag worden een paar gevangenen naar een plek achter de buitenste gordel gebracht om daar te werken. Ze worden goed bewaakt natuurlijk, en de SS'er die de leiding heeft moet de wachten bij de poort speciale vergunningen voor ze laten zien.

Maar dat is geen probleem. Dobrovolny kan aan die vergunningen komen en ze tekenen. Ik kan hem genoeg geld geven om een vrachtwagen te kopen die hij vijf of zes kilometer buiten Auschwitz neerzet. Dan hoeven we alleen maar naar buiten te lopen, in de vrachtwagen te duiken en snel naar de Slowaakse grens te rijden.'

'Hoe zit het met de andere SS'ers?' vroeg Fred. 'Wat doen jullie met hen?'

'Ze meenemen', zei Fero terwijl hij zijn schouders ophaalde. 'Of ter plekke met ze afrekenen. Dat is maar een bijzaak.'

'Ik weet het niet', zei Rosin langzaam. 'Ken je het oude Hongaarse gezegde, Fero? Vertrouw nooit een Duitser!'

'Doe niet zo dwaas', zei Fero. 'Dobrovolny is geen echte Duitser. Hij is mijn oude schoolmakker en dat heeft hij keer op keer bewezen sinds ik hem hier in Birkenau tegengekomen ben. En bovendien levert dit tochtje hem 100.000 pond op en dat is ook geen kattenpis.'

'Nou ja', zei Rosin en hij zuchtte. 'Zeg niet dat ik je niet gewaarschuwd heb. Maar evengoed veel succes.'

Een paar dagen later, om drie uur 's middags aan het begin van januari 1944, begon de sirene te loeien: er was iemand ontsnapt. Opeens leek het hele kamp te wemelen van de SS'ers en de honden. Ik zag een aantal kapo's wegrennen en naar elkaar schreeuwen: 'Het is Fero de Stier.'

Stilletjes wenste ik hem veel geluk toe en ik vroeg me af waar hij nu was. Met hoge snelheid op weg naar de grens met Slowakije? In gevecht met de vele SS'ers? Op de een of andere manier had ik het idee dat hij het wel zou halen, want als er ooit iemand geweest was die onverwoestbaar leek te zijn, dan was het wel Fero Langer. Terwijl de middag voortschreed ging ik in gedachten zijn route langs en de steden die hij zou passeren. Ik zag hem al de vrachtwagen achterlaten en in de bossen van Slowakije verdwijnen.

Fero heeft de bossen echter nooit bereikt. Hij is zelfs niet uit de buurt van Auschwitz geweest. Die avond werd om zes uur zijn lijk het kamp binnengebracht, samen met die van zijn persoonlijke Internationale Brigade. Ze waren doodgeschoten, maar niet op de gewone wijze. Ze waren door exploderende dumdumkogels aan stukken gescheurd.

Dit was ook geen gewoon sadisme. Het was opzettelijk gedaan. De SS'ers pakten vijf stoelen en zetten die midden in Kamp D neer, waar iedereen ze zou zien wanneer ze van hun werk terugkwamen. Ze bonden de lijken aan de stoelen vast en versierden ze met een groot bord waarop stond: *We zijn terug*!

Fero's gezicht was voor de helft kapotgeschoten. De anderen waren zo verminkt dat ze niet meer te herkennen waren.

Ik vroeg me af wat er met Dobrovolny gebeurd was. Misschien werd hij nog steeds gemarteld, want hij zou vast en zeker meer moeten lijden dan de gevangenen. Maar de volgende morgen kwam ik erachter dat ik m'n medeleven verspild had.

Fero Langers oude schoolmakker liep op zijn gemak door het kamp, in zichzelf lachend.

Pas na een paar dagen kwamen we erachter wat er precies gebeurd was. Het bleek een doodgewoon geval van verraad te zijn.

Zodra Fero zijn plan aan Dobrovolny had verteld, rapporteerde de SS'er het aan zijn meerderen. De Politieke Afdeling vond het prachtig om de vergunningen uit te geven waarmee ze door de buitenste poort zouden kunnen komen, want dit was een situatie waar ze een flink slaatje uit konden slaan. Alles ging eigenlijk volgens plan, tot ze de vrachtwagen naderden. Toen wierpen de SS'ers zich plat op de grond en sneed een moorddadig salvo de vijf gevangenen aan reepjes.

Op dat moment had Dobrovolny zichzelf sergeantsstrepen bezorgd en waarschijnlijk ook nog die 100.000 pond. De les die we uit deze ontsnappingspoging leerden, kon uitgedrukt worden met het oude Hongaarse gezegde dat Rosin al geciteerd had: Vertrouw nooit een Duitser. En toch nam ik die les maar half op, door iets wat ik niet kan bevatten als ik er nu aan terugdenk. Kort daarna liep ik namelijk bijna in dezelfde val. In die tijd was ik erg bevriend met een Franse legerkapitein, Charles Unglick. Hij was in Czestochowa in Polen geboren, maar was met zijn Joodse ouders naar Frankrijk verhuisd en daar had Charles een Franse vrouw en twee kinderen. Hij was bij Duinkerken gevangengenomen en vanwege zijn achtergrond had hij een plaatsje in Auschwitz verdiend.

Ik kende hem als de blokoudste van het quarantainekamp waar ik administrateur was. Hij was een echte schurk met een groot hart. En hij had als gevangene erg veel macht in het kamp, zowel binnen als buiten de ondergrondse, waarvan hij overigens geen lid was. Charles Unglick was een vreselijke vijand, maar een geweldige vriend.

Hij was lichamelijk zo sterk dat zelfs Tyn de Aap, de kampoudste, bang voor hem was. Hij had nog nauwere contacten dan Fero Langer met de invloedrijke gevangenen in het algemeen en met het *Sonderkommando* in het bijzonder, die toegang hadden tot de waardevolle bezittingen van de slachtoffers van de gaskamers. Zelfs naar de maatstaven van Birkenau, waar ik biljetten van twintig dollar als wc-papier had zien gebruiken, was hij miljonair. Hij gebruikte zijn rijkdom om invloed op de SS te krijgen, die hij gewoon omkocht.

Twee van zijn naaste contacten – ik noem ze maar geen vrienden – in de SS waren Unterscharführer Buntrock en Unterscharführer Kurpanik[2], beiden beruchte moordenaars. Ik heb vaak gezien hoe ze na het appel dronken het quarantainekamp inwaggelden en voor hun plezier mensen vermoordden. Ze hadden hun handen nooit ver van hun pistolen en het gebeurde vaak dat ze die zelfs zonder enige provocatie trokken en een gevangene op korte afstand in zijn gezicht schoten.

Met Charles Unglick gingen ze echter heel anders om, zoals ik op een avond merkte toen we nog niet zo lang bevriend waren. We zaten in zijn kamer te praten toen er een verlegen klopje op de deur klonk. Een stem fluisterde: 'Slaap je, Charlie?'

Met een geïrriteerde grom zwaaide hij de deur open. Buiten stonden Buntrock en Kurpanik, zo bedeesd als een stel loopjongens in de aanwezigheid van de grote baas.

'Kom binnen!' brulde Charles. Ze volgden hem naar binnen en terwijl hij zich terug liet vallen in z'n stoel klapte hij in z'n handen. Onmiddellijk kwam de gevangene die zijn persoonlijke bediende was, aangedraafd en bestelde de Meester een maaltijd.

Een sneeuwwit tafelkleed werd op de tafel gelegd. Binnen vijf minuten zaten we aan een heerlijk souper van koude kip, die weggespoeld werd met een paar flessen Joegoslavische Riesling. Toen de maaltijd voorbij was, liep Unglick naar zijn kast en kwam terug met een handjevol dollars. Hij smeet er honderd naar Kurpanik en nog eens honderd naar Buntrock.

Toen ze weer weg waren spuugde hij op de vloer, grijnsde naar me en zei: 'De smeerlappen! Maar we moeten ze tevreden houden. Het is het waard, Rudi, want we gaan dit kamp binnenkort verlaten, jij en ik. We gaan naar Parijs en nemen het er eens goed van. Ik zal mijn vrouw en kinderen terugzien, al kost het me elke dollar uit het crematorium!'

Op dat moment nam ik hem niet erg serieus, al wist ik dat hij behoorlijk wat invloed had. Ik raakte eraan gewend dat Buntrock en Kurpanik twee of drie keer per week langskwamen om hun dollars op te halen. Ik was dan eigenlijk ook aardig verbaasd toen ik op een avond binnenkwam en zag dat Unglick met een vreemde SS'er zat te praten. En ik kon mijn oren helemaal niet geloven toen ik hen in het Jiddisch hoorde praten, Unglicks moedertaal.

Een SS'er die Jiddisch sprak! Het was ongelooflijk; maar waar ze het over hadden was nog veel verwarrender. Ze waren een ontsnapping aan het plannen waar volgens mij geen speld tussen te krijgen was.

De SS'er bleek een Duitser te zijn die in Roemenië wees was geworden en in een Joods gezin was opgegroeid. Toen de Duitsers het land bezetten, nam hij zijn oude nationaliteit weer aan en sloot hij zich aan bij de SS. Maar Jiddisch, dat ik aardig kon verstaan hoewel ik het niet erg goed sprak, was zijn moedertaal.

Ik zei niets, maar luisterde zorgvuldig naar het snelle gesprek dat heel zachtjes gevoerd werd. De SS'er, zo begreep ik eruit, was chauffeur. Het was Unglicks plan dat hij zijn vrachtwagen het quarantainekamp binnen zou rijden met een lading hout, waarbij hij de grote gereedschapskist vlak achter de cabine open zou laten staan. Wij tweeën zouden daar dan in springen en hij zou hem dichtdoen. Bij het hek zou hij natuurlijk door de bewakers aangehouden worden en normaal onderzochten zij de vrachtwagen en keken ze in de gereedschapskist, maar hij zou er gemakkelijk langs kunnen komen door te zeggen dat hij de sleutel vergeten was en dat de kist al afgesloten was toen hij naar binnen was gereden.

Er was maar één puntje dat ik niet goed kon bevatten. Waarom zou juist deze SS'er ons helpen? Ik wist dat hij wel op de een of andere manier beloond zou willen worden, want Jiddisch of geen Jiddisch, hij zou nooit zijn leven riskeren voor de herinnering aan zijn lieve oude pleegmoeder in Boekarest. Maar ook dit kon Unglick me precies uitleggen. Hij zei: 'Ik verwacht ieder moment dat ik een kilo aan gouden dollars en diamanten bij elkaar kan krijgen. Dat delen we in drieën en zodra deze rottige oorlog voorbij is, zijn we miljonair!'

De SS'er grijnsde. Ik grijnsde. Unglick grijnsde. Terwijl hij zijn enorme hand op de tafel sloeg gromde hij vergenoegd: 'Parijs, ik kom eraan!'

Toen de Duitser weg was zei hij heel rustig tegen mij: 'Dit is het, Rudi. Binnen een week zijn we hier weg. Ik weet niet precies wanneer we kunnen vertrekken, maar onze vriend zal ons op de hoogte houden.'

Dit was een van de weinige keren dat ik hem echt serieus had gezien, maar die stemming hield niet lang aan. Vlak daarna brulde hij alweer: 'Kom op, ouwe schurk! Zin in een cognacje?'

Hij rommelde wat in zijn kast, trok een fles prima Franse cognac tevoorschijn en schonk het in alsof het bier was. Terwijl hij zijn glas ophief gaf hij me een knipoog en fluisterde grijnzend: 'Op de Arc de Triomphe! En op de Eiffeltoren!'

Hoewel hij in z'n binnenste erg gespannen moet zijn geweest, liet hij daar in de dagen die volgden totaal niets van merken. Hij ging op dezelfde brute, maar joviale manier met de gevangenen om als altijd, hoewel ik hem er nooit één heb zien slaan. Hij maakte zich druk om z'n kleren, die de mooiste van het hele kamp waren en schopte een enorme herrie wanneer een van de Poolse kleermakers z'n nieuwe jasje niet op tijd afleverde. Al zijn kleren waren perfect op maat gemaakt door een van de beste kleermakers van Warschau, zijn rijbroek, zijn jasje. Zijn laarzen waren ook op maat gemaakt van het beste leer en zijn overhemden waren van zijde. Hij was vooral trots op zijn schitterende witte trui, die speciaal voor hem gebreid was van strengen wol die zorgvuldig uit Nederlandse dekens getrokken waren.

Eigenlijk schepte hij een bijna kinderlijk genoegen in zijn

voorkomen en had hij doorlopend behoefte aan iets nieuws. Op een dag in die week was ik tegelijk met hem in de latrine en zag ik dat hij een schitterende leren riem om had die me nog niet eerder opgevallen was.

'Ben je weer aan het roven geweest, Charlie?' vroeg ik. 'Dat is toch een nieuwe riem die je daar om hebt?'

'Ja. En een verdraaid mooie, vind je niet?'

'Waarom geef je hem dan niet aan je oude makker Rudi? Je hebt zat van die dingen.'

'Wat ben je toch een smeerlap!' grijnsde hij. 'Alles waar je oog op valt, wil je hebben. Weet je wat, je mag hem hebben als ik dood ben. Ik zal het in mijn testament zetten!'

Daarna fluisterde hij zonder merkbare verandering van zijn stemming: 'Overigens, ik heb zojuist gehoord dat onze wagen over drie dagen vertrekt, om zeven uur na het appel. Zorg dat je op tijd bent.'

Het was toen 22 januari 1944. De volgende drie dagen leken wel voorbij te kruipen, maar ten slotte stond ik stijf in de houding tijdens het avondappel van 25 januari. Ik kon bijna niet geloven dat ik met een paar uur weg kon zijn, dat dit misschien wel de laatste maal was dat ik mij opstelde voor mijn blok, voor welk blok dan ook.

We konden gaan. Het was kwart voor zeven. Ik liep op en neer in de buurt van de plek waar de vrachtwagen zou komen staan en telde de minuten af. Ik probeerde de opkomende opwinding de kop in te drukken, om er ontspannen en nonchalant uit te zien. Ik liep honderd meter weg van de bewuste plek, zorgvuldig de tijd bijhoudend, kletste even met een administrateur die ik kende en liep toen terug.

Vijf voor zeven. Ik gluurde naar het hek. De vrachtwagen was nog in geen velden of wegen te bekennen. Ik maakte nog een korte wandeling, hoewel ik nu niet te ver meer van de plek durfde te dwalen.

Zeven uur. Geen Unglick. Geen vrachtwagen. M'n zenuwen stonden op scherp, maar ik dwong mezelf om nog een keer langzaam en koelbloedig weg te lopen, nu niet meer dan een paar meter heen en terug. Andere gevangenen liepen langs, maar ik zag hen nauwelijks. Nu al voelde ik me alsof ik niet meer bij hen hoorde.

Vijf over zeven. Tien over zeven. Er moet iets misgegaan zijn, dacht ik. Die SS'er heeft ons in de steek gelaten. Waar is die vervloekte vrachtwagen?

'Rudi!'

Ik sprong omhoog en draaide me snel om. Een gevangene uit mijn blok stond naar me te grijnzen.

'Je bent zo nerveus als een kat', zei hij. 'Wat is er aan de hand? Denk je erover om naar het hek te rennen of zo?'

'Sorry', zei ik, terwijl ik me dwong om terug te lachen. 'Mijn gedachten waren mijlenver weg. Wilde je iets van me?'

'Nee, maar doctor Milar wel. Hij vroeg me je zijn beste wensen over te brengen en je te informeren dat het avondmaal klaar staat.'

Andrej Milar was in die tijd mijn blokoudste, een Slowaakse intellectueel en iemand voor wie ik veel respect had. Normaal zou ik het schitterend vinden om samen met hem te eten, maar nu niet.

'Zeg hem ... zeg hem dat ik geen honger heb', stamelde ik. 'Ik kom straks wel naar hem toe.'

'Nee maar, wie had gedacht dat ik dat nog es zou meemaken,' zei hij zogenaamd verbaasd. 'Een inwoner van Auschwitz die geen honger heeft! Ik zou maar gaan als ik jou was, Rudi. Hij heeft goulashsoep.'

Het was kwart over zeven. Of de vrachtwagen was te laat, of hij kwam helemaal niet meer. Ik besloot om even bij Andrej langs te gaan, snel wat soep te eten en hier dan weer terug te komen. Het hoeft tenslotte niet lang te duren, dacht ik en misschien is dit wel de laatste keer dat ik hem zie.

In Blok 7 aangekomen zag ik dat hij een schaal met goulashsoep had waar hij verschillende dagen mee zou kunnen doen. Hij schonk me een flink bord vol en babbelde wat terwijl ik het leegat. Op de een of andere manier gaf ik hem telkens antwoord, al had ik er geen idee van wat ik allemaal zei. Zodra ik uitgegeten was, bedankte ik hem mompelend en liep snel naar buiten.

Een administrateur kwam aangehold. 'Unglick zocht je overal, Rudi', zei hij. 'Het leek of hij je erg graag wilde spreken.'

Mijn maag draaide zich om. Dat bord soep had mij m'n vrijheid gekost!

'Waar is hij?' vroeg ik. 'Hebben ze het hout al bij zijn blok gebracht?'

'Hij was daar bij Blok 14. En ja, het hout is aangekomen. Ik zag dat ze het aan het uitladen waren.'

Ik rende naar Blok 14. Het hout lag er inderdaad. Maar de vrachtwagen was weg. De vrachtwagen die me in z'n gereedschapskist door het hek heen had moeten meenemen. Vlug ging ik naar de kamer van Unglick en trok de losse plank omhoog waaronder hij de gouden dollars en de diamanten verstopt had. Als een razende voelde ik met mijn hand in het stof. De zak die een kilo woog en een fortuin bevatte, was weg!

Ik voelde me misselijk worden, slap van de teleurstelling, ontgoocheld. Ik liep terug naar Andrej Milar, maar zelfs zijn gezelschap kon me niet erg troosten, want hoewel hij Slowaak was net als ik en lid van de ondergrondse en mijn blokoudste, kon ik hem niets vertellen van mijn plan om te ontsnappen. Een ongeschreven kampwet verbood het om het onderwerp zelfs maar te noemen. Hoe weet ik niet, maar ik slaagde erin om mijn ellendige gevoel te verbergen. Of in ieder geval leek hij het niet te merken. Opnieuw praatte ik doelloos met hem, tot het een uur of acht was.

Toen werden we onderbroken. Van buiten kwam een schreeuw: 'Blokoudste veertien!'

Dat was Unglick! De SS zocht hem. De roep werd doorgegeven van blok naar blok. 'Blokoudste veertien … Blokoudste veertien … Blokoudste veertien!'

Ik liep snel naar buiten, met Andrej Milar op mijn hielen. Bij het hek stond een groepje SS'ers met daarbij een paar hoge. SS-Sturmbahnführer Schwarzhuber was er ook, de adjudant van Höss in Birkenau, de gelijke van Aumeier. Er was echt iets groots aan het gebeuren. Ik liep er snel naartoe om te zien wat het was.

Tyn de Aap stond stijf in de houding. Schwarzhuber zei met snijdend sarcasme: 'Heb je blokoudste veertien nog niet gelokaliseerd, Herr Lager Eldeste?'

Met een rood gezicht maakte Tyn de Aap een toeter met zijn handen en loeide nog eens: 'Blokoudste veertien!'

'Stomme idioot!' zei Schwarzhuber zachtjes maar vol minachting. 'Hier is hij!'

Hij deed een stap achteruit. Het lichaam van Unglick lag achter hem op de grond. Zijn gezicht zat onder het bloed en in de borst van zijn witte trui zat een rood kogelgaatje. Zijn onberispelijke kleren zaten onder de modder, want ze hadden hem hiernaartoe gesleept van waar het ook was dat ze hem vermoord hadden.

Een volle minuut lang stond ik naar hem te staren. Toen liep ik, helemaal verdwaasd, terug naar mijn blok, Blok 7. Iedereen leek erg ver weg en alles wat ik deed gebeurde automatisch. M'n hand pakte een lepel op. Ik begon van de goulashsoep te eten, maar ik had het niet door. Ik bleef eten tot ik opeens besefte dat de schaal leeg was. Ik staarde er verbaasd naar en keek toen omhoog naar de anderen.

Ze stonden in een halve cirkel om me heen. Hun gezichten stonden vijandig, maar ik begreep maar niet waarom. Het leek van geen enkel belang tot Andrej Milar de stilte verbrak.

'Die soep was voor vijf mensen', zei hij doodkalm. 'Ik vind het niet erg dat je hem opgegeten hebt. Ik vraag me alleen maar af hoe je dat kon doen. Je hebt net je beste vriend dood zien liggen. Toch kun je alleen maar aan eten denken.

Ik wist nooit precies wat ik aan je had, maar nu wel. Nu weet ik dat je gewoon een beest bent!'[3]

Ik deed m'n mond open om het uit te leggen, maar kon mezelf nog net inhouden. Ik werd verkeerd beoordeeld. Maar ik kon er absoluut niets aan doen behalve weglopen uit het blok.

Charles Unglick werd al tentoongesteld. Ze hadden hem op een kruk gezet en hij werd omhooggehouden door een paar spades. Ik bleef een halfuur naast hem staan. Daarna ging ik terug naar m'n blok, vulde een kom met water en nam hem mee. Ik doopte mijn zakdoek erin en veegde zachtjes het bloed en de modder van zijn krachtige, brede gezicht. Ik praatte tegen hem terwijl ik bezig was en toen ik eindelijk naar mijn kamer ging, wist ik dat zijn gezicht tenminste schoon was, dat iets van de lichamelijke schande van zijn gevangenneming weggeveegd was.

De volgende dag was hij daar nog. Ze lieten hem wel achtenveertig uur op zijn kruk zitten en in de tussentijd hoorde ik wat er gebeurd was. De SS'er was zo naar een leegstaande garage gereden, had de gereedschapskist opengemaakt en hem door het hart geschoten. Daarna had hij gewoon het hele fortuin in zijn zak gestopt en gerapporteerd dat hij een gevangene gevonden had die probeerde te ontsnappen.

De volgende dag kwamen er vier mannen uit het lijkenhuis om hem weg te halen. De hele top van het kamp kwam eromheen staan, want hij moest ontkleed worden en het was een traditie in Auschwitz dat de kleren onder de levenden verdeeld werden van hoog naar laag.

Tyn de Aap was erbij. En Leon Sziwy, een Poolse blokoudste. Het was Sziwy die zich tot mij wendde en zei: 'Kies jij maar wat je wilt hebben, Rudi. Hij was jouw vriend.'

Ik kon geen woord uitbrengen. Sziwy zei: 'Wat wil je? De laarzen?'

'Ik wil de riem', zei ik. 'Alleen maar de riem.'

'Doe niet zo gek. Neem wat je maar wilt. De broek misschien?'

'Ik wil de riem.'

'In Godsnaam! Waarom neem je niet de rits op zijn trui. Het is een verdomd goede rits.'

Hij boog zich over het lichaam heen, sneed de rits weg en gaf hem aan mij. Ik schudde mijn hoofd, boog me over Unglick heen en maakte de riem los die hij me drie dagen voor zijn dood had nagelaten. Ik trok hem strak rond mijn middel en bleef staan kijken terwijl de anderen hun keuze maakten.

Ten slotte was Unglicks lichaam naakt. Rustig zei ik tegen de mannen uit het mortuarium: 'Dit is Charles Unglick. Hij was al heel lang in het kamp.'

Ze begrepen het. We namen hem mee naar de wasruimte en maakten zijn lichaam schoon. Daarna wikkelden we hem in een deken en legden nog een deken over hem heen. De vier mannen pakten hem voorzichtig op en we liepen langzaam met hen mee tot aan het hek. Dat ging open en we zagen hoe de mannen, die anders altijd de naakte lichamen door de modder sleepten, Charles Unglick met een soort eerbied wegdroegen.

Tegenwoordig draag ik zijn riem nog steeds. Het is het enige aandenken aan Auschwitz-Birkenau dat ik heb. Het is het enige aandenken dat ik wil hebben.[4]

Noten

1. Zowel Höss als Aumeier werden na de oorlog aan hun eigen galg in Auschwitz opgehangen.
2. Zowel Buntrock als Kurpanik werden tegelijk met Höss aan de galgen van Auschwitz opgehangen.
3. Vijf jaar later kwam ik doctor Andrej Milar tegen aan de Universiteit van Slowakije, waar hij biologie doceerde. Tegen die tijd had hij het hele verhaal van Unglick gehoord en hij zei: 'Het spijt me, Rudi. Nadat ik je voor het laatst zag, heb ik gehoord dat mensen die onder grote spanning staan plotseling kunnen gaan eten. Ik begrijp nu waarom je die goulashsoep opat!'
4. In 1999 schonk ik de riem aan het Imperial War Museum in Londen, voor de Holocaust tentoonstelling.

15

De ontsnapping

Het verraad van Charles Unglick liet mij behoorlijk verward achter. Aan de ene kant voelde ik me verbitterd en verdrietig omdat ik een vriend verloren had, en woede en haat tegen de man die hem vermoord had. Aan de andere kant ook een egoïstisch soort opluchting, omdat ik bij toeval gespaard was gebleven, en natuurlijk de eenzaamheid van een teleurstelling die ik met niemand kon delen.

Van deze dingen zat de teleurstelling me nog het minst dwars, want die had ik al eerder gekend. Daarvoor had ik mijn eigen persoonlijke ontsnappingsplan al verijdeld zien worden; en het feit dat de persoon die dat op zijn geweten had kampcommandant Höss zelf was, maakte het niet minder bitter.

Het was een eenvoudig plan en ik liep er toevallig en letterlijk tegenaan. Op een nacht toen ik op het perron werkte en met twee grote koffers en een rugzak van een transport rende, struikelde ik opeens over een losse plank en kwam behoorlijk hard ten val. Eventjes bleef ik daar liggen. En toen realiseerde ik me plotseling dat ik door een gat in de planken de grond kon zien, ongeveer drie meter onder me. En terwijl ik weer opkrabbelde dacht ik eraan hoe heerlijk het zou zijn om weg te glippen door die spleet en, al was het maar voor een paar minuutjes, onder het perron te liggen, weg van de geweren, weg van de wagons, weg van het werk en de ellende die ik overal om me heen zag.

Door de brul van een SS'er werd mijn dagdroom kapotgeslagen en ik rende weer verder, heen en terug, heen en terug, de hele nacht door tot de hele trein leeg was en de buit binnen.

En toch, toen ik vroeg in de ochtend in mijn kooi kroop, bleef het beeld van dat toevluchtsoord onder de hel van het perron door mijn hoofd spoken; en terwijl ik erover nadacht begon zich een plan in m'n hoofd te vormen.

Eerst dacht ik na over de geografische positie van het perron. Het lag tussen het moederkamp van Auschwitz en Birkenau in en lag buiten beide. Iemand die de SS'ers gedurende een redelijke tijd wist te ontlopen, zou een kans kunnen hebben om te ontsnappen.

Zoals iedere verstandige haas begon ik ook de jachthonden te bestuderen, hun bewegingen, hun bewaking. Wanneer de trein binnenkwam omsingelden ze hem volledig. Wij begonnen de trein aan het ene eind uit te laden en terwijl we vorderden werd het kordon steeds strakker om ons heen getrokken; de cirkel werd steeds kleiner. Er was geen mogelijkheid om erdoorheen te komen.

Maar zou het misschien mogelijk zijn om eronderdoor te duiken? Door het gewicht van een miljoen voeten die hun laatste schreden zetten voor ze naar de gaskamers gingen, begon het houten perron in te zakken. Als een gevangene een plank omhoog kon tillen en er snel en ongezien doorheen kon glippen, dan was hij technisch gesproken vrij. Als hij dan onder het perron door naar het uiteinde van de trein kroop die al leeg was en niet meer bewaakt werd, dan zou hij zich buiten het kordon bevinden en echt vrij zijn.

Voedsel en kleren zouden geen probleem vormen, want die lagen voor het grijpen. Het enige directe probleem zou zich aan het eind van het perron voordoen, waar hij naar buiten moest komen. De SS zou best aan deze vluchtweg gedacht kunnen hebben en hem laten bewaken. Maar dat was iets wat met behulp van een scherp mes gemakkelijk opgelost zou kunnen worden.

Ik begon de zwakke plekken in het perron te bestuderen, de gehavende, loszittende planken die een seconde lang opgetild en dan snel op hun plaats teruggetrokken zouden kunnen worden. Ik onthield nauwkeurig waar ze zaten en raakte er steeds meer van overtuigd dat ik, met een beetje geluk, een kans had om te slagen. Ik weigerde zelfs een baantje als administrateur in Birkenau dat mij aangeboden werd, om bij mijn ontsnappingsluik in de buurt te kunnen blijven. En ik was zover dat ik nog slechts wachtte op een geschikt moment om te ontsnappen, toen mijn hele plan zomaar in duigen viel.

Opeens besloot commandant Höss dat het perron met beton versterkt moest worden. Of hij dat deed omdat hij dit zwakke punt in zijn verdedigingswerken opgemerkt had, of omdat hij vreesde dat de hele constructie in zou kunnen storten waardoor zijn crematoriumrooster in de soep zou lopen, ik weet het niet. Op dat moment wist ik alleen dat op een dag, terwijl ik sliep, honderden gevangenen aan het werk zouden gaan; en dat als ik die avond weer naar m'n werk zou gaan alle spleten verdwenen zouden zijn. En daarmee mijn hoop op een ontsnapping.

Toch liet ik me hierdoor niet al te zeer ontmoedigen. Misschien kwam het doordat ik jong en sterk was, maar ik had de optimistische zienswijze ontwikkeld van een soldaat die gelooft dat de man naast hem gedood zou kunnen worden, maar dat hij zelf immuun blijft.

Ik had het als een vast gegeven aanvaard dat iedereen in het kamp zou kunnen sterven. Maar ik geloofde vast dat ik zou ontsnappen en voor zover ik me kan herinneren heb ik dat geloof nooit opgegeven, ook niet toen ik de ene poging na de andere zag eindigen in mislukking en een vernederende dood.

Ik voelde me uiteraard af en toe wel behoorlijk gefrustreerd. De discipline in de ondergrondse was zo streng dat ik zonder hun toestemming geen ontsnappingspoging mocht doen. Van hen moest ik mijn paspoort naar de vrijheid ontvangen en zulke reispapieren werden niet zomaar afgegeven.

Eigenlijk was dat ook wel terecht. Lang voor ik met het idee speelde was de ondergrondse al bezig geweest met de vraag hoe ze Auschwitz voor de wereld konden ontmaskeren, hoe ze z'n geheimen konden onthullen en de Joden van Europa konden waarschuwen waar een deportatie in feite op neerkwam. Daarin waren ze volledig onbaatzuchtig en wachtten ze slechts op het juiste plan, het juiste moment en de juiste man. Toen ik hun wat weifelend met mijn eigen plannen benaderde, waren ze zelfs helemaal niet zo enthousiast. Om te beginnen meenden ze dat het te onstuimig was om kans van slagen te hebben en dat alleen iemand met veel ervaring en discipline het zou kunnen doen. Verder dachten ze dat ik te jong was om de wereld ervan te kunnen overtuigen wat er in het kamp aan de gang was. Wie zou er nu luisteren naar een jochie van achttien of negentien? Beschaafde mensen zouden het al moeilijk genoeg vinden om het allemaal te geloven als het van een volwassene kwam. En tot op zekere hoogte hadden ze gelijk, want toen mijn rapport na m'n ontsnapping Londen en Washington bereikte, hadden zowel Churchill als Roosevelt er eerst de grootste moeite mee om te aanvaarden dat iemand dit soort gruwelijkheden op zo'n enorme schaal kon bedrijven.

Het was eigenlijk bijna niet mogelijk om met wie dan ook over een ontsnapping te praten. Het werd beschouwd als een onbetamelijk woord, waar in gezelschap niet over gesproken mocht worden, want de Duitsers waren absoluut niet gek en hadden overal spionnen zitten. Door dit alles werd het hele project natuurlijk nog moeilijker, hoewel ik in dit opzicht geluk had. Ik had één vriend, Fred Wetzler, die net als ik uit Trnava kwam en die ik onvoorwaardelijk kon vertrouwen.

Hij bezat een unieke positie in het kamp. Hij was bij iedereen graag gezien, bij de Duitsers, bij de gewone gevangenen en bij de ondergrondse, ook al was hij daar geen lid van en wist hij ook niet dat ik dat wel was zolang we in het kamp zaten. In tegenstelling tot de meeste andere gevangenen had hij geen enkele belangstelling voor politiek, hoewel dat niet betekende dat hij onverschillig stond tegenover mensen. Fred was misschien apolitiek, maar hij had een heel groot hart.

Doordat hij zo populair was, had hij ook allerlei nuttige contacten, die eerder gebaseerd waren op respect dan op omkoping. Veel mensen vertrouwden van alles aan hem toe, niet alleen omdat ze hem mochten, maar omdat ze hem werkelijk vertrouwden. Daardoor wist hij enorm veel van wat er in het kamp omging.

Het was dit vertrouwen dat hij alom genoot dat aanleiding was tot een heel vreemd aanbod uit een nog vreemdere bron.

Op een avond ging ik naar zijn barak in Kamp D om samen met hem te eten. Toen ik aankwam merkte ik dat hij een schaal aardappelen deelde met een SS'er die Pestek heette, een bijzonder knappe Unterscharführer van een jaar of zesentwintig. Zodra ik binnenkwam zei Fred tegen zijn gast: 'Ik zou hierover wel eens met Rudi willen praten. Zou je ons even alleen willen laten?'

De Duitser boog zijn hoofd. Fred nam me mee naar een andere kamer en zei: 'Luister, Rudi. Deze kerel heeft een fantastisch plan dat best zou kunnen werken. Hij wil me helpen ontsnappen door me te verkleden als een hoge SS-officier en samen met me naar buiten te lopen. Daarna, zegt-ie, hoeven we alleen maar de trein naar Praag te nemen.'

'Wees geen dwaas, Fred', zei ik vinnig. 'Denk aan Fero Langer. Denk aan Unglick. Het is een truc.'

'Ik denk het niet, Rudi', zei Fred. 'Ik ken deze knaap. We hebben samen gegeten, we zijn zelfs samen dronken geworden. Hij is anders dan de anderen, een van de weinige fatsoenlijke SS'ers die ik ken.'

Ik had ontzag voor Freds mensenkennis. Maar ik zag Fero met z'n gezicht half weggeschoten en Charles Unglick, gezeten op een kruk en overeind gehouden door een paar spaden, nog levendig voor me.

'Nee, Fred', zei ik. 'Het is het risico niet waard. Langer en Dobrovolny waren als broers en je weet hoe dat afliep.'

Een tijdlang dacht Fred over de situatie na. Toen ging hij terug naar zijn kamer en zei tegen de SS'er: 'Bedankt, Pestek. Maar ik denk niet dat het zou lukken. En als er iets misgaat, dan zijn we allebei zo goed als dood.'

De Duitser haalde zijn schouders op, keek eens naar mij en zei: 'Heeft Fred je over het plan verteld, Rudi?'

Ik knikte.

'Hoe zit het met jou dan? Ik weet zeker dat het ons zou lukken.'

'Waarom doe je dit? Wat levert het jou op? Waarom zou je je carrière en je nek riskeren?'

'Omdat ik deze hele toestand haat', zei hij rustig. 'Omdat ik het haat om te zien hoe vrouwen en kinderen vermoord worden. Ik wil iets doen, ik wil er alles aan doen om die stank uit mijn hoofd te krijgen, zodat ik me iets schoner voel.'

'Maar hoe komen we door de poort? Stel dat iemand me vragen gaat stellen? Er kan van alles misgaan.'

'Als iemand tegen jou praat, dan gebaar je gewoon naar mij met je hoofd. Je bent immers Obersturmbahnführer. Ik ben jouw adjudant. Je verspilt je tijd niet aan gewone mannetjes. Je blaft zelf niet als je een hond hebt.'

'En de trein? Hoe zit het daarmee? Wat gebeurt als iemand daar tegen me begint te praten? Hoe zit het met de kaartjescontroleurs, de militaire politie, de grenscontroles?'

'Dan slaap je. Men stoort een Obersturmbahnführer niet. Je adjudant handelt dat soort lastigheidjes af.'

Het was een gedurfd plan en zo eenvoudig dat het zou kunnen slagen. Ik dacht er een tijdje over na, speurend naar zwakke plekken. Die zaten er niet echt in, maar Fero en Charlie lagen nog te vers in m'n geheugen.

'Bedankt voor het aanbod', zei ik ten slotte. 'Maar ik denk niet dat het het risico waard is.'

Een paar dagen later kwam Hugo Lenk, de ex-Inter-Brigademan die met het tweede Tsjechische transport meegekomen was, naar me toe en hij zei: 'Ken je die SS'er Pestek? Hij heeft een plan. Hij wil me het kamp uitsmokkelen in het uniform van een SS-officier. Het klinkt misschien waanzinnig, maar toch ...'

'Ik weet er alles van', zei ik. 'Hij heeft Fred Wetzler en mij al hetzelfde aanbod gedaan. Hij lijkt wel oké, voor zover je dat ooit van een SS'er kunt zeggen, maar toch stinkt er iets aan het hele zaakje. Als je mijn advies aanneemt, dan vergeet je het hele plan.'

Hij nam mijn advies aan; maar Pestek leek vastbesloten om zijn plan uit te voeren. Hij legde contact met een man genaamd Lederer, een vriend van Lenk, iemand uit het Tsjechische kamp. En Lederer wilde het wel proberen.

Ik weet niet precies wanneer ze vertrokken zijn, maar ik weet nog wel dat de sirene begon te loeien. Ik weet ook nog dat ik bij mezelf dacht: hij zal wel snel terug zijn, met een kapotgeschoten hoofd.

Maar Lederer kwam niet terug. Met Pestek reisde hij in een eersteklascoupé naar Praag. Hij is nog steeds in leven en woont tegenwoordig in Israël. Hij heeft zijn leven te danken aan de enige rechtschapen SS'er die ik ooit ontmoet heb, iemand die ik oordeelde naar zijn collega's en die ik afwees. Iemand die niet gehersenspoeld was, die de verdorvenheid zag die onder die keurige groene uniformen zat en die de moed had ertegenin te gaan. Hij probeerde het zelfs nog een keer, hoewel hij het de tweede keer om een meer egoïstische, een minder idealistische reden deed.

Hij was verliefd geworden op een van de meisjes in het Tsjechische kamp, net als ik. En aangemoedigd door zijn succes met Lederer besloot hij nog eens terug te gaan naar Auschwitz om te proberen ook haar naar buiten te smokkelen.

Het was een krankzinnig idee en het kon gewoon niet slagen, want nu werd hij zelf gezocht. De liefde denkt echter zelden logisch na en hij was ervan overtuigd dat ook zij voor één dag Obersturmbahnführer kon zijn, als ze haar haar afknipte.

Hij keerde terug naar het kamp, naar de plek van zijn misdaad, voor deze volgende poging. Een Duitse beroepsmisdadiger herkende hem en alarmeerde de boel. Pestek werd gepakt en naar Blok 11 gestuurd, het strafblok.

We hebben hem nooit meer teruggezien, hoewel we wel gehoord hebben hoe het met hem afgelopen is. Een paar dagen later ontvingen we een bericht van het *Sonderkommando*: 'Pestek zit in de ovens … wat er van hem over is.'

Ik geloof dat ik nog meer teleurgesteld was over het feit dat ik Pestek niet vertrouwd had dan over het mislukken van mijn eerdere plannen. Maar ik liet me er niet door ontmoedigen. Samen met Fred bleef ik hopen, plannen smeden, speuren naar de miniemste opening in de ring die rond Auschwitz lag. En enige tijd later kwam hij naar me toe met belangrijk nieuws.

'Vier jongens uit het mortuarium – dezelfde die Unglick opgehaald hebben in feite – gaan een poging wagen om hier weg te komen, Rudi', zei hij. 'En ze hebben daarbij onze hulp nodig.'

Ik kende die gevangenen vrij goed. Omdat het hun taak was om de doden op te halen, konden ze zich relatief gemakkelijk door de secties heen begeven; en dat was een belangrijk voordeel wanneer ze zouden proberen te ontsnappen.

'Weet je de planken te liggen die opgeslagen zijn voor het nieuwe kamp dat ze aan het bouwen zijn?' ging Fred door. Ik knikte. Dat zou Birkenau 3 worden en het was in aanbouw naast Birkenau 2 om de stroom Hongaren op te vangen.

'Nou, ze hebben een paar kapo's omgekocht en die hebben de planken zo opgestapeld dat er een hol in het midden zit. Groot genoeg voor hen vieren.'

Ik begreep direct wat ze van plan waren. De planken lagen in het buitenste kamp, dat 's nachts niet bewaakt werd omdat alle gevangenen dan veilig en wel achter de hoogspanningsdraden en de wachttorens van het binnenste kamp zaten. Als ze zich daar drie dagen lang konden verstoppen, zolang de wacht betrokken was en het hele kamp doorzocht werd, dan hadden ze een redelijke kans. Want na die drie dagen zou men aannemen dat ze al buiten Auschwitz zaten en de taak om hen op te sporen zou overgedragen worden aan de autoriteiten buiten het kamp. De wacht die het hele kamp drie dagen lang had omsingeld zou teruggetrokken worden en dan hoefden ze nog slechts te wachten tot het donker was om weg te glippen langs het onbemande buitenste kordon van wachttorens.

'Hoe kunnen wij ze helpen?' vroeg ik. 'En waarom hebben ze ons daar trouwens voor uitgekozen?'

'Nou, een van hen is Sandor Eisenbach. Hij schijnt ons tweeën wel te mogen en hij vertrouwt ons.'

Ik glimlachte. Sandor Eisenbach! Dat was een Slowaak, hoewel heel wat ouder dan ik en hij kende mijn ouders. Sinds we elkaar in het kamp tegengekomen waren had hij me als een vader in de gaten gehouden.

'Het enige wat ze van ons vragen,' zei Fred, 'is dat we ze inlichten over wat er in het kamp gebeurt zolang ze zich daar verborgen houden en dat we er een beetje op letten dat ze daar goed zitten.'

Als administrateurs hadden Fred en ik ook een zekere bewegingsvrijheid, dus de vier mannen vroegen niet al te veel van ons. Een paar dagen later gingen de sirenes af en wij keken bezorgd toe hoe de mannen en de honden het kamp doorzochten. Verschillende keren renden ze langs de stapel met hout, maar het leek nooit in hen op te komen dat de mannen die ze zochten in een kleine ruimte onder de planken konden zitten.

Die avond, toen het zoeken een eind verderop doorging, liep ik zo terloops mogelijk naar het vluchthol en zei, zonder in die richting te kijken: 'Kunnen jullie me horen?'

'Ja.'

De stem klonk zachtjes, maar duidelijk. Terwijl ik net deed of ik wat papieren stond te bekijken, zei ik: 'Alles is in orde. Ze zijn nu bij het crematorium. Ze zijn hier wel tien keer langsgekomen, maar ze hebben nog niet één keer zelfs maar naar het hout gekeken.'

'Oké. Bedankt.'

Terwijl ik fronsend naar m'n papieren keek alsof ze me voor onoverkomelijke problemen stelden, liep ik terug naar Kamp D en gaf aan Fred door dat alles in orde was.

De volgende dag werd het zoeken geïntensiveerd. Om beurten hielden we de jongens op de hoogte; en toen het avond werd wisten we dat ze nu een goede kans maakten, want tegen die tijd zouden de meeste zoekers er voor zichzelf wel van overtuigd zijn dat hun prooi ontsnapt was. De derde dag en nacht waren min of meer een formaliteit. En op de ochtend van de vierde dag bleef ik naast de planken staan en zei zachtjes iets, maar er kwam geen antwoord.

Ze waren ontsnapt! Ik voelde me uitgelaten, niet alleen omdat zij de eerste hobbel genomen hadden, maar ook omdat ze een uitstekende springplank hadden achtergelaten die nog een keer gebruikt zou kunnen worden om te ontsnappen. Die avond besprak ik het met Fred en we besloten dat wij de volgenden zouden zijn die onder de planken zouden kruipen, al waren we het er wel over eens dat we een behoorlijke tijd zouden laten voorbijgaan voor we meer gedetailleerde plannen zouden maken. De vier ex-gevangenen hadden nog een lange weg te gaan en ik herinnerde me kapitein Dmitri Volkovs laatste waarschuwing nog heel goed: 'Onthoud goed dat de strijd pas begint als je het kamp uit bent.'

We besloten om twee weken te wachten voor we in actie kwamen. Tegen die tijd, zo meenden we, zouden ze of dood of gevangengenomen zijn, of veilig bij vrienden ondergedoken zijn. En terwijl de dagen voorbij kropen nam ons optimisme steeds meer toe.

Niettemin zorgden we er wel voor dat we niet te optimistisch werden. En helaas bleek onze voorzichtigheid terecht te zijn. Slechts een week nadat ik voor het laatst naar de stapel hout gegaan was, was er opschudding bij de poort en zag ik dat de vier mannen het kamp inliepen, omgeven door grijnzende SS'ers.

Ik voelde een bittere woede en bezorgdheid in me opkomen. Zij waren er niet in geslaagd en dat was erg genoeg. Maar bovendien was het nu onwaarschijnlijk dat Fred en ik de kans zouden krijgen om het te proberen. Ik verwachtte dat het geheim van hun ontsnappingsroute in Blok 11 langzaam maar zeker uit hen geperst zou worden.

Maar terwijl ze langs mij liepen kruiste Sandor Eisenbachs blik de mijne en knipoogde hij naar me.

Ik wist wat dat betekende. Het geheim was nog niet verraden, hoewel het uit de sneden en bulten op hun gezicht wel duidelijk was dat ze al een keer ondervraagd waren. En nu konden ze het serieuzere werk tegemoetzien in Blok 11.

De gevangenneming van deze vier mannen was niet het enige wat die dag opwinding in het kamp veroorzaakte. Een paar uur later probeerden twee Franse Joden, een kapo en zijn assistent, te ontsnappen en werden bijna onmiddellijk gepakt. Ze hadden een brood bij zich waarin ze diamanten ter waarde van minstens een miljoen pond bij zich hadden. En ook zij werden naar Blok 11 gebracht.

Dit zou Höss een heerlijke dag opleveren, daar waren we van overtuigd. Nog nooit eerder in de geschiedenis van het kamp had hij zes gevangenen onder handen die geprobeerd hadden te ontsnappen. Nog nooit had hij zo'n geweldige gelegenheid gehad om het bij andere gevangenen erin te hameren dat dit soort misdrijven niet loonde. Niemand was dan ook verbaasd toen een paar dagen later twee verplaatsbare galgen naar buiten gereden werden en de SS aan kwam paraderen met zijn geweren en trommels.

Sturmbahnführer Schwarzhuber sprak ons toe. Een paar minuten lang beschreef hij ons op vurige wijze wat er zou gebeuren met ieder die in de voetstappen van deze ongelukkige figuren wilde gaan die daar voor ons stonden, met hun handen op de rug gebonden. Hij vertelde ons hoeveel de gestolen diamanten waard waren geweest. En toen kondigde hij met duidelijk genoegen aan: 'Ze zullen aan de galg sterven. Maar eerst krijgen ze vijftig slagen!'

Een SS'er stapte naar voren met een karwats in z'n hand. Een voor een bogen de gevangenen zich over het geselblok;

en een halfuur lang was er geen ander geluid te horen dan het neerkomen van de riemen.

Dit was echter nog maar het voorgerecht, want de hoofdschotel bestond uit de galg. De trommels begonnen te roffelen en de twee Fransen klommen op het schavot. De beulgevangene ging snel te werk. De luiken klapten open tegen de zijkanten van de schavotten en het vreselijke gedraai begon.

Na een paar minuten hingen de lichamen slap en bewegingloos. We stonden te wachten tot ze neergehaald zouden worden om plaats te maken voor de volgende twee slachtoffers. We hardden onszelf voor het schouwspel waar we nog steeds niet goed tegen konden, hoe vaak we het ook al gezien hadden. Maar bij de galgen bewoog er niets. Ik hoorde dat een SS'er een scherp bevel gaf en tot mijn stomme verbazing zag ik dat de vier mannen die via het hol waren ontsnapt, naar het strafblok afgemarcheerd werden.

Ze werden nog een tijdje gespaard. Maar waarvoor? Voor nog meer martelingen? Betekende dit dat de SS nog steeds niet wist hoe ze ontsnapt waren, maar dat ze vastbesloten waren erachter te komen? Die avond bekeken Fred en ik het raadsel van alle kanten en we kwamen tot de conclusie dat onze kans om te ontsnappen erg klein geworden was. Het was hoogstens een kwestie van tijd voor onze vrienden, meenden we, want het menselijk lichaam, de menselijke geest kan maar een beperkte hoeveelheid marteling doorstaan en dat was iets waar de SS'ers experts in waren.

Een paar dagen later verschenen ze tot mijn verbazing echter opeens weer in het kamp en niet aan de galg. Ze gingen weliswaar direct door naar het strafblok, maar ze waren tenminste nog in leven. Opnieuw probeerden Fred en ik de reden van deze ongekende gratie te bedenken, maar nu kwamen we er helemaal niet uit.

Niettemin hadden we er niet veel tijd voor nodig om een

antwoord te vinden op de vraag die ons het meest bezighield: hadden ze verteld over het hol onder het hout? Het strafcommando was bijna volledig geïsoleerd van de rest van het kamp, maar al snel bedacht ik een smoes om er binnen te komen.

Ik liep vlak langs Sandor Eisenbach en fluisterde zonder hem aan te kijken: 'Weten ze ervan af?'

Samen met de anderen was hij bezig met z'n handen een greppel te graven, waarbij hij het zand in z'n zebrapet schepte. Zonder te stoppen of z'n hoofd op te heffen knorde hij: 'Nee.'

'Weet je het zeker?'

'Ik zweer het, op het hoofd van je vader. Je kunt ervan uitgaan dat je hier snel weg kunt.'

Hij pakte zijn pet vol bevroren aarde op en holde weg om hem te legen. Ik ging terug naar Fred en ik was blij, want ik wist dat ik me volledig kon verlaten op wat Sandor gezegd had. En tegelijk met de vreugde voelde ik een ontzag voor de kracht van die man en zijn drie vrienden.

De volgende dag ging ik opnieuw naar hem toe om hem te bedanken. Hij mompelde: 'Doe niet zo gek. Maar er is iets dat je voor ons terug kunt doen.'

'Natuurlijk. Ik zal doen wat ik kan.'

'In het hol hebben we een klein aandenken achtergelaten. Een boodschap, die we op de planken gekrabbeld hebben. We hebben het met onze nummers ondertekend en als ze het ooit ontdekken, dan zijn we er geweest.'

'Ik schrap het weg zodra we erin zitten. Maar wat hadden jullie geschreven?'

'Kus onze reten!'

Ik lachte binnensmonds. Toen dacht ik aan deze vier mannen, dicht tegen elkaar aangekropen in dat kleine hol, terwijl ze de laarzen van de SS'ers om zich heen hoorden. En ik vroeg me af of mijn eigen gevoel voor humor het in zo'n situatie zo goed zou houden.

'Wat ging er mis?' fluisterde ik. 'Hoe zijn jullie gepakt?'

'We liepen even buiten Porebka tegen een militaire patrouille aan. Blijf daar weg. Het stelt niet veel voor als stad, maar om de een of andere reden stikt het er van de soldaten en de kabelballons.'

Ieder stukje informatie was nu van belang, want Fred en ik waren bijna klaar voor vertrek. Onze kleren – dure Nederlandse pakken en overjassen en zware laarzen – waren geleverd door het Canadacommando. Onze Russische tabak was doordrenkt met petroleum en gedroogd. En het allerbelangrijkste, we trommelden twee Polen op die de planken boven onze hoofden zouden terugleggen zodra we het hol binnengeglipt waren.

Ten slotte kozen we een datum en een tijdstip uit, twee uur in de namiddag van 3 april 1944. Het houden van deze afspraak was meteen onze eerste hindernis. Hoewel we allemaal een behoorlijke bewegingsvrijheid hadden, zouden er namelijk talloze moeilijkheden kunnen ontstaan waardoor we niet tegelijkertijd bij de stapel hout zouden arriveren.

De eerste dag had ik geen moeite om Kamp A te verlaten. Ik zei tegen de SS'er bij de poort dat ik naar het crematorium moest en hij zei alleen: 'Neem een paar sokken voor me mee terug.' Ook de Polen, die beiden in het mortuarium werkten, slaagden erin om op de afgesproken plek te komen. Maar Fred ontbrak nog en die avond hoorde ik dat hij z'n kamp niet had durven verlaten omdat hij dan langs een bijzonder wantrouwige SS'er bij de poort had gemoeten.

Op de tweede dag kwam ik er weer vrij moeiteloos en werd er opnieuw om een paar sokken gevraagd. Ditmaal ontbrak er echter een van de Polen, omdat zijn kapo een of ander bijzonder karweitje voor hem had. En zo ging het vier dagen achter elkaar. En elke keer moest ik vertwijfeld terugkeren naar mijn eigen kamp en tegen de SS'er zeggen dat ik z'n sokken vergeten was.

Ik begon er eigenlijk wat bezorgd over te worden, want hij zou argwaan kunnen krijgen; mijn vergeetachtigheid deed zijn humeur in ieder geval geen goed. Op de vijfde dag gromde hij: 'Als je ditmaal die sokken niet voor me mee terugneemt, dan hoef je helemaal niet meer terug te komen.'

Ik beloofde hem braaf dat ik hem niet zou vergeten en toen ik van de poort wegliep hoopte ik dat zijn woorden uit zouden komen, maar dan niet op de manier waarop hij het bedoelde.

In feite verdween ik bijna op een manier die wij geen van beiden in gedachten hadden. Terwijl ik naar de stapel hout liep grepen twee SS'ers me beet, een paar Unterscharführers die ik nooit eerder gezien had.

'Nee maar!' zei een van hen spottend. 'Wat hebben we hier? Een burger of een gevangene? Heb je ooit zo'n mooie kleermakerspop gezien, Fritz?'

Het is waar dat ik opmerkelijk veel leek op een welvarende Nederlandse heer. Dit zou een meer ervaren SS'er echter weinig uitgemaakt hebben, want die zou weten dat ik als administrateur heel wat vrijheid had om me te kleden zoals ik wilde. Mijn uitgebreide kleding zou hoogstens als iets excentrieks gezien worden, want de meeste SS'ers kenden me wel en zagen me als een vast onderdeel van het kamp.

Voor deze twee was ik echter iets heel eigenaardigs en ik wist heel goed dat hun gebrek aan ervaring mijn dood zou kunnen betekenen, want in m'n overhemd, tegen mijn vlees aangedrukt, zat het horloge dat ik gestolen had voor de reis. Als ze dat vonden zou ik naar het strafblok gestuurd worden en opgehangen worden wegens een poging tot ontsnappen. Ik kon Sturmbahnführer Schwarzhuber al bijna horen dreunen, staand voor de galg: 'Waarom zou een gevangene een horloge hebben tenzij hij probeerde te ontsnappen?'

Ze maakten nog steeds dreigende grapjes en ik wist dat ze me binnen een minuut zouden gaan fouilleren, want dan hadden ze wel weer genoeg lol getrapt. Ik dacht aan Fred en de Polen die op me wachtten en vervloekte in stilte de pech die ik had. Dit was de eerste keer in die twee jaar Auschwitz dat ik op zo'n manier opgehouden werd!

'Ik vraag me af, Hans,' zei de andere SS'er ten slotte, 'wat deze keurige heer eigenlijk in zijn zakken heeft. Zullen we eens kijken?'

Hij stak een hand in de zak van mijn overjas en haalde er een handjevol sigaretten uit. Hij liet ze door zijn vingers in de modder vallen en zei: 'Zie je dat, Hans? Hij moet wel een kettingroker zijn!'

Ze haalden een stuk of honderd sigaretten tevoorschijn die ik op het laatste moment snel had weggestopt en ik stond te wachten tot ze me serieuzer zouden gaan fouilleren. Ik wilde eigenlijk maar dat ze zouden opschieten, want op dat moment was ik er zeker van dat ik verloren was. Het zweet begon langs mijn rug te druppelen. Hoe weet ik niet, maar ik slaagde er toch in om geen enkele uitdrukking op mijn gezicht te tonen, ook al kookte ik van de frustratie.

Toen besefte ik plotseling, bijna verbijsterd, dat ze mijn overjas niet open hadden gemaakt. In plaats daarvan deden ze een stapje achteruit en stonden naar me te staren.

'Jij brutale smeerlap!' zei Fritz zachtjes, terwijl hij uithaalde met zijn bamboestok en mij ermee op de schouder sloeg. 'Ik zal je leren hier als een heer rond te stappen.'

De stok kwam nog eens neer en ik wankelde.

'Ik zal je leren rond te lopen als een aangeklede aap. Ik zal je leren sigaretten te smokkelen die je gejat hebt. Schrijf zijn nummer op, Hans, want het is duidelijk tijd dat meneer de vervloekte administrateur eens ziet hoe Blok 11 er vanbinnen uitziet.'

Over zijn schouder zag ik de twee Polen langslopen. De uitdrukking op hun gezicht veranderde niet toen ze zagen dat ik in de klauwen van de SS'ers was, maar ze verbleekten wel. Opeens sloeg Fritz me recht in m'n gezicht en zei: 'Opschieten, ellendeling, weg hier! Uit mijn ogen!'

Ik wist niet meer wat ik voelde, de pijn, de neerslachtigheid of de woede.

'Maar Blok 11, Herr Scharführer', stamelde ik. 'Ik dacht dat u zei ...'

'Niet nu, idioot! Ik heb wel wat beters te doen dan zo'n luis als jij mee te slepen. Ik rapporteer je bij de Politieke Afdeling en zij kunnen je na het appel oppikken. Ga nu terug naar je sectie voor ik je nek breek!'

Een halve seconde staarde ik hem nog met grote ogen aan. Ik was niet gearresteerd! Hij ging me niet verder fouilleren! Zonder nog iets te zeggen snelde ik weg, in de richting van mijn sectie. En zodra ik buiten hun gezichtsveld was sloeg ik af naar links en liep zo rustig mogelijk naar m'n kleine blokhut.

Ik was nog ruim op tijd, maar voor ik bij de stapel met hout aankwam werd ik nog een keer opgehouden, wat nu echter eerder irritant dan gevaarlijk was. Ik botste tegen Unterscharführer Otto Graff op, die mij eens – het leek jaren geleden – in Canada het leven zuur gemaakt had. Nu werkte hij echter bij het *Sonderkommando*.

Omdat ik wist dat andere SS'ers me in de gaten konden houden, griste ik m'n pet van m'n hoofd en sprong in de houding. Otto grijnsde en zei: 'Wel, oud zwijn, hoe maak je het?'

In gedachten vloekte ik, want hij was kennelijk in de stemming om te kletsen, en antwoordde: 'Prima, Herr Unterscharführer. En hoe staat het met u?'

'Ik heb de hele vervloekte nacht doorgewerkt,' zei hij met een grimas. 'En heel wat harder dan jij, waarschijnlijk. Eigenlijk kan ik nauwelijks m'n ogen openhouden.'

'Dat spijt me voor u', zei ik en dwong mezelf te grijnzen. 'Maar ja, het is nu eenmaal oorlog.'

'Dat is maar al te waar!' zuchtte hij. 'Hier, neem een Griekse sigaret. Het is beter dan niets.'

Toen wist ik waarom hij zo hard had moeten werken. Er was een groot transport uit Griekenland binnengekomen.

'Nee dank u', zei ik. 'Ik raak ze niet aan. Ze zijn slecht voor m'n keel.'

'Wat ben je toch een pietluttige zak!' zei hij lachend. 'Nog even brutaal als altijd! Nou goed, ik zie je nog wel eens.'

Hij liep weg. En ik vond het bijna symbolisch dat de knappe, wrede Otto de laatste in het kamp was met wie ik sprak.

Ik kon nu het hout al zien liggen en de Polen erbovenop, schijnbaar aan het werk. Fred was er ook en alle drie gaapten ze me even aan toen ze me zagen, want ze meenden werkelijk dat ik allang in het strafblok zat. Maar niemand zei een woord. De Polen schoven met de planken en gaven ons een bijna onzichtbaar knikje.

Dit was het moment. Eventjes aarzelden we nog, want we wisten dat we niet meer terug zouden kunnen als de planken teruggeschoven waren. Toen sprongen we tegelijk vlug boven op het hout en lieten ons door het gat glijden. De planken werden boven onze hoofden op hun plaats geschoven, zodat het licht buitengesloten werd. En toen was het stil.

Onze ogen raakten al snel gewend aan de duisternis en we konden elkaar zien in het licht dat door de spleten sijpelde. We durfden nauwelijks adem te halen, laat staan te praten. Het duurde een minuut of vijftien voor we ons iets konden ontspannen en toen begon ik de wanden van onze schuilplaats te onderzoeken.

'Wat is er?' fluisterde Fred zo zacht dat ik hem ternauwernood kon horen. 'Wat doe je?'

'Ik zoek naar Sandors boodschap', zei ik. 'We kunnen niet hebben dat er vieze woorden op de wanden geschreven staan.'

Ik vond het en schraapte het weg met m'n mes. Op de een of andere manier kalmeerde het karweitje m'n zenuwen wat en ik besloot bezig te blijven in plaats van te zitten denken. Ik pakte de poederachtige Russische tabak uit mijn zak en begon het in de smalle ruimtes te proppen die tussen sommige planken zaten, terwijl Fred naar me zat te kijken in het halfduister.

Het kostte me minstens een uur om onze tijdelijke gevangenis grondig met hondafwerend middel te bewerken. Daarna ging ik zitten, leunde tegen de ruwe houten wand en concentreerde me op positief denken. Ik dwong mezelf om niet te denken aan de mogelijkheid dat we ontdekt zouden worden en ik zei keer op keer tegen mezelf: Er zullen geen appels meer zijn. Geen werk. Geen gekruip voor SS'ers. Het duurt niet lang meer of je bent vrij!

Vrij – of dood. Ik voelde aan het scherpe lemmet van m'n mes en zwoer bij mezelf dat als ze me vonden, ze me nooit levend uit het hol zouden krijgen. De tijd leek wel stil te staan. Ik keek op het horloge dat me bijna m'n leven had gekost en zag dat het pas halfvier was. Het alarm zou niet eerder afgaan dan halfzes en opeens realiseerde ik me dat ik ernaar verlangde om het te horen. Ik voelde me als een bokser die in een hoek van de ring zit te wachten tot de bel gaat, of als een soldaat in een loopgraaf, die wacht tot hij naar boven moet.

Ik was bang voor het geloei van die sirene. En toch kon ik het wachten niet verdragen. Ik wilde dat de strijd zou beginnen.

We konden niet rechtop staan en we kregen kramp van het zitten. We durfden niet te praten en daardoor duurde het nog veel langer. De activiteiten van het kamp, activiteiten die we beiden zo goed kenden, kwamen gedempt ons hol binnen, maar op de een of andere manier leek het allemaal in een andere tijd en op een andere plaats te gebeuren, want in gedachten was ik al vrij.

Het volgende uur keek ik voortdurend op m'n horloge en hield het zo nu en dan tegen m'n oor om te kijken of het nog liep. Daarna dwong ik mezelf om het ding te negeren, grijnzend in het donker toen ik aan mijn moeder moest denken die in de keuken stond en met opgeheven vinger plechtig zei: 'Een pan waar je naar blijft kijken, zal nooit koken!'

En eigenlijk had ik het ook op geen enkel moment nodig om op m'n horloge te kijken, want aan de geluiden van het kamp kon ik ongeveer horen hoe laat het was. Eindelijk, eindelijk hoorde ik het gestamp van marcherende voeten. Onmiddellijk was elke vezel in m'n lichaam gespannen. De gevangenen kwamen terug van hun werk. Weldra zouden ze zich gaan opstellen voor het appel in hun keurige rijen van tien. Weldra zouden we gemist worden; en dan zou de sirene klinken, het geblaf van honden, het gestamp van SS-laarzen. In de verte hoorden we hoe de bevelen gegeven werden. Het klonk allemaal heel zwak, als een hond die ergens in de verte blaft. In gedachten zagen we het hele schouwspel dat nooit meer een deel van ons leven zou uitmaken. De kaarsrechte rijen van de levenden. De stille stapels van de doden. De kapo's en blokoudsten, snauwend tegen hun onderdanen, zich druk makend om niets. De SS, afstandelijk, superieur, die hun eenheden telden.

Ik dacht aan mijn eigen blokoudste, doctor Andrej Milar, en vroeg me af hoe hij zou reageren. Sinds ik hem geschokt had door de goulashsoep op te eten op de dag dat Charles

Unglick gestorven was, was onze vriendschap wat bekoeld; maar ik wist dat hij me geluk zou toewensen, dat hij zou hopen dat ik het zou halen. Ik dacht aan Tyn de Aap die naar de SS zou hollen om te melden dat Rudi, het administrateurtje van wie iedereen dacht dat hij bij het meubilair van het kamp hoorde, ontbrak. Ik dacht aan wat ons te wachten stond en plotseling drong het tot me door dat ik, als alles goed ging, op 10 april vrij zou zijn.

Ik stond mezelf de luxe toe van een blik op m'n horloge. Het was vijf voor halfzes. Nog vijf minuten en de sirenes zouden beginnen te loeien. Ze moesten ons nu al gemist hebben. Ze zouden nu al aan het overleggen zijn wat ze moesten doen, of we ergens opgehouden waren of dat we ontsnapt waren, of ze de boel zouden alarmeren en het risico lopen dat ze voor gek stonden als we toch op kwamen draven, of dat ze zouden wachten en de woede van Höss en Schwarzhuber riskeren, als bleek dat we weg waren.

Halfzes. Nog steeds de stilte. Fred en ik staarden elkaar aan. En hoewel we geen woord zeiden, dachten we precies hetzelfde. Kwart voor zes en nog steeds geen geluid. Ik voelde even een vlaag van paniek, want dit beloofde weinig goeds. Het zou kunnen uitdraaien op grote problemen, op het einde in feite.

Iemand zou ons verraden kunnen hebben. Met een paar minuten zouden we misschien horen hoe de planken weg werden geschoven en zouden we in de loop van machinegeweren kijken. Instinctief verstevigde ik m'n greep op het mes en ik spitste mijn oren tot het uiterste om iets te horen, wat dan ook, dat een indicatie vormde voor wat er aan de hand was.

Zes uur. Nu begon de stilte onze zenuwen te geselen. Ik fluisterde tegen Fred: 'Ze spelen met ons. Ze weten vast waar we zitten.'

Hij zei niets terug, maar ik wist dat hij hetzelfde dacht als ik. Iemand kwam langslopen. Allebei hielden we onze adem in. De voetstappen verdwenen weer in de verte. We hoorden stemmen, Duitse stemmen, maar die waren te ver weg om er iets van te kunnen verstaan. De wanden van ons houten hutje leken op ons af te komen, ons plat te drukken, ons verstand en ons moreel te verpletteren. We zaten samengeperst in een klein houten doosje dat met spottend ceremonieel aan een lachende Oberscharführer overhandigd zou worden. Ik kon de trommels al horen. Ik zag het bordje: *Omdat ze geprobeerd hebben te ontsnappen.* Ik kromp ineen bij de gedachte aan de vernedering, het gejuich en gelach dat we zouden veroorzaken als we gepakt werden.

Toen sneed de sirene door mijn gedachten heen en verpletterde ze. Het geluid veegde ons hol schoon, veegde de angst en de depressie weg. Het wekte de strijdlust weer op in m'n hart en gedachten.

Het klaaglijke geluid klonk harder en harder, bleef een paar minuten hangen en stierf toen weg. Ik zag de ogen van Fred glimmen en we hoorden hoe de chaos geboren werd, groeide en ons aan alle kanten insloot. Honderd, tweehonderd, vijfhonderd voeten roffelden. Duizend stemmen schreeuwden, tweeduizend andere antwoordden. Bevelen weerklonken van barak tot barak en de honden jankten afwachtend, klagend.

Het zoeken was begonnen. De lange, nauwgezette, angstvallige speurtocht die drie dagen zou duren, tot elke centimeter van Birkenau onderzocht en iedere bekende schuilplaats omgekeerd was. We voelden een soort vrolijkheid opkomen toen we het dichterbij hoorden komen en in gedachten het schouwspel zagen dat we zo goed kenden.

De stemmen waren nu erg dichtbij. Ik hoorde Unterscharführer Buntrock krassen: 'Kijk achter die planken!

Jullie moeten het kamp doorzoeken, geen vakantie houden. Verdraaid, gebruik je hoofd en niet alleen je ogen!' Laarzen stommelden over de planken boven ons en maakten dat we een kleine wolk van gruis op ons kregen. Door het gestamp kwam het stof omhoog en we bedekten onze neus om niet te hoeven niezen. Nog meer laarzen en het zware geadem van mannen. Toen de honden, snuffend, hijgend, hun nagels over het hout schrapend terwijl ze van plank naar plank waggelden. Ik had mijn mes in de hand en zag dat Fred ook klaarzat, met de tanden op elkaar geklemd in een grimas van gespannen afwachting.

Toen werd de kakofonie zachter. Door de afstand werden de wanklanken afgezwakt en de stilte vulde onze schuilplaats weer, een stilte die een eigenaardig gevoel van veiligheid met zich meebracht. We waren veilig door de eerste ronde heen gekomen. Onze zenuwen waren getest en ze hadden ons niet in de steek gelaten.

Freds grijns werd minder gemeen. Hij knipoogde naar me en zei: 'Wat een stomme zakken!'

Uiteraard waren ze weldra terug om alles nog eens te doorzoeken, de hoekjes uit te kammen, iets wanhopiger dan de eerste keer. Opnieuw hoorden we de laarzen, de honden, het geërgerde gevloek van gefrustreerde mannen. Zo ging het de hele nacht door. Het geluid ging op en neer, werd zachter en weer harder en weerkaatste aan alle kanten om ons heen. We hadden brood en margarine bij ons, maar we konden ons er niet toe zetten om te eten; we hadden wijn, maar we konden niet drinken. Zelfs toen de speurders weg waren dommelden we weliswaar wat, maar we sliepen niet echt. Allerlei fantasieën spookten door ons hoofd en daarna kwamen we met een schok weer in de werkelijkheid terug en hoorden geluiden die we nog nooit eerder gehoord hadden.

We konden horen hoe de wachtposten op de buitenste

gordel gecontroleerd werden, we hoorden wachtwoorden die uitgewisseld werden. Toen kwamen de vrachtwagens langsscheuren, veertig, vijftig, zestig vrachtwagens op weg naar de gaskamers met hun slachtoffers. Buiten onze schuilplaats in het hout ging het normale leven van Auschwitz gewoon door. We dachten aan de mensen die rustig in de rij stonden voor de 'douches'; en na een uur of twee hoorden we het gekras en gekletter van de ijzeren roosters die in de ovens geduwd werden terwijl de ene lading na de andere in de vlammen geschoven werd.

Het was een eentonig geluid, een onheilspellend geluid ook. Toch betekende het voor ons tegelijk een uitdaging, want we wisten dat we het alleen het zwijgen konden opleggen door te ontsnappen.

De tweede dag was een cruciale periode. De kampautoriteiten wisten nu dat ze de tijd tegen zich hadden en ze dreven hun mensen genadeloos voort. Ze warrelden om ons heen en boven ons. Hun stemmen klonken schril en gespannen, de momenten van stilte werden korter. En terwijl de spanning steeg, drongen alle geluiden ook tot ons door, grof en vervormd, want we konden niet zien wat er om ons heen gebeurde. Het tastte onze zenuwen aan en we werden overgevoelig. Onze maag was helemaal verkrampt van de spanning. Weer konden we niet eten of drinken, ook al hadden we meer dan vierentwintig uur niets gegeten of gedronken.

De avond bracht ook al geen verlichting. De struikelende, voortsnellende mannen bleven in de weer boven ons en pas toen het dag werd leek de spanning wat af te nemen.

'Nog maar anderhalve dag', zei Fred. 'En die zullen wel meevallen. Ze zullen nu wel denken dat we al kilometers ver weg zijn.'

In zekere zin kreeg hij gelijk, want deze derde dag was wat meer ontspannen. De rustigste dag tot dan toe. Maar in een ander opzicht zat hij er helemaal naast.

Om een uur of twee in de middag hoorden we twee Duitse gevangenen die buiten stonden te praten. De ene zei: 'Ze kunnen niet ontsnapt zijn. Ze moeten nog in het kamp zijn.'

Een tijdlang wisselden ze de wildste theorieën uit over waar we ons verstopt zouden kunnen hebben. Toen zei de tweede gevangene: 'Otto, wat dacht je van die stapel hout? Denk je dat ze daar ergens onder zouden kunnen zitten? Misschien hebben ze er een ruimte in gemaakt of zo.'

'De honden zijn er wel twintig keer overheen gegaan', zei Otto. 'Die zouden ze geroken hebben, tenzij ze natuurlijk iets bedacht hebben om de geur uit te wissen.'

Er viel een lange stilte. Fred en ik lagen doodstil en gespannen en we hoorden Otto zeggen: 'Het is niet erg waarschijnlijk maar je weet nooit. Kom mee!' We hoorden dat ze op de stapel hout klommen en we haalden onze messen tevoorschijn. Ze tilden één plank opzij, toen nog één en een derde, een vierde. Slechts twintig centimeter hout scheidden ons nog van de vijand en we zaten klaar om op te springen. We durfden niet meer te ademen. Ik drukte m'n rug tegen een houten wand, nog steeds gebukt, want er was geen ruimte om rechtop te staan.

Opeens klonk er tumult aan de andere kant van het kamp. We hoorden opgewonden geschreeuw en het getrappel van rennende voeten. De twee Duitsers die boven ons zaten hielden zich nu stil en bewogen niet. Toen zei Otto: 'Ze hebben ze! Kom mee, snel!'

Ze lieten zich van de planken afglijden en renden weg in de richting van het valse alarm dat onze huid gered had.

'Dat heb je in Auschwitz', mompelde Fred op bittere toon. 'Je ontmoet de fijnste mensen. Wat een zak!'

In de nacht van 9 april kregen we een heel ander soort

schok. Om ongeveer acht uur hoorden we opeens het verre gedreun van zware vliegtuigen, iets wat we nog nooit gehoord hadden zolang we in Auschwitz hadden gezeten. Het kwam steeds dichterbij. En toen begonnen niet al te ver weg bommen in te slaan.

Ons hart begon sneller te kloppen. Gingen ze het kamp bombarderen? Was het geheim uitgekomen? Zouden grote bommen de hoogspanningsdraden wegscheuren en de wachttorens en de bewakers met hun honden? Betekende dit het einde van Auschwitz?

De explosies klonken nu harder, dichterbij. Toen hoorden we opeens een nieuw geluid, zowat naast ons, zo leek het, het harde, snelle gedaver van luchtafweergeschut dat in het kamp zelf stond. Met elk salvo trilden de planken. In de lichtflitsen zagen we dat het gruis overal om ons heen naar beneden kwam. Ik zei tegen Fred: 'Wat denk je ervan? Proberen we het nu? In deze chaos zien ze ons vast niet.'

Maar Fred was minder onstuimig. Hij zei: 'Nee. We blijven hier. Die jongens daarbuiten zijn soldaten, vergeet dat niet. Bommen of geen bommen, de gasten die om het kamp heen zitten en in de wachttorens blijven echt wel op hun post. Ze zullen ons zien.'

Hij had natuurlijk gelijk. Maar de luchtaanval had tenminste één voordeel. Door het lawaai van de kanonnen en de bommen konden wij op een bijna normale toon met elkaar praten. Het speet ons zelfs toen we hoorden dat de vliegtuigen weer in de verte verdwenen en we het gekletter van de roosters weer konden horen.

De laatste vierentwintig uur gingen rustig voorbij. Het zoeken ging door, maar de fut was eruit. De uren kropen voorbij en we werden steeds meer gespannen, terwijl we op het signaal wachtten waarop wij in actie konden komen: het terugtrekken van het buitenste kordon.

We wisten precies hoe het in z'n werk zou gaan. Een SS'er zou het bevel naar de dichtstbijzijnde wachttoren brengen. Dan zou het van toren naar toren geschreeuwd worden, het hele kamp rond, een erkenning van de tijdelijke nederlaag. De torens zouden verlaten worden. De wacht zou naar het kamp terugmarcheren. De kust zou relatief veilig zijn.

Toen hoorden we het, de eerste gedreunde schreeuw: '*Postenkette abziehen!*'

'Kordon ingerukt!' Het leek door te echoën terwijl het van toren tot toren werd doorgegeven. Het werd steeds zwakker tot we het niet meer konden horen. Maar al snel kwam het weer terug, toen het de cirkel rond het kamp volmaakte. Het werd harder en harder en ten slotte hield het op.

Het was halfzeven in de avond van 10 april 1944. We hoorden het gestamp van marcherende soldaten. En daarna niets meer, behalve het zachte gegons van de bezigheden van Birkenau. Officieel waren we nu vrij!

Toch bleven we nog waar we waren, want door onze geïsoleerde positie waren onze angst en ons wantrouwen gegroeid. Ik zei tegen Fred: 'We kunnen beter nog even wachten. Het kan een truc zijn. Misschien doen ze alsof ze weg zijn en wachten ze tot wij ons laten zien.'

Dus we wachtten. Het werd zeven uur … acht uur … negen uur. Zonder een woord stonden we tegelijk op en begonnen voorzichtig tegen de houten planken te duwen die het dak van onze hut vormden.

Even kwam de paniek opzetten. Ze wilden niet in beweging komen! Grommend, zwoegend en zwetend gebruikten we ieder grammetje van ons gewicht. Langzaam, bijna pijnlijk langzaam, kwamen de planken een paar centimeter omhoog. Nu konden we ze bij de rand beetpakken. We duwden ze opzij en plotseling zagen we de sterren boven ons in de zwarte, maanloze winternacht.

'Godzijdank dat die stomme Duitsers ons bijna gevonden hadden!' fluisterde Fred. 'Als ze die andere planken niet verschoven hadden, dan hadden we in de val gezeten!'

We krabbelden naar buiten in de koude lucht en legden de planken zorgvuldig terug, zodat iemand anders zo nodig het ontsnappingshol later nog zou kunnen gebruiken. Een paar seconden zaten we boven op de houtstapel, bewegingloos en onzichtbaar en staarden we naar het kamp waarvan we vastbesloten waren het nooit meer terug te zien.

Voor het eerst zag ik Auschwitz van buitenaf, zoals de slachtoffers het moesten zien. De heldere lichten vormden een zachte gele vlek in het donker, waardoor om het kamp een mysterieuze sfeer hing die bijna mooi was. Wij wisten echter dat het een afschuwelijke schoonheid was, dat in die barakken mensen stierven, verhongerden en konkelden en dat de dood achter elke hoek schuil kon gaan.

We keerden het onze rug toe, gleden naar beneden, wierpen ons plat op de grond en begonnen langzaam op onze buik naar voren te kruipen. Heel voorzichtig, meter voor meter, weg van de tandeloze wachttorens, in de richting van het kleine berkenbos met de oude kuilen die vroeger als crematorium dienden. Het bos waar Birkenau z'n naam vandaan had. We bereikten het, stonden op en renden er gebukt doorheen tot we weer bij het open veld kwamen. Daar kropen we weer verder.

Terwijl ik zo vooruit kronkelde moest ik aan Dmitri Volkov denken. Dit was nog maar het begin van de strijd.

Ik herinnerde me ook dat hij nog iets anders gezegd had. Pas op voor mijnen.

Maar dat was een risico dat we wel moesten nemen, want het was donker en als we niet opschoten zou het daglicht ons overvallen terwijl we nog in het open veld zaten. We gingen door; en opeens, geheel onverwachts, kwamen we bij een hindernis waar we niet aan gedacht hadden.

Eerst dacht ik dat het een rivier was. Het was ongeveer acht meter breed, een witachtig lint dat zich naar beide kanten uitstrekte zo ver ik kon zien. Ik knielde neer om het te bekijken, stak mijn hand erin en merkte dat het zand was. Kilometers zacht wit zand dat ongetwijfeld het hele Auschwitz-Birkenaucomplex omgaf. Het was erger dan water, want als we eroverheen liepen zouden onze voetstappen achterblijven, en zodra het licht was zouden die een duidelijke richtingwijzer voor de patrouilles vormen. Terwijl ik ernaar staarde, realiseerde ik me bovendien dat het nog veel gevaarlijker kon zijn dan het leek. Het zou best de mijnen kunnen bevatten waar Dmitri Volkov voor gewaarschuwd had.

Toch was ook dat een risico dat we wel moesten nemen. Samen sprongen we over de miniwoestijn heen en toen bevonden we ons op een heide die vol varens stond. Hier en daar stond een bordje, waarvan ik dacht dat het misschien voor mijnen waarschuwde. Maar het was te donker om ze te lezen en een lucifer aansteken zou te gevaarlijk zijn. Dus we bleven rechtdoor lopen tot we ten slotte de omtrek van een volgende bos zagen, net op het moment dat de hemel lichter begon te worden. Instinctief versnelden we onze pas, want we liepen volledig onbeschermd, hoewel ik even bij een van de bordjes stilhield om te lezen wat erop stond.

Ik las: Attentie! Dit is het concentratiekamp Auschwitz. Ieder die op deze heide aangetroffen wordt, wordt zonder waarschuwing doodgeschoten!

We bevonden ons nog steeds binnen de grenzen van het kamp en het bos leek nog altijd even ver weg. Tegen de tijd dat het licht werd, bevonden we ons nog steeds op het open veld. De heide lag nu achter ons en had plaatsgemaakt voor een korenveld. We hielden even stil om ons te oriënteren, keken snel in het rond – en wierpen ons als gekken op de grond.

Vijfhonderd meter verderop zagen we een troep vrouwelijke gevangenen onder een zwaar escorte van SS'ers!

Een paar seconden lang lagen we daar te hijgen. Toen tilden we voorzichtig ons hoofd op. De colonne was op weg naar een of andere werkplek en het was duidelijk dat ze ons niet gezien hadden.

Toch durfden we nog niet op te staan. In plaats daarvan kropen we verder en maakten we gebruik van iedere uitholling en elke greppel die we tegenkwamen. Het zou dwaasheid zijn geweest om ons te haasten en het duurde nog twee uur voor we de veiligheid van de bomen bereikten.

We hielden even rust en gingen toen verder tussen de dikke dennen door. De groene paraplu boven ons kalmeerde onze gespannen zenuwen ietwat, tot we plotseling stemmen hoorden; de stemmen van tientallen kinderen.

We sprongen achter een paar struiken en gluurden voorzichtig door de dichte takken heen. We zagen een grote groep Hitlerjeugd, met rugzakken op, die zich een weg baande door het bos. Tot onze grote schrik gingen ze op nog geen dertig meter van ons af onder de bomen zitten, waar ze boterhammen begonnen te eten. We zaten in de val, nu niet van de SS, maar van hun kinderen!

We moeten een uur achter die struiken gelegen hebben. Maar toen kreeg ons geluk een wending. Zware regendruppels begonnen neer te vallen. De Hitlerjeugd keek omhoog en at door. Maar de druppels werden een stortbui en ten slotte stonden ze op en holden ze weg, luid gillend naar elkaar.

We hervatten onze tocht. De grond onder onze voeten werd drassig, maar we hadden stevige laarzen aan. De regen sloeg tussen de bomen door op onze blote hoofden, maar kwam niet door onze prima Hollandse overjassen heen. We voelden ons bijna gelukkig terwijl we voorploeterden en zelfs de aanblik van een SS-patrouille met nog een groep vrouwelijke gevangenen kon ons humeur niet bederven. We verborgen ons gewoon in een greppel totdat ze uit het zicht waren verdwenen.

Ten slotte zei ik tegen Fred: 'Het wordt tijd dat we gaan slapen. Laten we een plekje zoeken waar we ons kunnen verstoppen, ergens waar zelfs de SS geen vrouwen naartoe brengt.'

Een halfuur lang zochten we rond, tot we een grote groep struiken vonden. We wurmden ons naar het binnenste gedeelte ervan en gingen in de varens liggen, zeker dat we niet gezien zouden worden.

Een waterige aprilzon sijpelde door de bladeren heen. De enthousiastere vogels kwetterden boven ons. En tot we in slaap vielen, gaf Fred me op vriendelijke wijze les in de fijnere kneepjes van het schaakspel.

Hij was een expert. De kampioen van Auschwitz zelfs. En ik ben blij dat ik kan zeggen dat hij zich ongeslagen teruggetrokken heeft.

16

Verstoppen

De Slowaakse grens lag hemelsbreed op een afstand van ongeveer honderdtwintig kilometer van Auschwitz af. Jammer genoeg waren Fred en ik slechts Joden en geen vogels, en wij moesten lopen; bovendien liep de weg die we voor ons hadden liggen door gevaarlijk terrein heen.

Alle Duitsers, burgers evengoed als soldaten, hadden het bevel gekregen om iedereen die duidelijk een vreemde was ter plekke neer te schieten. De Polen hadden nadrukkelijk te horen gekregen dat zij en hun gezinnen doodgeschoten zouden worden als ze gevangenen hielpen ontsnappen. Velen hadden deze boete inderdaad betaald. Dus zelfs als we geen fouten maakten zouden die honderdtwintig kilometer vol gevaren zitten. En wij waren bepaald niet onfeilbaar.

In feite overtroffen we onszelf al direct in de eerste nacht na de dag waarop Fred me in slaap gekletst had met zijn gepraat over torens en lopers en pionnen. Het was pikdonker, en we liepen regelrecht de buitenste rand van een concentratiekamp binnen!

Opeens zagen we lege wachttorens, de donkere omtrekken van hutten en de hele santenkraam van een of andere werkplek. En hoewel we wanhopig zochten naar een uitweg uit dit beangstigende, dreigende netwerk, merkten we telkens dat we uitkwamen bij het soort omgeving dat we maar al te goed kenden en waaruit we met gevaar voor eigen leven ontsnapt waren.

Onze kennis van de gang van zaken in een kamp hielp ons ook niet, integendeel, die zette onze zenuwen nog extra onder spanning. We wisten dat de wachttorens bemand zouden worden zodra het licht werd, en dat we gesnapt zouden worden op het open veld. Toch wisten we niet hoe dit kamp in elkaar stak, en dus hadden we net zo goed een stel nietsvermoedende stakkers kunnen zijn die zo van huis kwamen.

We moesten dus maar gewoon doorlopen in de hoop dat we een of andere aanwijzing zouden tegenkomen die ons de weg naar de veiligheid zou wijzen. En juist op het moment dat de hemel van pikzwart donkergrijs werd, zag ik iets wat op een bos leek, en waarvan ik wist dat het buiten de grenzen van het kamp moest liggen. We bereikten de beschutting ervan, stuitten op een grote groep struiken, verdwenen in het binnenste ervan en bedekten onszelf met takken met veel bladeren die we van de bomen braken.

Daarna ontspanden we ons iets. We voelden ons nog lang niet veilig, maar in ieder geval iets beter op ons gemak dan toen we in de schaduw van de wachttorens zaten; maar terwijl de zon hoger klom aan de hemel, verdreef ze in een oogwenk al ons gevoel van zekerheid.

We zaten niet in een bos. We zaten in een openbaar park; en toen de ochtend vorderde zagen we dat het ook nog een heel bijzonder park was, een park dat alleen door de SS'ers en hun meisjes, vrouwen en kinderen gebruikt werd. Vanuit ons belachelijke prieeltje konden we precies zien hoe ze rondliepen in hun groene uniformen, zich ontspannend, uitrustend van hun arbeid onder de verdorven vijanden van het Rijk.

Sommigen hadden honden bij zich die overal rondsprongen en snuffelden. Dat baarde ons zoveel zorgen dat we een nog groter gevaar over het hoofd zagen: de kinderen. Lachend en gillend sprongen ze langs onze schuilplaats, en we negeerden ze tot we tot onze grote schrik zagen dat een klein meisje en een klein jongetje recht op ons afliepen. Een paar meter daarachter kuierde een Oberscharführer in uniform, met een pistool aan zijn zij en een mollige, blonde vrouw aan zijn arm.

We hielden onze adem in. De kinderen dansten heen en weer als een stel vuurvliegjes, en kwamen langzaam maar zeker in onze richting. Ze draaiden zich om en renden weer terug, en zetten onze zenuwen ernstig onder druk. Maar ten slotte gebeurde het vreselijke, het onvermijdelijke, en keken we recht in twee paar ronde, grote, blauwe arische ogen. We zagen twee monden die ongelovig een rondje vormden; en toen volgde het gegil.

'Papa ... papa ... kom hier ... d'r zitten mannen in de bosjes ... gekke mannen!'

Fred en ik hadden nu onze messen in de hand. We zagen dat papa zijn hoofd met een ruk ophief, en een frons veegde de beminnelijke glimlach van zijn gezicht. Hij liep naar de struiken en staarde zeker tien seconden op ons neer. Wij staarden terug, klaar om op te springen. Toen zagen we dat de verbazing uit zijn ogen verdween en plaatsmaakte voor een koude, begrijpende blik. Vlug verzamelde hij zijn kroost onder zijn vleugels en duwde hen weg van de struiken.

We keken hen na tot ze om een hoek verdwenen. De Oberscharführer sprak ernstig tegen zijn vrouw en zij keek behoorlijk geschokt. Het werd ook steeds fraaier. Nu kon een fatsoenlijke Duitse huisvrouw zelfs haar kinderen al niet meer meenemen voor een wandelingetje in het park zonder dat er mannen samen in de bosjes lagen!

Ze hadden ons zedelijk gedrag niet helemaal goed beoordeeld, maar dat heeft op dat moment ons leven gered. We bleven de hele dag in de struiken zonder verder nog gestoord te worden; en zodra het weer donker was zetten we onze tocht voort. We liepen langzaam, voorzichtig, want Volkov had me ervoor gewaarschuwd dat te grote haast onvermijdelijk naar de dood voerde.

Hoewel we doorlopend profijt hadden van Volkovs adviezen, had hij me nooit geleerd om in het donker te zien. En ondanks het feit dat we heel snel leerden uit onze ervaringen, verdwaalden we opnieuw op de vijfde dag van onze tocht.

We waren op weg naar de Beskiden, een bergketen die aan het Tatragebergte grenst en tot in Slowakije loopt. Toen we in de verte de lichten zagen van een stad waarvan we dachten dat het Bielsko moest zijn, wisten we dat we in de goede richting liepen. Dat klopte inderdaad, maar helaas verloren we ons richtinggevoel toen de lichten uitgingen, en in plaats van dat we de langs de rand van het stadje liepen, kuierden we zo het centrum in.

Op het ene moment leken we nog midden op het land te lopen en ging alles gesmeerd, en een seconde later baanden we ons een weg door de straten, terwijl grote gebouwen fronsend op ons neerkeken. We probeerden op onze schreden terug te keren, om de beschaving waar we nu even geen behoefte aan hadden achter ons te laten, maar de gebouwen bleven ons achtervolgen, en we wisten dat we elk moment op een patrouille van de gewapende militie konden stuiten.

Toch slaagden we erin kalm te blijven, en toen de dageraad aanbrak lieten we Bielsko achter ons. Niet dat we onszelf nu meteen veilig op het platteland bevonden, maar het gevaar was nu wel een stuk kleiner. We waren nu in het dorpje Pisarovice. Ondertussen was het behoorlijk licht geworden en we wisten dat we niet verder konden trekken.

Nu bevonden we ons werkelijk in een crisissituatie. Het zou dwaasheid zijn om te proberen ongezien het dorpje uit te komen. En dus zouden we op zoek moeten gaan naar hulp. Voor het eerst sinds onze ontsnapping zouden we met mensen moeten praten en, en dat was nog enger, hen vertrouwen.

We zouden bij een Duitse deur kunnen aankloppen. Maar zelfs als we geluk hadden en een Pools huis zouden treffen, waar natuurlijk wel een grotere kans op was, dan zouden we het de bewoner niet kwalijk kunnen nemen als hij ons niet binnen wilde laten. Door ons, twee totale vreemden, binnen te halen zette hij tenslotte niet alleen zijn eigen leven op het spel, maar ook dat van zijn vrouw en kinderen.

Toch was het de enige manier. We kozen min of meer willekeurig een huis uit. Toen we om het huis heen naar de open plaats aan de achterkant liepen, stoven de kippen weg aan onze voeten en begon ergens een gans verontwaardigd te gakken. Een oude vrouw, gekleed in de wijde zwarte japon en de witte sjaal van een Poolse boerenvrouw, deed de deur open. Achter haar zagen we het bezorgde gezicht van een meisje van een jaar of achttien.

In ons beste Pools begroetten we haar op de traditionele wijze: 'Geloofd zij de naam van Christus.'

'Moge zijn naam voor eeuwig geloofd worden, amen', zei ze zangerig. 'Komt u alstublieft binnen, heren.'

We liepen een grote keuken met een stenen vloer in, en hadden het gevoel dat we wel veilig waren. De oude vrouw was zeker niet dom. Ze wist dat we onze mooie kleren gestolen hadden en dat we op de vlucht waren, anders hadden we niet aangeklopt bij haar eenvoudige huisje.

En toch was ik er door de kalme waardigheid in haar blik en de trotse stand van haar hoofd van overtuigd dat ze ons niet aan de Duitsers zou verraden. En dat probeerde ze ons al direct duidelijk te maken, zij het indirect.

'Ik ben bang dat mijn Russisch niet erg goed is,' zei ze, 'maar jullie spreken goed Pools. Nou, jullie zullen wel honger hebben.'

Ze wendde zich tot het meisje, dat nog geen woord had gezegd maar die haar blik nog niet van ons had afgehouden, en zei: 'Maria, haal eens wat te eten voor onze gasten.'

Het was duidelijk dat ze dacht dat we Russische soldaten waren en dat we uit een kamp voor krijgsgevangenen gevlucht waren. En hoewel ze vast en zeker bang was, raakte ze zeker niet in paniek. Terwijl wij aan tafel zaten en ons dankbaar te goed deden aan een ontbijt van aardappelen en koffie dat Maria voor ons neergezet had, vertelde ze ons kalm over de plaatselijke omstandigheden.

'De bergen zijn hier vrij ver vandaan', zei ze. 'Om ze te bereiken moet je open land oversteken dat doorlopend in de gaten wordt gehouden door de Duitsers, omdat er partizanen in deze streek zitten. Als je die open plekken bij daglicht probeert over te steken, word je gepakt. Jullie moeten hier blijven tot het donker is. Als mijn zoons hier waren konden zij jullie misschien meer hulp bieden; maar de ene is dood en de andere zit in een concentratiekamp en dus zullen jullie het moeten doen met het weinige advies dat ik je kan geven.'

We bedankten haar hartelijk; en daarna sprongen we omhoog omdat de deur openging. De oude vrouw glimlachte en zei: 'Wees gerust. Dat is een oude vriend van mij.'

Een oudere man die een nog oudere pijp rookte, stommelde de grote keuken binnen en wenste ons goedemorgen alsof er dagelijks vreemdelingen in het dorp rondliepen, in kleren die duidelijk buitenlands waren.

'Jullie zijn op het juiste moment gekomen, jongens', zei hij. 'Achter ligt een berg hout dat gehakt moet worden. Misschien kunnen jullie ons daarbij helpen.'

We stemden er onmiddellijk mee in, deden onze zware jassen uit en gingen aan het werk. Om een uur of één kwam het meisje verlegen naar ons toe en riep ons naar binnen voor een maaltijd van aardappelsoep en aardappelen. Daarna hakten we het hout klaar, gingen naar binnen en vielen direct in slaap.

Het was drie uur in de ochtend toen ik voelde dat iemand aan mijn schouder stond te rukken. Ik sprong direct op, maar in het donker zag ik dat het de oude vrouw was.

'Het spijt me als ik je liet schrikken,' zei ze glimlachend, 'maar het is tijd dat jullie weer gaan. Maak je vriend wakker en neem eerst nog wat koffie.'

Ik maakte Fred wakker en we verdreven de slaap met een paar koppen surrogaatkoffie uit een kan die de oude vrouw ons gebracht had. Ze keek naar ons met een trieste glimlach op haar gezicht; ze maakte zich meer zorgen om ons dan om zichzelf. Toen drukte ze snel vier mark in m'n hand, ongeveer een pond, en zei: 'Hier. Jullie hebben de hele dag hard gewerkt.'

Ik wilde haar geld niet aannemen en daar had ik twee redenen voor. Ten eerste vond ik dat wij haar veel meer verschuldigd waren dan zij ons. Ten tweede dacht ik aan een van Volkovs belangrijkste aanwijzingen: neem geen geld mee, want dan kom je in de verleiding om het uit te geven, en ik was vastbesloten die op te volgen.

'Bedankt,' zei ik zo vriendelijk mogelijk, 'maar we kunnen het niet aannemen. We hebben het niet nodig. U hebt al genoeg voor ons gedaan en we waren alleen maar blij dat we iets konden doen om u te helpen.'

'Neem het alsjeblieft aan', smeekte ze. 'Misschien brengt het geluk.'

Met tegenzin stak ik het in m'n zak. Voor haar was het een boel geld, ongetwijfeld meer dan ze zich kon veroorloven. Maar ik vermoedde dat zij aan haar twee zoons dacht, de ene die dood was en de ander die in een kamp zat, misschien zelfs wel in Auschwitz. We bedankten haar nog eens, trokken de duisternis in en bereikten binnen drie uur de bergen, waar nog vlekken met sneeuw op bleken te liggen.

We vorderden nu wat langzamer. Maar in nog eens twee

dagen, tien dagen nadat we onze schuilplaats in het hout verlaten hadden, bereikten we het punt dat halverwege onze reis lag. Dat was bemoedigend, hoewel we ons bij dit herkenningspunt niet erg op ons gemak voelden. Dat was namelijk het stadje Porebka, waar Sandor Eisenbach en zijn vrienden opgepakt waren. We zagen het onder ons in het dal liggen en we zagen ook de dikke, grijze kabelballons die boven het stadje in de lucht hingen; en ik hoorde Sandors woorden opnieuw: 'Kom niet in de buurt van Porebka. Het stikt er van de soldaten.'

We besloten om zijn advies op te volgen, hoewel ik de marken nu al in m'n zak voelde branden, erom smekend uitgegeven te worden. En toen we op een heuvel gingen liggen om te slapen, waren we trots en zelfvoldaan omdat we de verleiding hadden weten te weerstaan.

We realiseerden ons echter niet dat de soldaten niet alleen in het stadje zaten, maar ook op de berghelling. Toen we op onze rug gingen liggen en onze ogen sloten, knalde een geweerschot en hoorden we een kogel boven onze hoofden inslaan.

In een oogwenk stonden we weer op onze voeten. Zeventig meter verderop, op een andere heuvel, zagen we een Duitse patrouille met honden. We renden klauterend en struikelend door de sneeuw onze eigen helling op. Als we de top konden bereiken en aan de andere kant in het dal verdwenen, dan hadden we een kans. Maar we moesten die afstand onder vuur afleggen en de Duitsers schoten tamelijk precies.

Fred rende voor me uit. Hij bereikte veilig een enorm rotsblok en gooide zich erachter. Ik rende achter hem aan, struikelde en viel plat op de grond. Het rotsblok was nog maar een paar meter van me vandaan, maar het had net zo goed een miljoen kilometer kunnen zijn, want de kogels sloegen nu overal om me heen in de grond, zodat de stukken van de leisteen en de rotsen af vlogen. Ik drukte mijn gezicht in de grond en lag doodstil.

Niet dat ik me dood hield. Een paar seconden lang was ik gewoonweg te bang om een vin te verroeren. En die aanval van angst, van paniek, redde mijn leven. In de frisse, heldere berglucht hoorde ik luid en duidelijk het bevel: 'We hebben hem! Stoppen met vuren!'

Ze begonnen langs de helling naar beneden te glijden. Ik sprong op, smeet m'n overjas uit en wierp mezelf achter het rotsblok. Opnieuw klonk er geschreeuw en ze begonnen weer te schieten, maar tegen die tijd was ik al in veiligheid.

'Kom op', zei Fred op dringende toon. 'Naar die bomen daar!'

Halverwege op de helling aan de overkant lag een klein bos; maar onder in het dal liep een breed, snelstromend riviertje. We vlogen erheen, voortgejaagd door het geblaf van de honden, sprongen in het ijskoude water en worstelden ons naar de overkant. De kou drong door tot in onze botten. De stroom rukte aan onze zware kleren. Tweemaal viel ik en kwam ik weer boven; maar ten slotte bereikten we de overkant, smeten ons op de oever en worstelden ons verder, snakkend naar adem, door de sneeuw die hier en daar tot ons middel reikte. We bereikten de relatieve veiligheid van de bomen voordat de Duitsers de top van de heuvel bereikt hadden en nu waren wij in het voordeel. De stroom zou de honden in de war brengen en het oponthoud dat daardoor zou ontstaan zou ons de gelegenheid geven om weg te komen. We renden zigzaggend tussen de grote dennen door, tot we geen geblaf meer hoorden. En toen vielen we uitgeput in een greppel die vol zat met varens en struiken.

Een uur lang lagen we daar, onze oren gespitst op het geringste geluid. Maar het enige wat we hoorden was het geruis van de smeltende sneeuw die tussen de bomen door viel en het zachte gefluister van het geheime leven van het bos.

Na zo met de schrik vrijgekomen te zijn, liepen we stevig door, in de vaste overtuiging dat we weldra Polen uit zouden zijn. We maakten alleen gebruik van de meest verlaten paden, want het idee om op het laatste moment gepakt te worden was ondraaglijk en mensen waren nu eenmaal gevaarlijk, soms opzettelijk en soms onbewust, maar altijd gevaarlijk. Toch hebben mensen helaas de gewoonte om op de meest onwaarschijnlijke plaatsen op te duiken. Een dag later, toen we ons door een veld heen werkten, botsten we bijna tegen een oude Poolse boerin op.

Een tijdje stonden we elkaar zwijgend aan te staren, in een poging de toestand op waarde te schatten. De oude vrouw toonde geen angst, maar ze wist dat we weinig goeds voorspelden, dat we op de vlucht waren. Als ze ons zou helpen, dan zouden de Duitsers haar kunnen doden. Als ze ons niet zou helpen, dan zouden wij haar kunnen doden. Zo eenvoudig lag het.

Ten slotte zei ik: 'We zijn op weg naar de Slowaakse grens. Kunt u ons de weg wijzen? We zijn uit een concentratiekamp ontsnapt, uit Auschwitz.'

Het was zinloos om te proberen haar te bedriegen. En opeens drong het tot me door dat dit de eerste keer was dat ik met iemand buiten het kamp over Auschwitz had gepraat. Het zei haar natuurlijk niets, maar ik had in ieder geval het gevoel dat als ik op dat moment zou sterven, ik het tenminste aan één persoon verteld had.

'Jullie zullen hier moeten wachten', zei ze langzaam, zonder haar ogen van onze gezichten af te halen. 'Vannacht stuur ik iemand die jullie kan helpen. En ik zal jullie zo meteen wat eten laten brengen.'

Ik besefte toen dat we inderdaad vreselijke honger hadden. In de bergen was weinig te eten geweest, maar de spanning na onze ontmoeting met de Duitse patrouille had onze honger verdreven. We hadden dagenlang uit stroompjes gedronken en nauwelijks iets gegeten.

We bedankten haar, maar durfden haar niet te vertrouwen. Toen ze wegliep bekeken we onze positie en zagen dat ze ongeveer een kilometer verderop een brug zou moeten oversteken. Een tweehonderd meter in de tegenovergestelde richting lag een bos. Als ze ons aan de Duitsers zou verraden, dan zouden we hen zien als ze de brug over kwamen en zouden we genoeg tijd hebben om de beschutting van het bos te bereiken voor ze ons zelfs maar gezien hadden.

Twee uur later zagen we iemand komen aanlopen over de brug, geen soldaat, maar een jongetje van een jaar of twaalf. Hij huppelde de heuvel op, kwam bij ons en overhandigde ons met een verlegen lachje een groot pakket. Toen we het openmaakten, bleek het een kilo gekookte aardappelen en wat vlees te bevatten die we gulzig opschrokten. De grijns van het jochie werd breder terwijl hij toekeek hoe wij aten en toen we klaar waren zei hij: 'Mijn oma komt weer terug als het donker is.'

Het eten stilde onze honger, maar kon verder ons wantrouwen toch niet wegnemen. Als zij in het donker terugkwam, konden we niet zien wie ze bij zich had wanneer ze de brug overstak. Een tijdlang bespraken we of we verder zouden trekken, maar uiteindelijk besloten we dat we aan het geluid van de voetstappen zouden kunnen horen hoeveel mensen ze bij zich had en of we naar het bos zouden vluchten.

We wachtten vele uren lang. Toen de hemel donkerder werd kreeg ik het koud zo zonder overjas, en de kille avondlucht drong door tot in m'n botten. Maar al snel vergat ik de kou, want toen ik door de vallende schemering tuurde, zag ik dat de oude vrouw terug kwam lopen met een man in de ruwe kleren van een boer.

Toch ontspanden we ons nog niet, want ook dit zou een truc kunnen zijn. Zwijgend stonden we te wachten terwijl ze dichterbij kwamen; en toen zagen we dat de man een pistool in de hand had.

Instinctief pakten we de messen in onze zak beet. De situatie was gevaarlijk, maar nog lang niet uitzichtloos, want als hij ons mee wilde nemen naar de Gestapo, moesten we waarschijnlijk nog een hele afstand afleggen en wij waren behoorlijk wanhopig. We wisten dat we hem in het donker zouden kunnen doden voor hij z'n pistool kon gebruiken en we waren zeker bereid om dat te doen.

De oude vrouw gedroeg zich echter op dezelfde manier als die ochtend, kalm en zonder vrees. Ze gaf ons nog een groot pak en zei: 'Hier is nog wat eten. Jullie zien eruit alsof je dat wel kunt gebruiken.'

De man met het pistool zei geen woord en we hielden hem constant in de gaten terwijl we het eten in onze mond propten. We hadden nog steeds vreselijke honger en in een paar minuten was het op. En tot onze stomme verbazing begon hij toen te bulderen van het lachen.

Terwijl hij zijn pistool in z'n zak stak, zei hij: 'Jullie komen inderdaad uit een concentratiekamp. Alleen iemand die echt honger heeft kan zo eten. Maar eerst dacht ik dat jullie misschien agenten van de Gestapo waren.'

'Van de Gestapo?'

'Ja. Af en toe proberen ze ons in de val te laten lopen. Ze weten dat we de partizanen helpen en daarom proberen ze ons te lokken met van alles en nog wat, in de hoop dat we erin trappen. Maar het is gemakkelijk zat om echt van nep te onderscheiden.

Maar goed, nu kunnen jullie beter met mij meekomen. Vannacht kunnen jullie bij mij blijven en morgen zorg ik dat jullie veilig de grens over komen.'

We stonden op, grijnzend als een stel kleine kinderen. De grens ... mensen die Slowaaks spraken ... vrienden ... veiligheid ... thuis. Het leek te mooi om waar te zijn.

Maar terwijl we met de man meeliepen, vroeg ik me af of ik het wel zou halen. Mijn voeten, waar ik al een hele tijd last van had, waren nu zo opgezwollen dat ik niet eens meer goed kon lopen. Ik kon alleen maar strompelen.

Hij nam ons mee naar zijn huis, een klein leuk huisje in het dal. Daar zakte ik in een stoel en probeerde m'n laarzen uit te trekken. Ze gaven nog geen centimeter mee. Ik trok en rukte, rillend van de pijn, terwijl Fred en onze gastheer met een bezorgde blik stonden toe te kijken.

'Er zit maar één ding op', zei Fred. 'Je zult ze moeten wegsnijden. Je komt nergens meer als je ze aanhoudt.'

Hij had gelijk. Als we eenmaal in Slowakije waren, kon ik vast wel een paar schoenen of laarzen te pakken krijgen; en ik was vastbesloten om die grens over te steken, al moest ik er op handen en voeten overheen kruipen.

Uit m'n binnenzak haalde ik een scheermesje dat ik bij me droeg voor als we gevangengenomen werden. Voorzichtig sneed ik door het goede Hollandse leer en ik voelde hoe mijn voeten zich uitzetten van de opluchting toen de laarzen op de grond vielen.

'Je kunt niet op je sokken reizen', gromde de Pool. 'Hier ... neem mijn pantoffels maar. Die zijn het enige wat ik kan missen.'

Die nacht sliepen we heel luxe in een bed. De hele volgende dag bleven we in het huisje, terwijl onze vriend naar zijn werk ging. Toen hij terugkwam aten we samen en daarna zei hij: 'Het is tijd om op te stappen. Maar laat ik jullie eerst vertellen wat je te wachten staat. De grens wordt hier behoorlijk goed bewaakt. Maar de soldaten houden zich aan een strak tijdschema, de stommelingen, en dat betekent dat ik op ieder moment aardig precies kan schatten waar ze zich bevinden. Zolang jullie precies doen wat ik zeg, komen jullie wel aan de overkant.'

Tien minuten later waren we vertrokken. De oude man bewoog zich verbazend snel en stil voor zijn leeftijd en het kostte me de nodige moeite om hem bij te houden op m'n pantoffels. Maar ten slotte hield hij stil en raadpleegde een groot militair horloge.

'Om de tien minuten komt hier een Duitse patrouille langs', zei hij terloops, alsof hij vertelde hoe laat de volgende trein aan zou komen. 'We zullen wachten tot de volgende voorbij is.'

We verborgen ons in de struiken. Weldra hoorden we het geknars van marcherende voeten; en toen we voorzichtig door de bladeren keken, zagen we dat de soldaten zo dicht langs ons liepen dat we hen hadden kunnen aanraken.

De tocht duurde langer dan we gedacht hadden, nog twee dagen zelfs. Maar ten slotte kwamen we bij een open plek en bleef onze gids staan.

'Zien jullie dat bos daar?' vroeg hij. 'Dat is Slowakije. Hier komt om de drie uur een Duitse patrouille langs. Dus jullie kunnen beter wachten tot de volgende langsgekomen is, voor jullie verdergaan.'

We staarden naar het bos, vijftig meter verderop en we onderdrukten de neiging om er direct naartoe te rennen. Toen keerden we ons om naar de oude, geharde Pool en bedankten hem.

'Ik ben blij dat ik jullie kon helpen', zei hij grijnzend. Toen keek hij naar mijn voeten en zei: 'Ik hoop dat de pantoffels het uithouden.'

Daarna was hij verdwenen. We verborgen ons tussen de bomen aan de rand van de open plek tot de volgende patrouille langsgekomen was. Toen die veilig en wel uit het zicht was, renden we naar Slowakije. Voor het eerst sinds we uit onze schuilplaats in het hout waren gekropen voelden we ons echt vrij, ook al werd het land nog steeds geregeerd door monseigneur Tiso en zijn landverraders en waren er genoeg collaborateurs.

Maar het was niet genoeg dat we vrij waren. Dat was niet de belangrijkste reden dat we ontsnapt waren. We moesten nog steeds contact leggen met de zionisten, de Joodse comités, zonder wier hulp de Duitsers nooit in staat waren geweest de deportaties te organiseren. We moesten hun vertellen dat de hervestigingsgebieden in werkelijkheid gaskamers waren en we wisten dat het nog niet gemakkelijk zou zijn om dit belangrijke contact te leggen.

Het betekende dat we zonder papieren een plaats zouden moeten binnenlopen, dat we tegen mogelijke controleposten van de Hlinkagarde of de Duitsers aan zouden kunnen lopen, dat we de weg moesten vragen, dat we uit moesten vogelen waar de Joden woonden, dat we ons eigenlijk als vreemdelingen God weet waarvandaan zouden moeten blootgeven.

Het zou ongetwijfeld veiliger zijn geweest als we in de bossen hadden kunnen blijven om ons bij de partizanen te voegen, om samen met hen te vechten. Maar dat was een luxe die nog zou moeten wachten tot we gedaan hadden wat we van plan waren.

Nadat we ongeveer twee uur door het bos hadden gelopen, kwamen we in de velden terecht. Een boer die op het land werkte zag ons, ging rechtop staan en staarde naar ons terwijl we op hem afkwamen. Nu waren we op wat meer bekende grond, onder mensen die we kenden. En terwijl ik hem nauwkeurig opnam, had ik het idee dat hij wel te vertrouwen was.

Het had geen zin om te proberen hem voor de gek te houden, dus ik vroeg botweg: 'Waar ergens zijn we?'

'Vlak bij het dorp Skalité. Niet ver van Cadca.'

Beide plaatsen kende ik wel. Ik nam de man nog eens goed op, hij was lang en zag er gehard uit, met donkere ogen en een ondoorgrondelijk gezicht. Mijn intuïtie zei me nog steeds dat hij betrouwbaar was, hoewel mijn verstand, wantrouwend gemaakt door Auschwitz, me waarschuwde dat ik beter voorzichtig kon zijn. Ik wist dat Fred ongeveer hetzelfde dacht als ik. En na een poosje kwamen we beiden tot de conclusie dat we nu toch al aan hem overgeleverd waren. Hij was duidelijk niet dom. Hij wist dat we vreemdelingen waren; en hij wist dat we naar de dichtstbijzijnde stad wilden gaan. Zelfs als we hem de rug toekeerden, kon hij ons nog steeds verraden en ons binnen een uur laten oppakken.

'We hebben hulp nodig', zei ik. 'We moeten in Cadca zien te komen.'

Hij bekeek ons van top tot teen en grinnikte. Toen zei hij: 'Jullie kunnen maar beter eerst bij mij thuis komen, want in die kleren komen jullie niet ver. Trouwens, ik heet Canecky.'

We keken eens naar elkaar en zagen hoezeer hij gelijk had. We zagen er allang niet meer uit als twee keurige Nederlandse zakenmannen, wat al erg genoeg geweest zou zijn. We zagen eruit als twee Nederlandse zakenmannen die in de modder hadden liggen rollen en daarna door een heel groot bos met braamstruiken waren gerend. Zonder een woord volgden we hem naar zijn huisje.

Daar gaf hij ons te eten. En terwijl we aten zocht hij in zijn eigen schamele klerenkast. Toen hij terugkwam had hij wat boerenkleren bij zich die in die boerengemeenschap voor redelijk fatsoenlijk door konden gaan. We kleedden ons snel om en gingen toen weer zitten om hem in het kort ons verhaal te vertellen.

'We moeten in contact komen met de Joodse leiders in Cadca', zei ik ten slotte. 'En het liefst zo snel mogelijk.'

Snelheid was nu inderdaad van levensbelang. Uit een muurkalender die voor zaaigoed adverteerde maakten we op dat het 21 april was. Ik wist dat het waarschijnlijk niet lang zou duren voor de eerste Hongaarse transporten hun afschuwelijke tocht naar Auschwitz zouden gaan maken.

'Eén ding staat wel vast,' zei onze gastheer, die een kleine boer bleek te zijn, 'jullie moeten zorgen dat je verder van de grens komt. Maar jullie moeten ook een goed excuus hebben om te reizen, als je eenmaal in een stad bent aanbeland.

Welnu, over drie dagen breng ik een aantal varkens naar de markt van Cadca. Als jullie me daarbij helpen zal niemand jullie vragen stellen. Maar ondertussen moeten jullie hier blijven en moet ik gewoon doorgaan met mijn werk, anders krijgen de mensen argwaan.'

Fred en ik wisselden een snelle blik. De boer begreep het en zei grijnzend: 'Geen zorgen, heren. Ik zal jullie niet verraden. Op mijn woord als Slowaak! En als we in Cadca zijn, kan ik jullie in contact brengen met een Joodse dokter die ik ken, ene dokter Pollak.'

We bleven dus drie dagen lang in het huis terwijl Canecky gewoon zijn werk deed. Vroeg in de morgen van de vierde dag vertrokken we naar de stad terwijl we tien varkens voor ons uit dreven, en toen we op de markt kwamen, spoelde een golf van geluk over me heen.

Overal om me heen hoorde ik de prachtige klanken van de Slowaakse taal. Het gepingel en het razendsnelle gescherts dat ik in m'n hoofd niet eerst hoefde te vertalen. Naast me zag ik hoe een vrouw die een prima aanbod voor haar kippen had gekregen, haar handen op haar heupen zette en met een trieste blik aan haar klant vroeg: 'Wat ben je? Jood … of mens?'

Ik lachte. Ik was thuis!

We verkochten onze varkens tegen een goede prijs en Canecky was in een uitstekend humeur. We waren erg blij voor hem, maar toen we van de markt wegliepen, drong het tot ons door dat hij niet om zichzelf zo'n plezier had. 'We hoeven ons geen zorgen meer te maken, heren', zei hij. 'Ik heb nu geld en als jullie het nodig hebben, dan is het van jullie. Dus laten we dokter Pollak maar eens gaan opzoeken.'

Toen we bij de praktijk van de dokter arriveerden, probeerde de boer ons een deel van zijn geld op te dringen, maar dat wilden wij niet hebben. Hij had zijn leven al voor ons op het spel gezet. Maar toen we hem probeerden te bedanken, lachte hij alleen maar en zei: 'Ik wou dat jullie wat kronen wilden aannemen. Armoede is voor zover ik weet geen schande, maar het kan wel verdraaid lastig zijn!'

Toen liep hij weg, nog steeds lachend.

We wendden ons naar het grote gebouw waar de dokter zijn praktijk had en bleven stokstijf staan. Bij de hoofdingang stonden twee soldaten van het Slowaakse Quislingenleger. Langzaam liepen we ernaartoe en opeens drong het tot ons door dat we op het punt stonden het lokale hoofdkwartier van het leger binnen te lopen, waar de dokter een kamer had!

'Ach verdraaid ook', mompelde Fred. 'Wij kunnen toch ook ziek zijn, net als iedereen?'

Waarom ook niet? De schildwacht keek niet eens naar ons toen we langs hem liepen. En een paar minuten later zaten we in een smetteloos kamertje en vertelden we ons verhaal aan dokter Pollak. Hij luisterde zorgvuldig, ons af en toe onderbrekend om rustig een paar vragen te stellen. Daarna zei hij: 'Vannacht slapen jullie bij mij thuis. Morgen neem ik jullie mee naar de leiders van de Joodse gemeenschap in Zilina. Zij zullen wel weten wat we dan het beste kunnen doen.'

De volgende dag, 25 april, zaten Fred en ik teugjes sherry te drinken in het hoofdkwartier van de Joodse Raad in Zilina en vertelden we ons verhaal aan doctor Oskar Neumann, woordvoerder van alle Joden van Slowakije, Oskar Krasnansky, Erwin Steiner en iemand die Hexner heette. We waren nog steeds aan het vertellen toen ze ons meenamen naar een eetkamer, waar we aan een tafel gingen zitten die gedekt was met een helder wit tafelkleed en glimmend bestek. We praatten door terwijl we ons door de heerlijkste maaltijd heen worstelden die we ooit voorgezet hadden gekregen; en we hadden pas het topje van de ijsberg van Auschwitz onthuld toen de likeurtjes en de sigaren op tafel kwamen.

Ik keek de tafel rond naar de gezichten van onze gastvrije gastheren; en opeens had ik het afschuwelijke gevoel dat ze geen woord geloofden van wat we allemaal vertelden.

En waarom zouden ze ook? Hoe zouden ze het kunnen geloven? Het menselijk verstand was er nog niet klaar voor om het idee van een massamoord op de schaal van Auschwitz te verwerken.

Maar na de maaltijd begonnen ze vragen te stellen. Ze namen ons mee naar een andere kamer en haalden een paar dikke boeken tevoorschijn. Daarin, zo vertelden ze ons, stond precies opgetekend wanneer iedere Jood uit Slowakije was vertrokken en waarvandaan hij vertrokken was.

'Wanneer bent u bijvoorbeeld vertrokken, mijnheer Vrba?'

'Op 14 juni 1942.'

Er werd gebladerd. De hoofden knikten. Iemand anders zei: 'Waarvandaan bent u vertrokken?'

'Novaky.'

Weer geknik. En toen: 'Kunt u wat namen geven van mensen die bij u op het transport zaten?'

Ik noemde een stuk of dertig namen op van mensen die ik mij herinnerde uit mijn eigen wagon. Een vinger ging langzaam over een bladzij van het grote register. Ik zag de gezichten om me heen langzaam maar zeker een andere uitdrukking krijgen. De argwaan verdween uit hun ogen en daarvoor in de plaats kwam totaal afgrijzen toen de waarheid tot hen begon door te dringen. Opeens beseften ze, denk ik, dat hun zware gebonden registers in feite slechts dodenlijsten waren, dat het doel waarvoor ze oorspronkelijk gemaakt waren nooit gerealiseerd zou worden, dat ze al hun gedeporteerde mensen na de oorlog niet naar Slowakije terug zouden kunnen halen zoals ze van plan waren geweest. De mythe van de hervestigingsgebieden smolt weg in hun hoofd en de schok die volgde was vreselijk.

En toch waren ze begrijpelijkerwijs nog steeds niet helemaal overtuigd. Ze wilden ons gewoon niet geloven en dat kan ik hun niet kwalijk nemen. Maar het strekt hun tot eer dat ze ons niet afschreven als krankzinnigen of lastposten. Ze brachten ons elk naar een andere kamer en vroegen ons om afzonderlijke verklaringen af te geven.

Urenlang zat ik daar en dicteerde mijn getuigenis. Ik gaf hun gedetailleerde statistieken van de doden. Ik beschreef iedere fase van het afschuwelijke bedrog waardoor alleen al in mijn tijd 1.760.000 mensen de gaskamers ingelokt waren. Ik legde uit hoe de vernietigingsfabriek werkte. Ik vertelde over de commerciële kant van de hele zaak, over de enorme winsten die buitgemaakt werden door de diefstal van goud, juwelen, geld, kleren, kunstledematen, brillen, kinderwagens, en mensenhaar dat gebruikt werd om torpedo's waterdicht te maken. Ik vertelde dat zelfs de as als kunstmest gebruikt werd.

Ik gaf hun het hele afgrijselijke plaatje, alle informatie die ik in al die tijd zo zorgvuldig had verzameld. En toen ik uitgesproken was, herhaalde ik nog eens de allereerste woorden die ik tegen hen gesproken had.

'Eén miljoen Hongaren zullen sterven', zei ik. 'Auschwitz is klaar voor ze. Maar als jullie ze nu waarschuwen, dan kunnen ze in opstand komen. Dan zullen ze zich nooit naar de ovens laten slepen. Jullie beurt komt nog. Maar nu is het zover voor de Hongaren. Jullie moeten ze onmiddellijk waarschuwen.'

'Maak je geen zorgen', zeiden ze sussend. 'We hebben dagelijks contact met de Joodse leiders in Hongarije. Morgen hebben ze jullie rapport in handen.'

Ik zakte onderuit in m'n stoel en voelde me slap, niet vanwege m'n tocht van Auschwitz en alle spanningen daarbij. Niet omdat ik urenlang had zitten praten en alles wat ik wist en alles wat ik op mijn hart had op tafel had gelegd. Maar omdat de opluchting me plotseling overviel alsof ik een enorme dreun had gekregen.

'Je bent moe', zeiden ze. 'Jij en mijnheer Wetzler kunnen maar beter hier blijven. We zorgen ervoor dat jullie wat fatsoenlijke kleren krijgen en papieren zodat jullie je vrij kunnen bewegen zonder bang te hoeven zijn om opgepakt te worden. En over geld hoeven jullie je ook geen zorgen te maken.'

Die nacht sliep ik rustig in een heel zacht bed. Ik had gedaan waarvoor ik vertrokken was. Ik voelde een last van me afvallen, want ik was ervan overtuigd dat nooit meer een transport Auschwitz zou bereiken. De waarheid omtrent de duivelse bedoeling van het kamp zou snel doorgebriefd worden, niet alleen naar Hongarije, maar ook naar alle nog overgebleven Joodse gemeenschappen in bezet Europa.

De volgende morgen bracht een wat oudere dienstmeid me een ontbijt op bed. Daarna verdween ze weer en kwam snel terug met geheel nieuwe kleren: een duur pak, sokken, een overhemd, ondergoed, een stropdas en een zijden zakdoek. Slechts één ding ontbrak er nog.

'Zijn er geen schoenen?' zei ik glimlachend. 'Ik kan niet op m'n sokken naar buiten!'

'Die hebben ze nog niet te pakken kunnen krijgen', zei ze met een triest lachje. 'Ik moest je zeggen dat je ze morgen krijgt.'

Ik stond op, ging op mijn gemak in bad, schoor me, deed m'n prachtige nieuwe kleren aan en ging op kousenvoeten naar beneden, want al m'n oude kleren waren weggehaald. Doctor Neumman en Oskar Krasnansky zaten op me te wachten en ik begon over de schoenen.

'Maak je geen zorgen', zeiden ze. 'Binnenkort krijg je je schoenen. Je kunt trouwens toch nog niet naar buiten gaan zolang je geen papieren hebt. Ondertussen moet je je maar wat ontspannen.'

'Hebben jullie mijn rapport verstuurd?' vroeg ik. 'Hebben de Hongaren het al gekregen?'

'Ja, ze hebben het ontvangen. Op dit moment wordt het bestudeerd door doctor Kaszner, de belangrijkste man van het hele Hongaarse comité.'

Ik probeerde me te ontspannen. Het eten was heerlijk en binnenkort, zo hield ik mezelf voor, zou ik met Fred Zilina in kunnen gaan om te winkelen, naar een café te gaan, misschien wat meisjes te ontmoeten. Ik had mijn aandeel geleverd en ik was er gerust op dat ik de rest aan doctor Kaszner kon overlaten.

Elke dag vroeg ik zo tussen neus en lippen door of er al nieuws uit Hongarije was. Op ieder moment verwachtte ik te horen dat er een opstand uitgebroken was. Maar mijn gastheren zeiden rustig: 'Doctor Kaszner zorgt voor alles. Hij weet hoe hij de situatie aan moet pakken. We kunnen op hem vertrouwen om de juiste actie te ondernemen op het juiste moment. Hij heeft enorm veel ervaring.'

Ik was tevreden met deze geruststellende woorden, tot op een ochtend mijn droevige, oudere dienstmeid direct na het ontbijt mijn kamer binnenkwam. Ze huilde openlijk en meteen vroeg ik haar wat er aan de hand was.

'Ze deporteren de Hongaren', snikte ze. 'Met duizenden tegelijk. Ze komen in veewagens door Zilina heen!'

17

We doen ons verhaal

'Ze deporteren de Hongaren. Met duizenden tegelijk. Ze komen in veewagens door Zilina heen!'

Een eenvoudige uitspraak van een eenvoudige vrouw. Een doodsbericht, een afschuwelijke aangifte van een misdaad, een aanklacht, een nederlaag, dat alles zat in deze drie korte zinnetjes. Ze tuimelden door mijn hoofd terwijl ik naar beneden liep, ze teisterden me, bespotten me, ze wekten een bittere woede in me op, een woede die nog versterkt werd door mijn gevoel van frustratie.

Van Neumman, Krasnansky of Steiner was geen spoor te bekennen. Alleen Hexner[1], een heel lage beambte, was aanwezig en hij legde het me uit: 'Ze zijn allemaal naar Bratislava gegaan.'

'Weten ze niet wat er gebeurt? De treinen rijden. De Hongaren zijn op weg naar Auschwitz. Wat zijn ze aan het doen? Wat doet Kaszner? Wat gebeurt er allemaal in Godsnaam?'

Zijn gezicht trok zich samen van de verwarring. Dit waren vragen die hij bij lange na niet kon beantwoorden en zelfs de gedachte aan de mogelijke antwoorden baarde hem al zorgen.

'Ze doen wat ze kunnen. Vannacht hebben ze boterhammen naar het transport laten brengen en melk voor de kinderen.'

'Boterhammen en melk! Wel allemachtig, zijn ze gek

geworden? Weten ze niet dat die arme mensen nu allemaal in de ovens bakken? Hebben zij ze niet verteld wat er aan de hand is? Hebben zij ze niet gewaarschuwd?'

Hij slaakte een zucht die uit het diepst van zijn hart kwam. Als een vermoeide papegaai die geen woorden meer wist zei hij: 'Blijf toch kalm. Ze weten echt wel wat ze doen. Doctor Kaszner is een heel invloedrijk man en iemand met veel ervaring, een ... een machtig man. Hij weet het het beste.'

Ik luisterde niet eens. Ik liep heen en weer, ziek, trillend, meer in mezelf pratend dan tegen Hexner, m'n gedachten uitspuwend, misschien wel om mezelf ervan te overtuigen dat ik niet gek aan het worden was.

'Waarvoor ben ik ontsnapt? Wat had het voor zin? Beseffen ze dan niet dat er vandaag tienduizend zullen sterven, dat die slagers in Auschwitz zich hier maandenlang op hebben voorbereid? Die crematoria zullen vierentwintig uur per dag draaien tot ze een miljoen mensen opgeslokt hebben. Hebben ze het niet begrepen? Geloofden ze me niet?'

'Je moet kalm blijven. Zij weten wat het beste is. Het zijn slimme mannen, slimmer dan jij of ik.'

Ik ging in een stoel zitten en stak een sigaret op. Ik deed mijn best om mezelf in de hand te houden. Ik probeerde niet in paniek te raken. Had Hexner misschien gelijk? Was ik niet meer dan een stomme idioot die er maar weinig van begrepen had, een onervaren jochie dat de subtiliteiten van m'n meerderen niet kon doorgronden? Speelden ze een of ander diep, moeilijk spel dat mij boven de pet ging? Offerden ze er een paar op om velen te redden? Wisten ze het echt het beste? Nu was het mijn beurt om te zuchten, want ik wist het allemaal niet meer. Ik wist alleen maar dat de triomf van mijn ontsnapping nu een nogal wrang bijsmaakje had.

'Luister, mijnheer Vrba', smeekte Hexner. 'Ze hebben een boodschap voor je achtergelaten, een belangrijke boodschap.

Misschien kan die je ervan overtuigen dat ze weten wat er gaande is, dat ze niet dom zijn.'

Hij pauzeerde even en ademde diep in. Hij wekte de indruk alsof hij meer zichzelf dan mij probeerde te overtuigen. Toen zei hij: 'Gisteravond hebben ze gehoord dat de Gestapo de opdracht gegeven heeft dat jij en Wetzler koste wat het kost gevangengenomen moeten worden.[2] Daarom hebben ze voor jullie allebei geregeld dat jullie met valse papieren naar Liptovsky Svaty Mikulas kunnen reizen, in de Tatra's, waar de organisatie verder voor jullie zal zorgen. Ze hebben zelfs kunnen regelen dat jullie elk vijfhonderd kroon (ongeveer 25 pond) per week krijgen. Het zal jullie aan niets ontbreken en jullie zullen er veilig zijn.'

Weer een stilte. En toen: 'We weten allemaal dat jullie vreselijke dingen meegemaakt hebben. We weten welke offers jullie gebracht hebben en welke risico's jullie genomen hebben om ons dit afschuwelijke nieuws te brengen en we zijn trots op jullie. Maar voor jullie eigen bestwil is het beter dat jullie vandaag vertrekken. Blijf daar tot jullie weer iets van ons horen en probeer een beetje te genieten van alles. Jullie hebben de rust wel verdiend.'

We kregen papieren waaruit bleek dat we nu rijke studenten waren en nog diezelfde dag vertrokken Fred en ik naar Liptovksy Svaty Mikulas. Er zat niets anders op. We waren nu zelfs geen radertjes in de machine meer, want we hadden onze opdracht uitgevoerd. Onze jeugdigheid en onze kracht waren nuttig geweest. Zonder die dingen hadden we de boodschap nooit kunnen afleveren. Maar de dingen die nu nog gedaan moesten worden, waren meer voor ervaren mannen en niet voor jonkies als wij.

We moesten zelfs de kunst van het leven opnieuw leren, want we waren er al zo lang aan gewend om alleen aan overleven te denken. In het begin was het erg moeilijk om ons weer aan de wereld aan te passen. Dat gold zelfs voor het wereldje van de trein die ons naar ons nieuwe thuis bracht. Zodra we soldaten zagen raakten we helemaal gespannen. We schrokken toen de kaartjescontroleur in onze richting kwam; en toen een Hlinka op straat onze papieren controleerde, stonden we klaar om hem zo nodig te doden.

Dat was het enige credo dat we kenden. Doden of gedood worden. Wegrennen of gepakt worden. Vertrouw niemand. Ontspan je nooit. Probeer nog wat langer te leven.

We wisten niet meer wat het was om gewoon te leven.

Maar langzaam maar zeker kalmeerden onze zenuwen wat toen we weer aan het leven gewend raakten. Na een tijdje konden we een café binnenstappen en een biertje drinken zonder dat we steeds over onze schouder keken, of in elk gezicht een vijand zagen. We leerden wanneer we tegen bepaalde mensen onze arm in de lucht moesten steken en '*Heil Hitler*' moesten zeggen, en we leerden om daar achteraf in onszelf om te lachen. Uiteindelijk hadden we zelfs het idee dat we weer aardig aangepast waren.

Dat merkte ik toen ik voor het eerst naar de kapper ging. Toen we in het hoofdkwartier van de Joodse organisatie in Zilina woonden, was mijn haar voor het eerst in twee jaar weer begonnen te groeien. En nu zou ik naar een kapper gaan die, in tegenstelling tot zijn tegenhangers in Auschwitz, er niet over zou peinzen om zomaar de keel van een klant door te snijden. Het zou een hele ervaring worden.

Tegelijk met mij wilde een Unterscharführer in een piekfijn uniform de kapperszaak binnengaan. Onmiddellijk deed hij een stap naar achteren, klikte z'n hielen tegen elkaar en zei glimlachend: 'Na u, meneer.'

Ditmaal raakte ik niet direct gespannen. Ik glimlachte terug en zei al even beleefd: 'Nee … alstublieft … na u.'

'Meneer … ik sta erop.'

Met een lichte buiging ging ik als eerste naar binnen. We zaten naast elkaar in de stoelen en de SS'er bood me een sigaret aan. Ik nam hem aan en hij kwam direct met een vuurtje. En terwijl de barbiers ons beiden tegelijk bewerkten, probeerde hij een luchtig gesprek met me te voeren in gebrekkig Slowaaks. Ik antwoordde hem beleefd, ook in het Slowaaks en ik vroeg me af wat hij zou doen als hij wist dat ik in Auschwitz gezeten had. En ik vroeg me af hoe hij zich zou gedragen na één week in het kamp.

Dat was natuurlijk het grote probleem. We dachten dat we ons aanpasten, maar altijd bleef er een barrière tussen ons en de anderen. Er was altijd wel iets dat ons aan het recente verleden herinnerde. We merkten dat we alles in verband brachten met Auschwitz, alles naar de maatstaven van Auschwitz beoordeelden, die niemand anders begreep. Doorlopend kwam het verleden op een pijnlijke wijze terug, net als we dachten dat we weer menselijke wezens begonnen te worden.

Zo kuierden we op een dag door de hoofdstraat toen een colonne Slowaakse soldaten langs marcheerde. Opeens riep een van hen: 'Fred!'

Hij liep uit zijn groep kameraden en kwam naar ons toe, een jongen van een jaar of drieëntwintig. Meteen pakte hij Freds hand beet en begon die op en neer te schudden. Hij zei: 'Ouwe duvel, waar heb jij je verborgen gehouden. Het moet zeker een halfjaar geleden zijn dat ik je voor het laatst gezien heb!'

Freds ogen werden groot toen hij deed of hij stomverbaasd was. 'Ach, nee toch!' zei hij. 'Zo lang kan het toch niet geweest zijn! Wat gaat de tijd toch snel!'

'Ik ben nu hier gestationeerd. Misschien zien we elkaar vanavond in de stad.' En weg was hij alweer, wegrennend om zijn colonne in te halen. Fred schudde langzaam zijn hoofd, glimlachte en zei: 'We hebben samen nog gevoetbald. Een halfjaar? Als hij eens wist dat het minstens een mensenleeftijd geleden is dat we elkaar voor het laatst gezien hebben.'

En zo was het. Voor de anderen leken die twee jaar misschien niet meer dan een halfjaar. Voor ons was er een eeuw voorbijgegaan. Op de een of andere manier leek het niet helemaal te kloppen dat de wereld gewoon doorgekuierd was terwijl Auschwitz op volle toeren draaide, dat mensen gelachen en grapjes gemaakt hadden en de liefde bedreven hadden terwijl miljoenen stierven en wij voor ons leven moesten vechten.

Niet dat we het leuk vonden om in het verleden te leven. We probeerden juist wanhopig om ermee te breken. We gingen uit en werden samen dronken. We fladderden van het ene meisje naar het andere, we namen het ervan, want we hadden geld zat. Met een bijna grimmige vastberadenheid deden we ons best onszelf te vermaken, om te gehoorzamen aan de instructies die we in het Joodse hoofdkwartier in Zilina ontvangen hadden; en bijna waren we erin geslaagd.

Maar de schaduw van de dood bleef de hele tijd over onze gedachten hangen. We probeerden hem af te schudden door langs de Slowaakse stromen te dwalen; maar altijd weerspiegelden ze gezichten van mensen die we nooit meer terug zouden zien. We gingen terug naar plekjes waar we voor de oorlog gespeeld hadden, om te proberen de bijna vergeten vrolijkheid van onze jeugd terug te vinden; maar de stenen van de straten die we kenden, waren bevlekt met het bloed van mensen die we gekend hadden.

Waarschijnlijk onvermijdelijk waren er ook momenten waarop we ons afvroegen of we ooit weer gelukkig zouden zijn, of dat Auschwitz, de plaats waar zoveel mensen stierven, zelf onsterfelijk was en zou blijven voortleven in onze hoofden tot ook wij stierven, waarna het zou voortleven om degenen die het begrepen, te blijven teisteren. Dit waren sombere momenten waarop we vreesden dat we misschien wel nooit meer een normaal leven zouden kunnen leiden. En toch denk ik achteraf dat wij wel degelijk gelijk hadden en dat de anderen de waarheid niet kenden. Dit was nog geen tijd om te genieten en al snel walgden we ervan.

Na zes weken in Liptovsky Svaty Mikulas begon ik me in feite te vervelen en werd ik onrustig. Ik besloot om iets gedurfds te doen, om er een tijdje weg te gaan en naar Trnava te gaan om mijn moeder een bezoek te brengen. Door naar mijn eigen stad te gaan nam ik uiteraard wel een behoorlijk risico, maar ik vond dat het dat wel waard was.

Van de trein ging ik rechtstreeks naar het huis van een vriend. Hij staarde me aan alsof hij een geest zag en zei toen langzaam: 'Rudi! Je moeder is dus toch niet gek!'

'Hoe bedoel je, gek?'

'Ze heeft aan iedereen lopen vertellen dat jij deze zomer terug zou komen, dat je niet het soort jongen bent dat veel langer dan een paar jaar op een en dezelfde plek kan blijven. We dachten allemaal dat ze een beetje doorgedraaid was, want niemand komt ooit terug.'

Ik grinnikte. Mijn moeder was in ieder geval niet veel veranderd.

'Wil je even bij haar langsgaan,' vroeg ik hem, 'en haar vertellen dat ik hier zit. Je hoeft het haar niet voorzichtig te vertellen, want het is duidelijk dat ze me verwacht.'

Ongeveer een halfuur later kwam ze de kamer binnen. Ze zag er wat ouder uit, wat bedaarder, maar overigens was ze nog dezelfde als de moeder die ik eens achtergelaten had. Ze knikte naar me, keek fronsend de kamer rond en zei tegen mijn vriend: 'Wanneer komt mijn zoon?'

Ze had me niet herkend! Opeens realiseerde ik me dat ik degene was die veranderd was. Ik was weggegaan als een jochie van zeventien en hoewel dat nog maar twee jaar geleden was, was ik veel ouder teruggekeerd. Ik had 1.760.000 mensen zien sterven en dat had z'n stempel op mijn gezicht gedrukt.

'Daar is hij', zei m'n vriend. 'Vindt u dat hij ouder geworden is?' Eventjes bleef ze doodstil staan. Toen omhelsde ze me vlug maar toch stevig en deed een stapje achteruit om nog eens goed naar me te kijken, alsof ik zojuist met vuile knieën en te laat voor het eten van de straat binnengekomen was.

'Je bent een vreselijke jongen', zei ze ten slotte. 'Weet je wel dat je me niet één keer geschreven hebt. Je hebt me niet eens je adres gestuurd.'

'Het spijt me, mama', zei ik. 'Dat ging een beetje moeilijk. We waren namelijk … voortdurend bezig.'

'Maakt ook niet uit. Ik wist dat je deze zomer terug zou komen. Jij was er nooit het type voor om lang op één plaats te blijven. Ik heb zelfs wat van je favoriete jam gemaakt. Vorig jaar heb ik me de moeite bespaard, want ik wist dat je er niet zou zijn.'

Ze pinkte een traantje weg en ratelde door. Waar woonde ik nu? Had ik al een baan? Had ik iemand die mijn lakens luchtte? Wie deed mijn was? Waar had ik dat pak vandaan?

Ten slotte wist ik er toch tussen te komen. Ik zei: 'Alsjeblieft, mama, ga even zitten. Ik heb je heel wat te vertellen.'

Ze ging zitten. Zo beknopt mogelijk vertelde ik haar waar ik geweest was, de akelige details zo veel mogelijk verzwijgend. Toen ik uitgesproken was bleef ze een hele tijd stil. Daarna zei ze: 'Nou ja … ik neem aan dat je moeilijk kon schrijven. En nu kun je niet eens thuiskomen. Geeft niks. Wacht hier en ik haal de jam even op.'

Ze liep vlug naar buiten en ik wist dat ze het begreep. Ik was zelfs trots op haar dat ze haar gevoelens zo goed wist te beheersen, want ik weet zeker dat ik haar nog geen seconde voor de gek gehouden had met mijn gekuiste versie van het leven in Auschwitz. Ze vulde zelf in wat ik wegliet en ze verwerkte het in stilte. Ze voelde vast aan dat ik het zo het liefste had.

Die avond ging ik, met m'n jam, terug naar Liptovsky Svaty Mikulas. Ik kan niet zeggen dat ik ernaar uitkeek om weer rond te moeten lopen en niets te doen. Ik kon er gewoon niet tegen dat m'n leven geen doel meer had. Maar de volgende dag kreeg ik bezoek van iemand die me precies het doel gaf dat ik nodig had.

Het was Oskar Krasnansky uit Zilina. Hij leek zich niet op zijn gemak te voelen en zag er bezorgd uit. En na wat gepraat over koetjes en kalfjes kwam hij eindelijk ter zake en zei: 'Mijnheer Vrba, ik maak me wat bezorgd over de manier waarop de zaken verlopen. Ik wil dat je weet dat ik een kopie van je rapport aan de pauselijke nuntius in Slowakije gestuurd heb.'

'Wat bedoelt u?' vroeg ik. 'Is er iets mis? Wat heeft de nuntius ermee te maken?'

Hij haalde zijn schouders op en zei: 'Laat dat nou maar even zitten. Waar het om gaat is dat hij je wil spreken. In feite heb ik al geregeld dat je naar hem toe kunt gaan in een klooster in de buurt van Svaty Jur en ik hoef je niet te vertellen dat het beter zou zijn als deze ontmoeting geheim bleef.'

Svaty Jur ligt vlak bij Bratislava. Een paar dagen later reisde ik ernaartoe. Een monnik bracht mij direct door naar een grote kamer vol meubels, waar de nuntius op me zat te wachten.

Het was een lange, elegante man van rond de veertig. Toen hij opstond om me te begroeten, zag ik dat hij een kopie van mijn rapport in de hand hield. Na een paar inleidende beleefdheden kwam hij ter zake. Zes uur lang hoorde hij me uit met de bedrevenheid van een ervaren advocaat. Regel voor regel ging hij door het rapport heen, steeds weer kwam hij op bepaalde punten terug tot hij ervan overtuigd was dat ik niet gelogen of overdreven had. En tegen de tijd dat hij klaar was met het ontleden van de verschrikkingen die ik beschreven had, zat hij te huilen.

'Mijnheer Vrba,' zei hij ten slotte, 'ik zal uw rapport naar het Internationale Rode Kruis in Genève brengen. Zij zullen wel in actie komen en ervoor zorgen dat het bij de juiste personen terechtkomt.'

Op dat moment besefte ik niet hoe belangrijk deze ontmoeting was. Ik wist niet dat de missie waaraan ik begonnen was toen ik in Auschwitz voor het eerst statistieken begon bij te houden, nog niet afgerond was.

Ik wist niet dat doctor Kaszner de Hongaarse Joden er niet voor gewaarschuwd had dat ze gingen sterven, dat hij in Boedapest mysterieuze onderhandelingen voerde met Adolf Eichmann.

Ik wist niet dat er dag en nacht Hongaarse transporten naar Auschwitz reden en dat de SS alle records brak door 12.000 Hongaren per dag te vermoorden.

Ik wist niet dat 200.000 van de mensen die ik geprobeerd had te redden toen al omgekomen waren, mensen van wie ik zelfs dacht dat ik ze gered had. Ik wist niet dat anderen op het punt stonden om in actie te komen, terwijl de Joodse Raad in Boedapest gesprekken voerde met de man wiens taak het was om een miljoen van hun mensen om te brengen. Dat, om de Britse historicus Gerald Reitlinger te citeren, het bombardement op het geweten van admiraal Horthy weldra zou beginnen.

De pauselijke nuntius bracht mijn rapport naar Genève. Vandaar werd het doorgestuurd naar paus Pius XII, naar premier Winston Churchill en naar president Roosevelt.

Op 25 juni 1944, precies twee maanden nadat ik het rapport in Zilina gedicteerd had, overhandigde monseigneur Angelo Rotta, de pauselijke nuntius in Hongarije, een brief van de paus aan admiraal Horthy, de regent van het land.

De bewoordingen waren wat indirect, maar toch vormden ze een duidelijk protest tegen de deportatie van de Hongaarse Joden. Het feit dat het van een paus kwam die zich tot dan toe onthouden had van een directe afkeuring van Hitlers moord op de Joden, vergrootte het belang ervan alleen nog maar.

Er moeten in ieder geval twee redenen geweest zijn waarom het zo op Horthy overgekomen is. Hij was zelf roomskatholiek en zijn zoon was met een Joodse vrouw getrouwd, die weliswaar zelf geen gevaar liep, maar toch een levende herinnering vormde aan een volk dat bedreigd werd.

De brief van de paus werd de volgende dag gevolgd door een bericht van Cordell Hull, de Amerikaanse minister van Buitenlandse Zaken, die met vergeldingsmaatregelen dreigde tegen iedereen die medeverantwoordelijk was voor de deportatie van de Joden. De koning van Zweden bood de Hongaarse Joden zijn hulp aan zodat ze konden emigreren. En op 5 juli deed professor Carl Burckhardt, de leider van het Internationale Rode Kruis, een persoonlijk beroep op Horthy.

De regent antwoordde niet, maar het was nu menens. Op 7 juli kondigde Anthony Eden, de Britse minister van Buitenlandse Zaken, in het Lagerhuis aan dat 700.000 tot 1.000.000 Hongaarse Joden op dat moment uitgeroeid werden, informatie die hij, naar ik begrepen heb, uit mijn rapport heeft gehaald.

Rond die tijd hief de Zwitserse overheid ook haar censuur op het onderwerp in de kranten op. En eindelijk wist de wereld van Auschwitz af. Mijn ontsnapping was dus toch niet voor niets geweest.

Horthy riep de deportaties een halt toe en van de één miljoen die voor de gaskamers bestemd waren, stierven er 'slechts' 400.000. Als de waarschuwing die ik op 25 april gegeven had door Kaszner onmiddellijk aan zijn mensen doorgegeven was, dan weet ik bijna zeker dat er beduidend minder mensen omgekomen zouden zijn.

Toen ik in Svaty Jur met de pauselijke nuntius sprak, had ik natuurlijk nog geen idee van de internationale reacties die ons gesprek teweeg zouden brengen. Toen ik naar Liptosvky Svaty Mikulas terugkeerde, was ik eigenlijk alleen maar geïntrigeerd door deze vreemde ontmoeting in een afgelegen klooster. Ik zag het nut er niet zo van in, want ik had er nog alle vertrouwen in dat de Joodse leiders in Boedapest hun mensen gewaarschuwd hadden en Eichmanns operatie voor altijd onmogelijk gemaakt hadden. Krasnansky leek er echter nog steeds niet helemaal gerust op en vlak na mijn aankomst zei hij: 'Je moet naar rabbi Weissmandel in Bratislava voor een gesprek.'

Ik had vreemde, romantische verhalen gehoord over rabbi Michael Dov Weissmandel[3], bijvoorbeeld hoe hij in z'n eentje honderden Joden voor een deportatie had gespaard en dat vlak onder de neus van de nazi's. Hoe hij volmaakt sober leefde en les gaf aan zijn geheime rabbijnse school. Dat hij niet alleen een zeer diep religieus man was, een mysticus wellicht, die een ware inspiratiebron voor zijn volgelingen was, maar ook een uniek symbool van verzet.

Ik had nog niet gehoord dat hij drie weken nadat ik mijn rapport had opgesteld, een eigen nauwkeurig verslag van Auschwitz in het algemeen en de plannen voor de Hongaarse Joden in het bijzonder, naar de Joodse leiders in Turkije, Zwitserland en Palestina gesmokkeld had. Daarin smeekte hij om actie. Hij pleitte ervoor dat zij het bericht over deze massamoord overal op de wereld in openbaarheid zouden brengen, om het de geallieerden te laten weten, zodat zij de spoorlijnen die ernaartoe liepen zouden kunnen bombarderen, vooral die uit Oost-Hongarije en de bruggen in de Karpaten.

Het was een wanhoopskreet waarin hij schreef: *Laat alle andere zaken rusten tot dit volbracht is. Denk eraan dat elke dag dat jullie niets doen de dood van 12.000 zielen betekent.*

Jullie, onze broeders, kinderen van Israël, zijn jullie waanzinnig? Weten jullie niet dat wij in de hel leven? Voor wie sparen jullie je geld?

Hoe kan het dat al ons smeken jullie minder doet dan het gedrein van een bedelaar die in de deuropening staat?

Moordenaars! Waanzinnigen! Wie is het die liefdadigheid betracht? Jullie die vanuit jullie veilige huizen een paar centen geven? Of wij die ons bloed geven in de diepte van de hel?

Er is maar één ding dat tot jullie verontschuldiging gezegd kan worden: dat jullie de waarheid niet kennen.

Dat is mogelijk.

De schurk doet zijn werk zo sluw dat slechts enkelen de waarheid vermoeden. Wij hebben jullie verschillende malen de waarheid verteld. Is het mogelijk dat jullie meer geloof hechten aan onze moordenaars dan aan ons?

Moge God jullie ogen openen en jullie de moed geven om in deze laatste uren het restant te redden …

Rabbi Michael Dov Weissmandel ontving geen antwoord op deze brief.

Ik werd naar zijn geheime school gebracht, in een van de oudste delen van de stad. Ik ging een gang door die tussen twee rijen kamertjes door liep waarin ijverige jongemannen de Talmoed zaten te bestuderen. En daarna stond ik tegenover een lange, donkere man met uitzonderlijk levendige ogen. Hij was niet ouder dan veertig, maar door zijn grote zwarte baard zag hij er veel ouder uit. Ik voelde meteen dat ik in de aanwezigheid van een opmerkelijke persoonlijkheid was, ondanks zijn haveloze kleren, zijn overhemd zonder boordje of knopen, zijn met modder bevlekte broek en zijn versleten schoenen. De ene zat met een touwtje dichtgebonden. De andere zat helemaal niet dicht.

Hij begroette me in het Slowaaks, wat zijn studenten nogal verbaasde, want normaal sprak hij alleen Hebreeuws en stond hij erop dat een tolk alles wat in een andere taal tegen hem gezegd werd, vertaalde. Toen stuurde hij met een gebaar de studenten die zich in zijn kamer bevonden weg en zei: 'Dus jij bent uit Auschwitz ontsnapt. Dan moet ik jou aanspreken als de ambassadeur van 1.760.000 mensen.'

Ik begreep wat hij wilde zeggen. Hij noemde het aantal dat in Auschwitz omgekomen was terwijl ik daar zat; en zo wist ik dat hij mijn rapport gelezen had.

Een flinke tijd lang bespraken we het. Tot mijn afgrijzen begreep ik dat hij de onuitgesproken bange vermoedens van Krasnansky deelde, dat hij geloofde dat de transporten nog steeds dagelijks uit Boedapest vertrokken, want hij was niet verbaasd toen ik hem vertelde over de twee transporten die, voor zover ik wist, vertrokken waren toen ik nog in Zilina zat.

'Kan er niets aan gedaan worden?' vroeg ik. 'Kunnen ze niet gewaarschuwd worden? Kan hun niet verteld worden dat ze moeten vechten omdat ze niets te verliezen hebben?'

Hij zuchtte. Daarna zei hij: 'Ik zal alles doen wat in mijn vermogen ligt. Als ik twee pistolen had, zou ik met beide handen tegelijk schieten.'

Was dit nu het antwoord dat ik had willen horen? De hele terugweg naar Liptovsky Svaty Mikulas dacht ik na over zijn kalme woorden. En tegen de tijd dat ik het station uitstapte was ik ervan overtuigd dat deze wijze, moedige man mij duidelijk gemaakt had wat ik moest doen. Het zou afgelopen zijn met het nietsdoen.

Ik ging naar een paar leden van de ondergrondse met wie ik al eens contact had gelegd en zei zo terloops als ik kon: 'Mijn vrienden, ik heb een pistool nodig. Op een dag kijkt een slimme SS'er door mijn valse papieren heen. Als dat gebeurt, wil ik niet dat het gesprek te eenzijdig verloopt.'

Tot mijn stomme verbazing en woede zeiden ze streng: 'We geven geen pistolen aan knapen zoals jij.'

Vervolgens grijnsden ze en voegden eraan toe: 'We geven ze machinegeweren!'

Drie maanden later ging ik naar het westen van Slowakije, naar een dorpje in de buurt van Nove Mesto, waar Laco Fischer vandaan kwam en meldde me aan bij sergeant Milan Uher, die toen al hard op weg was om een levende legende te worden. Na de oorlog ontving hij dan ook als kapitein Uher postuum de eretitel Held van de Opstand.

Ze namen me maar al te graag aan, ik kreeg een spoedcursus van vierentwintig uur en daarna zeiden ze tegen me: 'Morgenavond zal er wat geknokt worden. Er zitten ongeveer zevenhonderd SS'ers opgepropt in het schoolgebouw van Stara Tura. Zij moeten opgeruimd worden, niet alleen omdat het SS'ers zijn, al is dat reden genoeg, maar ook omdat ze naar dit gebied zijn gestuurd om ons op te ruimen.'

'Met hoeveel zullen wij aanvallen?'

'Ongeveer honderdtwintig man. Met machinegeweren en handgranaten.'

De volgende avond druppelden we Stara Tura binnen en ongezien begaven we ons in de richting van het schoolgebouw. Voetje voor voetje slopen we er doodstil naartoe. Toen schreeuwde sergeant Uher iets en we renden naar de muren en ramen van het gebouw.

Een vuurstoot kwam uit de deuropening. Meer dan tien vuurstoten beantwoordden het. Naast me vielen twee mannen neer, maar ik merkte het nauwelijks. Ik rende nu naar voren en tranen van geluk stroomden over mijn wangen. Eindelijk rende ik vooruit in plaats van achteruit.

We bereikten de buitenkant van het schoolgebouw en smeten onze granaten door de ramen. Ze knalden uit elkaar en daarna hoorden we geschreeuw van pijn, van angst, van sterven. We stormden door de deur naar binnen en besproeiden de kamer met kogels.

Daarna trokken we ons terug uit Stara Tura. Onze missie was volbracht en we lachten van opgetogenheid. Ik wist dat het antwoord dat rabbi Michael Dov Weissmandel me gegeven had, het enige antwoord was dat mogelijk was. Andere woorden kwamen in mijn herinnering naar boven. De woorden van kapitein Dmitri Volkov, die tegen me gezegd had: 'Wees niet bang voor de Duitsers. Ze zijn met erg veel, maar ieder van hen is klein. Hier in Auschwitz proberen ze niet alleen je lichaam, maar ook je geest te breken. Ze proberen je ervan te overtuigen dat zij supermensen zijn, dat ze onoverwinnelijk zijn. Maar ik weet dat ze even gemakkelijk kunnen sterven als wie dan ook, want in mijn tijd heb ik er genoeg gedood.'

En hij had gelijk gehad. SS'ers stierven gillend, precies zoals hun slachtoffers in Auschwitz: oude mannen, vrouwen en kinderen, gillend stierven. Ze waren niet onoverwinnelijk.

Ik dacht aan de mystieke rabbi en aan de Sovjetsoldaat. Ergens leek het vreemd dat hun gezichtspunten zo dicht bij elkaar lagen, dat hun antwoorden zo op elkaar leken.

Maar was het eigenlijk wel zo vreemd? Plotseling wist ik dat ik dit antwoord al heel lang had gekend, al sinds mijn jeugdjaren zelfs, toen ik leerde de Schriften te verstaan.

Ik herinner me dat ik las: *Het is kwaad om actief of passief in te stemmen met het kwaad, als instrument, als waarnemer, of als slachtoffer van dat kwaad.*

Op dat moment buiten Stara Tura klonken die woorden opeens bijzonder zinvol. En dat doen ze nog steeds.

Noten

1. Hexner vertrouwde zijn leiders, maar had geen weet van hun verborgen beleid of daden. Hij kwam met zijn gezin om in Auschwitz.
2. Later, veel later, hoorde ik waarom het zo belangrijk was dat wij gearresteerd zouden worden. Zodra hij onze rapporten had ontvangen, liet Kaszner ze in Boedapest aan Adolf Eichmann zien. En Eichmann, wiens verantwoordelijkheid het was om de Hongaarse Joden zonder onnodige toestanden in de ovens van Auschwitz te krijgen, wist dat de hele operatie in gevaar was zolang wij vrij rondliepen.
3. In augustus 1944, een paar maanden nadat ik hem ontmoet had, werd rabbi Michael Dov Weissmandel opgepakt door de SS en op transport naar Auschwitz gezet. In een homp oud brood had hij een rol zaagdraad verborgen dat door staal heen kon snijden. Die avond sneed hij een gat in de wagon en waagde in het donker een sprong naar de vrijheid. Later vatte hij zijn clandestiene werk weer op om mensen te redden. Na de oorlog ging hij naar New York waar hij een rabbijnenschool oprichtte. Hij bleef een uiterst sober leven leiden en verwierp elk aanbod van financiële hulp van rijke Amerikaanse Joden. Hij stierf daar in 1958, toen hij ongeveer tachtig jaar was.

18

Epiloog

In dit boek heb ik de voorkeur gegeven aan feiten boven mijn eigen visie. De wereld is echter nog niet volledig afgestompt en er kunnen niet 2.500.000 mensen sterven zonder tenminste een rimpeling van twisten en debatten te veroorzaken. En dat zou ook niet mogen, want dat zou het toppunt van cynisme zijn.

Onvermijdelijk is een belangrijk onderwerp van discussie hoe dit alles mogelijk was. Waarom liepen honderdduizenden zonder enig verzet de gaskamers in? Een deel van het antwoord is misschien gegeven door rechter Benjamin Halevi van de arrondissementsrechtbank van Jeruzalem.

In mei 1953, slechts negen jaar en twee weken nadat mijn rapport over Auschwitz de Joodse leiders in Boedapest bereikt had, ging hij zijn kleine rechtszaal binnen om de zaak van de staat Israël tegen Malchiel Greenwald te horen.

Malchiel Greenwald was toen tweeënzeventig jaar, een onbekende schrijver die zijn vlekkerige, slecht gedrukte pamfletten verspreidde in de koffiehuizen van Jeruzalem. Nu werd hij beschuldigd van smaad tegen doctor Rudolf Kaszner, ooit het hoofd van het Reddingscomité van het Joodse Agentschap in Hongarije en op het moment van de rechtszaak redacteur van de populairste Hongaarstalige krant van Israël en woordvoerder van het Ministerie van Handel en Industrie.

Greenwald werd ervan beschuldigd dat hij in een van zijn vlugschriften Kaszner als nazicollaborateur gebrandmerkt had.

In juni 1955, na een rechtszaak die heel Israël in opschudding bracht, deed rechter Benjamin Halevi de uitspraak dat Malchiel Greenwald niet schuldig was. Bij zijn uitspraak zei hij: 'De massa's Joden uit de Hongaarse getto's gingen gehoorzaam aan boord van de treinen zonder dat ze wisten welk lot hun te wachten stond. Ze hadden vertrouwen in de onjuiste informatie dat ze naar Kenyermeze getransporteerd zouden worden.

De nazi's hadden de duizenden Joden niet zo overtuigend kunnen misleiden als ze hun onjuiste informatie niet via Joodse kanalen hadden verspreid. De Joden uit de getto's hadden de nazi's of de Hongaarse heersers nooit vertrouwd; maar ze hadden wel vertrouwen in hun eigen Joodse leiders. Eichmann en de anderen maakten hier misbruik van bij hun weloverwogen plannen om de Joden te misleiden. Door de hulp van de Joodse leiders waren ze in staat om de Joden weg te voeren naar hun vernietiging.'

In januari 1958 deed het Israëlische hooggerechtshof, met een krappe meerderheid van stemmen van drie tegen twee, de uitspraak van de arrondissementsrechtbank teniet op het punt van de collaboratie. Maar het trok het feit niet in twijfel dat Kaszner 1.684 Joden naar zijn eigen keuze van Eichmann vrijgekocht had, onder wie zijn eigen familie, op het moment dat 400.000 anderen, met een snelheid van 12.000 per dag, op weg waren naar de ovens van Auschwitz en 600.000 anderen hetzelfde lot wachtte.

Kaszner betaalde die 1.684 levens met zijn stilzwijgen. Tijdens de rechtszitting gaf hij toe dat Eichmann hem verteld had dat hij geen tweede Warschau wilde. Hij wilde geen herhaling van die strijd die zevenentwintig dagen had geduurd, tijdens welke 33.000 mannen, vrouwen en kinderen duizenden soldaten van de Wehrmacht en de SS, bewapend met tanks en kanonnen, in bedwang hielden.

Hij gaf toe dat hij ervoor gewaarschuwd was dat al zijn onderhandelingen met Eichmann slechts dienden om de Joden onwetend te houden omtrent hun lot en hij voegde eraan toe: 'In mijn hart voelde ik ook dat dit zo was.' Hij gaf toe dat hij tegen het eind van april 1944 informatie uit Auschwitz had ontvangen, dat ze zich daar klaarmaakten om de Hongaarse Joden te ontvangen[1], en in antwoord op een vraag van Halevi zei hij dat hij vanaf het midden van mei 1944 wist dat de Joden met een snelheid van 12.000 per dag uit Hongarije werden gedeporteerd.

Waarom heeft doctor Kaszner zijn volk verraden, op het moment dat hij velen van hen had kunnen redden door hen eenvoudig te waarschuwen, zodat ze een kans hadden om te vechten, een kans om een tweede Warschau te beginnen waar Eichmann zo bang voor was? Volgens rechter Benjamin Halevi had hij zijn ziel aan de Duitse satan verkocht.

Kan er nog een andere reden voor geweest zijn? Rechter Shlomo Chesin van het hooggerechtshof zei in zijn uitspraak dat Kaszner de bittere waarheid achtergehouden had omdat 'hij niet dacht dat het nut zou hebben en omdat hij dacht dat elke daad die eruit zou voortvloeien als ze over deze informatie beschikten meer schade zou veroorzaken dan dat het zou helpen.'

Ik wil uiteraard de intieme kennis die de geleerde rechter van Kaszners gedachten heeft niet weerspreken, ook al bieden ze een triest beeld van de vechtlust van de Hongaren. De Hongaren waren tenslotte met dertig keer zoveel mensen als hun Poolse broeders en zusters in Warschau. Ze stonden tegenover Duitse en collaborerende Hongaarse troepen die tezamen slechts een schijntje vormden van de eenheden van de Wehrmacht en de SS die bijna een maand lang tegengehouden werden in Warschau.

Zou het kunnen zijn dat de defaitistische houding van doctor Kaszner versterkt werd door de herinnering aan de woorden die doctor Chaim Weizmann, de eerste president van Israël, in 1937 gesproken had voor een zionistische bijeenkomst in Londen?

Daar had hij gezegd: 'Ik zei tegen de Britse Koninklijke Commissie dat de hoop van de zes miljoen Joden van Europa gelegen was in emigratie. Men vroeg mij: "Kunt u zes miljoen Joden naar Palestina overbrengen?" Ik antwoordde: "Nee." De ouden zullen sterven. Zij zullen hun lot dragen of niet. Ze zijn niet meer dan stof, economisch en moreel stof in een wrede wereld ... slechts een deel zal het overleven. Dat moesten ze accepteren. Als ze het lijden ondergaan, zullen ze aan het einde der tijden de weg vinden, *beachareth hajamin*[2]. Ik bid dat we onze nationale eenheid zullen behouden, want dat is het enige wat we hebben.'

'Slechts een deel zal het overleven.' Geloofde Kaszner, net als Hitler, misschien in een meesterras, een Joodse natie die slechts bestond uit de beste mensen, voor de beste mensen, door de beste mensen? Was dit zijn interpretatie van de sombere woorden van Chaim Weizmann en had hij daar gelijk in? Als dat zo was, wie zou het overlevende deel dan uitzoeken? Wie zou bepalen welke korreltjes tezamen de hoop moreel en economisch stof zouden vormen, dat voorbestemd was om de komst van de Messias af te wachten?

Het is waar, in heel Europa waren er Joden die hun eigen helden hadden. De communisten, socialisten en nationalisten hadden het verzet. De rijken hadden hun geld. De zionisten hadden hun Kaszners.

Maar hoe zat het met de rest? Hoe zat het met de duizenden eenvoudige mensen die geen communisten, socialisten, miljonairs of zionisten waren? Hoe zat het met mensen zoals mijn broer Sammy, die omkwam in Majdanek; mensen zoals mijn moeder, die ik alleen kon redden omdat ik met de geheimen van Auschwitz naar Slowakije was ontsnapt en om die reden waardevol was in de ogen van de zionisten?

Waarschijnlijk vormden zij het stof dat door de nazi's in de ovens geveegd werd, de nazi's die de Joodse leiders als bezem gebruikten. En de toewijding en ijver waarmee deze gelaarsde vuilnismannen te werk gingen is niet alleen een interessant gegeven voor de historici onder ons, maar vormt ook een waarschuwing voor de komende generaties.

Het lijdt geen twijfel dat de nazi's een systeem van massavernietiging gebruikten dat niet alleen voor Joden geschikt was, maar voor iedere andere etnische, politieke, sociale, nationale of godsdienstige groepering. Documenten die na de nederlaag van Duitsland buitgemaakt zijn, tonen aan dat ze van plan waren dezelfde methode toe te passen op de Tsjechen, de Polen en op iedereen die zich tegen hen zou kunnen verzetten, of aan wie ze meer hadden als hij dood was.

Het was een duivels slim systeem van bedrog, corruptie en moord; want zelfs tegenwoordig zou het, ondanks de technische vooruitgang, heel moeilijk zijn om 6.000.000 mensen uit te roeien die over heel Europa verspreid zitten. De nazi's slaagden er twintig jaar geleden in omdat ze optimaal gebruikmaakten van intrige, nepotisme en omkoping, niet alleen in verband met hun *Endlösung*, maar ook bij het uitroeien van 14.000.000 niet-Joden in heel Europa.

Het in leven roepen van landverraders, vrijwillig of anderszins, was inderdaad een belangrijk element van de politiek van de nazi's. Kaszner wist in april 1944 uit mijn rapport precies wat de plannen waren met 1.000.000 van zijn Joodse landgenoten. Hij zweeg erover en het gevolg was dat 400.000

van hen nietsvermoedend en passief naar hun dood in de gaskamers gingen.

Deze politiek van het scheppen van landverraders werd met opzienbarend succes uitgevoerd in elk land dat door de nazi's bezet werd. Het was slechts extra tragisch waar het de Joden betrof, omdat het leidde tot de vernietiging van bijna viervijfde van de Joodse bevolking van Europa.

Maar alle discussies in de wereld kunnen deze 20.000.000 mensen het leven niet teruggeven; en ook niet aan doctor Kaszner, die in maart 1957 voor zijn huis in Tel Aviv vermoord werd. Maar ze kunnen wel een andere, dringender vraag beantwoorden; ze kunnen het debat over de mensen die nog leven beïnvloeden.

Negentien jaar nadat het Rode Leger Auschwitz bevrijd heeft, daagt de Bondsrepubliek van West-Duitsland een aantal van de mensen voor de rechter die de efficiënte machinerie draaiende hielden. Ik herinner me velen van hen: ex-Oberscharführer Josef Klehr bijvoorbeeld, die degenen die niet meer konden werken een fenolinjectie gaf; en ex-Oberscharführer Wilhelm Boger, die zich gespecialiseerd had in een bijzonder gemeen martelwerktuig dat bekendstond als de Spaanse Slinger. Ik herinner me anderen die niet in de beklaagdenbank staan, zoals ex-Oberscharführer Jakob Fries, die voor mij altijd Mr. Auschwitz zal blijven. Maar dat doet niet ter zake, hoewel ik het uiteraard betreur dat hij niet samen met zijn vroegere kameraden in de beklaagdenbank staat.

Het belang van het feit dat deze mannen, zij het met wat vertraging, terechtstaan in Duitsland, is hierin gelegen dat dit het verhaal van Auschwitz in het juiste perspectief zal plaatsen. Het kan bijvoorbeeld het populaire idee corrigeren dat Hitler zijn massamoordmachine slechts geschapen had om zijn honger naar dode Joden te stillen.

Ongetwijfeld heeft zijn antisemitische obsessie de zaden voortgebracht waaruit de vernietigingskampen in het algemeen en Auschwitz in het bijzonder gegroeid zijn. Maar het hele nazisysteem, dat verspilling verafschuwde, wist deze obsessie al snel tot iets voordeligs om te buigen. Het vermoorden bereikte een ongekend toppunt van efficiëntie en leverde hun veel op.

Er kwam natuurlijk ook veel sadisme bij; maar dat was slechts een ondergeschikt voortbrengsel van een gigantische onderneming die enorm bijgedragen heeft aan de versterking van de Duitse economie en van het moreel van de Duitse soldaten en burgers.

Zo werd in drie jaar tijd zes ton goud alleen al uit dit ene kamp naar de Staatsbank in Berlijn gestuurd. Een deel van dit goud werd gebruikt om, via Zwitserse banken, de buitenlandse wisselkoersen te manipuleren, zodat de economieën van de geallieerden eronder zouden lijden. En het goud dat zowel uit de monden als uit de zakken van de slachtoffers afkomstig was, werd versterkt door valuta's niet alleen uit bezet Europa, maar uit de hele wereld. Een waar fortuin aan dollars, ponden en Zwitserse franken uit de zwarte handel kwam in Auschwitz terecht.

De buit bestond echter uit meer dan alleen geld en goud. Kleren werden zorgvuldig gescheiden, naar maat, kwaliteit enzovoort, en gedistribueerd in het hele Rijk, dat steeds meer oorlogsmoe werd.

Bontjassen werden opnieuw gemodelleerd en naar de troepen aan het Oostfront gestuurd. Alleen al in de laatste zes weken dat het kamp draaide werden 222.259 overhemden voor mannen en 192.652 bloezen voor vrouwen naar Duitsland gestuurd om wat licht te brengen in het leven van de burgerbevolking, die gebukt ging onder de druk van de oorlog.

Dit alles had niet alleen een materiële, maar ook een aanzienlijke psychologische waarde. Hans zat misschien in de knel aan het Russische front, de oorlog vervloekend, zich zorgen makend om zijn vrouw Erika in het door bombardementen geteisterde Hamburg en om hun baby die kleertjes nodig had.

En dan kreeg hij een brief van Erika, die hem vertelde dat de Führer voorzien had in een compleet nieuw stel kleren voor hun zoontje. Waarop Hans nieuwe moed kreeg om de strijd weer in te gaan voor hun meelevende Heilige die te midden van al zijn zorgen de tijd had genomen om voor Erika te zorgen. Als hij hard genoeg vocht, dan werd zijn IJzeren Kruis misschien aangevuld met een gouden horloge uit de voorraadschuren van Auschwitz.

Kunsttanden en kunstledematen, brillen, kinderwagens ... alles werd naar Duitsland gestuurd. Niets ging nutteloos verloren, zelfs het haar van de slachtoffers niet, dat gebruikt werd om de koppen van torpedo's waterdicht te maken, noch de botten en de as die prima kunstmest bleken te zijn.

Dit was werkelijk een uitstekend geheim wapen. De Duitse Generale Staf maakte even gemakkelijk gebruik van massamoord en diefstal als van geweren, tanks en bommen, hoewel de Duitse ex-generaals dat vele jaren lang hebben ontkend. Generaal Warlimont, die ooit adjudant was van generaal Jodl, heeft bijvoorbeeld uitdrukkelijk beweerd dat het Duitse leger geen enkel aandeel had in welke gruwelijkheden dan ook. Dit lijkt op een beklaagde die in de rechtszaal beweert dat hij geen aandeel had in de moord op een nachtwaker tijdens een diefstal, hoewel hij heel goed wist dat die moord een essentieel onderdeel van het plan was.

Toch is de voornaamste tenlastelegging in Frankfurt die van massamoord; en het voornaamste probleem waar het hof voor staat is hoe de schuldigen bestraft moeten worden. Ik vermoed dat rechter Benjamin Halevi het wel zou weten, maar hij zal wel niet om advies gevraagd worden.

Het is zeker te hopen dat ze minder mild behandeld zullen worden dan de andere oorlogsmisdadigers die in de afgelopen jaren in Duitsland terechtgestaan hebben. Zo werd in Karlsruhe de leider van een vernietigingseenheid die meer dan duizend Joodse mannen, vrouwen en kinderen vermoord heeft, tot twaalf jaar gevangenisstraf veroordeeld. In Giessen kregen drie mannen die schuldig waren bevonden aan de moord op honderdzestig mensen, straffen variërend van twee jaar en negen maanden tot drie jaar en drie maanden. In München kwam een man die medeverantwoordelijk was voor de moord op 15.000 mensen ervan af met tien jaar. En in Ansbach werd iemand anders schuldig bevonden aan de moord op negen Polen en kreeg vijftien maanden gevangenisstraf, waar elf maanden voorarrest van af werden getrokken.

Het kan best zijn dat het verstrijken van de tijd de scherpe kantjes van de herinnering heeft afgesleten, dat de stank van het bloed verdwenen is en dat de bloedvlek vervaagd is. Maar ik geloof dat de rechters in Frankfurt wat realistischer moeten zijn als het gaat om het straffen van de schuldigen. Ze zouden bijvoorbeeld een brief in gedachten kunnen houden die de Britse premier op 11 juli 1944 schreef aan zijn minister van Buitenlandse Zaken, kort nadat hij mijn rapport had ontvangen.

Winston Churchill schreef: *Het lijdt geen twijfel dat deze vervolging van de Joden in Hongarije en hun verdrijving van vijandelijk gebied waarschijnlijk de grootste en afgrijselijkste misdaad is die ooit in de geschiedenis van de mensheid heeft plaatsgevonden, en dat het op wetenschappelijke wijze aangepakt is door zogenaamd beschaafde mannen, in naam van een grote Staat en een van de vooraanstaande rassen van Europa.*

Het is zonder meer duidelijk dat iedereen die betrokken is bij deze misdaad en die wij in handen krijgen, inclusief de mensen die alleen maar bevelen opvolgden toen ze deze slachtpartijen uitvoerden, ter dood gebracht dient te worden als z'n band met de moordenaars aangetoond is.

Ik kan daarom niet de mening toegedaan zijn dat het hier gaat om gewone gevallen, zoals bijvoorbeeld het gebrek aan voedsel of de slechte sanitaire voorzieningen in bepaalde kampen voor gevangenen.

Naar mijn mening zouden er daarom geen onderhandelingen van welke aard dan ook mogen plaatsvinden op dit punt. De verklaringen dienen in het openbaar afgelegd te worden zodat iedereen die erbij betrokken is, opgespoord en ter dood gebracht kan worden.

Sindsdien is er natuurlijk een halve eeuw verlopen en er heeft zich een ontwikkeling voorgedaan die het voor de rechters in Frankfurt moeilijk zal maken om het advies van Sir Winston op te volgen, ook al zouden ze het er in hun hart mee eens zijn.

Een van de eerste daden van de nieuwe regering van de West-Duitse Bondsrepubliek was het afschaffen van de doodstraf. Velen juichten dit stukje progressieve wetgeving toe, waarbij ze, net als misschien de regering zelf, vergaten dat bepaalde misdaden zo reusachtig zijn dat ze eigenlijk buiten de reikwijdte van de gewone wetten voor 'alledaagse' moordenaars liggen.

Maar ik geloof dat wat Winston Churchill toen schreef ook vandaag nog waar is. Ik geloof dat de schuldigen van Auschwitz ter dood gebracht moeten worden. Ik geloof dat de Bondsrepubliek Duitsland het voorbeeld moet navolgen van de Israëlische regering die in 1961 voor een soortgelijk dilemma stond.

Toen de staat Israël gesticht werd wilde men in de wetgeving geen plaats inruimen voor de doodstraf. De mensen hadden te veel galgen gezien, niet alleen in Palestina zelf, maar ook door heel Europa.

Maar toen kreeg Israël te maken met Adolf Eichmann en voor deze man werd de doodstraf ingevoerd.

Ik zal ongetwijfeld beschuldigd worden van bitterheid omdat ik voor zo'n koers pleit. Degenen die de aanblik van de schoorstenen van de crematoria bespaard is gebleven, zullen zeggen dat ik vergiftigd ben door een verdorven verlangen naar wraak, op een moment dat ik in staat ben om tolerantie en naastenliefde tentoon te spreiden.

Het is zeker waar dat ik Auschwitz niet kan vergeten en dat ik de mannen die het tot het machtigste moordapparaat dat ooit bestaan heeft gemaakt hebben, niet kan vergeven. Toch is dat niet de reden dat ik hun dood eis. Ik kan Auschwitz niet vergeten. Maar ik kan ook het land niet vergeten dat Beethoven, Mozart en Mendelssohn voortgebracht heeft, Kant en Hegel, Goethe en Thomas Mann, Einstein, Max Planck en Heisenberg, ook al kan ik soms maar moeilijk geloven dat een en dezelfde natie zowel het hoogtepunt van barbaarsheid als van humaniteit kan bereiken.

Het is omwille van dit andere Duitsland dat ik voorstander ben van de terechtstelling van de schuldigen. Dat is het enige wat de wereld ervan zal overtuigen dat het volk van de muziek, de dichtkunst, de filosofie, de wetenschap, ja zelfs van genialiteit, getriomfeerd heeft en dat de duistere elementen waaronder ze verstikt zaten voorgoed uitgewist zijn. Het gaat niet slechts om het straffen van misdadigers, want welke straf is passender voor deze misdaad dan het publiekelijk zuiveren van het geweten van de natie.

Maar ook dat is nog niet de voornaamste overweging, hoe belangrijk ook. Auschwitz is voor de wereld niet alleen een les, maar ook een waarschuwing die de mensen van alle rassen zorgvuldig in acht moeten nemen voordat ze oordelen. De nazi's hebben dat monsterachtige apparaat geschapen, dat is waar. Maar zodoende hebben ze met Teutoonse grondigheid laten zien tot welke diepte de mens kan zinken.

Laten we ons ervan verzekeren dat hun methoden nooit nageaapt zullen worden, dat mensen van welke nationaliteit dan ook nooit weer hun medemensen op zo'n schaal zullen verlagen.

Noten

1. De informatie waarnaar hij verwees, was vervat in het rapport dat ik voor de Joodse leiders in Zilina dicteerde en dat naar Boedapest doorgestuurd werd. Zodra hij het ontving ging Kaszner naar Eichmann en vertelde hem dat hij van zijn geheim afwist. Op dat moment wist Eichmann dat hij moest proberen met deze man te marchanderen, want hij had maar 150 SS'ers onder zijn bevel om toezicht te houden op de deportaties. Hij durfde het risico niet te nemen dat er een opstand uit zou breken.
2. Wanneer de Messias komt zullen alle doden levend gemaakt worden.

De Auschwitz-Protocollen

Kort na zijn ontsnapping uit Auschwitz
schreef Rudolf Vrba (1924-2006) het Vrba-Wetzlerrapport,
dat later bekend werd als de Auschwitz-Protocollen.
Deze Auschwitz-Protocollen behoren tot de
belangrijkste oorspronkelijke documenten
met betrekking tot de Tweede Wereldoorlog.

De Auschwitz-Protocollen zijn,
met nog een aantal andere bijzondere documenten,
te lezen op de site www.ikontsnapteuitauschwitz.nl.